夜の三部作

TakeHiko FuKunAga

福永武彦

P+D BOOKS
小学館

目次

冥府

死の道の行くところ、よしアテナイからであらうとも、
メロエからであらうとも、冥府への降(くだ)りはただ一筋。
故郷(ふるさと)をよそに死んだ者をも嘆き悲しむなかれ、
死の国に吹きよせる風はいづこの空からも吹く。

ギリシヤ詞華集

僕は既に死んだ人間だ。これは比喩的に言うのでも、寓意的に言うのでもない。僕は既に死んだ。地上に於ける僕の生命の期限は切れた。僕の心臓は鼓動を止め、呼吸は絶え、僕の目蓋は誰か親切な人間の手で閉じられた。しかし僕は、誰が僕の目蓋を閉じてくれたか、またその時僕を見送ってくれた人間の眼に一滴の涙がこぼれたか否か、知らない。僕は僕の死んだ後のことは何も知らない。いな、自分の死んだことさえも、最初、意識に登ることはなかった。

僕がまず気づいたのは、僕が歩いているという事実だ。人は眠りから覚めた時に、まず何を思うだろうか。精神の状態か、肉体の状態か、夢のきれぎれの記憶か、取り巻く闇の濃さか、持続する意識への集注的な意志か、——それとも目蓋の引きつりとか、枕の柔かさとか、手足の曲った位置とか、そういうことか。しかし僕は、眠りから覚めたように、歩いている自分に気づいたのではない。だいたい、眼を明けたら歩いていたなどというのは滑稽だ。僕は前から眼を明けていたのだ。前から歩いていたのだ。それもずっと前からだ。従って僕は眠っていたわけではない。ただ、きっと、物を見ようとする力がなかったのだろう。いや物を見ても、物を見ているという感じがなかったのだろう。歩いていても、歩くという行為があまりにも自明な、当然すぎるほど当然な行為なので、生きている時に人が生きていることをしょっちゅう忘れているように、ぼんやりしていたのだろう。とにかく僕は歩いていた。そして僕はこれから、何遍も、何十遍も、無限に繰返して、歩いていたと言うだろう。此所では（僕は後になって知ったのだが）すべてが歩くことに懸っていた。

僕の右足と左足とは、交る交る前方へ動いた。それは確かにいつもの通りで、僕は履き馴れている靴を履いていた。右の靴の敷皮が踵のところで薄くなり、そこの部分が少々痛いのもいつもと変りはなかった。もっとも少しも疲れていなかった。おかしなことだ。僕はもうずっと前から歩いていたのに。思い出す限りに於て、随分前から、せっせと歩いていたのに。しかし歩く前の記憶は返って来なかったし、何よりも自分の歩いていることにばかり意識が行くので、他のことを考える餘裕はなかった。僕が考えたのはこういうことだ。なぜこんなに歩いていなければならないのだろう（しかし僕の意志は、歩きやめろとは命じなかった）。なぜこの街はよく知っているような気がするのに思い出せないのだろう。そういうことは夢の中ではよくあることだ。僕がこう言えば、何だこの男は夢を見ていたのか、そう人は思うだろう。違う。誰が夢のことなんか話すものか。僕の右足の踵が少々痛いことも、右足と左足とが交る交る前方に動いて行くことも、夢の中でのように、感じとして僕にあったのではない。歩いている感じがあるから足が動くのではなく、足が動く結果として僕は考えたのだ、――この街は知っているが、しかし僕がその名前を思い出せるほどには知ってはいない、と。おかしなことだ。しかし僕は格別おかしいとは思わなかった。

それは場末に近い、ごみごみした街で、商店のきたならしい店構えがどこまでも続いていた。菓子屋や、八百屋や、電気器具を売る店や、お仕立物という小さな看板を出した煙草屋や、色んな店があり、客の立て込んだ店も、がらんとしたまま店番の男がつまらなさそうに表を見ている店もあった。僕は道を歩きながら、時々、そうした店の中を覗き込んだ。店の中はどれも薄暗くて、電燈は点いていなかった。

僕が次第に気づいて行ったのは、僕の知っている現実というものの感じと、今僕の眼にしているものとの違いだった。第一に、街は店の中だけでなく、その飾窓も、屋根も、通りも、全体として薄暗かったが決して夜ではなかった。しかし昼としては、何とも言えないほど薄暗かった。空は一面に濁った、鉛のような色をして、雲の形はなく、空の全体が一つの雲だった。謂わば曇った日の黄昏のようだった。僕はずっと前から歩いていた。ずっと前からこの昼のものとも夜のものともつかぬ黄昏のような薄明の中を、せっせと歩いていた。太陽も、また太陽がそこにあると覚しいような雲の中の一際明るい箇所も、なかった。第二に、街には生気がなかった。つまりこうした商店街に特有の、少しでも沢山売って儲けようとする活気のようなもの、それがなかった。確かに八百屋の店先には、野菜や果物がいっぱい置いてあったし、その主人とも見える男が、長い葱の束を片手に握って客と話をしていたが、その態度はいかにも自分は八百屋だからこの葱を手に持っているのだと言いたげだった。客の方も、葱を買うのはそれを買うことに主婦としての自分というものがあるからだと見えた。果してその客が、中年過ぎのこのおかみさんが、買物籠の中にその葱をしまったかどうか、僕に見届ける暇はなかった。どこの店も、投げやりのように、店を開いていた。或いは、習慣のようにと言った方がよい。なるほどチンドン屋は景気よく鉦や太鼓を叩いていたし、飴屋は屋台を担いで鈴を鳴らしていた。しかしそれも、浮かれて口上を言うのはチンドン屋の習慣だったし、飴を売るのは飴屋の習慣だった。つまりもう生活というものはなかった。誰もが、彼等に極められたこと、或いは極められたと思っていることを、つまらなさそうに実演していただけだ。だからどこにも活気のようなものはなく、大気の中の乏しい光線の中で、一切がのろのろと動いていた。

通りには色んな人が歩いていた。こんな場末にしては通行人の数が多すぎるようにも思った。彼等の恰好はまちまちだった。ちょっと散歩に出たというようなのも、革の鞄を小脇にした勤め帰りというようなのも、また大きなトランクを下げた旅行客というのもいた。あたりに眼もくれず、急ぎ足にせっせと足を運ぶのもいた。どうしてあんなに急ぐのだろう。しかし僕も、何かに追われるように、少し踵の痛む右足と何ともない左足とを、交る交るせっせと動かしていた。立ちどまっている人間はいなかった。僕はいつも着ているホームスパンの洋服を着て、ズボンのポケットに両手を突込んでいた。ポケットに手を入れてはいけないと彼女に言われたことがある。もっと子供の時にも、母親からポケットに手を入れる癖はお行儀の悪い子供のすることだとたしなめられたことがある。しかし記憶はそれ以上には行かなかった。とにかくそれはいつものズボンだった。右のポケットにはハンカチがあったし、左のポケットには鍵があった。僕は左手の指先で鍵を玩具にしながら歩いていた。

僕はそうやって歩いているうちに次第に飽きて来た。足がくたびれたわけでも、空腹になって来たわけでもない。そんなことはまるで問題ではなかった。僕は何かを思い出しそうになって、ぼんやりとした感じとしては記憶があるのだが何も思い出せないこうした状態、もし思い出せば厭なことがすぐにも身に降りかかって来そうな気配を感じたまま、尚も歩き続けている状態に、飽きてしまった。その時僕のすぐ前を、無帽の、白髪の頭をやや前屈みにした老人らしい男が、大事そうに折鞄を抱えて歩いて行くのに気づいた。僕の方が少し足が早かった。肩を並べると、その男は一層貧相に見えた。一心に考え込んでいる表情が取っつきにくくて、物を尋ねるだけの決心はまだ僕にはつかなかったのだが、その男がやおらチョッキのポケットから古物の懐中時計を取り出して、鎖をじゃらじゃらいわせながら空明りに透してみるようにしたその瞬間に、僕は決心して素早く問いかけた。

——失礼ですがもう何時ですか？　もう随分暗いんですね？

男は胡散くさげに僕の顔を横眼で見たが、返事はしなかった。その足は時刻を見るためにちょっと立ち止っただけでもうどんどん歩き始めた。僕も負けないように側にくっついて歩きながら、どうしてこの男は不機嫌なのだろうと考えた。そんなことは考えたって何の役にも立つものじゃない。僕はまた訊いた。

——この道は一体どこに出るんでしょうか？　僕はさっぱり不案内なんですが。

その男はこちらを向いてしげしげと僕の顔を見た。一種の馬鹿にしたような光が瞳を走った。そして口をもぐもぐ動かした。

——私は教授です、もっとももう停年は過ぎたが。君は学生のようにも見えないが、それともやっぱり学生かね？

僕には分らなかった。たしか学生だったこともあったような気がする。しかしこの男が教授だとしても、僕に講義を受けた記憶はなかった。

——うん、学生じゃないな、とその男は一人で頷いた。で、君は一体何だったのですか？

訊きかたは前よりも丁寧になった。しかし僕には一層分らなかった。だいたい何だったのかという訊きかたは奇妙だ。僕はポケットの中の鍵を握りしめ（ときに何の鍵だったかしらん）、何も思い出せないでいる自分に一種の腑がいなさを感じた。

――そうか、君は餘計者か、とその男は独り言のように呟き、もう前を向いたままでせっせと歩き続けた。

僕は少し気色を悪くした。ひどいことを言いやがる。しかし相手が何となく偉そうにしているので、おのずから言葉が下手に出た。

――先生、と呼んだ。此所がどこなのかひとつ教えていただけないでしょうか？

教授と名乗った男は、その時、いかにも頭の悪い学生に癇癪玉を破裂させるような勢いで、叫んだ。

――君はまだ何も思い出さないのか？

僕はあっけにとられてたじたじとなったが、その間に二人の距離は二三歩開いてしまった。何だか思い出さないことが罪ででもあるような言いかた、そんなにこの男は権威を持っているのだろうか。背中は前に屈んでいるし、上衣の裾は着古して痛んでいる。しかし僕が確かに何ひとつ思い出せない以上、せめても僕はこの男の後からくっついて行く他はないだろう。そのうちに何かしら思い出せるだろう。そこで僕は相手の鼠色の上衣の背中を見詰めながら、しかしもしこの男が気違いなら、いくら後をつけても始まらないと考え出した。

道はいつしか大通りに出て、自動車が時々短い警笛を鳴らしながら疾走していた。しかしその自動車さえも、通行人と同じように、どこか活気がなかった。つまりスピードが自動車の持つ本性だから、しかたなしに走っているとしか見えなかった。止っている自動車は、だから一層惨めに見えた。僕は止っている自動車の中を覗き込んだが、そこには運転手も乗客もいなかった。止っている自動車は建物と同じように単なる物にすぎなかったし、走っている自動車は通行人と同じように惰性的な機械のように見えた。

僕は教授のあとから、二三歩おくれて歩いて行った。きっと何やら考え込んでいたのだろう。ふと気がついた時に僕の前に教授の姿は見えなかった。びっくりして僕は立ち止り、右手にある古ぼけた二階家のドアを押して教授がその中にはいって行く後ろ姿を、ちらりと認めた。それはいかにも時代を経た、壊れかかった木造の建物で、窓という窓は閉っていた。中に人の住んでいる気配はなかった。しかしさっきの男がドアを明けてはいった以上、その中に何かがあるのだろう。僕は暫くの間、薄明りの落ちて来る歩道に佇み、それから思い切ってドアの中へ忍び込んだ。

陰気なしめったにおいのする長細い廊下は、ひっそりして誰もいなかった。暗さに次第に眼が馴れて来ると、小さなドアが右側に三つほど並んでいた。どのドアも閉じられたままだったから、僕は一番手前のを開いてみた。それは直に明いた。僕は中にはいり、何か固いものに蹴つまずいた。それは椅子のようだったから、僕は手探りでその上に腰掛けた。部屋の中に（そこはがらんとした広間だった）通りにいた頃よりも一層暗い、仄かな光が漂っていた。電燈は点いていなかった。僕はきょろきょろと天井の方を見上げた。

まるで僕がこの部屋にはいって来るのを待ってでもいたように、しゃがれた声が叫んだ。

——開廷！

僕はびっくりして声の方を向き、初めて僕の隣にも椅子があって人が腰掛け、その隣にも一人、その隣にも一人、そしてその次の椅子に、確かに今声を発した男、それがさっき道で会った教授に他ならなかったが、坐っているのに気づいた。教授だ、と僕は思った。その向う隣にも、やはり腰を下した男が何人かいた。いや女もいた。僕を入れて合計七人の男女が、椅子を並べて半円形に腰を下していた。そして僕等の前に、背の高い、かっぷくのいい、肥満した紳士が立っていた。

——開廷します。被告の身分は？

そう訊いたのは教授だったが、その声は道で会った時よりも一層老人じみて、がらんとした部屋の中に響き渡った。

——善行者でした、と立っている男は答えた。

何という奇妙なことを答えるものだろう。僕は吹き出しそうになったが、その声の他には部屋の中はしんと静まり返って、椅子に倚る男女は咳一つしなかった。

——死の状況を述べて下さい、と教授は言った。

――私は突然に死んだのです、と問われた男は、声量のある幅の広い声で答えた。私は会社の重役でした。私はいつものように会社に出ておりました。いつものように熱心に事務を執りました。私はその日も、格別どこといって異常を感じてはおりませんでした。もっとも医者からは、かねがね血圧が高いから用心しろと言われておりました。しかしその日に限って、特に、人のよく言う虫のしらせといったものがあったとは思われません。私は普通の日と同じに事務を執り終り、車に乗ろうとして片脚を曲げた瞬間に、身裡の中にかっと火花のようなものが突き抜けるのを感じ、車の硝子窓や運転手や道路などがくらくらと揺れているなと思った瞬間には、もう意識を喪ってしまったのです。恐ろしい最期です。

――それで終りですか？　と教授が訊いた。

――いや、病院へ運ばれてもまだ多少は生きていました。娘が、娘といってももう子供じゃないんですがね、お父さんお父さんと涙を浮べて私に縋っておりました。私も涙を流してその名前を呼びましたが、声には出ませんでした。私はその時間に立ち会いましたが、実際には涙も出ていませんでした。ただ涙が出たように感じただけなんですね。

僕はその男の悲しそうな声にちょっと身顫いした。しかし誰も溜息一つ洩らさなかった。

――では死のために何を準備されたか伺いましょう、と無感動な声で教授が訊いた。

――ですから死はまったく不意に来たのです、予期しないうちに来たのです。それは、医者から注意されて以来、多少は考えていました。妻子を困らせないだけのものはかねがね用意してあります。しかし私はまだ働き盛りで、もっともっと仕事をするつもりでいたのです。

——それは問から外れています、と冷たく教授が言った。

——そうです、と紳士は次第に身体を小さくしながら答えた。そうです。分っています。私もいつか死ぬだろうとは思っていました。私は宗教を信じました。善根を施しました。いつでも自分のためよりは他人のためを考えました。私は匿名で何度も寄附をしました。私は人を困らせたり泣かせたりしたことはありません。

その時僕の隣の男がくすくす笑い出した。忍び笑いが他の連中にも感染した。

——そういうことには何の意味もありません、とやや親切そうな声で教授が言った。要するにあなたは、何も準備をしなかったわけですね？　ではあなたの生にどういう意義を発見したのか、思い出したことを言って下さい。

——私は何度も過去の時間に立ち会いました、と苦しそうな声で紳士は答えた。私はいつでも善行者でした。私は働くために生きていたのです。私は馬車馬のように働きました。仕事は生きがいだったのです。私は色んな会社に関係しました。私は誰に対してでも親切であろうとつとめました。私は……。

——その生にどんな意義があったのです？

――私は私でなければ出来ない仕事をしました。私は貧しい人に施しをしました。私は人と争ったり、人を苦しめたりしたことはありません。

――そんなことは無意味だ、と一人の男が叫んだ。

――生はあなたにとって何でしたか？ と一層親切な声で教授が訊いた。

――生は秩序でした、名誉でした、希望でした、と早口に紳士は叫んだ。

――もっと思い出して下さい、と教授は言った。

――しかし私の思い出すのはそういうことばかりです。私はいつも家族にはいい父親だったし、会社では働きのある重役だったのです。私は真面目で、慈善深くて、私に後ろ指を差す者は誰もいなかったのです。それに私は、不意に死んだのです。

――もっと思い出して下さい、と教授は言った。

男は困ったように首をうなだれた。

それは一つの合図のようだった。一人の男が椅子から立ち上って叫んだ。

――この生には秩序がない。

――この生には死の準備がない、ともう一人が叫んだ。

――この生にはほかの生と区別するだけの個性がない、ともう一人が叫んだ。

――この生には愛がない、ともう一人が叫んだ。それは女の声だった。

——この生には死に匹敵するだけの重みがない、と更にもう一人が叫んだ。

僕も立ち上り、小さく叫んだ。

——しかしこの人は生きたがっていた。

——もっと思い出さなければ駄目だ、と僕の隣の男が鋭く言った。

部屋の中が暫くしんとし、そこに教授の重々しい声が響き渡った。

——上告を却下します！

——却下！　と皆が一斉に叫んだ。

——閉廷！　と教授がそのあとで疲れたように言った。

椅子の動く音と靴音とが忙しく起り、今迄半円形に被告と相対していた男女は背後のドアから消えて行った。首をうなだれていた紳士も、いつのまにか部屋から立ち去ってしまった。気がついた時に僕はもう一人きりで、どこからともしれない薄明が、部屋の中の乱れた椅子をぼんやりと照しているばかりだった。

これは何だろう、この法廷の持っている意味は何のことだろう、そう僕は考えた。誰かに訊いてみる他はない。そうだ、教授に訊けば何もかも分るというものだ。僕は急いで立ち上り、ドアを明けて廊下に出、更に入口のドアを明けて表に出た。

通りには依然として黄昏に近い薄曇の空が覆いかぶさり、その下を急ぎ足の通行人が黙々と歩いていた。時々警笛を鳴らしながら自動車が走り過ぎた。どっちに行ったものだろう。右を見ても左を見ても、教授らしい男の姿は他の通行人ともう見分もつかない。一緒に法廷にいた男女はどっちに行ったのだろう。僕は暫く途方に暮れたあげく、右手に向って大急ぎで歩き出した。何かを思い出そうとしていた。確かに何か重大なことが、幾つものイメージを乱雑に重ね合せたために一つに焦点を結ぶこともなく、僕の内部でしきりと搖(ゆら)いでいた。それはもうじき分るだろう。もうじき、もうほんのそこのところまで思い出しかかっている。しかし映像が明るく照し出されるためには、暗く澱んだものがあまりにもその周囲でくるくると踊っていた。あっ、と思って僕は顔を起した。

立ち止っている者は他に誰もいなかったから、僕は危くその肩に自分の肩をぶつけるところだった。僕よりやや背が低く、僕の肩の上のところにちょっと小首を傾げるようにして、若い娘の顔があった。少女と言ってもいいあどけない顔だった。眼がしんと静まり返って僕を見詰めている。どこかで見たことがある。確かによく知っている。が、まじろぎもせずに僕を見詰めているだけだ。

——あなたね?　と言った。

通行人が僕等を追い越して行く。僕等は流れの中の渦のようだ。その時、僕は思い出した、思い出したように思った。

——ああ君か、君なんだね、さっきの法廷にいた人は?

しかしそれは僕の思い出したことではなかった。思い出したと思ったこと、それは僕が口を開いた瞬間にさっと消えてしまった。それはまるで別のことだ。

——君だろう、この生には愛がないって叫んだのは?

少女は頷いた。

——あなたなのね、と繰返した。その小さな脣から洩れる声は透きとおるようだった。

——しかしあの法廷にはどういう意味があるんだい? 僕はあの教授といった男を探しているんだけど?

僕はまたきょろきょろと辺りを見廻したが、薄暗い通りを急ぎ足に歩いて行く人たちは、誰もが鼠色に見えた。

——教授はもうとうに行ってしまったわ、と少女は答えた。

——あの肥った紳士は?

——善行者? ええあの人もよ。

——どうして善行者なんて変な名前で呼ぶんだろう? と僕は訊いた。君は何て言うの?

——あなたはまだ何も思い出さないのね? と少女は悲しげに叫んだ。あたしは踊子よ、ね、御存じでしょう?

そう言われればこの少女は踊子に違いなかった。しかし僕はそれ以上のことを思い出さなかった。

――そして此所では、あたしは愛しすぎた者と言うのよ。

――それも君の名前？

――そうよ、みんな二つずつ名前があるのじゃありませんか、と少女はまだるっこしげに叫んだ。教授の名前は知識を追った者よ。

――じゃ僕は何だろう？　と僕は自信を失って訊いた。

――あなたは餘計者だって教授におっしゃったんじゃなくて？

――そうだった。じゃもう一つの名前は？

少女は悲しそうな顔をして、口早に答えた。

――それはあなたが御自分で思い出すのよ。さあ、こんなにお喋りをしていてはいけないわ。あなたは早くお帰りになって、あたしは後から帰ります。

――帰る？　どこへ？

――鍵はお持ちなんでしょう？

そうだ、僕はポケットに鍵を持っていた。僕はそれを引き出した。それは掌の上で冷たく光った。

――さよなら、またあとでね、と少女は言った。よかった、やっぱしあなただったのね、と安心したように附け足した。

少女はもう見向きもせずに、とっとと僕の側を離れて行った。大型のバスが来て止ったかと思うまに、彼女は吸い込まれるようにその中に消えてしまった。バスは直に動き出し、みるみるうちに見えなくなった。

すべてのものが、自動車も、通行人も、小止みなく動いていた。だから僕も歩き出した。僕はポケットの鍵を握りしめて歩いた。道はどこまで行っても同じだった。活気のない店構えが続き、電燈は点いていなかった。僕は中からレコードの侘びしい流行歌の聞えて来る喫茶店の角を右に折れた。何かしら右に曲れと僕に命じるものがあった。それは流行歌の単調な旋律ではなかった。いわんや僕の中で目覚めようとして搖いでいる記憶ではなかった。もっと別のものだ。しかし僕はどうしてもそこで右に折れ、殆ど人けのない露地をよく識った道のように歩かなければならなかった。しかし僕はその道を識っていたわけではない。左側に背の低いコンクリートの塀が続き、銀杏の樹々が中庭から葉群(はむれ)を覗かせていた。僕は開きっ放しの門と、開きっ放しのドアから、その建物の中にはいった。僕は階段をのぼり、ためらわずに右端から二番目のドアの前で立ち止った。僕は機械人形のように鍵をポケットから出し、ドアを明け、土間で靴を脱いで、その一間きりの部屋にあがった。みんな分っていた。つまり僕は此所に帰って来るのだ。踊子がそう言ったように、――これはもうちゃんときまったことだ。しかし僕はまだ思い出さなかった。自分の意識の中の大部分が霧のようなものに覆われて、その霧は少しずつ動いていたが、まだ霽れはしなかった。僕は窓を明けた。僕の眼のすぐ前に銀杏の樹があり、黄ばんだ葉が二三枚、ひらひらと散った。その向うに、屋根屋根の上に、空は曇って丸い天蓋のようだった。どこからともなく、夕食の支度をする薪のにおいと、御飯の焦げるようなにおいとがした。これは生活のにおいだ、と僕は思った。僕は生活を忘れていた。今迄、いつからか、せっせと道を歩きながら、僕には生活がなかったし、僕の見た人たちには生活がなかった。みんな影のようなものだった。僕は下のどこかで子供の呼んでいる声を聞いた。「お母ちゃん、御飯まだ?」それは幼い、甲高い、やさしい男の子の声だった。母親の返事は聞えて来なかった。「お母ちゃん、明日はお天気になるかしら?」

　僕が思い出したのはその時だ。そうだったのか。そうだったのか。銀杏の葉が、虫くい葉が、散っている。今は秋なのか。しかしこの秋は果しなく秋のように、この夕暮は果しなく夕暮のように思われた。僕は窓を締め、畳の上に横になった。両腕を首の後ろに組んだ。そうだったのか。夕食時の、仄かな煙のようなものは此所まで忍び入って来た。そして僕は眠った。

　僕は眠ってすぐ夢を見た。夢、――生きていた時に、僕はそれを夢と呼んだ。しかし今は、それはまるで別のものだ。この夢は現実だった。或いは現実のより正確な、より明晰な、再現だった。つまり僕はこういうことをこの眼で見たのだ。

それは病院の、狭い、きたならしい一室だった。窓が道路に面して開いていた。その窓からは、晩い秋のさむざむと曇った空と、銀杏の虫くい葉の茂った梢とが見えていた。部屋の殆ど大部分を占めて鉄のベッドが置かれ、そこに白い布カバーの附いた薄い蒲団にくるまって、無精髭を生やした、眼の落ちくぼんだ患者が一人寝ていた。重症の患者だけが移されて来る施療病院の個室だった。枕許の小机の上に、恐らくは看護婦の挿してくれた野菊の花が、薬くさいにおいを打消して、小さな安物の花瓶の中でかすかに匂っていた。患者は閉じていた眼をふっと開いて、窓の外を見た。少しも霽れ間のない鉛色の空、もう冬の間近なことを思わせる曇った空だ。

僕はその空を見、寝ている患者を見た。空を見ているのは僕だった。そしてその僕を見ているのは僕だった。知死期(ちしご)を迎えたこの哀れな病人、もう口も利けず、どんよりと濁った瞳で空しく窓の外を見詰めているのはこの僕だった。そしてその僕を、今、僕は、僕の記憶が僕に返って来た通りに、鮮かに僕の眼に見ていた。

それは不思議な感じだった。僕は今迄に、夢の中で、僕自身を夢に見たことがある。あそこに動いているのはこの僕だ、だからこれは夢に違いない、――と僕は思ったものだ。しかし今は違った。今はこれが夢でないことを僕はよく知っていた。これは事実なのだ。これこそは現実なのだ。しかしそれは過ぎ去った事実、僕が経験した通りの現実だった。この情景を見ている僕は、肉のない抽象、一つの漂う空気、或いは単に眼というにすぎなかった。この眼は宙に浮んだまま、じっと寝ている僕を見詰めていた。そして僕は同時に、寝ている僕の考えも、苦しみも、悔恨も、希望も、すべてを自分のものとして体験した。僕はもうじき死ぬだろう。曇った空は僕の悔恨の表象だった。そして風もないのに散って行く病葉(わくらば)は、僕の残された希望だった。時間は今、まさに尽きようとしていた。

その時ドアが開き、白衣を着た医師と、白衣の上に予防衣をつけた看護婦とが、冷たい風とともに部屋にはいって来た。薬くさいにおいが強く部屋の中に漂い、野菊の匂を吹き消した。医師は寝台の枕許の小机の上から、カルテを取り上げて眼を通した。看護婦はまだ年が若く、顔にマスクをつけ、手には捧げるように聴診器を持っていた。医師の顔の筋肉がカルテの上で凍りつき、看護婦の手の上から荒々しい手つきで聴診器を取り上げた。若い看護婦はマスクの下でちょっと驚いた表情をし、蒲団の襟を折って患者の着ている病衣の胸をはだけさせた。瘦せた胸がせわしない呼吸を続けた。聴診器の感触は冷たかった。それは肋骨の透いて見える薄い肉のところどころに、かすかな輪形を残した。打診の度に、うつろな乾いた音が響いた。

——誰も身寄の者はいないのだね? と医師は訊いた。

——いないようです、と看護婦が答えた。

――意識は？

――時々なにか話すのですがよく聞きとれません。

医師は頷き、あとでカンフルを打ち給え、と言った。誰か一人側についているように、と附け加えた。

医師は一刻を惜しむように急いで部屋を出て行った。看護婦は聴診器を捧げ持ってそのあとに従った。患者の澱んだ瞳は、また窓の方に向いた。

暫くしてさっきの看護婦が、今度は注射器を手に持って戻って来た。患者の細い、縄のような腕にカンフルの注射をした。それから寝台の側の丸椅子に腰を下し、黙然と控えていた。

時間が経ち、空は依然として鉛色に曇っていた。患者の脣が動いた。僕は、まだ来ないかしらん？　と呟いたのだ。看護婦は僕の方へ顔を近づけた。その真白なマスクは清潔だった。

――何？　苦しいの？　と看護婦は訊いた。

――まだ来ないかしらん？

しかしそれは言葉にはならなかった。看護婦は腕時計を見ながら脈を測り、それからそっと蒲団を直した。

僕は誰かを待っていた。しかし誰を？　――誰も来る筈はなかった。僕の愛している者たちは、今、僕が此所で、この施療病院の一室で、惨めに死んで行くことを誰も知りはしないのだ。

しかし誰かが、ひょっとして、此所まで僕を訪ねて来はしないだろうか。そういう偶然は許されないだろうか。このような孤独な死が、僕のように無益な人生を送った者にふさわしいというのか。

僕は死を、もうそれほど恐ろしいとは思わなかった。しかし誰にも知られず、誰にもみとられず、一人で死んで行くのはあまりに惨めだった。呼吸は苦しく、咽喉は乾いていた。しかし僕の心は一層乾いていた。僕の愛した幾人もの女の面影が、早く、火花のように意識に浮んでは消えた。僕は一生、乾いた心を持って生きて来た。悔恨が僕の胸を締めつけた。

時間が経ち、看護婦は飽きて部屋を出て行った。窓の外の曇った空が、夕暮に近づいて仄かな赤みを滲ませていた。夕支度の薪(たきぎ)の煙が、靄のように立ち罩めて、この部屋の中にまで漂って来た。僕は寝台に寝ている僕の首が、一層窓の方へ傾くのを見た。僕の首は一層窓の方へ傾いた。

その時、開いた窓から小さな子供の声が聞えて来た。

――お母ちゃん、御飯まだ？

母親の声は聞えて来なかった。俎(まないた)の上で何かを刻んでいるとんとんという音が、かすかに響いていた。

――だって僕、お腹が空いちゃったんだもの。

それは窓の下の、すぐ向う側にある家だ。そこでは、よくあの甘えるような子供の声が、時時僕に何かを思い出させるように、悲しげに聞えて来たものだ。悲しげに、――しかし何が悲しいのだろう。僕の記憶の中に、僕の幼かった頃の印象が、その声できれぎれに浮び上ったためなのか。今も、僕は一層首を傾けて、その声に耳を澄ます。

――お母ちゃん、と子供がまた呼んだ。こんなに曇っているのに、明日はお天気になるかしら?

僕は、僕の落ち窪んだ目蓋に一滴の涙が浮ぶのを見た。しかしその涙は直に乾いた。明日がお天気になるかどうか、どうして僕が知ろう。僕は死んで行くのだ。昔は僕もあのように、しきりと母親を呼んでいたものを。呼吸が苦しくなり、窓の外の空が次第に暗くなった。僕の首はもうすっかり片頬を枕に埋めていた。そして僕はそれを見ていた。首を窓の方に向けたまま、息の絶えて行く僕を。

夢はそこで終った。夢、しかしそれは夢ではなかった。僕はあのように死んだのだ。僕の記憶がそれを思い出した通りに。僕はそれをこの眼で見たのだ。それならば、今の僕、この僕は何者だろうか。

――僕は? と訊いた。

――思い出したのね? と声が言った。

僕は貧しいアパートの一室にいた。踊子が、あのあどけない顔つきをした踊子が、しんと見据えるような瞳で僕を見ていた。そうだった、僕は道を歩き、そしてこの部屋に帰って来た。窓から表を見、そして畳に寝転んで眠った。しかしあれが、果して眠りと言えるだろうか。

――僕は眠ったのかしらん？　と訊いた。

――此所には眠りはないのよ、と踊子が答えた。

――だけど僕は夢を見たぜ。

――それは夢じゃないのよ。あなたは御自分の過去の時間に立ち会っただけよ。そうやって秩序に帰るための義務を果して行くのよ。

――秩序？

――そうよ。此所ではあそこのことをみんな秩序と呼んでいるわ。

しかし僕は聴いていなかった。僕はただ一つのことを思っていた。――僕は死んだのだ。僕は死んだ人間なのだ。僕の生が終った以上、今の僕に何の意味があるだろうか。僕は烈しく尋ねた。

――君も、君も死んだ人間なのかい？

踊子は頷き返した。

――そうよ、わたしたちはみんな死んだ人間なのよ。法廷でいつか新生を宣告されるまでは。

しかし僕の頭は混乱した。踊子のやさしい、しっとりした声も、僕には謎のようにしか聞き取れなかった。

——それは一体何のことなんだい？　と僕は訊いた。

踊子は悲しげに首を振った。

——あなたは今に御自分で、みんな分るようになるわ。此所では自分だけが自分の意識をつくって行くのよ。人が説明したって何にもならないわ。それに、時間はたくさんあるのだし。

——しかし僕には分らないのだ、と怒ったように僕は叫んだ。どうして君は説明してくれないのだ？

踊子は怯えたように部屋の隅にすさって、僕を見ていた。僕は怒りっぽい人間だった。感情が僕の心の中で高まると、それは僕の意志を押し曲げた。僕は踊子の蒼ざめた顔を見た。

僕は荒々しく立ち上った。踊子は前よりも一層悲しげに頰を蒼ざめさせた。

——君が教えてくれないのなら、僕は誰かに訊いて来るよ。

——でも帰って来てね、と言った。

僕はドアを明けて廊下に出た。階段を下りて行く時、階段の上まで追いかけて来た踊子が、きっと帰って来てね、と繰返すのを聞いた。僕はずんずん階段を下り切った。表に出るとそこは夜だった。僕は暗い、人けのない露地を歩いて行った。空には星ひとつまたたいていなかった。靴の音が乾いた道の上に響いた。僕は手に冷え冷えとした秋の空気を感じて、その手をズボンのポケットの中に突込んだ。左手の奥に鍵があった。僕は踊子のことを思い出した。

道の両側に小さな家が向き合って眠っていた。眼が馴れると、屋根屋根が仄かな夜の明るみに浮び出ていた。いつのまに夜になったのだろう、と僕は考えた。アパートの一室で眠る迄は、昼のものとも夜のものともつかぬ薄ぼんやりした曇った光が、街の上に重苦しく覆いかぶさっていたのだ。僕が道を歩いている間じゅう、黄昏時のような薄明が、いつ終るともしれず、無限に同じ時刻を続けていたのだ。それは、思い出そうとして思い出せぬ記憶のように、今覚めようとして覚め切らぬ夢のように、僕の意識の上に懸っていた。僕の意識が、暗く濁った雲の重なりのようだった。しかし今は夜だ。夜は今の僕の意識だった。僕は既に死んだ人間なのだ。この記憶が僕に返って来たその時から、僕の心は暗黒に塗り潰された。死んだ人間に何が出来るだろう。死んだ人間はどこに行くのだろう。夜は果しなく、夜の下の想いも亦、言いようもなく黒々と染った。

僕は踊子のことを思い出した。彼女は僕が眠っていた間に帰って来たのだ。僕が眠りだと思い、その実、僕の思い出した記憶の世界を再びこの眼で見ていた間に。一体その間にどれだけの時間が経ったのだろう。そして踊子はどこから帰って来たのだろう。そしてあの踊子とは誰だろう。

夜は疑問に充ちていた。あの踊子は夜だった。彼女は僕に説明することを肯じなかった。だから僕は怒ったのだ。人がその親しい者に怒るように。長く連れ添った妻に怒るように。心やすい恋人に怒るように。しかし踊子は妻ではなかった、恋人ではなかった。それは踊子であり、愛しすぎた者であり、そして僕の識らない、或いはまだよく思い出さない、一人の若い女というにすぎなかった。その記憶は、思い出しそうになったまま、するりと僕から逃げてしまった。そして僕の思い出さないことは、その他にもまだまだ沢山あった。考えてみれば、この夜の中に僕がただ自分の歩いて行くか細い一本の道をしか見分けないように、僕は僕が死んだという事実を、その死の前の暫くの時間を、思い出した、或いは見た、というにすぎなかった。その他のことはすべて暗い夜の意識の中に沈んでいた。道の傍らの背の高い欅(けやき)の木が、夜風に身を顫わせてはらはらと葉をこぼした。落葉はささやくように僕の周囲に舞い下りた。僕はずんずんと歩いて行った。振り向くとその欅の木は、僕の過去のように夜の中にそびえていた。

道はやがて通りに出た。両側の店は半ば眠り半ば起きていた。起きている店には仄暗い電燈がともっていた。自動車がヘッドライトを閃かせながら走り過ぎた。人通りもまだ多かった。歩いている人たちは、街々が半ばまどろんでいるのに、夜を徹して休むこともなく道を歩いているように見えた。彼等の首は肩の中にめりこみ、彼等の背は前に屈んでいた。それは何等かの観念に追い詰められた動物のようだった。しかしこれらの獣を追う猟師の姿はどこにもなかった。僕も亦追われている一人だった。夜の更けた街を、こんなに沢山の人たちが黙々と歩いている光景は僕の記憶にはなかった。それは異様に気味の悪い光景だった。連れ立って歩いている者も、立ち止っている者もいなかった。群集はみな足を動かし、どの一人も他人に対して孤独だった。

なぜ僕がその男のあとから、暗い倉庫のような建物の中にはいって行ったのか、僕は知らない。その男は僕のすぐ前を黙々と歩いていたし、彼が急に人波の間から逸れて、大きな鉄の扉が少し開き目になっている倉庫の中へ滑り込んだ時にも、僕は格別その男を見知っていたわけではない。ただその時、僕はなぜかその後について一緒にはいらなければならないような気持にさせられた。僕の内部の無意識が、僕にそう命じたのだ。で僕は、夢遊病者のように、その男の後を追った。

中はがらんとしてだだっ広く、五燭くらいの裸電球が一つだけ、天井にぽつんと点いていた。太い鉄の管が四五本隅の方に横たわり、その上に三四人の男が腰を下していた。僕はその端に恐る恐る腰を掛けた。僕がその後をつけて来た男は、その中のどれなのかもう見分がつかなかった。部屋の中はうすら寒く、黴(かび)のにおいが鼻をついた。僕の後から、また二三人が音もなくはいって来た。

——開廷！

そこで僕は気がついたのだ。これは法廷だった。前にも僕が出たことのある、あの意味の分らぬ、奇妙な法廷と同じだった。誰が誰を裁くのだろう。鉄棒の上に腰を下しているのは、数えてみると僕を入れて七人だった。そして僕等の前に、囚人の服を着た、痩せこけた、年の若い男が、少し前屈みに立っていた。

——被告の身分は？

それを訊いた男は僕の隣にいた。ひょっとしたらそれが僕をここまで連れて来た男だったかもしれない。顔には、今さっき会ったというのではないような、かすかな覚えがあった。しかしその時にはもう、被告が喋り始めていた。

——私はしがない職人だった。私は嫉妬した者だ。もっともこの前の法廷で、私は情熱にほろびた者だと言われた。こっちの方が洒落てやがる。だからそう呼ばれてもいいや。

その男の声は掠れて早口だった。私という言葉を、わっし、或いはあっし、というふうに発音した。

——死の状況は？

——これは簡単だ。私は死刑になったんだ。つまり殺されたんだ。法の犠牲者ってやつだ。そりゃ私は罪を犯した。人二人を殺したんだから、それがいけねえことだ位、私だって承知している。しかし私は充分に後悔したんだ。可哀そうなことをしたと思って、夜も眠れねえ位だった。殺すまでは、自分が死ぬことなんか考えてもいなかった。自分が死ぬと分ってみて、私の手で殺されたあいつが、どんなに怖かったか、どんなに苦しかったかが、ようく分ったのだ。死ぬということは恐ろしいことだ。それも無理やり殺されるのがどんなに恐ろしいか。

——しかし秩序ではそれが当然なのだ、と隣の男が言った。それは罪に対する罰だ。

——罰？　しかし私は充分に罰を受けた。死刑の宣告ってやつがどんなに恐ろしいものか、お前さんたちには分らないだろう。宣告の後は、もう一瞬もそれを忘れることが出来ないのだ。一瞬ずつ死んで行くのだ。一瞬ずつ殺されるのだ。

——それが死の準備だ、と隣の男が重々しく言った。君は君の死にふさわしいどのような生きかたを選んだか、言ってみたまえ。

——私はあいつに惚れ込んでいた、と被告は低い声で言い続けた。いわゆる恋女房というやつだ。私はもう夢中だった。そこへ不意と、あいつが別の男を想っていることが分ったのだ。私は単純な男だ。私はかっとなって二人を殺した。その他にはしようがなかったのだ。あいつを人に取られるくらいなら、あいつを殺した方が、あいつを殺して自分も死んだ方が、よっぽどましだと思った。

——しかし君は死ななかった？

——死のうとは思った。しかし、その時になってみると、私は急にもっともっと生きたくなったのだ。そうだ、私が本当に生きたいと思ったのは、あいつを殺して自分も死刑になることが分ってからだ。

――君は後悔を感じないのか？

――私は後悔している、と暗い切迫した声で被告は言い続けた。しかし私は生きたいのだ。私はもう一度生きたいのだ。私はあそこへ帰りたいのだ。秩序へ。

――それは我々が決めることだ、と隣の男は言った。君は何度も過去の時間に立ち会ったのか？　君は充分に思い出したのか？

――私は何度も過去へ帰った。私はあいつが笑うのも泣くのも見た。あいつは言うのだ、お前さんはそんなにわたしを責めるけど、それはみんなお前さんの考え過ぎだ。わたしは決してあの人とどうしたということはない、と。分らないのだ。今になっても私には分らないのだ。私はあいつが不義をしているのをこの眼で見たわけではない。私は何度も過去に立ち会ったが、この私のいない場所には立ち会うことが出来なかった。私は昔の、あの燃えるような嫉妬の苦しみを繰返して味わい、何度もこの眼で確かめたが、しかし私のいないところであいつらがどういうふうにしていたのか、そいつを見ることは出来なかったのだ。それが分らねばっかりに、私は今でもこうやって苦しんでいるのだ。一体あいつは本当に罪を犯したんだろうか。本当に私に背いたんだろうか？

——我々は過去の行為に立ち会うことが出来るだけだ、我々の想像に立ち会うことは出来ない。

隣の男がゆっくりとそう述べると、部屋の中に気味の悪い沈黙が落ちた。

——こんなことを思い出して何になるのだ、と不意に、しゃがれた声で被告が叫んだ。私は単純な人間だった。惚れ込むことと、嫉妬することと、憎むことと、殺すことしか知らなかった。そんなことを、しかし繰返して思い出したところで、それが何になるのだ。己は生きたいのだ。別の人間になって生きたいのだ。生れ変りたいのだ。己を帰してくれ、己を秩序に帰してくれ。己は新生を望むのだ！　己はこんなところにいたくないのだ！

声はがらんとした部屋の中に木霊し、そこで再び深い沈黙が落ちた。鉄棒の上に腰を下した男たちは身動きもしなかった。僕は彼等が首をうなだれて考え込んでいるのを見た。と、一人が首を起して叫んだ。

——この男は死のために苦しんだ。死の準備は完全だ。

すると他の者たちが口々に叫び出した。

——その準備は完全でない。それは自分の力で為されていない。

——この生には情熱がある。この情熱は力強い。

——この情熱には愛がない。この情熱は閉されている。

――この生には意志がある。

――この意志には理性がない。この生には悔恨がない。

――この死には悔恨がある。この死の前には償われる。

――この生は選び取られていない、この死は選び取られていない。

最後にそう叫んだ男は、僕の隣に坐った男だった。彼はゆっくりと、判決は？　と訊いた。

――却下だ！　と一人が叫んだ。

――新生に値する！　と一人が叫んだ。

――却下だ！　と一人が叫んだ。

――新生！　と一人が叫んだ。

――却下だ！　と一人が叫んだ。

隣の男が僕の顔を見た。

――新生に値します、と僕は叫んだ。

隣の男は立ち上った。

――却下！　と彼は言った。上告を却下します！

誰も反対する者はなかった。ざわざわと人が立ち、閉廷！　と叫ぶ男の声とともに、一人ずつ入口の鉄の扉から出て行った。被告の男ももう部屋の中にはいなかった。

僕は急いで表に出た。隣の男、あれが何もかも知っているのだ。あの男を見失ってはならない。僕は通行人の波の中に立って、あたりを見廻した。その男は、今しも道の向う側の喫茶店らしい店にはいって行くところだった。僕は左右を見、自動車のヘッドライトの間を縫って大急ぎで向う側へ渡った。僕はその喫茶店の扉を押した。

それは左右に幾つものボックスを並べた、細長い店だった。煙草の煙が立ち罩めていたが、それにしても照明は暗かった。僕は空いたテーブルに腰を下したが、不思議なことにさっきの男の姿はどこにもなかった。僕は店の中をもっとよく見廻した。

店の中は薄暗くて、奥の方でレコードが旋律ののろのろしたタンゴを奏していた。ところどころのボックスに客がいたが、その中にはテーブルの上に肱を突いて眠っているらしい客もいた。喫茶店で眠っている客などを、僕は嘗て見た覚えはなかった。しかし何かが、僕の意識を刺戟した。僕は何かを思い出しそうになっているのに気づいた。何のせいだろう。眠っている客のためではなかった。タンゴのためでもなかった。この細長い、照明の悪い喫茶店に、嘗て来たことがあるという自信もなかった。しかしそこには、何かしら記憶を促す一種の先駆的な感じがあった。

白い前掛をつけた女の子が、影のように摺り寄って来た。盆の上からコーヒー茶碗を取って僕の前に置いた。僕はそれをがぶりと飲んだ。苦い。そのコーヒーにはまだ砂糖がはいっていなかったのだ。僕は自分のそそっかしいのに苦笑し、側の砂糖壺の蓋を明けた。その時、不意に記憶が返って来た。

そうだったのか。そういうこともあったのか。この味の苦いブラック・コーヒーが、僕に教えたのはそれだったのか。僕は砂糖壺の蓋をあけたまま、ぼんやりと前のボックスで眠っている男の後ろ姿を見ていた。僕も亦、眠りに誘われている自分を感じた。そして僕は眠った。

僕は夢を見た。それはまた、夢とは言えない夢だった。僕は喫茶店のボックスに、女と向き合って腰を下している僕を見た。それはあちこちに熱帯樹の鉢が仕切のように置かれている喫茶店で、照明は明るく、給仕の女の子は清潔だった。客は疎らで、大きな電気蓄音器が空虚なシンフォニイを轟かせた。

僕は疲れたような顔をしていた。僕は疲れていた。僕は給仕の持って来たコーヒーを急いで飲んだ。苦い。それは苦かった。僕は砂糖を入れ忘れたことを人に暁(さと)られないように、平然とそれを飲み続けた。女はそれに気がつかなかった。女は何も気がつかなかった。彼女は自分の前のコーヒーに見向きもしなかった。

——ねえ、お願いだからそう片意地にならないで、と女は眼を伏せたまま言った。あたしの悪かったことはあやまるから。ねえ、本当にあたし、あなたがいなくちゃ生きて行かれないの。

——もう駄目だよ、もう遅いよ、と僕は言った。

——どうして？　今迄のあたしはお芝居をしていたの、本当はあなたなしでは暮せないのよ。分ってるんでしょう？

——遅いったら。

——どうして？　こんなにあやまっているのに。

——僕はもう他の女を愛しているんだ。君のことはもう忘れた。

女は大きく見開いた眼を起した。その眼は美しかった。しかしそれはもう他人の美しさだった。

——どうしてそんなひどいことを？　と女は喘いだ。

——しかたがない。僕はそんな人間なのだ。僕は君を愛していると思った。しかし今、僕の愛している女は君じゃないのだ。

——あたし、死んじまう、と小さく叫んで女はしゃくるように肩を波打たせた。

——君は死ねやしないよ。

僕は突っ撥ねるようにそう言った。僕は、そう言う僕の蒼ざめた顔を見詰めていた。コーヒーが冷めるよ、と僕は附け足した。

——コーヒーが冷めるよ。

僕はそこで眼を開いた。繰返して同じ言葉を言ったのは僕ではなかった。僕は瞬時に過去の時間から立ち戻って来たので、尚も夢の中に夢を見ている気持だった。人は普通夢から覚めた時に、夢の記憶は直におぼろげに霞んで行き、目覚めた今の現実が明かに認識されるものだ。しかし僕にとっては、今迄見ていた夢の方があまりにも明るく、はっきりした現実感を持っていたので、現在のこの瞬間は寧ろ夢の中のように錯覚された。ゆっくりと奏されるタンゴの旋律も、薄ぼんやりした照明も、僕がその蓋を半ば明けかけている砂糖壺も、みな夢のようだった。そして僕のテーブルに、僕と向き合って、亡霊の世界からでも現れ出たように、一人の男が腰を下し、僕の方を見ていた。声を掛けたのはその男だった。

——君か、と男は言った。

その顔には見覚えがあった。

——僕だよ、と彼は言った。それから彼は乾いた声で笑った。随分久しぶりじゃないか。

そうだ、随分久しく会わなかったものだ、と僕は思った。

——あの時は僕も苦労したよ。君だって、まさかあの人が本当に毒を飲むとは思わなかっただろう？　もっとも狂言には違いなかったのさ。しかし最初は誰もそうとは思わなかったからね。

——あの時には君にも苦労を掛けた。

——そうでもないのさ。僕はただ興味があった。興味というより研究心があったんだな。死にそこなって生き返るなんてのは惨めだからね。コーヒーが冷めるよ。

僕は砂糖を入れてコーヒーを飲んだ。しかしそれはただ飲む真似をしているだけのように、何の味わいもなかった。

——だから僕は失敗しなかったのだ、と彼は言った。一度でうまく成功したのだ。

——君はなぜ死んだのだ？　と僕は訊いた。

——それは法廷で聞いてくれ、と彼は乾いた声で笑った。

——僕はいまさっき法廷にいた。嫉妬のあげく妻君を殺した男が被告だった。

男は一層大きな声で笑った。

——僕が君を連れて行ったのだ。あの男はもっともっと此所で苦しむ必要があるのだ。

——君もいたのか、と僕は叫んだ。僕の隣にいたのはあれは君だったのかい？

——そうとも。あの上告は僕が却下した。馬鹿な男だ。あんなに夢中になって秩序に帰りたがっている。どいつもこいつも大馬鹿者だ。

——じゃ君は帰りたくないのか？　と僕は訊いた。

——そうだよ、僕はもう一度生れるなんてのは御免だ。僕は此所にいたいのだ。

彼は眼をぎょろぎょろさせて、声を低めた。

——友達がいに君にひとつ教えてやろう。君は君の過去をまだあまり思い出していない。が、そのうちに色々なことを思い出すだろう。すると悔恨が君の胸を締めつけるだろう。すべてを忘れ去りたいと願うだろう。此所では忘却は新生なのだ。新生する、秩序に生れ変る、それ以外に完全な忘却というものはあり得ないのだ。だから誰も彼もが上告する、誰も彼もが必死になって思い出し、必死になって新生の判決を待ち焦れる。しかし秩序に帰ったところで、また同じような愚劣な人生を繰返すだけだ。僕にはそれが分っている。人生が愚劣だったから、僕は自殺したのじゃないか。今更あんなところに帰る気になんかなるものか。僕は此所で自由なんだ。此所で自由なのは僕だけだ、自殺して此所へ来た者だけだ。僕には帰るところなんかないのだ。

彼はまたひとしきり笑った。そして言った。

——しかし君はまだ苦しむだろう。

——なぜ?

——君はまだ思い出すことが沢山ある。思い出すことは此所では義務なのだ。そして義務というものは苦しいものだ。

——一体あの法廷にはどんな意味があるのだ? と僕は訊いた。

——あれは新生か否かを決めるためだ。

——しかし誰が決めるのだ?

――それは選ばれた七人の者の意志だ。

――誰がそれを選ぶ？

――それは我々の中の無意識だ。いいかい、此所ではお互いがお互いを裁くのだ。超越的な意志は存在しないのだ。我々の中の無意識が、我々を法官として選び、七人の無意識の総和が一つの意志として被告を裁くのだ。だから裁く者は、いつかは裁かれる者なのだ。

――僕にはよく分らない。

――此所では説明することは禁じられている、と彼は低い声で言った。もう別れよう。

そして僕の友達は、僕が別れの挨拶も述べないうちに、もう席を立って店から出て行った。僕は店の入口の戸がぱたんと閉る音を聞いた。僕も後を追って立ち上ったが、薄暗い照明の下で、ボックスの背に凭れたまま、幾人かの客が眠っているのを僕は見た。彼等は眉をしかめ、しっかりと眼を閉じ合せていた。彼等は過去を思い出したのだ、と僕は思った。彼等は過ぎ去った人生に立ち会っているのだ。僕がその側を通る時にも、彼等は眠りから覚めなかった。タンゴののろのろした旋律が尚も聞えていた。

表は相変らず人通りが多かった。僕は今さっきの友達の言葉を思い返しながら、人波の間を歩いて行った。此所では、生きることは思い出すことなのだ、と僕は思った。しかし僕の思い出したことはまだあまりにも少かった。歩いている一人一人が孤独なように、僕も心の中に言い知れぬ孤独を感じた。道が今迄より細くなり、人通りが減り、星のない夜空の下に屋根屋根が仄かに浮び出ていた。僕のズボンのポケットの奥に鍵があった。僕は踊子のことを思い出した。

しかし僕にはその鍵を使う必要はなかった。僕が部屋の前に立つと、ドアは直に中から表に向って開き、心配そうに顔を翳らせた踊子が首を出した。

――あなたなの？　帰って来たの？

その顔はやや明るく霽れ、瞳には安堵のものういような光があったが、しかしいつもの憂い顔がすっかり掻き消えたわけではなかった。

僕は、部屋に上ってから訊き直した。

――何をそんなに心配しているのだい？

此所に帰って来るのが当り前だと僕は思った。この部屋の他に僕の帰る場所があるわけはない。しかしそれが何故（なにゆえ）か、なぜ僕の存在がこの踊子に結びついているのか、僕には考えることが出来なかった。

――あなた、お出掛けになってからわたしのことを思い出して？

――そうだね。最初のうちは怒っていたから当然君のことを考えていた。それから次第に忘れた。それから法廷に出た。それから喫茶店で友達に会った。それからまた道を歩き出した。

そしてふと君のことを思い出して此所へ帰って来たのだ。だから正直に言って、あまり君のことを思い出していたとは言えないな。

それは僕の癖だ。女というものは、こっちが冷たくすればするほど燃え上るものだ。大事にしてやればつけあがる。僕はそれを知っていた。

しかし踊子はごく素直に嬉しそうな顔をした。それは僕の予期していた反應とはまるで別のものだ。

——よかったわ、と彼女は言った。

——どうして？　変なひとだね、君は？

——あなたが時々ふと思い出して下さればそれでいいの。あなたの心の隅に、それがあるのだかないのだか分らないように、かすかにわたしというものが生きていればいいの。そういうふうにしか、あなたにとってわたしという者の存在は許されていないのよ。

——君は分りにくいことを言うね、と僕は笑った。生意気な女学生みたいなことを言うじゃないか。

——わたしは踊子よ、むずかしい議論なんか知らないわ。でも、わたしは此所のことはあなたよりよく知っているから。

——僕だって知っている。僕は友達に会っていろいろ聞いたから、と僕は言った。

僕は得意になって友達の話を繰返した。しかし言葉とは単なる響にすぎなかった。僕には法廷の意味も、思い出すことの目的も、結局はっきりとは分らなかったのだ。

——だが一体どういう意味があるのだろう？　と僕は独り言のように訊いた。

踊子の表情はますます暗くなった。

——此所では説明することは禁じられているのよ、と彼女は言った。

それは喫茶店で、友達が別れる前に言ったのと同じ言葉だった。

——でもなぜだい？　あいつは、此所には超越的な意志なんか存在しないと言ったぜ。

——人は誰でも自分の力で知って行かなければならないのよ。人から聞くことは、話した人にも聞いた人にも不幸になるの。

——不幸？　しかし僕達は此所でみんな不幸じゃないか。

——でもそのために、此所での滞在がもっと延びるのよ。

——じゃ君も早く秩序に帰りたいのかい？　早く此所から逃げ出したいのかい？

——あたしはあなたと御一緒にいつまでもこうして暮していたいわ。あたしはそう思うわ。でも、きっとあたしの中の無意識はそうは思わないのね。

僕には分らなかった。僕は踊子の蒼ざめた顔を、その底にある謎を読み取ろうとするかのように、じっと見ていた。しかし僕には、彼女が誰であるかを思い出すことが出来なかった。

――もう何にもおっしゃらないで、こうして暮して行ければそれだけで為合せだと思いましょう、と踊子は言った。

そして僕の、或いは僕等の、生活が展開した。僕等は時々まとまりのない平凡な会話を交し、一緒に食事をしたり、一緒に寝たりした。踊子は仕事に出掛け、その留守に僕は為すこともなく散歩に出掛けた。踊子はどこかの小さな劇場の舞台で、他の女たちと一緒に裸の踊りを踊っているらしかった。アパートへ帰っても、踊子は勤めの話をしなかった。

生活というものが、此所ではただ二つだけのことに限られている。それを僕は次第に理解した。――自分の生に立ち会うこと、そして他人の生に立ち会うこと。言い換えれば夢を見ることと、法廷に出ることとの二つだった。僕は次第に僕の過去を、きれぎれに、取りとめもなく、思い出して行った。そして思い出したことを夢に見た。どのような忌わしい記憶でも、もう一度、より鮮明に、より確実に、その場の情景も、その場の心理も、残る隈なく僕は見なければならなかった。幾つかの記憶が重なり合い、僕の過去の人生は少しずつ明るみを増して行った。しかしそれは思い出すに値しない人生だった。僕は一人の女に満足することがなく、女から女へと移って行った。僕がしばしば思い出したのは、厭らしい別離の場面だった。僕は僕の人生に、この与えられたものに、何ごとにまれ満足することがなかった。僕は寄生虫のように他人の庇護の下に生きていた。僕は人生の餘計者だった。僕はそのようなことを思い出した。

僕はまた法廷で、他人がその生を説明するのを聞き、その時に集った他の六人の法官と共に、彼等を裁いた。被告の弁明はいずれも愚劣だった。彼等の説明が愚劣なのではなく、彼等の人生が愚劣なのだ。僕はしばしば大きな声で、上告却下！　と叫んだ。しかし僕自身の裁かれる法廷は、容易に開かれなかった。それは、僕がまだ充分に思い出していないからなのだ。そのことが次第に僕にも分った。

思い出すにつれて、僕は僕が誰であったかを次第に知った。しかし僕が誰であるかを知ることは出来なかった。此所ではすべての意識が、過去を思い出すことに、自分の不確かな記憶を再び生きることに、集注した。そうすれば、それ以外のどこに生活というものがあったのだろう。なるほど僕は踊子と一緒に暮していた。彼女は僕を愛しているようだった。しかし、彼女の過去も、彼女の現在も、何等僕に関りがなかった。僕は彼女が誰であるかを知らなかったし、なぜ僕等が一緒に暮しているかを知らなかった。それに僕等の暮しは、謂わば実体のない影のようなものだった。起きることも寝ることも、それが僕等の習慣だから起きたり寝たりしているにすぎなかった。僕は僕の意識を生き、彼女は彼女の意識を生きた。二人の間に関りはなかった。二人の間に生活はなかった。

——君は一体誰なんだろうね？　と僕は訊いた。

踊子は首を起し、しんと沈んだ眼で、怯えたように僕を見た。

――そうなんだ。その眼、僕はそれに覚えがあるんだが。

――思い出さない？

――駄目だ。君の方は、君は僕が誰だか知っているのかい？

踊子はそれに取り合わなかった。怖いものでも見るように僕を窺っていた。

――思い出さないでいられたら、と低い声で言った。

――なぜ？

――ねえ分って頂戴。此所では思い出すことが義務なのよ。思い出さなければ秩序には帰れないの。よくって。わたしたちの思い出は、みんな苦しい、辛い、厭なものばかりよ。しかしそれをみんな思い出して、法廷で新生を宣告されなければ、完全に何もかも忘れて生れ変ることは出来ないのよ。

――そんなことは知っている。

――分るでしょう、思い出すことは厭なことよ、辛いことよ。でもどうしても思い出さなければならないのよ。何という矛盾でしょう。思い出さないからこそ、わたしたちはこうして暮していられるのかもしれないのよ。

――でもなぜだろう？ と僕は言った。まるで君は、僕に思い出すなと言ってるようじゃないか。

踊子は一層怖そうに肩をすぼませた。それは可憐に見えた。しかしそういう時、僕の心は反対に非情になるのだ。

——君はなぜ知ってることを僕に教えようとしないのだ？　と僕は言った。どうして此所では何もかもが謎に充ちているのだろう？　僕だけが知らないようだ、僕だけが馬鹿にされているようだ。

——違うの。あなたは知らないから救われるのよ。知ろうとすることは反逆なのよ。

——君が教えることも反逆なのか？

——そうよ。あたしは怖いわ。

——しかし反逆したからって誰が罰するのだ？　何も怖がる必要なんかないじゃないか。

——あなたはまだよく思い出さないから、悔恨の重みというものを感じていないのよ。今に過ぎ去った人生への悔恨があなたの肩にのしかかるようになるわ。そうすれば、あなただってきっと早く此所を逃げ出したいと、すべてを忘れて秩序に生れ変りたいと、お思いになるわ。きっとよ。

——しかし僕には分らない。一体あの法廷にどんな意味があるのだ？　被告を裁くのは僕たちじゃないか？

——しかしあなたもいつかは裁かれるのよ。

――どうして人が人を裁くことが出来るのだろう？　その法廷が間違っていないとどうして証明できるのだ？

――あたしは知らない、あたしは知らない、と踊子は身をすくませて繰返した。教授にでも訊くといいわ、と小声で口走った。

教授。そうだ。教授なら何でも知っている筈だ。僕は立ち上った。

――どこへ行くの？　と悲鳴に近い甲高い声で踊子が叫んだ。

――教授に訊いてみる。

――だってどこへ行けば会えるかも分らないでしょう？　およしになって。

――いいさ、探せば分るだろう。

――お願いだわ、行かないで。ね、お願い。

踊子の顔は真蒼だった。じっと立っていることも出来ないくらい手足をわななかせた。そして僕は、過去に於てそうだったように、惨めな女の前では非情だった。僕は笑った。

――君が教えてくれないから、教授に訊くまでのことじゃないか。

踊子は入口のドアに凭れかかって、訴えるような眼指で僕を見ていた。その眼には覚えがあった。記憶がかすかに揺いだ。しかし僕の意識の閾（しきみ）へまで、その記憶が登って来ることはなかった。僕は踊子の肩に手を掛け、ドアを明けて廊下に出た。

——本当に行くの？

——行くとも。なぜそんなにびくびくしているのだ？

——もしあなたが行くのなら、とか細い声で踊子が言い継いだ。あなたはきっともうわたしのところへ帰って来ないわ。

僕は過去に、似たようなせりふを女の口から聞いたことがあった。僕は肩をそびやかし、階段を下りて行った。踊子の泣声が僕の後をどこまでも追い縋った。しかし僕は引返そうとはしなかった。

表へ出ると夕暮に近い薄明が僕の周囲に漂い、空気は重たく沈んでいた。銀杏の枯葉が狭い露地に絨緞のように敷きつめられ、それは僕の靴の下でかさこそと涼しげな音を立てた。空は曇って、灰色の雲が幾段にも層をなして頭上に懸っていた。そうだ。それも僕には分らないことの一つだった。なぜこうもしばしば、時刻は黄昏に近い曇った日の午後で、季節は秋の終りなのだろうか。此所では時間は、それ自体の進行を持たないかのようだった。

僕は道を歩いて行った。通りにはいつものように人々が黙々と歩いていた。彼等の背は屈み、彼等の脣は閉じられ、彼等の瞳は眼に見えないものを追っていた。僕もその一人だった。しかし僕は時々歩みを止め、通行人に、店番の男に、交番の巡査に、教授の居どころを訊いた。しかし誰一人、教授がどこにいるかを知る者はなかった。此所では人にものを訊く習慣があまりなかったらしい。彼等は訝しげな表情と共に、そっけなく首を横に振った。僕は突き放されたように、また通りから通りへと歩いて行った。

いつのまにか僕は公園に来ていた。広い散歩道の両側に芝生がシンメトリイの形にひろがり、粗末な木製のベンチが道の片側に並んでいた。僕はその一つに腰を下した。遠くに黒々とした森と、くすんだ色の大きな煉瓦づくりの建物とが見えた。空全体を覆った雲は一層低く垂れ込め、夜になったら雨になりはしないかと疑われた。僕の隣のベンチで、背中を曲げた白髪の男が、折鞄を傍らに、眼鏡越しに一心に新聞を読んでいた。もうこんなに暗いのに新聞の活字が読めるのだろうか、と僕は思った。遠くの方で工場の汽笛らしいのが、甲高く鳴り響いた。二三人の男が、僕の隣に来て腰を下した。工場が終って労働者が家に帰る時刻だな、と僕は思った。

——開廷！

僕は飛び上るほど驚いた。それを叫んだのは今さっき僕と同じベンチに腰を掛けた労働者らしい風体（ふうてい）の男だった。新聞を読んでいる男の向う隣のベンチにも、数人の男女がいた。被告は誰だろう、僕はとみこうみしながら考えた。

その時、隣のベンチから、今迄読んでいた新聞をかなぐり捨てるようにして、白髪の男が立ち上った。眼鏡を外して胸のポケットに入れ、鷲のような瞳をきらりと耀かせた。それは教授だった。僕があれほど一心に探していた当の相手がここにいたのだ。

——教授！　と僕は叫んだ。

しかしそれを抑えつけるように、ベンチの男が叫んだ。

——開廷します！　被告の身分を述べて下さい。

——私は教授です。もっとも停年はもう過ぎています。そして私は知識を追った者です。

——どうか、教授でしたと過去形で言ってもらいたいものですね、と尋ねる男は少し皮肉な口調になった。死の状況は？

——私は老衰で死にました。或いは栄養失調と言っても宜しい。私は研究以外のことにあまり注意を向けなかったので。

——死の準備は？

——私は妻子を飢のために殺しました。それは私が、研究以外のことに関心がなく、謂わゆるアルバイトらしいアルバイトをしなかったからでしょう。私の月給は安かったから、家内にはとてもやって行けなかったのでしょう。可哀そうなことをしました。しかし私の研究は、私の妻や私の子供よりも、もっともっと大事だったのです。

——教授、それは死の準備とは関係がありません。

——いや、私の研究が即ち死の準備だったのです。一つ簡単に説明しましょう、と教授は急に講壇の上にでも立ったように、声に一種の抑揚をつけて話し出した。私は大学で意識心理学の講座を受け持っていました。意識、——諸君は意識とは何であるか知っていますか。意識とは、内省によって直接に我々が体験を記述することの出来るものです。それは私の考えでは現在意識、未来意識、これは想像或いは空想です。それに過去意識、これは記憶です、この三つにわかたれる。しかしこれらは氷山に譬えれば僅かに眼に見えているところのその一角にすぎない。そこには我々の知覚の及ばない意識下の世界がある。平常は忘れているが、必要に應じて意識面に喚び起し得るもの、これはフロイドに拠れば前意識であり、ヤスパースに拠れば下意識である。喚び起し得ないもの、証明し得ないものは無意識である。しかしそれだけではまだ満足ではない。その上更に、現在の自我意識は存続しながら、時間と空間とから遊離して存在しているが如き感じ、覚醒していながら睡眠状態にあるが如き感じ、そういった意識の落し穴の如きものの中へ我々はふと落ち込むことがあります。私はこれを暗黒意識と名づけた。このような正常ならざる意識は通常の人間でも決して経験しないわけではないが、果して精神異常といかなる相違があるのか。例えば幻覚幻聴とか、déjà vu(デジャヴュ)即ちむかし一度見たことがあるという感じだとか、時間体験、空間体験の異常だとか、意識溷濁(こんだく)に於ける夢幻的な風景だとか、離人症に於ける知覚の疎遠感、或いは実在感の喪失だとか、例はいくらでもありますが、これらは必ずしも精神異常者にのみ特有の症例ではない。多かれ少かれ、通常の人間にも、このような異常さを含んだ意識にならない意識、つまり暗黒意識というものが存在する。これは果して何であるか、それが私の研究であったわけです。

――教授、このような陳述は法廷には必要じゃありません、とさっきからじりじりして言葉の切目を待っていたベンチの男が、苛立たしげに片手を上げて叫んだ。

――そうだ、こんなむずかしい話は聞きたくない、と別の男が賛成した。

――いや、もう少し、と教授は落ちつきはらって後を続けた。私は多くの分裂病患者を診断しましたが、その間、謂わゆる了解不能な心理現象に何等かの意味を見出し得ないかと考えた。また健常人の間に見られる暗黒意識も、分裂病患者の症状に現れた世界没落感や、妄想や、自我意識の不明瞭、或いは消失などと、同じ根源から現れているのではないかと考えた。その結果、遂に私は発見したのです。Eurēka（エウレーカ）です。即ち、それらはすべて死後の世界の記憶だったのです。

教授はそこで言葉を切り、効果を確かめるように、おもむろに七人の法官の顔を見廻した。しかし僕等は皆あっけにとられて、一言も発しなかった。

――私の研究の端緒となったものは、と教授は語り続けた。分裂病患者に於ける記憶錯誤の一例として、前世の記憶を告げる者があったからです。私は前世に於てこれこれの生活を送った、と患者は言う。しかしその前世というものは、どうも意識せられた生活のようには思われない。謂わば無意識状態でそこに生きていたとしか思われない。例えばその患者は、前世の生活に於ては毎日のように雨が降っていたと言う。部屋の中は黴くさく、通りは泥濘と化し、彼は雨に濡れて街の中をさ迷ったと言う。それはどうも実際の生活を裏返しにしたもの、言い換えれば実際の生活では表に浮び出なかった彼の無意識の憂鬱、或いは無意識に彼の愛好していた情緒の現れではあるまいか、とそう私は考えたわけです。しかし患者の話は頗る精彩に富んでいて、これを単なる妄想と片づけるにはあまりにも真実に感じられる。これは確かに意識の生活に対應する無意識の生活の場所というものがあるに違いない。それはどこか。また健常人にあっても、ふと現実の意識が錯落して、暗い虚無的な絶望感が、思考としてではなく、一つの物体として浮び上ることがある。これもまた、何ものかの記憶ではあるまいか。このように考えて、私は死後の生活とは、彼の生きた意識的生活を裏返しにしたもの、つまり無意識を基調とした生活であり、新しく生れて来る時に人間はそれを全部忘れた筈であるが、忘れ得ぬ者はそこでは精神病患者として待遇される。また普通の人間に於ても、その記憶の断片が、殆ど無意味な形で、主として恐怖、悔恨、虚無として、私の名づけた暗黒意識の中に甦ることがある、とこう考えました。これが私の主張の骨子です。

ベンチに腰掛けた労働者ふうの男は、この時何か言おうとして勢いよく立ち上ったが、教授はその隙を与えずに言葉を継いだ。

——私は発見した。しかし私は証明することが出来なかった。私は死にさえすれば自分の学説を証明できることを疑わなかった。しかしその場合、死んだ私は最早それを学会に発表することが出来ない。私は苦しみました。死ぬべきか、生きるべきか。諸君、これこそ死の準備ではないでしょうか。

——しかし教授、と立ち上った男はそこでやっと口を挟んだが、教授は機械人形のように喋り続けた。

——私は死んでみて、まさに私の研究の正しかったことを知った。そうです、此所の生活は無意識によって成り立っている。此所では、意識はただ過去の人生を思い出すことの努力にのみ集注し、それ以外には……。

——禁止、禁止だ！　と男は手を振って叫んだ。

法官たちはみな慌ててベンチから立ち上り、口々に叫び合った。

——これは叛逆だ！

——この男は意識を持ちすぎた！

——この男は己たちを馬鹿にした！

——この男は言ってはならないことを言った！

——禁止だ！　懲罰だ！

——この男は法廷の神聖をみだした！

——諸君、判決は？　と最初の男が訊いた。

——この生には死の準備なんかない！

——死の準備とは知識を追うことじゃない！

——この生には愛も、情熱も、悦びもない！

——この生には民衆とのつながりがない！

——黴だ、黴だ、黴の生えた学問だ！

——却下！

——却下！

僕もまた叫んだ。

——却下！

何かが僕の中でそう叫ばせたのだ。

教授を取り巻いた男女は、もう用が終ったというように、僕一人を残して立ち去った。

そして僕は、依然としてベンチに腰を下したまま、人通りの尠い公園の枯れ枯れとした芝生の向うに、黒い森と、灰色の建物と、雨もよいの空とを見ていた。どこかで工場の汽笛が鳴っていた。

僕が気がつくと、隣のベンチには教授がぽつねんと腰掛けて新聞を見ていた。あたりには誰もいなかった。僕は立上ってその側へ歩いて行った。

――先生、と呼び掛けた。

――何か用かな？　と教授は胡散くさげに僕の方を向いた。

――先生、僕にもっと聞かせて下さい。一体此所の生活というのは何なのです？　どういう意味があるのです？　あの意識とか無意識とかいうのは何のことです？

――ふむ、君は法廷に出ていたのか。それを聞いて何とするね？

――僕は知りたいんです。ぜひ知りたいんです。

――君は餘計者じゃなかったかな？

――そうです。先生にそう言われました。

――もう一つの名は？

――分りません。まだ分りません。

――私のように知識を追ったいかれた者と呼ばれたいかね。知ることは此所では叛逆なのだ。それは何にもならない。

――しかし僕は知りたいのです。

教授は一瞬憐むように僕の顔を見た。そして頷くと、チョッキのポケットから懐中時計を出して一瞥し、ベンチから立ち上った。
——行こうか、と折鞄を取り上げて言った。
僕は教授の後に従って公園の散歩道を抜けて行った。教授が説明してくれれば何もかも分るだろう。曇った空の下を、僕は烈しい期待を抱きながら、しかも心が反対に暗く沈んで行くのを覚えていた。

街には相変らず人通りが多かった。電燈はまだ点いていなかった。僕は教授と一緒に歩きながら、僕の心が一人でいた時よりも、尚一層孤独になったのを感じた。街は影のように蒼ざめてひろがり、雲の襞(ひだ)の間から大粒の雨がぽつりぽつりと降り始めていた。

教授の住んでいる家は、電車通りからずっとはいり込んだ、人けのまったくない露地の奥にあった。玄関のすぐ側には、図抜けて大きなアカシアの樹が、夕暮の迫っているくすんだ空に、空全体の雨をこの一箇所に呼び集める目印のように立っていた。降り出した雨がアカシアの葉の一枚一枚に降り注ぎ、古びた瓦を置いた平家は、次第に激しくなる雨と次第に濃くなる夕闇との中に、消え入りそうなほどちっぽけだった。

玄関の戸は明け立てがひどく悪かった。教授は舌打ちをしながら、折鞄を小脇に抱え込んだまま両手でそれを明けた。それからそそくさと沓脱(くつぬぎ)の上に靴を脱ぎ捨てると、僕のことなんかまるで忘れたようにどんどん奥へはいって行った。

その玄関は薄暗くて電燈が点いていなかった。僕は教授に連れられてここまで来たものの、中へはいってよいものかどうか分らなかったので、ぼんやりと佇んでいた。雨脚が急に強くなると、そこは湿気と黴とのにおいがした。

前にここに来たことがある、と僕は考えていた。そう考えながら、ズボンの右のポケットからハンカチを取り出し、濡れた髪や肩のあたりを拭いた。記憶は返って来なかった。それは遠い昔のことで、僕の意識の底の方に幾つもひしめき合っている古い記憶の一つだった。しかし僕には注意を集注するだけの気力もなく、教授はどうしたのだろうという現在の意識ばかりが、僕の手からハンカチを元の場所へ戻させなかった。その時、廊下に跫音を立てて、教授が姿を見せた。

——さあ上り給え。つい君のことを忘れていたよ。

——先生は随分忘れっぽいんですね、と僕は一種の親愛の情をこめて言った。

——私はよく忘れる。いつも行く教室のあり場所まで忘れてしまって、大学の階段を昇ったり降りたりして講義時間を潰してしまったこともあるな。もっともこれは停年になる前の話だが。

僕は教授のあとに従って茶の間とも覚しい狭い部屋に通された。そこには卓袱台(ちゃぶだい)の真上に、仄暗い電燈がともされていた。そして卓袱台の上には貧しい夕餉(ゆうげ)の支度が整えられ、その向う側に、顔の色が土気色をし、半白の、一つまみほどの髪をひっつめに結った老夫人が、膝の上に両手を置いて坐っていた。

——お世話になります、と言って僕はお辞儀をした。

夫人は丁寧に挨拶を返したが、どういう感情を心に持っているのか、僕には分らなかった。夫人は黙って僕等に給仕を始め、教授も食事の間じゅう口を利かなかった。僕はちょうど食事時分にこの家に来たわけだ、と僕は考えた。お菜(かず)の量が少いのは、これは二人前のお菜を三人に分けたからだろう。愛想よくしなければいけない。僕は愛想よくして、口から出たあとは何を言ったのか直に忘れてしまうような、ふわふわした世間話をした。しかし教授も夫人も、僕の話に乗っては来なかった。

食事が済んで僕等がそれぞれ茶を飲んでいた時に、夫人が教授に問い掛けた。

——今日は雑誌社にお寄りになりました？

——うん、いや……。

教授は曖昧に僕の顔を見た。僕は気を利かして、傍らの畳の上にあった新聞を取って、膝の上にひろげた。

——あれはうまく行かなかった、と教授は言い足した。

——でもあなた、あれは大層御苦心をなさって……。

――あの論文の出来は悪くないのだよ。私には自信がある。しかしどうも、その少しばかり古いと、雑誌社の方で言うものだから。

――渡していらっしゃらなかったの？

――もう少し書き直すことにした。ああいう学術論文の形では駄目なんだな。心理学というのは目下流行の学問だから、どんなものでも載せますと、この前、編輯者が言っておったが、如何せん、私の論文はむずかしいんだよ。小説なんぞから例を引いて分りやすくしてもらいたい、という註文だが……。君は小説なんか読むかね？

僕は急に矛先を向けられたので、どぎまぎして新聞から顔を起した。

――ええ、少しは読みます。

――あれは本当にあったことが書いてあるわけではないだろう、と独り言のような調子で教授は呟いた。私は小説というものは信用しない。心理学の症例に、小説の中の人物を引用するなんてのは馬鹿げた話だ。

――でもあなた、そうとばかりは限りませんわ、と夫人が言った。もしそうした方が雑誌社の方で気に入るのなら……。

――私は自分の気に入らぬことはせぬ。

僕はまた新聞の上に眼を落した。大きな活字や小さな活字が、意味もなく、蠅取紙の上に捉えられた無数の蝿のようにばたばたと踠いていた。気詰りなものだ、と僕は考えた。たとえ自分に関係のない問題であっても、食卓の側で、言い合いをしている人たちを見ているのは。

——君、そこの三面に親子心中の記事が出ているだろう？　と教授がまた僕に向って言った。僕は空しくそれを探した。無数の蝿が飛び立って僕の眼に殺到した。

——分らんかね。どれ貸して御覧。

教授は老眼鏡を掛けて新聞を手に取ると、おい鋏をくれ、鋏、と夫人に命令した。夫人は黙って立ち上ると、箪笥の抽出から裁鋏を出して来た。

——私は新聞の記事は信用する、と鋏をちょきちょきいわせながら教授が呟いた。これこそはまさに生きた心理学だ。親子心中、何という悲惨なことだ。理性を喪失した人間というのは懼るべきだ。

——しかしそれは政治が悪いせいじゃないんですか、と僕はつい口を挟んだ。

教授は新聞記事を切り抜き、私には政治のことは分らぬ、と言った。彼は切り抜いた残りの新聞を僕に渡し、自分はその切り抜きに読み耽っていた。

——わたしたちも心中でもしましょうかね、とその時、それまで黙っていた夫人が、苦い、突き刺すような声で言った。

教授は老眼鏡の上目越しに妻の方を見た。疲れた不快げな表情がその顔に浮んでいた。僕はまた新聞の上に眼を落したが、奇妙な形に真中の部分を切り取られた新聞は、そこに虚無の深淵をたたえているようだった。

——本当にあなた、しっかりして下さらなければ、人さまのことは嗤えませんわ。

——私は何も嗤ってはおらぬ、と教授は怒った声で言った。私はただ、私の論文に適当な用例を……。

——あなた、わたしだって随分と長いこと我慢をして来ました。もう飽きました。こんな暮しがいつまで続くことでしょう？　つましいと言っても程があります。

——分っている。

——いいえ、あなたは少しも分っておいででない。分ろうとはなさらない。大学を停年でおやめになってからは、僅かばかりの恩給と、私立大学でのお講義と、それになかなか雑誌に載らない論文と……、あなたの一月の収入がどんなに少いか御存じなんですか？　それなのに本はどしどし附でお買いになる。今日も本屋から大層な請求書が参っておりますよ。

——怪しからん。何でまた今頃、請求書などを……。

——それは向うも商売ですもの。こんなにかさめば当然ですわよ。

——しかし本を読むのが私の商売なのだ。今さら何を言うのだ。学者というものは……。

——学者、学者、いつもそれです。もう聞き飽きました。もう何十年も我慢をして来ました。

子供は病気で殺してしまうし、わたしはいつのまにかお婆さんになってしまって、それでまだこんな苦労なんですからね。このままで行けば干乾（ひぼし）になって死ぬでしょうよ。

新聞の中の切り込まれた深淵が次第に大きくなり、死臭を慕って舞い集った蝿のように、活字がその周囲でひしめき合った。こういう話を、食卓の側で、まるで自分に関係のないことのように聞かされているのは厭なものだ。手に持っている新聞が、僕の身体の一部分になって小刻みに搖れている。

――わたしは間違いましたよ。もう後悔しても遅いけど、どうしてあなたなんかと結婚したんでしょうね。

その時、記憶が僕に返って来た。この乾いた声、この新聞紙のかすかな印刷のにおい、自分には関係がないと強いて言い聞かせている意識。そうだった。返って来た記憶は僕に、親戚の家での、困り者の、食客の身分を思い起させた。毎日雨が降り、僕はいつも手足をつめたくかじかませていたのだった。僕は坐っている足を動かした。靴下が湿っている。さっき雨の中を歩いて来る間に、靴下が濡れてしまったのだろう。そして僕は足先の底冷（そこびえ）を感じながら、新聞を手にしたままいつか眠ってしまった。そして僕は夢を見た。僕は秩序に帰って行った。

それは狭い茶の間で、食卓の上には、後片附の済んでない食器類の中央に、蠟涙をしたたらせた短い蠟燭が二本、火を消されたまま立っていた。侘びしげな薄暗い電燈の光に照されて、蠟燭の芯はまだきなくさいにおいをくすぶらせた。

——こう停電が多くちゃやりきれないわね、と叔母が言った。

——戦争に負けるとろくなことはない、と叔父が呻くように言った。

電燈の灯がまたたいた。食卓を囲んで叔父はめっきり白髪のふえた頭をうなだれ、叔母はかっぷくのよい身体を反身になって、明滅する電燈の方を睨み、僕は黙って新聞の上に眼を落していた。新聞を支えている僕の手のかすかなわななきを、眼に見えぬ気体となって、僕は空中から見ていた。その光景を見ているのも僕、新聞に眼を落して、叔母の言うことは僕とは関係がないと考えているのも僕だった。新聞の記事は、論理的な言葉の連続として僕の頭脳に訴えて来なかった。

——毎日よく降ることね、と叔母が言った。勤めの往き帰りは本当に厭になるわ。

叔父も黙っていたし、僕も黙っていた。雨の音ばかりが小歇みなく続いた。それは屋根を腐らせ、部屋の中にあるあらゆるものを腐らせ、僕たちの心までも腐らせるようだった。

——梅雨だから、と叔父はぽつんと言った。叔母は急に勢い込んで、その薄い脣をめくるようにしながら、早口に喋り出した。

——梅雨だから。まったくねえ、あなたはそうやって、涼しい顔をなさって、梅雨だからで済むわねえ。わたしの身にもなって御覧なさい、雨の漏る傘をさして、満員の電車で息の詰る思いをして、まったく何の因果でこんな馬鹿らしい勤めに出なきゃならないんだか。レインシューズさえ買えないんだから。アメリカ人たちはそりゃいいでしょう、自動車ですうっと乗りつけて、ミセス、ここんとこはどういう意味ですか、なぞとお小言を言って、時間ともなればさっさと車で帰って行く。わたしもこの歳になって、むかし習った英語がまた役に立つとは思いませんでしたよ。まったく何もかも逆さまの世の中だ。この間まではあなたも閣下と呼ばれてあんなにお元気だったのに、今はわたしが働いて……。

——もうよい、と叔父が口を挟んだ。

——よくはありませんよ。本当にうっとうしい雨だ。あなたはお忙しくしてらした頃、閑になったら一つ晴耕雨読と行きたいとおっしゃったものよ。どうですか晴耕雨読の印象は？　わたしもあなたと連添って随分長くたちましたけど、こんなことなら結婚なんかするんじゃなかったと思うわねえ。

電燈が明滅した。新聞が僕の手の中でかすかな音を立てた。

——叔母さん、と僕は顔を上げて呼んだ。僕がちょっとうまいルートを見つけたからお米を買いませんか？

叔母がゆっくりとその顔を僕の方へ向けた。

——そう、幾らなの？

——闇のものは買わぬ、と叔父がかぶせるように言った。

叔母は何か言いたげにしたが、僕の顔を見詰めたままで今度は僕に食ってかかった。

——あなたは相変らずそんなことをやっているの？

——そういうわけじゃありません。

——ちゃんとした職を見つけたらどうでしょうね。よく考えて頂戴、わたしたちは遊んで暮しているのじゃないのだから。

——なかなかくちはないんです。

——つまり気がないのね。働こうという気のない人間は屑よ。あなたって人は、若いのにほんとに屑ね。

僕は黙っていた。叔母は声を落して附け加えた。

——わたしたちは闇のお米を買うような身分じゃないのだから。でも、時に幾らだって？

——闇はせぬ、と叔父が言った。私は絶対に闇はしない。

僕は俯いて新聞を見た。そして夢の中にいる僕は、僕が秩序にいた時の光景を、その時の僕の蒼ざめた顔を、今、じっと眺めていた。今の僕には分っていた、叔父が、——あの痩せた、無気力になった、それでいて持って生れた道徳律が決して闇の米を買うことを自分に許さなかった叔父が、そのあと一年もたたないうちに栄養失調で死んだことを。そしてそれを知っている僕も、また死んだのだ。しかしその時の僕は、まだ叔父が死ぬことも、自分が死ぬことも、知らなかった。もしあの時僕が、無理にでもあの米を買わせ、無理にでもそれを叔父に食べさせていれば、叔父は惨めな死にかたをしなかったかもしれない。叔母の言うことを素直に聞いて、もしちゃんとした職業に就き、自分の生活を組立てていれば、僕も貧しい施療病院の一室で、誰にも見送られずに死ぬことはなかったかもしれない。そういう後悔はすべて役に立たなかった。後悔はすべて無力だった。僕は叔父の疲れ切った顔を見、薄い脣を動かしている叔母の顔を見た。俯いている僕の顔を不思議なもののように見た。その僕の心の中にあるのは憎しみだけだった。小ざかしい叔母への憎しみと、そして僅かばかりの叔父への憐み。

電燈が急に光を弱くし、雨の音が部屋の周囲に強くなった。

——ひどい雨だこと。

夢は終った。僕は依然として新聞を手に持っていた。僕は新聞を畳の上に置き、表の雨音に耳を澄ました。教授夫人も、そう口にしたあと、黙ってお茶を飲んでいた。教授は老眼鏡を外し、切り抜きを手にして立ち上った。

僕は廊下に出、教授に案内されて玄関脇の三畳間に移った。そこは昼も薄暗く、夜は貧しい電燈の光に照されて一層薄暗かった。僕はその部屋に寝泊りした。北向に硝子窓があり、窓の先に大きなアカシアの樹の幹が見えた。毎日雨が降り、アカシアの葉群はその一枚一枚が雨に打たれて搖れ、かぼそい音を立てた。空は昼も夜も暗澹と曇っていて、滲み出るように雨がしたたり落ちた。部屋の中は湿気に充ち、冬のように寒かった。しばしば窓から外をみると、樹の幹に沿って、雨水が滝のように流れていた。

教授の家の中はいつも静かだった。教授は大抵は、書斎と名づけられた狭い洋間に閉じこもったきりだった。その部屋は神聖で、夫人は決してそこへ通ることはなかった。夫人はいつも茶の間に坐って繕い物などをしていた。時たま僕が書斎へ行くと、教授は机の上に肱を突いて瞑想に耽っていたが、その表情に、鋭い内省の閃きを思わせるような霊感の耀きは、決して浮んでいることがなかった。倦怠の影が目蓋を覆い、無能の皺が頬の線を刻んでいた。教授は時折、折鞄と洋傘とを持って表に出て行ったが、帰って来るといつも疲労のありありと見える顔つきをして、黙って新聞を切り抜いていた。そして食卓の向うから、夫人は乾いた、鋭い声で、愚痴をこぼした。

僕もまた為すこともなく暮していた。雨と、湿気と、黴と、そしていつまでも果てることのない夫人の愚痴話との中に。それらは僕に、秩序にいた時の僕の生活の断片を思い起させた。僕はしばしば秩序に帰った。ただ悔恨を新（あらた）にし、不確かな記憶の灰の中に埋もれた自分の過去をとびとびに繋ぎ合せるためだけに。

教授夫人が、薄暗い電燈の光の下で、いつまでも喋っていた。

——わたしは何て馬鹿だったんでしょうねえ、あなたという方が、それは素晴らしい学者で、あなたの学問とやらを完成させるためになら、わたしなんぞその蔭に犠牲になって、一生埋もれてしまったって、ちっとも悔いることはないと本気で考えていたんですからね。子供が生きていた間はそれでもまだ愉しみがありました。あの子が病気で死んでからは、毎日、何であなたと結婚したのだろうと思わない日はありませんよ。あなたはいつでもわたしを放っておきになる、書斎に閉じこもって、それはあなたはお宜しいでしょう、学問のためですものね、しかしわたしまで、こんな黴くさい、陰気な部屋の中に放っておかれて、今さらどうしたらいいのでしょう？　本当に馬鹿でした、もっと早く、もっと若いうちに、気がつけばよかった、大学の先生とか、学者とか、博士論文とか、そんなことにすっかり騙されて、この歳になってもその日のお米が買えるか買えないか、こんな暮しをしている奥さんが他にあるでしょうか……。

　そして夫人の声を、眠るためというよりは寧ろ過去を思い出すための子守唄のように聞きながら、僕は眠った。僕は過去の一場面に立ち会った。

——あたしは本当に馬鹿だったわ、騙されたのよ、騙されたのよ、と女が言った。

狭い部屋の中に、女の濡れたスカートや靴下が、鴨居から鴨居を繋いだ紐にぶら下って、電燈の光を暗く遮っていた。女は身体を小刻みに動かして、口惜しげに脣を曲げていた。

——そんなに怒ることはないさ、具合が悪かったからつい飯（めし）の支度が出来なかったと言ってるじゃないか。

僕は畳の上に肱枕をして、横になったままそう言った。雨の音が、絶え間もなく僕の耳に降り注いだ。

——あたしは何も、これから晩御飯の支度をするのが厭で、それでこぼしているのじゃないのよ。どうしてあなたみたいな人と一緒になったのかしらと思って。

——それは君が僕を好きだったからさ。

——そうよ、それが口惜しいのよ。どうしてまた、あなたのようなくだらない男が好きになったんでしょうね。

僕は苦笑した。僕は自分がくだらない人間であることをよく承知していた。しかし女は、僕がせせら笑ったと思ったらしい。神経質に眼が光った。

——具合が悪いなんてどうせ嘘でしょう？　パチンコ代もないから、昼寝をしてたんでしょう？

——少し風邪気味なんだ。

——ふん。大の男がそうやって寝そべって、女に働かせていればそれでどんな気持？

——愛想が尽きたかね？

——愛想なんかとうに尽きてるわよ。

電球の側にぶら下っているスカートから、かすかに白っぽい蒸気が立ち昇っていた。僕はその光景を、——立ったまま、顔色を蒼ざめさせてきゅっと脣を嚙んでいる女と、寝そべったまま苦笑を浮べている僕とを、じっと見ていた。そして寝そべった僕は、紐からぶら下ったスカートが、隙間風に少し搖れているのを眺めていた。天井に雨漏のしみが滲んでいた。

——あなたなんか大嫌いだわ、と女が言った。あたしは何も、あなたを養うために一緒になったんじゃないわよ。あなたは随分うまいことを言ったじゃないの、ちゃんと勤め先もあるし、共稼ぎで幸福な家庭を建設しようって、立派な口を利いたわねえ。幸福というのは、二人とも社会的な自覚を持って、仕事と家庭とを両立させることだったわねえ。

——あれは僕が馘首になったからさ。

——それからは安心して、毎日ぶらぶらしてるじゃないの。さぞかし失業者というものの社会的自覚をお持ちになっているんでしょうね。

——好きで失業してやしない。

——あなたはそれが好きなのよ。怠け者なのよ、餘計者なのよ、あなたなんか生れて来ない方がよかったのよ。

——そうかね。

——そうよ。本当にあたしは馬鹿だった、そんな人とは思わなかった。毎日雨の中をお勤めに行って、厭な思いをし、惨めな思いをし、びしょびしょになって帰って来て、それから晩御飯をつくって、ああまったくやり切れないわ。何のためにこんな苦労をするのでしょうね？

――厭なら飯はつくらなくてもいいさ。

お勝手はすぐ隣だった。女はそこへはいって何やら支度を始めた。米を研ぐ音に混って、彼女のしゃくり上げる声がかすかにした。僕には何の感動もなかった。そこに寝ている僕には、それは現実の持つ苦味（にがみ）、生きていることの多少の刺戟というにすぎなかった。しかしそれを宙にあって見ている僕には、無力な後悔があった。あの時でもまだ間に合ったのだ。あの時からでも、真に生きようと思えば、間に合ったのだ。生きている時には、可能性は無数にあった。しかし畳に寝ている僕は、平然と、紐にぶら下ったスカートや靴下を眺めているだけだった。

夢から覚めても雨は依然として降り続いていた。窓から外を見ると、樹も草も雨に打たれて次第に腐って行った。

教授の家での生活は、――もしそれが生活と言えるならば、極めて単調だった。教授は書斎に、夫人は茶の間に、僕は玄関脇の三畳間に。そして食事の時に顔を合せても、それはただ夫人の愚痴を聞くためというにすぎなかった。一体何のためにこうしているのだろう、と僕は考えた。いつか法廷に出るために。そして新生の判決を受けるために。しかしここにこうしている限り、法廷もなく、審判もなかった。ここにあるのは生活の影のようなもの、家庭というもの厭らしい腐敗だけだった。草や樹のように、この家庭もまた次第に腐って行きつつあった。教授は教授として、教授夫人は教授夫人として、彼等はそれぞれ別個に生きていた。夫と妻として、いな寧ろお互いに敵として、彼等は暮していた。僕が他人としてその間に割り込んでいたとしても、この老夫婦がお互いに他人であるほどに他人ではなかった。何しろ僕は、教授には憐憫と多少の尊敬とを感じていたし、夫人には心からの同情を（時たま）感じることがあったから。例えば夫人がなくした息子のことを話して聞かせるような時に。そして教授と夫人とが、二人とも感動し、二人とも理解し合うのは、その話題の時に限られていた。

——大学にはいって、これからという時でした、と夫人が言った。

——あいつは私に似て頭のいい奴だった、と教授が言った。

——その頃は本当に貧乏でしてねえ、病院に入れなければと思っても、なかなかその決心がつきませんでね。

——あいつは病気のことを隠していたのだ。

——いいえ、わたしには分っておりましたよ。あの子の心根はほんとに不憫でした。あなたがあの頃、博士論文を書いておいででしたから、あの子はわたしたちに餘計な心配を掛けまいとしたのですよ。

——馬鹿な奴さ。そんな我慢なんかすることはなかったのに。

——ほんとにやさしい、親想いの子でした。それなのにあなたは、しょっちゅう、がみがみ怒ってばかりいらした。

——私は論文のために神経が高ぶっていたのだ。

——あの頃は貧乏でした。今もそうだけど、でもあの頃はひどかった。あの子も可哀そうに、何の愉しい思いもしないで。ほんとに若くて。もし生きていてくれれば、今頃はあなたのようにねえ。

僕はそう言われると、苦しくなって三畳間へ戻った。一人きり、窓から雨の庭を眺めていた。僕はたやすく、その亡くなった大学生の気持を類推することが出来た。親というものは、そんなにも死んだ子供のことを気に掛けているものだろうか、と僕は思った。八手(やつで)の大きな緑の葉の上に、雨蛙が一匹ちょこなんと載っていた。親というものは……。その時、僕に記憶が返って来た。そうだ、そういうこともあったのだ。僕は窓を離れ、畳の上に横になって眠った。眠りは、不可避的に、僕を過去の一場面に立ち会わせた。それは不愉快な記憶だった。その光景をもう一度この眼に見ることなど、僕は決して望んでいなかったのだが。

——お前みたいな奴は死んだ方がいいんだ。

部屋の中は薄暗く、蒲団に寝かされている僕の枕許に、父親は脣をぶるぶる顫わせながら、腕組をして坐っていた。

——そんなに怒る人があるもんですか、可哀そうに。

母親はおろおろして、小柄な身体を立ったり坐ったりしていた。

——まだ痛むかい？　と僕の額の手拭を取り上げながら訊いた。

僕は身体を少しずらした。そのはずみに、全身の骨が万力に掛けられたようにぎしぎし鳴った。僕は呻いた。

——何も頭なんか冷してやることはない、と父親が言った。

母親は洗面器の中で手拭をしぼりながら、不服そうに父親の方を見た。

——あなたみたいにそうがみがみおっしゃるものじゃありませんよ。あなたが乱暴するからこんなことになるのじゃありませんか。

——お前が甘やかすから、こんな大それたことをするんだ。まだ中学生のくせに、本当に末が思いやられる。

——だって何も乱暴することはありませんよ。

母親は濡れた手拭を僕の額に載せた。それはひんやりとして気持がよかった。

——何も私が乱暴をしたわけじゃない。こいつが逃げ出しそこなって階段から転がり落ちただけのことだ。自業自得だ。

——可哀そうに。あなたが気違いみたいに怒るからですよ。

——怒るのが当り前だ。こんな不良とは思わなかった。行末どうなることか。

——もうそんなに言わないで、あなたは向うへ行って下さい。お医者さまもそっと寝かしておくようにとおっしゃったじゃありませんか。

——階段から落っこちた位では死にはせぬ。怪しからん奴だ。一体あの金をどうしたのだ？

——またそれを。今はこの子もこんななのだから、少し大目に見ておあげなさい。

——飛んでもない奴だ。お前が日頃甘すぎるから……。

——さあさあ、何ならわたしから聞いてみますから。お父さんみたいにがみがみ言うばかりが能じゃありませんよ。

父親が荒々しく立って行ったあと、母親が代りに枕許に坐って静かに額の手拭を取り替えてくれた。部屋の外では雨が陰気に降り続いていた。母親が動く度に、かすかに香のにおいがした。

——可哀そうにね、と母親が言った。だいぶひどく打ったかい？

僕は首を振った。背骨がずきんずきん痛んだ。

——お父さんだって、あれで悪いと思っておいでなんだよ。しかし怒るとあの人は眼が見えなくなるんだからね。お前も何もそんなに慌てて、階段から落っこちることはなかったのに。

僕は黙っていた。

——親というものは、みんな子供が心配なものだよ、と母親が言った。

僕は首を縁側の方に向けた。縁側に、小さな雨蛙が一匹這い上って、目玉をくるくると動かしていた。

——あ、お母さん、蛙がいらあ、と僕は叫んだ。

——え、どこに？　まあ厭だこと。

母親は怖そうに立ち上って、遠くから、しっしっと追った。雨蛙は向きを変えると、ぴょんぴょんと跳ねた。僕はそれを見て笑った。

——おや笑っているのかい？　元気になったんだね。

僕は笑うのをやめて、しかめ面をした。雨蛙は障子の蔭になって見えなくなった。

——でもあのお金はどうしたの？　何に使ったの？　と母親が不意に訊いた。

それは秘密だから言えない、と寝ている僕は思った。

お金というのは何だったろう、とこの光景を夢の中で見ている僕は考えた。記憶はそこまでは返らなかった。現に眼にしているこの光景は、隅々まで明かに僕の過去の断片を再現しているのに、寝ている僕の意識の内容は、その大部分が闕け落ちていた。父親に叱られて階段から転がり落ちたことは覚えていたが、父親が何で怒ったのかは分らなかった。ただそこには秘密があった。中学生の幼い秘密があった。

母親はかすかに溜息を吐いた。雨蛙がまた、僕の眼に見えるところまで縁側を跳ねて来た。そのきょとんとした顔つきを、次第に微笑を浮べながら、僕はじっと見詰めていた。

僕は三畳間で目を覚ました。そういうこともあったのか、と僕は思った。その頃はまだ若かった。人生は始まったばかりだった。どのような生きかたでも、その時にはまだ可能だったのに。

過去を思い出すことに何の意味があるのだろう、と僕は呟いた。きれぎれに思い出された過去。しかしそれらを一筋に繋ぎ合せるものは何もなかった。或る時は中学生だった、或る時は親戚の居候だった。そして或る時は女に働かせてぶらぶらしている怠け者だった、どの断片も惨めで、下らなく、人生の本質からは遠かった。それでも、夢の中では、秩序に於ては、僕は確かに生きていたのだ。

この現在に於ては僕は少しも生きていない、と僕は窓から外を見ながら考えた。空は相変らず暗く濁って、ぶちまけるように雨を降らせていた。アカシアの葉はどれも濡れて寒々と身を顫わせていた。幹を傳って雨水が流れていた。いつまでも、単調に。

教授の家の中には、何の変化もなかった。教授はもう法廷のことも、無意識の心理学のことも、新生のことも語らなかった。この家での生活は、法廷とは何の関りもなかった。ただ教授と教授夫人とが些末な日常生活について議論し合い、それによって僕が過去の幾つかの光景を思い出したというにすぎなかった。一体この夫婦に生活があるのだろうか、と僕は思った。僕がこの家で他人であり、他人である故に孤独である以上に、教授も、夫人も、それぞれに孤独だった。二人が卓袱台に向い合って坐っている時に、彼等は僕以上に孤独だった。影を失った人間のように、或いは寧ろ影そのもののように。

　そして僕はまたあらためて思い出した。此所に生活などというものがある筈はない、僕等はみな死んだ人間なのだ。教授も、教授夫人も、とうに死んだ人間なのだ。あの二人は夫婦でも何でもない。教授は、生きていた頃、学問のために妻子を犠牲にして悔いなかった男、つまり知識を追った者だった。夫人は、夫のために家庭の中に埋もれてしまった妻、謂わば他人のために生きた女だった。彼等は生前の自分たちの生活を、今、無意識のうちに再現しているだけなのだ。彼等はそれぞれの型、或いはそれぞれの呼名を持ち、その中で永遠に同じ一日を暮しているのだ。もし教授がいつものように洋傘と折鞄とを持って外出し、どこかの法廷で新生を宣告されて二度とこの家に帰って来ないとしても、夫人はいつまでも茶の間で縫い物などをしながら、夫の帰りを待ち受けているだろう。そしていつかはまた、別の教授が、教授という一つの型を再び演出するために、明け立ての悪い玄関の戸を開くだろう。夫人はその時もまた、貧しい生活の愚痴をこぼし、病気でなくした息子のことを口にしては溜息を吐くだろう。一人は一人ずつ孤独で、そこには共通の意志というようなものはなかった。

此所には時間さえもない、と僕は思った。すべては単調で、平凡で、同じことの繰返しにすぎなかった。思い出した過去でさえも、常に似たような、暗い惨めな場面にすぎなかった。しかし秩序では、未来は常に現在の上に可能性を開いていたのだ。明日の時間を知らないが故に、その現在は希望を孕んでいた。もしあの中学生の僕に、——父親に叱られて階段から転がり落ちた時の僕に、今、戻ることが出来るならば、僕はもっと別のように生きられるかもしれないのだ。もっと満足の行くように、もっと人間らしく。

悔恨が僕の心を重たくした。此所には生活もなく、時間もなく、未来もない。人はすべて或る種の型にすぎず、事件はすべて僕にとって既に（無意識的に）知られていることのみにすぎない。恰も僕が思い出し、夢に見、その中で立ち会うさまざまの事件が、すべて僕が生涯に於て嘗て経験したものにすぎないように。僕は此所で、知らないことを知るのではなく、知っていることを——知っていてもう殆ど忘れかけていることを、ただ明かに確かめるというだけなのだ。此所に希望はなかった。

いな、希望がない筈はない、と僕は呟いた。

雨が次第に小歇みになり、雲の切目が見え始めていた。明るい光が空一面の灰色の襞の間にほんのりと射して来た。アカシアの葉群が、身顫いをして滴を振り拂った。蛙が一斉に鳴き始めた。

希望がなければ存在もないのだ、と僕は思った。此所にだって希望はある筈だ、それは法廷だ、新生の判決だ、そのためにこそ、こうした惨めな日常、こうした過去の記憶、こうした無力な後悔が、その意味を持っているのだ。僕は法廷を求めて出て行かなければならない、街へ、街の中へ。

僕はその部屋を出て、玄関で靴をはいた。玄関は相変らず薄暗く、入口の戸は明け立てが悪かった。教授は外出している筈だったし、夫人は茶の間でつくねんと針仕事をしているだろう。しかしもう僕に用はなかった。僕は戸をぴったりと閉め、歩き出した。振り返ると大きなアカシアの樹が、雲間から蒼空の見えかけている空に、出発の合図のように緑色の葉群を揺り動かしていた。

歩いて行くにつれ、空は一層明るく霽れ、僕の心もまた次第に晴れて行った。狭い道の両側には樹が多く、若々しい太陽の光がその上に射していた。僕はどんどん歩いて行った。道が行き尽きると、そこは河に沿った堤防の上だった。

その河は河幅はさしてひろくなかったが、豊かな水を湛えてゆっくりと流れていた。水の表が陽を受けてきらきらと光った。僕は堤防の上から、ゆるい傾斜をなしている斜面を少し下り、そこに横になった。若草が一面に生えて、草のにおいが河から立ち昇る冷たいにおいに混った。僕は首のうしろに両手を組んで、空を見ていた。空は真澄(ますみ)に青く光っていた。

——ゲンムシ取りに行こうか。

堤防の上で子供の声がした。それはやんちゃそうな男の子の声だった。しかしその姿は見えなかった。

——ゲンムシってちびっこいのでね、蟻のすこうし大きいようなの。ね、取りに行こうか。

相手の声は聞えなかった。そしてあたりはまた静かになった。

——だってあたしは遊びに行けないんだもん、お母さんに叱られるんだもん。

それは女の子の悲しげな声だった。それはやはり僕の頭の上の方から聞えて来た。

僕は立ち上り、堤防の上まで登った。しかしそこには誰もいなかった。僕は河に沿って、河下の方へ歩き出した。何かが僕の心の中で揺れていた。子供の頃のことだ。しかしそれははっきりした形となって、意識に像を結ぶまでには至らなかった。子供の頃のこと。あのお金というのは何だったろう。

次第に陽が傾いて、河上の方から暮れ始めた。僕はふと立ちどまり、足許から小石をひろって河の上に投げた。小さな飛沫が上り、かすかな水音がした。黄ばんだ空が河の表に映っていた。あたりはひどく静かだった。

僕が思い出したのはその時だ。僕は声をあげてそこに坐り込んだ。そうだったのか、そういう僕もあったのか。空はその周囲を黄昏の色に染めた大きな水盤となって、逆さまに僕を眠りの中に押し伏せた。僕はその空に捉えられ、そして僕は眠った。決して取り返すことの出来ない過去を、もう一度この眼に見るために。

それは夕暮がたの河のほとりだった。貧しい身なりをした小さな女の子が堤防の上に立っていた。一人の中学生が、息を切らせながら、その側まで走って来た。その中学生は僕だった。立ち止っても、まだはあはあと喘いでいた。女の子は心配そうにその顔を覗き込んだ。

——待ったかい、ひどく待ったかい？　と僕は訊いた。

——そんなでもなくってよ。随分早かったわ、と少女は、小首を傾けながら、僕を見詰めて言った。

——ほら持って来た、お取りよ。

僕はしっかりと握りしめた拳を少女の方へ差出した。少女は身をすさり、びっくりしたような心細げな表情をした。

——本当なの、本当に持って来たの？

——嘘なんか吐くものか。本当だよ、見て御覧。

僕は握っていた手を開いた。幾枚ものぎざぎざのついた銀貨が、汗に濡れて掌の上に載っていた。夕暮の乏しい光がその上に落ちた。

——でもあたし、やっぱし貰えないわ、と少女はかぼそい声で言った。

——どうして？　だって困るんだろ？　お母さんに叱られるんだろ？

——それはそうだけど。

——だからさ、早く取っておおき。平気なんだから。

——でもこんなに沢山。あたし……。

——馬鹿。

僕は無理やりに少女の手に銀貨を握らせた。少女の手は小さくて、片手にはそれははいりきらなかった。僕はもう片っ方の掌に残った分を握らせた。

——大丈夫なんだ、これは僕が貯金しておいたお金なんだから。

それは嘘だった。僕の貯金箱は明けてみたら小銭ばかりであまりにも少かったから、僕はこっそり簞笥の抽出から盗み出して来たのだ。お母さんはきっと気がつかないだろう。それに僕は悪いことのためにこのお金を使うわけじゃないんだから。

——大丈夫だよ、と自分を安心させようとしてもう一度言った。

——そう？

少女は信じ切った、澄んだ瞳で僕を見詰めた。僕はその視線が眩しくなって、足許から小石を一つ拾い上げた。力いっぱい、それを河の表に投げた。小さな飛沫が上った。

——君が好きだからあげるのさ、と僕は河の方を向いたまま言った。君がお母さんに叱られちゃ可哀そうだもの。

少女は両手を握りしめたまま黙っていた。僕と並んで河の方を見ていた。少女のお河童の髪が夕暮の風にかすかにそよいでいた。

——あたしも好きよ、と言った。でも、お金なんか貰わなくったって好きよ。

そしてあたりはまた静かになった。僕は小石をもう一つ河の表に投げた。そこはもう薄暗く、小さな飛沫のほかには水の流れさえ見定められなかった。

それが終りだった。僕は眼を開き、河を見下す堤防の上にただ一人坐っている自分を見出した。あたりには夕闇が濃く漂い、河は一本の黒い帯のように流れていた。空はいつのまにか雲に覆われて、ぼんやりした光が空中に漂っていた。

僕は歩き出した。街へ。そうだ、僕は街へ行かなければならない。僕はせっせと歩き出した。堤防からそれて薄暗い横道にはいり、そこから曲って更に広い通りへ出た。人通りが次第に繁くなり、八百屋の店先には買物の主婦たちが佇んでいた。僕はずんずん歩いて行った。

歩きながら僕は今見た夢のことを考えていた。あの可愛い少女、あの子がそれからどうなったのか僕は知らなかった。ただ中学生の頃に、僕が盗んでまでその子にお金をやったという事件があっただけだ。その頃の僕はまだ純真で、向う見ずで、一本気だった。どんなにか僕はその子が好きだったことだろう。あの小首を傾けた、しんと澄み切った眼をした少女……。

——踊子だ！

僕は大声で叫び、道を行く人たちが驚いて僕を振り返った。どうして気がつかなかったのだろう。そうなのだ、あの踊子、それが昔の、あの可愛い女の子なのだ。僕は踊子と一緒にいた頃、そうした過去をすっかり忘れていたのだ。あの子はきっと苦労をして、そして死んだのだろう。しかし僕たちの無意識の意志が、今も愛する者を呼び求めているから、僕たちは此所でまた会い、また一緒に暮すようになったのだ。ただその時、一緒にいた時、僕は彼女が誰であるのか、僕にとって彼女がどういう関りを持っているのか、思い出すことが出来なかった。しかし今、僕には分った。一度だけ、一生に一度だけ、それも僕の幼い頃に、僕は心から人を愛したことがある。どんなに僕の一生が惨めで、下らなくて、無益だったとしても、あの幼い日に、僕は悔いることなく愛していたのだ、と。

踊子は今でも僕を待っているだろう。僕は足を急がせた。道を歩いている人たちをずんずん追い越した。しかし踊子と貧しいアパートの一室で暮していた日々の記憶は、今の僕からは遠かった。あれは何でも教授の家にいた時よりずっと前のことだ。しかし僕は教授の家にいたのが唯の一日であったのか、それとも幾月も、幾年ものことであったのか、それさえもう思い出すことが出来なかった。踊子の記憶は更に遠かった。しかしそれは、明かに、あくまで此所の出来事だった、もう取り返し得ない秩序の出来事ではなかった。もう一度踊子に会う望みは、従って決してなくなっている筈はなかった。

僕は大通りを歩いていた。夜のものとも昼のものとも分らない薄ぼんやりした光が、屋根屋根の上に漂っていた。自動車やバスが速いスピードで走り過ぎた。沢山の人々が道を歩いていた。ここはどこだろう、と僕は思った。そしてあのアパート、踊子のいたアパートはどこにあるのだろう。僕には一切の地理が分らなかった。僕はズボンの左のポケットに手を入れたが、そこに鍵はなかった。僕の耳に踊子の悲しげな言葉が聞えて来た。「もし行くのなら、あなたはきっともうわたしのところへ帰って来ないわ。」

僕はあたりを見廻した。忙しげに道を歩いている人たちばかりで、勿論、踊子の姿はなかった。空耳(そらみみ)だった。どうすればいいのだろう、と僕は呟いた。どこに行けば踊子に会えるのだろう。その時、バスが一台、車道の脇に来てとまった。そうだ、バスで行った方が早い、と僕は思った。僕はそのバスに乗り込んだ。バスは走り出した。

バスは夕暮時にしてはがらんとすいていた。僕は席に腰を下そうとして、向う側にいる男が手を上げるのを見た。

――やあ、君か、と僕は叫んだ。

それはいつか僕が喫茶店で会ったことのある友達だった。僕はその隣に席を変えようと思い、腰を浮した。その時、高らかに声が響いた。

——開廷！

僕はぎくっとしてあたりを見廻した。僕の横の方に、サラリーマン風の、レインコートを着た男がいた。奥の座席に恋人らしい二人連れ、正面に僕の友達と並んで、背の高い、肥満した紳士が腰掛けていた。その男は、僕が前に法廷で見たことのある善行者に似ていたが、しかし僕には、それが確かにその人であるかどうかは分らなかった。他には、友達と僕とを除くと、ハンドルを握っている運転手と、切符を調べている女車掌と、それだけだった。しかし一人の被告を裁くために必要な数の法官は、この一台のバスの中に、確かに七人数えられた。僕は思わず身顫いした。

——被告の身分は？

それを訊いたのは肥満した紳士だった。

——自殺者です。

答えたのはまさに僕の友達だった。この前の時には絶えず冷笑を浮べていた脣が、さすがに固く嚙みしめられ、真剣そうに目玉をぎょろぎょろ光らせていた。

——それから？　と紳士は訊いた。

——愚劣には耐えられなかった者、とでも言い直しますか。

——愚劣とは何ですか？

――生きることですよ、人生の不條理ですよ、と少し馬鹿にしたような声で僕の友達は叫んだ。

――死の状況を、どうぞ。

――自殺です。簡単なことです。

――で、死の準備は。

――これも簡単です。僕は子供の頃から人生とは何と愚劣なものかと考えていました。長ずるに及んで、ますますその感を深くしました。学校も、仕事も、恋愛も、すべて愚劣でした。それに戦争というあの馬鹿げた代物、ところが平和もまた馬鹿げていました。要するに、何ひとつこれといって身を打ち込めるものはなかったのです。だから僕は、確実に自殺する方法を考えました。僕が真剣に研究したのはそのことだけです。僕は七十四種類の死にかたを考え出しました。そしてその中で、一番確実な奴を選んでやってのけたのです。僕は勿論、たった一遍で成功しました。それがどういう方法だったか教えてもいいのですが、しかし諸君にはその必要はないでしょうね？

そこで僕の友達は、初めてにやりと笑った。しかしバスの乗客たちは誰一人笑わなかった。

――充分に過去を思い出しましたか？　と紳士が訊いた。

――充分に、しかもその全部が愚劣でした。

——何かもっと別のもの、もっと違った形の過去はなかったのですか？

——ありません。それだけです。

二人とも黙ってしまった。僕は友達の背後の硝子窓を通して、夕暮の街の風景が刻々に移り変って行くのを見た。バスは少しも止らずに走り続けていた。

紳士が溜息を洩らした。

——これはまったく簡単ですね。却下する他はないようですね？

恋人たちも、サラリーマン風の男も、頷き返した。その時、僕の友達は勢いよく席から立ち上った。

——待って下さい。僕はそういうつもりで、つまり新生を望まないから、こういう簡単な陳述をしたわけじゃありませんよ。寧ろ反対なのです。こんな簡単な陳述でも、僕ぐらい新生のための条件を備えている人間は他にいないってことが、分りませんか？　僕の死の準備は、それこそ完全だったのですよ、僕の一生は、謂わば初めから終りまで死の準備だったのですよ。

——そんな矛盾したことが、と僕は驚いて叫んだ。君は人生が愚劣だからそれで死んだのじゃないか？　何もわざわざもう一度、そんな愚劣な秩序に戻ることなんかあるものか？

——そうだ、矛盾している、とそれまであっけに取られていた紳士が賛成した。

友達は釣革に片手でつかまると、しげしげと僕の顔を見詰めた。

——君、確かに僕はね、この前君に会った時に、秩序に帰ったところでまた愚劣な人生を繰返すだけだと言ったよ。確かに言った。しかし僕は、それからこういうことが分ったのだ。秩序がたとえ愚劣でも、此所ほど愚劣じゃないってことがね。

——此所だって？ と僕は訊き直した。

——そうだよ、と彼はバスの震動につられて身体をぶらぶらさせながら、大声で説明を始めた。諸君、僕はさっき、秩序では何もかも愚劣だと言いました。それは間違いではない。あそこでは死ぬことの他はすべて愚劣でした。しかし諸君、あそこでは一つの愚劣さともう一つの愚劣さとの間で、そのどちらかを選ぶことは出来た。戦争か平和か、ファッシズムかマルクシズムか、映画かハイキングか、この女かあの女か、少くとも、生きるか死ぬか、それを選ぶことが出来た。しかるに此所では、自分で選ぶことは出来ない、何一つ出来やしない！

バスの乗客は一斉にざわめいた。運転手は警笛を鳴らし、車掌は鋏をちょきちょきいわせた。友達はそれにかまわず、あたりを睥睨（へいげい）しながら喋り続けた。

——此所には何の自由もないのです。すべてが一様に愚劣さに充ちていて、一つの愚劣さともう一つの愚劣さとの間に、僕たちは選択の意志を持つことが出来ない。自分の力では何一つ選び取ることが出来ないのです。僕たちが此所で経験する事件は、すべて僕等が無意識に知っていることばかりです。此所には僕等の意志というものはない。すべての愚劣さは、与えられたもので僕等が選んだものじゃありません。此所では風景は、見えるのであって僕等が見るのじゃありません。こんな馬鹿げたことがあるでしょうか。少くとも秩序では、同じ愚劣さでもそこに僕等の意識が働く以上、愚劣さの間に階級があったものです。しかるに此所ではみんな同じ灰色です。此所には生活というものは全然ないのです。僕等の意志はただ過去を思い出すこと、それだけですが、しかも夢の中に僕等の見るものは、どれも僕等の既に知っている愚劣な経験ばかりじゃありませんか？ 此所には驚きというものさえないのです。

——こんなことを言うのは叛逆じゃなくて？

——そうだ、叛逆だ！

恋人たちが頷き合った。

友達はそっちの方を横眼で睨み、しゃにむに大声で叫び出した。

——秩序では最後には死があったのです。死は、本能的な恐怖に守られて、一切の愚劣さの救いとして存在した。しかるに此所には、死さえもない。僕等が空しく待ち焦れているのは、新生の判決です。しかしそれも僕等の意志とは関りなしに、つまり獲得するのじゃなくて与えられるのです。それは恐怖じゃなくて希望なのです。しかし意志の働かない希望なんか、実に愚劣じゃないですか。つまり秩序に於ては、死が人生の恐怖を代表しているのに、此所では、新生に至る日常が恐怖そのものなのです……。

――地獄というものは昔から恐怖でしたよ、と紳士が言った。あなたはダンテを読んだことがないんですか？

――いや僕が言いたいのは……つまり……。

新生もまた愚劣なんでしょう？　と冷静な声で紳士が言った。

――いや、どう説明したらいいか。要するに此所には死が存在しない、死の恐怖が微塵に分割されて、僕等の日常に一様に配分されている。僕にはそれが耐えられなくなったんです。こんなものはもう沢山です。

――つまりあなたも、私等と同じように、新生を望まれるというわけですか？

新生です、僕はもう一遍、あの愚劣な秩序で、愚劣さを享楽したいんです！

紳士はそこで温厚な微笑を見せた。

――あなたも、私等と同じ振出（ふりだし）に立ったわけですね。皆さん、骰子（さいころ）の目は何と出ますか？

――この男はまだ苦しんでいない、とレインコートの男が叫んだ。

――この生は空費された、と恋人たちの一人が叫んだ。

――自殺者には新生の資格がないわ、と女の方が叫んだ。

友達は跳返すように大声で怒鳴った。

――僕等にはみんな資格がある筈だ。僕は新生を希望する、熱望する！　もし僕を却下したら、君たちにだって同じ運命が待っているんだぞ。

バスの中は沸騰し、乗客も車掌も一斉に詰め寄せた。

——脅迫だ！

——言い過ぎだ！

——傲慢だ！

——叛逆だ！

——ひどい自己矛盾だ！

それを叫んだのは僕だった。

紳士が叫び、運転手が鋭く警笛を鳴らした。

——却下！

——却下！

全員がそれに和した。友達は金切声で喚き立てた。

——僕は不服だ！　僕は愚劣な人生を望むのだ！　僕は此所から出て行きたいのだ！

——閉廷！　と肥った紳士はしめくくるように叫んだ。

バスが急停車し、立っていた乗客たちは将棋倒しに倒れた。車掌が入口のドアを明け、僕はそこから降りた。他の連中も僕のあとから降りて来たが、直に人込に紛れてしまった。

僕は歩き出した。鋪道には銀杏の並木が続き、その下を通行人が黙々と歩いていた。暮れかけた乏しい光が、並木の頂きにわずかに射していたが、靴の踏む敷石のあたりはもう暗かった。道の片側は柵になって、その中の鬱蒼と樹の茂った間から、古びた煉瓦の建物が透いて見えた。僕は大きな門からその構内へはいって行った。

門の内側も敷石を置いた広い通りが左右に通じていて、大きな建物が幾つも、森閑と立ち並んでいた。これは大学かもしれない、と僕は思った。そこらは人影も疎らで、少し行くと広場の真中に水の涸れた噴水があった。それを囲む幾つものベンチには腰を下した学生の姿がちらほらした。正面にはどっしりした建物が暮色の中に立ち、げっそりしたような顔つきの学生が三四人、入口から出て来た。僕はその時、ふと教授のことを思い出した。ここは図書館に違いない、と僕は思った。そう言えば、僕はむかしこの図書館にはいったことがあるような気がした。

僕ははいろうかどうしようかと、暫くためらった。ひょっとしたらまた教授に会えるかもしれない。しかし考えてみれば、教授に会って、教授から教わることなんか、もう何もなかったのだ。僕は教授の家で、久しい間、世話になっていた記憶がある。しかし僕は何ひとつ教わりはしなかった。そこで僕が知ったことは、僕が自分の力で知ったことばかりだ。

僕は図書館の窓々を見上げた。ひょっとするとあの一つの窓の中に、教授がいるのかもしれない。そしてそこではまた法廷が開かれ、教授は例の無意識の心理学を、得々と講義口調で述べているのかもしれない。しかし判決は分っているのだ。僕がその法廷に出ていようといまいと、判決は必ずや、却下！　それだけだ。そして教授は、また折鞄を小脇に、疲れたように身体を前屈みにして、自分の家へ帰って行くだろう。あのアカシアの樹のあるちっぽけな家へ。

僕は図書館の前を離れて急ぎ足に歩き出した。こんなところに用はない。教授なんかに用はない。僕が会いたいのは踊子ひとりだ。あのアパートはどこにあるのだろう。どこに行けば踊子に会えるのだろう。僕は途方に暮れて、しかもせっせと足を運んだ。

僕は構内を出て、人けの少い坂道を下りて行った。それから道を幾つも曲り、やがてまた広い電車通りに出た。そこには沢山の人たちが、脇目もふらずに往来(ゆきき)していた。電車もバスも鮨(すし)づめの客を乗せて、僕の知らないどこかの目的地に向って、矢のように走って行った。そして通行人の上にも、電車やバスの上にも、また商店街の屋根屋根の上にも、暗く濁った雲の襞が、彼等を追い詰める悪意のように垂れ込めていた。のろのろした夕暮が、空の全体を覆っていた。

僕の心は次第に不安にさいなまれた。こうやって歩いて行くことに、何の目的があるのだろう。僕は法廷を望んでいた。法廷を望んでいる筈だった。しかし今迄に僕の知ったあらゆる法廷は、要するに、却下！　それだけだった。一体そうやっていつまで待てばいいのだろう。待つことの意味は何だろう。その時、僕はぎゅっと胸の締めつけられるのを覚えた。それが恐怖の感情であることを僕は知っていた。その感情はちょうど、僕が秩序にいた頃、自分の死を予感し、死が確実な障害として自分の前に立ちはだかっているのを感じた時のそれと、まったく同じだった。しかし、此所で恐ろしいのは死ではなかった。此所には死は存在しなかった。その代りに無限に引き延された死、さっき僕の友達が言ったように（その声、恐怖に憑かれたその声は、まだ僕の耳に響いていた）「微塵に分割されて、僕等の日常に一様に配分された」死が、常にこの現在をおびやかしていた。一度それに気がつくと、もうどうしてもそれから眼を離すことの出来ないメドゥーサの首のように、それは僕の意識の中に陣取った。それは重たい荷物となって、僕の足並を遅くした。

しかし僕は急いでいた。僕は足を遅くするわけには行かなかった。多くの通行人にまじって、僕はまた追われるように道を歩いた。どの通行人も、真直に前を見詰めたまま足を運んでいたが、彼等の眼の底に潜むあの鈍い光を、今こそ僕は理解した。それは恐怖だった。永遠に彼等をこの現在に捉えている恐怖だった。

僕の足は次第に賑やかな街の方へ向っていた。いつのまにか、道の片側に絵看板が立ち並び、赤や青の電燈が美しいイルミネーションに飾られて明滅した。反対側に小さな屋台店が軒を並べ、焼いたりあぶったりする肉のにおいを漂わせていた。じだらくななりをした若い男が、ポマードをてらてら光らせた頭をのけぞらせて、口笛を吹きながら通り過ぎた。きょろきょろと物珍しげに見廻している質朴そうな老人に、地廻りが突き当った。げらげら笑いこけている若い女連れもいた。沢山の人たちが、しかしやはり早い足取で、絵看板の前を通り過ぎて行った。原色のなまなましいそれらの絵には、女の顔や姿態が大きく描かれていた。ベルが小止みもなく鳴り響いている小屋もあった。その隣ではジンタが、耳を聾するばかりに同じ旋律を繰返した。切符を買う人たちが長い行列をつくっている映画館もあった。一軒の小さな劇場の前で、かなり年を取った呼込みの男が、しゃがれ声で叫んだ。

――さあいらっしゃい、いらっしゃい。いま評判のストリップ劇場はこちらですよ。さあお早く、お早く！　夜の部のはじまり、はじまり！

硝子張の窓の中には、裸の女の写真が何枚も並べて貼られていた。僕は身体をその方へ傾けた。写真の中の女たちが、一斉に僕に艶っぽい微笑を送った。その中の一人だけが笑わなかった。憂わしげな表情でじっと遠くの方を見ていた。

――いらっしゃい、いらっしゃい。エロにナンセンス、ショウにヴァラエティ、盛り沢山のプログラムがこれからはじまり、はじまり！

ベルが鳴り響いていた。ジンタの騒音がそれに重なり合った。僕は飾窓の中の一枚の写真を、憑かれたように見詰めていた。踊子だ！　それに間違いはなかった。彼女はあのアパートから毎日勤めに出ていた。その勤めというのはここだったのだ。

――さあ、評判のストリップ劇場！　お早く、お早く、始まりますよ！

僕はそそくさと切符を買い、受附の女の子が切符をもぎるのも待ち切れないように、急いで中へはいった。人のいない廊下から、最初の扉を開いてその中に吸い込まれた。

舞台の上だけがぱっと明るかったが、客席は薄暗くてそこここから煙草の煙が上っていた。客席は満員で、うしろには立見の客が詰めかけていた。僕はその肩と肩との間から、舞台の方を覗いた。十人ほどの少女が半裸のまま手を繋いで踊っていたが、その中に彼女の姿は見えなかった。

天井の低い、ちっぽけな劇場だった。舞台の左端のボックスで、三四人の楽師がピアノを弾いたりクラリネットを吹いたりしていた。少女たちはそれに合せて機械人形のように進んだり退いたりした。彼女等が退場すると、小肥りの女が一人で出て来て、しなしなと身体を動かした。その女は身体のごく小部分を隠しているだけで、その運動につれて客席の中に息苦しい緊張がみなぎった。女は交替して、今度は二人になった。

僕は一番うしろに立ったまま、前の男の肩と肩との間から舞台を眺めていた。場面は進行したが、僕の待っている踊子は登場しなかった。小屋の中の空気は濁り、客たちは檻の中に捉えられた野獣のようにうごめき、嘆息した。そして裸の女たちは、照明のどぎつい赤色光線に纏わりつかれて、鞭打たれる奴隷のように舞台の上で身をよろめかせた。伴奏の音楽は、のろのろと、単調な旋律を奏でていた。

彼女はどうしたのだろう、と僕は考えた。休んでいるのだろうか、それとも出を待っているのだろうか。僕にはもう我慢が出来なかった。この機会を逃すわけには行かない。もしここで会えなければ、また会えるかどうか分らないのだ。僕は踵を返して人けのない廊下に出た。

——君、楽屋はどこ？

受附の女の子は僕を見上げて機械的な口調で答えた。

——楽屋はいったん外に出てから別にはいり口があるんです。小屋のうしろ側です。

僕は礼もそこそこに表に飛び出した。呼込みの男は相変らず叫んでいた。

——さあさあ夜の部が始まりますよ。お早く、お早く！　いま評判のストリップ劇場！

僕は、隣の映画館との境にあるごく狭い露地に身を入れた。そこは暗くて悪臭が立ちこめ、壁に手を触れると、壁はざらざらして湿っていた。角を曲ると、そこがもう楽屋口だった。僕は一瞬もためらわなかった。

裸電球が一つぶら下り、右手の壁に小さな木製の名票が幾列にも並んでいた。乏しい光線の下で、赤く塗られた字や黒く塗られた字が、ドミノの模様のように僕の眼の中で搖れた。

——どなたに御面会？

振り返ると受附の小部屋の中から、小使の爺さんが面倒くさそうな顔をして僕の方を見ていた。

——うん、それが……。

僕は踊子の名前を思い出さなかった。たとえ思い出したところで、彼女はここでは藝名を使っているだろうし。僕は曖昧に口の中で呟いた。

——……会えば分るんだ。

背中に爺さんの呼びとめる声を聞きながら、僕は薄暗い廊下を右に曲った。あまり急いだので、壁に立てかけられていた大道具の建具に危くぶつかりそうになった。僕は身体を立て直し、右側の小さな明けっ放しのドアから中を覗いた。取り散らかされた衣裳の間に、若い女が一人、タオルのガウンを羽織って鏡台に向っていた。しかしそれは別の女だった。僕は廊下を進んで次の部屋の前まで行った。その扉はしまっていたから、僕はドアを明けて中へはいった。

その部屋は前のよりも広く、壁の前に鏡台が並び、五六人の娘たちがぺちゃくちゃと喋っていた。彼女たちは僕がはいっても別に気に留めなかった。

——よくそんなに精が出るわね。それ坊やの？

——そうよ、なかなか暇がなくて。

答えた女だけがやや老けていた。膝の上に毛糸の編物を載せて手を動かしていた。青い毛糸の玉が膝の少し先で引張られるたびに回転した。

——愉しみね。

——何が！　苦労ばっかしよ。あの子がいなけりゃもっと身軽なんだけどね。

その隣でまだ子供子供した声が叫んでいた。

——おなかが空いちゃった。何か頼まない？

——そうね、あんた何にする？

——何にしようか……。

その隣の少女が思い出したように独り言を言った。

——あたい、照明のお兄ちゃんに電気アイロンの修繕を頼んだんだけど。

——ついでに頭の修繕も頼めばよかったのにさ。

笑い声が起り、壁に懸った幾つもの衣裳がひらひらと風に搖れた。ドアが明いて、髪の薄い、背の低い女が滑り込んで来た。

——今日は何か要らないかね、とぞんざいに言った。

少女たちはわっと立ち上り、一斉にその廻りを取り囲んだ。

——あたいバタが要るんだけど。これ、どうかしら？

一人がバタフライを取ってパンツの上から腰に当てがってみた。訊かれた方はスパンコールをつまみあげていた。それはクリスマスの飾りのようにきらきら光った。

――あたいにチョコを頂戴。

その子は銀紙を破いて板チョコにかじりついた。物売の小母さんの周囲には、つむじ風のように、若々しい笑い声と甘い体臭とが渦を巻いた。

僕はさっきから、壁に懸った衣裳に倚りかかるようにして、じっと見ていた。しかし僕が見ていたのはそこではなかった。

部屋の隅に、一人だけ、鏡台に向って俯き加減に本を読んでいる若い女がいた。肩から浴衣を羽織っていた。その細そりした、弱々しげな肩。ふと顔を起して鏡を見た。その鏡の中に、遂に、僕は探し求めていた踊子の顔を見た。

彼女は振り向き、立ち上った。羽織った浴衣が足許に滑り落ちた。声にならない声が、彼女の薄い脣から洩れた。僕たちはじっと見詰め合った。

どこかでベルが鳴っていた。部屋の入口で声がしていた。

――電気アイロン直してやったぜ。

――お兄ちゃん、ありがとう。

僕等は部屋の隅と隅とにいた。彼女が僕の方へ歩いて来た。ブラジャーの下で乳房が揺れていた。彼女の顔が泣き出しそうに歪んでいた。彼女は部屋の中央まで歩み寄った。

その時だった。鋭い声が響き渡った。

——開廷！

僕は息を呑み、ぞっとして部屋の中を見廻した。物売の小母さんはもういなかった。ドアを背に、黒いジャンパーを着た絵かきふうの若い男が、腰に手を当てて傲然と立っていた。その傍らに電気アイロンを手にした少女がいたから、男は照明係に違いなかった。声を掛けたのはその男だった。

——被告の身分から聞きましょう。

部屋の中はしんとした。遠くでベルが鳴り続けていた。僕はよろめいて壁に凭れかかった。

——踊子でした。

それを答えたのは彼女だった。部屋の中央に、蒼ざめた表情で立っていた。

——もう一つの名は？

——い、い、愛しすぎた者でした。

僕は喘ぎ喘ぎ部屋の中を見廻した。鏡台の前にそれぞれ陣取って、半裸体の娘たちが彼女の方を見詰めていた。何という意外な法廷だろう、と僕は思った。裁くのは部屋の中にいる者、照明係と、五人の娘たちと、そして僕だった。

——まず死の状況から述べて貰います、と照明係が言った。

——わたしは急性肺炎で死にました。あれは秋の終りの頃でした。だから本当は、まだ、肺炎なんかのはやる時期じゃなかったのです。それにわたしは、いつも舞台で裸になりつけていたから、ふだん風邪なんか引くことはなかったのです。ですから肺炎で死んだというより、精神的に苦しんで、そのショックで死んだとも言えます。

――もっと詳しく。

――わたしはその頃好きな人がいて、或るアパートで一緒に暮していました。わたしは好きでしたけど、でもその人はそんなにわたしが好きじゃなかったのでしょう。わたしたちはよく言い合いをして、……いいえ、あの人がわたしを苛めたのです。ですから言い合いと言っても、わたしはいつも言い負かされて、小さくなっていました。わたしは何とかあの人の愛情をつなぎとめようと思っていました。

彼女は悲しげな、よく透る声で話した。あの人というのは僕のことなんだろうか、と僕は考えた。しかし僕が彼女と一緒にアパートで暮したのは、此所でのことだった。秩序でのことではなかった。彼女は話し続けた。

――そうしてとうとう或る日、あの人は出て行ってしまったのです。わたしを一人残して。わたしは待っていました。毎日、わたしは待っていました。

しかし僕には記憶がなかった。秩序での記憶は、ただ河のほとりでの出会、それだけだった。

――あの人は帰って来ませんでした、と踊子は言い続けた。そのうち、わたしはふと風邪を引きました。一日二日舞台を休めば癒ると思ったんです。わたしはアパートで一人で寝ていました。お友達がお医者さんを連れて来てくれました。でも、あの人が帰って来てくれさえすれば、わたしはきっと癒ったんです。わたしは一人ぽっちでした。死ぬ時にも、わたしは一人きりでした。わたしはあの人を待ちながら死んだのです。

遠くでベルが鳴っていた。そして僕は考えていた。そうだ、人は死ぬ時には、いつでも誰かを待っているのだ。僕もそうだった。僕があの時待っていたのは誰だったろう。

――では次に死の準備について述べて下さい、と照明係が言った。

――わたしの家は貧乏でした。お父さんは飲んだくれでお金がはいると直に使ってしまい、お母さんが内職でわたしたちを養っていました。わたしの弟や妹は、小さい時に死にました。赤ちゃんの時に死んだ子もいます。お乳が足りなかったので、いつまでたってもちいちゃな赤ちゃんでした。でも死んだ方がかえって為合せだったのかもしれません。わたしたちは死んだ弟や妹のことは、直に忘れるようにしていました。そんなことをいつまでもめそめそしていれば、とても生きては行けないんですものね……。

その時、不安がまた強く僕の胸にきざして来た。これで判決は一体どうなるのだろう。却下、絶対に却下でなければ。そうしてまた、前のように、彼女と一緒にあのアパートで暮すのでなければ。だからこんな詳しい陳述なんか必要じゃないんだ。しかし彼女は、僕の希望とは反対に、詳しく死の準備について語っていた。

——わたしは働きに出されました。あっちこっち勤め先を変えました。それから踊子になりました。わたしを好きだという人がいて、わたしは気が進まなかったのですけど、その人の世話になりました。それから、今度はわたしが夢中になった人が出来て、わたしはパトロンと別れてその人と一緒になりました。

照明係がちょっと片手をあげて訊いた。

——それは君が死ぬ時、出たきり帰って来なかった人かい？

——そうじゃありません。わたしは本当に一生懸命愛していたんだけど、どうしてでしょう、誰もが、わたしの愛情をうるさく感じるようになるんです。みんな、わたしから離れて行くんです。わたしは愛している人から、もう別れようと言われるたびに、死ぬほど打撃を受けました。だからわたしは、生きている間に、何度も死んだような気がしますの。

——君はそれが死の準備だというんだね？　と照明係が訊いた。

踊子は首を振って頷いた。僕は猛然と反対した。

——こんなのは死の準備でも何でもない！　死と、死んだような気持とは違う！

裸の娘たちが一斉に口を利いた。

——気が多いわね、好きな人が何人もいたのね、とさっきチョコレートを食べた娘が言った。

——恋人が何人いようと、本当に愛することは出来るわよ、と編物をしていた女が言った。

——同時に何人も愛していたわけじゃないのよ、とバタフライを買った娘が言った。死ぬような思いをしたから、また生れ変った気で愛したのよ、きっと。

——でも純粋じゃないようね、と電気アイロンを手にした娘が言った。どうかしら、本当に、純粋に、生きたと言えるかしら？

——そうだ、これは本当の生じゃない、と僕は叫んだ。

照明係が踊子に向って言った。

——弁明して下さい。死んだような気がしたというのはどういう意味です？

——わたしはいつでも、一心に愛したんです。愛している時には、御飯もまずくて、だんだんに痩せて行くような気がしたんです。別れた時には、もう眼の前が真暗になって、死んでしまったようだったのです。

そうだ、君はそういう女だ、と僕は思った。しかし問題は、法官たちに好感を与えることじゃない。却下、却下になることが大事なのだ。

——愛するってのはそういうことなのかしら？　とチョコを食べた娘が言った。

——結局、何人もの人と一緒に寝たわけね？　と電気アイロンを手にした娘が言った。

——そんなこと、咎めるべきじゃないわ、とおなかの空いた娘が子供っぽく言った。

——何かもう少しプラトニックなものがほしいわね、と編物をしていた女が言った。

照明係が、前よりもやさしい声になって訊いた。

——もっと思い出したことはありませんか？

踊子は身を顫わせた。素早い視線を僕に投げた。

——子供の頃、わたしのとても好きだった人がいます。その人は中学生でした。一度わたしが大事なお金をなくして泣いていた時に、その人がわけを聞いて、お金を持って来てくれたんです……。

そんなことを言っちゃ駄目だ、と僕は思った。しかし踊子は話し続けた。

——わたしはそんなことがなくても、その人が好きでした。わたしは初めて、好きだというのがどんなことか知ったんです。それからもずっと好きでした。でももう会えませんでした。わたしが踊子になってからでも、どんな人に抱かれていた時でも、いつでもその中学生の面影を追っていたのです。一生、その人だけを愛していたのです。

——素敵だわ！　プラトニックじゃないの！　と編物をしていた女が叫んだ。

——純情ね、だからあの人、いつもうっとりした眼をしているのね！　と電気アイロンを手にした娘が叫んだ。

僕はやっきになって反対した。

——感傷だ！　そんなのはみんな女らしい感傷だ！　こんな挿話は、一つの生を特徴づける代物じゃない！

娘たちが一斉に僕の方を向いて叫んだ。

——いいえ、この生はひと色に塗られているわ、愛という色に塗られているわ！

一番大きな声で叫んだのは、編物をしていた女だった。

——しかしこの生には、死に釣合うだけの重みがない！　と僕は抗弁した。

——重み！　この人は生涯に四遍も五遍も死んでいるんです！　この重みには死の方が釣合いません！

——愛は死よりも強い！　よくって、愛は死よりも強いのよ！　と電気アイロンを手にした娘が叫んだ。だからこの人は、最初の打撃でも、二度目の打撃でも、死ななかったのよ！

——そうよ、この人はきっと力いっぱい生きたのよ！　とおなかの空いた娘が叫んだ。

——力いっぱいじゃない！　と僕は反対した。弱い生きかただ！　大体、お金をくれた中学生なんて、そんな夢みたいなことじゃ駄目だ！　もっと情熱が！

——情熱はあるわ！　と編物の女が叫んだ。一生、心の中で愛してたんじゃないの！

——心の中じゃ駄目なんだ！　もっと積極的に、もっと真剣に、もっと意志を持って！……

——意志はあるわ！　とバタフライの娘が叫んだ。意志がないのは、いつでも男の方だわ！

——しかし、この愛はふしだらだ！

——ふしだらなのは、いつでも男の方だわ！

娘たちは獣の唸りのような叫びを上げた。僕は咽喉がからからになったのを感じた。空しい喘ぎの他に、僕の口をついて出て来るものはなかった。照明係がゆっくりと言った。

——さあ、判決を纏めよう。判決は？

ベルが鳴っていた。編物の女が確信を以て言った。

——新生に値するわ！

ざわめきが起り、新生という言葉が、木霊（こだま）のようにひろがった。僕は夢中になって叫んだ。

——却下だ！　この女は叛逆を犯したんだ！

——叛逆？

ベルが鳴っていた。部屋の中には不安な沈黙が落ちた。僕は叫び続けた。

——そうだ、叛逆なんだ。僕はこの女と、此所で、一緒に暮したことがある。その時この女は、此所のことを、記憶とか、悔恨とか、法廷とか、新生とか、色んなことを、僕に教えてくれたのだ。これは紛れもない叛逆だ！　当然、却下に値する罪だ！

その時、編物をしていた女が、鋭く僕を見詰めながら、刺すように叫んだ。

——それこそ、この人が愛していた証拠じゃないの！　この人は叛逆さえ懼れなかったんじやないの！

娘たちが一斉に立ち上った。

――これこそ純粋の愛だわ！

――これが情熱だわ！

――これが意志だわ！

――これが女だわ！

――新生！

――新生！

全員が叫んだ。それは怒濤のように押し寄せた。

――新生！

照明係が手を上げた。娘たちは黙り、ベルの音が一際（ひときわ）高く鳴り響いた。照明係はとどろくような声で叫んだ。

――新生！　この女から一切の冥府の記憶を剝奪せよ！　この女に完全なる忘却を与えよ！

その声は最早人間の声ではなかった。それは僕の内部を雷鳴のように通り抜けると、文字通り火花となって燃え始めた。そして僕は燃え上るものの中で、わずかに、間違っている、間違っている！　と叫び続けた。しかし焰は僕の内部で次第に消え、暗黒が僕をひしひしと取り巻いた。僕は何ものをも、最早見なくなった。踊子も、楽屋も、法官たちも、すべては暗黒の中に消え失せてしまった。

気がついた時に僕は歩いていた。僕は右足と左足とを、交互に前方へ動かしていた。街の中だった。多くの人たちがせっせと街を歩いていた。そして空は一面に曇って、黄昏のような薄明が街の上をしずかに覆っていた。

僕はあたりのしらじらしい光と同じような、澱んだ、濁った絶望を心の中で感じながら、通行人たちに混って歩いて行った。踊子は新生の判決を受けた。新生、それがどういうものか僕には分らなかった。ただ、彼女はもう此所にはいないということだけが、僕に、はっきりと分った。彼女は秩序へ行った。しかし、いつかは、秩序からまた此所へ帰って来るだろう。待てばいいのだ。希望というものは必ずあるのだ。希望が即ち存在なのだ。僕は彼女がまた此所へ現れるまで待つ。或いは、僕が新生の判決を受けて、秩序で彼女に会うということも考えられなくはない。ともかく待てばいいのだ。愛するということは待つことなのだ。

その時僕は不意に肩を叩かれた。僕はうなだれていた首を起した。

——やあ、君か。

それは例の自殺した友達だった。いつもの皮肉そうな眼で僕をじろじろ見た。

——疲れたような顔をしてるじゃないか？

――うん。実はいま法廷に出ていたから。

――誰の？

――僕の愛していた女だ。判決は新生だった。

友達はちらっと僕の顔をうかがい、

――ちょっと休もうじゃないか、と言った。

道の片側に空地があり、建ちかけの家が骸骨のような木組を露出していた。材木が赤土の上に転がっていた。友達はさっさとそこに腰を下した。彼と並んで腰を下しながら、僕は初めて疲れを感じた。

――歩く、歩く。見ろよ。

友達は頤をしゃくり、僕は釣られて通りの方を見た。今迄は僕等もその仲間だった通行人の群が、次から次へと、急ぎ足に歩いては過ぎて行った。夕暮の街に、彼等は走馬燈のように影を映した。

――ああして何処へ行くんだろう？　と僕は独り言のように呟いた。

――何処へ？

友達は僕を見据えて、鋭く言った。

――あれはただ、歩くために歩いているんだ。目的とか、希望とかいうものはない。歩くということが此所では存在なのだ。だからみんな、ああして歩いている。ただ歩いている。

——しかし、と僕は訊いた。希望はあるんだろう？　法廷というものがあるし、新生の判決だってないわけじゃないんだから。

——ふん、と友達はさげすむように笑った。それはどこかに行けば、新生の判決をしてくれる法廷に出くわすかもしれない。新しい法官たちが裁判すれば、却下ではないかもしれない。しかしね、新生の希望を持っている限り、絶対に、法廷で新生を宣告されることはないのだ。ほんの少しでもそういう希望があれば、必ずや却下されるのだ。何度もそういう無慈悲な法廷を経験し、希望が次第にすりへって、もう絶望のほかに心の中を充しているものがないような、そんな状態になっても、まだ新生し得るかどうか分らないのだ。時に、君は君の法廷に出たかい？

——僕の？　僕が被告の？

——そうだ。

——いや、まだだ。

——そうだろう。君はまだ第一回の法廷にさえ出たことはないのだ。いつか君は初めてそれを経験するだろうが、それまでの間というものは、秩序に於ける一つの人生にも相当するほど長いのだ。一つの法廷と、次の法廷との間、それが謂わば秩序に於ける生から死までの長さなのだ。此所では時間というものはない。仮にもしそれを計るとすれば、此所では時間の単位は、法廷を受けた回数ででも計るほかはない。僕等は何度も、繰返して、法廷で裁かれる。そして判決はきまって却下だ。僕等はそうやって希望をすりへらしながら歩いて行くのだ。遂には微塵も希望が残らなくなるまで……。

——君はもう何度も法廷で裁かれたのかい？ と僕は訊いた。

——何度もだ、何十度もだ、と沈痛な声で友達は答えた。僕はもうその回数を忘れてしまった。僕はずっと秩序よりは此所の方がいいと思っていた。強いてそう思い続けて来た。しかし、僕ももう疲れた。君、永遠は長いのだよ！

僕は走馬燈のように動いて行く通行人の群を眺めていた。仄暗い黄昏の微光が、かすかに彼等の顔に射していた。

——あれはみんな恐怖なんだね、と僕は言った。誰もの眼の底に沈んでいるあの暗い光は、あれは恐怖なんだね？

——いや、あれは大部分、倦怠とか、絶望とか、自分の過去への嫌悪とか、後悔とか、そう言ったものだろう。君だって、まだ恐怖は知らないだろう。恐怖というのは動物的本能だ、認識ではない。しかし此所では、認識としての恐怖が要求される。そして認識としての恐怖は、一番最後に来るのだ。

僕はかすかに友達の溜息を聞いた。と、急に彼は、自分自身を嘲るかのように笑い出した。――つまらないことを言った。こんなことを喋っても、君の役にも立たないし、僕の役にも立たない。またいつか会おう。

そして彼はぷいと立ち上ると、人通りの間に紛れ込んでしまった。僕もまた立ち上った。僕もまた歩き出した。

人々は無言で街を歩いていた。自動車や電車が、空しい騒音をひびかせて走り過ぎた。人だかりのしている店の前を、僕は見向きもせずに通り過ぎた。風景はいつもと少しも変らなかった。しかし希望はある筈だ、と僕は考え続けた。僕が新生の判決を受けて秩序へ帰ることが、殆ど不可能なほど遠い先のことだとしても、彼女の方がやがて此所へまた帰って来ることは確実なのだ。それは一つの法廷と次の法廷との長さなのだ。秩序で彼女とまた一緒になることは望めないとしても、此所でなら、僕等はまた一緒に暮せるだろう。その時まで、僕は待つことが出来るだろう……。

――おめでたいな、君は！

それはさっき別れたばかりの友達の声だった。僕はきょろきょろとあたりを見廻した。しかし歩いて行く人たちの間に友達の姿はなかった。

その時だった。実に簡単なこと、――もし踊子がまた此所へ帰って来たとしても、依然としてその時の彼女が同じ踊子であるかどうかは分らない、というそのことに、僕は初めて気がついたのだ。僕は新生については何も知らない。被告が新生してしまえば、完全なる忘却を与えられてしまえば、それは最早、僕の知っていた踊子とは別の人間になってしまうだろう。彼女が、あの同じ踊子として此所に現れて来る可能性は、殆ど無に等しいだろう。そして彼女はまた新生し、また死に、また新生し、また死に、……そしてそうした繰返しの末に、いつかは、また同じ踊子として、僕の前に現れて来ることがあるかもしれない。しかしそれは遠い先のことだ、それこそ殆ど永遠と言ってもいいほどの遠い先のことだ。

僕はよろめき、そして歩き続けた。それは最早、希望というようなものではなかった。希望というにはあまりにもしらじらしい、微かに心の中で揺れているものだった。しかし希望が僅かでも香料のように残っているから、絶望は一層味が苦いのだ。それは恰も日没前の仄かなうすら明りが、その明るみの故に、夜よりも一層絶望的に感じられるのと同じようだった。

人々のせっせと歩き続ける街の上に、一面の雲に覆われた灰色の天蓋が、うすぼんやりした光線をいつまでも漂わせた。

深淵

人皆罪を犯したるが故に死総ての上に及べるなり。

――ロマ書五の一二

童貞聖マリアさま、聖寵充ち満てるマリアさま、わたしが呼び掛けるのはただあなたさま御一人でございます。わたしのためにお祈り下さい。どうぞこのわたしのためにお祈り下さい。

わたしはもう駄目でございます。わたしを燃し続けて来た信仰の焔も、今や将に消えようとしております。いいえ、わたしが自らその焔を吹き消そうとしているのです。このようにわたしがあなたさまにお縋りするというのも、今、わたしが最後の決心を実行する前の、ただの習慣、長い間に覚えてしまったお祈りというのにすぎません。それでもあなたさまは、聖寵充ち満てるかた、主御身と共にましますかたでございます。どうぞわたしをお助け下さい。わたしのためにお祈り下さい。わたしは神父さまにも見放されました。肉親にも見放されました。わたしの歩く道は地獄に通じているばかり、わたしは今、悪魔に誘(いざな)われて、その道を踏み出そうと思うのでございます。いいえ、もう既にわたしは、久しく聖寵の影一つ差さない小暗い地の底に住んでおります。わたしは罪ある者、天主さまの第六誡を犯した者でございます。

童貞聖マリアさま、今さらわたしがお祈り申し上げたところで、それがわたしの心を安める筈もございません。わたしは今、このお祈りを終えて、決心して、わたしの信仰を棄て、彼と共に此所を出て行こうと思います。わたしの自由を彼に売り渡し、魂を泥に委ね、一生彼の奴隷となってそのあとに附き従って行こうと思います。もうあなたさまのことも忘れ、天主さまのことも忘れ、肉親とも別れ、彼の行くところに行くつもりです。それでもマリアさま、わたしは最後にもう一度、あなたさまの御前にお祈りを捧げて今迄のことを思い返してみたいと思います。あなたさまは女のうちにて祝せられ、御胎内の御子イエズスさまも祝せられ給うたた、どうぞこのわたしのためにお祈り下さい。このわたしをお憐み下さい。第六誡を犯し、それを痛悔しても遂に遷善(せんぜん)の決心をすることの出来なかった哀れな女をお憐み下さい。

童貞聖マリアさま、あなたさまの聖像の前に額(ぬか)ずいてこうしてお祈りを捧げますことは、昔はどのような悦びでございましたでしょう。わたしは今、習慣となってしまったこのようなお祈りを、それがもう聞き届けられないと分っていながら、お捧げしなければ気が済まないのでございます。昔は朝に晩に祈りました。日に幾度となく祈り、天主さまの十誡を守り、公教会の六つの掟を守りました。それが格別むずかしいことであるとも思いませんでした。わたしは誰にも劣らないほど熱心に謙遜、信頼、忍耐の心をもって祈りました。思えばその頃は為合せ(しあわせ)でした。わたしは罪というものがどうすれば心の中に生れるのか、殆どそれさえも知らなかったと言えるほどでございます。お祈りさえしていれば、ただ天主さまにお縋りさえしていれば、ましょうか。

一切の罪や咎からも免れられると一途にそう信じておりました。わたしは若かったのでござい

今は？　今、わたしはわたしの魂の平安をお願いしてこうして祈るのではございません。わたしは大罪を犯し、わたしの魂が終の日にどのような審きに会うのかはよく分っています。わたしは最早一瞬も、魂の平安を覚えることはなくなりました。いつから？　彼を識ってから？あのことがあってから？　しかしわたしの肉体を奪ったのが彼であったとしても、わたしはわたしの魂の汚れたのまでを彼の罪にするわけには参りません。もしわたしが最初の出来事を彼のせいにして神父さまに告解したならば、神父さまはきっとわたしの罪をお赦し下さいましたでしょう。聖父と聖子と聖霊との御名によってわたしの罪をお赦し下さいましたでしょう。いいえ、彼のせいではございません。わたしの心が動いたのです。わたしの心が悪魔に取り憑かれたのです。それが一番大切なこと、真実のことでございます。そしてわたしが苦しんだのもその点なのです。それが大罪であることを知り、それを痛悔しながら、しかもそこにこの上もない悦びを感じている、その点なのです。

童貞聖マリアさま、こうしてあなたさまにお祈りをしておりますまじゅう、あなたさまの聖像の前に額ずいておりますわたしを、彼がじっと見詰めています。昔から、最初の時から、彼はいつもこうでした。いつもじっと、目瞬きもせずに、見詰めているのです。「詛はれたる者

よ、永遠の火に入れ」と書かれています。わたしにとって、この眼は既に永遠の火なのです。それはわたしに、殺されやしないかという恐怖を絶えず与えます。しかし恐らくは地獄さえも現在ほどの苦しみではないでしょう。昔はあんなに死ぬのが怖かったのに、今はそれほど怖いとも思いません。B療養所のベッドの上で、迫って来る死をああかこうかと思い描きながら、毎日待っておりました。どんなに天主さまの御名を念じ、あなたさまの御名を念じても、不安な気持を禁じ得ませんでした。その頃の不安が、わたしにはいっそ懐しいのでございます。今は死ぬことが恐ろしい以上に生きていることが恐ろしく思われます。永遠の火のように燃えるこの瞳に見詰められ、しかも自分の魂を少しずつ彼にわかち与えながら、生きて行くのが恐ろしくてならないのです。早く殺されて地獄に堕ちてしまえば、いっそさばさばしていいとそんなことも考えます。

童貞聖マリアさま、あなたさまはわたしの口から、こんな軽々しいお祈りの言葉をお聞きになってさぞお憐みになりますでしょう。そうでございます。十年前のわたしが、いいえ一年前のわたしが、いいえほんの半年も前のわたしが、死んで地獄に堕ちればさばさばしていいなどと、そんな恐ろしい言葉を口にしましたでしょうか。わたしは生きたかったのでございますわ、今でも、とても生きたいのです。本当でございます。わたしは汚れのない心を抱いて、十五年間、B療養所のベッドの上に寝ておりました。わたしが洗礼の秘蹟をお受けしましたのも、わたしが必ずや免れられない死の幻影に怯えたからに他なりません。ポール神父さまがわたしをお導きになりました。わたしは日夜お祈りをし、罪を告白し、聖体を拝領しました。そしてわたしの病気は重く、わたしは終油の秘蹟をさえお受けしました。それが、奇蹟的に生命を取りとめましてから、わたしは初めて、生きることを覚えたのでした。恐らく悪魔は、わたしの隙をうかがっていたに違いございません。生きることを本当に知らなかった者にとって、ただ死にさえしなければいいと思っていた者にとって、生きることは汲み尽されない悦びの泉でした。彼はその時を待っていたのです。そのような女が、独り身で、三十を越してしまえば、どんな他愛ない考えかたをするようになるのか、彼は知っていたのです。今、わたしは独り身ではございません。彼がわたしを捉え、わたしと共にい、わたしのすること為すことを絶えず見張っていて一刻も離しません。そしてわたしの魂を少しずつ滅ぼして行くのです。わたしの魂の平安を掻き乱して、あなたさまに捧げた筈のわたしの魂を、少しずつ刻み取って行くのです。何と不思議なことでしょうか。わたしは彼をこそあなたさまの方へ導こうと、そう決心して、そう決心することに使命のようなものを感じて、彼と一緒になろうとしたのではなかったでしょうか。魂の平安、そんなものは贅沢です。今、わたしには分っています。わたしはB療養所の十五年間、聖女と人に呼ばれ、ひたすら魂の平安をこいねがいました。わたしの覚えたところによれば、肉体なぞは問題ではない筈でした。問題は魂です。わたしこそ彼の魂を導くべき筈でした。それなのに、彼がわたしからわたしの魂を取り上げてしまったのはなぜなのでしょうか。その代りに、わたしの嘗て知らなかった或る物を丸薬のように与えてくれるのはなぜなのでしょうか。それは心地のよい、甘い糖衣に包まれていて、わたしの疼く傷を癒してくれます。それは一体何なのでしょう。その中に、苦しみと痛みと憎しみとが隠されていないとどうして言えましょうか。それが愛なのでしょうか。「汝の近き者を己(おのれ)の如く愛すべし。」それが愛なのでしょうか。わたしには分りません。しかしそれがわたしをこうしたのです、その或る物が。わたしは彼と共に行こうと思います。最早帰るべきところもなく、縋るべき人もありません。この鎖された部屋の中に、わたしは彼と二人きりです。もうずっと前からそうなのです。食物もすっかり尽きました。残されたことは、仕事を求めて此所を離れること、そしてわたしが彼のあとについて行くことです。その決心を前にしてわたしはただ祈り、彼は深淵のような眼を見開いてわたしを見詰めているばかりです。

　童貞聖マリアさま、聖寵充ち満てるマリアさま、わたしのためにお祈り下さい。どうぞこのわたしのためにお祈り下さい。

己(おれ)は飢(うえ)というものが、己の中に生きている別の生きものであることを知っている。渇きというものも知っている。それは覚えたというのとはまるで別だ。それは己が生れた時から己の中に住んでいたのだ。生れた時から、己はいつだって飢えていたし渇いていた。己が生れた時は、ひどい飢饉で、食ものといっては草の根より他になかったそうだ。己のおふくろは一滴の乳も出なかったに違いないから、己は当然死ぬところだった。己は捨てられ、たまたま村を通り過ぎた旅の坊主に拾われた。何という馬鹿な坊主もあったものだ。飢饉どきに村から村を歩いて、ろくなお布施にありつける筈もないのに、乳呑児まで抱えて歩くとなっては苦労が大へんだったろう。よくまあそれでも、己の生命が続いたものだと、己は不思議でならない。己は両親の名前も知らなければ、故郷の村も知らない。己が知っているのは飢だけだ。あの坊主が死んでからは、己は天涯の孤独というのだろう。己の友だちは己の中に住んでいる別の生きものだけだ。己が生れたのも昔のこと、坊主が死んだのも昔のことだ。己は昔のことを思い出すことが出来ない。己にとってはいつもこの今しかない。己の記憶は不確かで、己は多分もう五十年位生きて来たと思うのだが、その記憶をつなぎ合せることが出来ない。記憶などというものは何の役にも立たぬ。己はその時その時に飢を充すだけだ。己が徴用の工場を逃げ出して、流れ流れて此所の愛生園まで辿り着いた時に、己は途方もなく飢えていた。賄夫に採用ときまって飯(めし)櫃(びつ)にくらいついた時ほど、己が自分を哀れに思ったことはない。戦争が己を飢えさせたのだ。

己は飢には馴れていた、胃袋の中ががらっぽなのには馴れていた。しかし戦争というものは人を食わさないように出来ているのだ。誰も彼もがひどい目に会わされるように出来ているのだ。田舎にいた頃は何とかしのぐことが出来た。盗むものはどこにでもあった。しかし都会に流れて来てしまえば、そこにはもう自然もなく食ものもない。己はがつがつと食った。それを見て賄の頭が笑ったのだ。「初めは誰でもそうだ、」と言った。「此所でやとってもらったのを有難く思えよ。」己だって一つところにおとなしくしていれば、とにかく食うことは出来たのだ。しかし己は駄目だ。面倒なこと、人と附き合うことは己には出来ない。己はいつでもどこかへ行きたくなる。己が此所へ来たのも、ただ偶然というものだ。己は色んなことを少しずつやって来たから、賄くらいなら何とか勤まるだろう。己はがつがつと食った。それを食ってしまえば、当分の間己は此所に足を取られて、好き勝手には逃げ出せないことも承知していた。しかし己は己の中の生きものに厭だとは言い切れなかったのだ。飢という奴はそうしたものだ。身も魂も売ってしまうと分っていても、いつでも飢の方が勝つのだ。魂か。お前が何と言おうと、己には魂なんか用はない。もし己にそれがあっても、己は百ぺん飢えれば、百ぺんだけ魂をくれてやるだろう。賄の頭が恩きせがましく言った。「どうだ、うまいか。これはお前、特別だぜ。此所の患者の連中だってそうそう米の飯ばかり食ってるわけじゃねえ。戦時下だからな。すいとんとかうどんとか。まあ飯と半々だ。ところが所長さんちのお勝手に行ってみねえ、何でもある。己たちも下これに倣うだけだ。しかし人に言っちゃならねえぜ。己の言うことさえ聞いてれば、うまい汁を吸わせてやるからな。」己はその御託を聞きながら、黙って飯を食った。米の飯という奴は一粒ずつが生きているのだ。一粒ずつが水分とねばりと光沢とを持って、それが軍隊のように統率されて、飯櫃の中にふっくらと盛り上っているのだ。戦争もへったくれもあるものか。ピカドンで戦争が済んでからというものは、一層大っぴらだ。所長をはじめ誰も彼もが、患者の配給をくすねることに夢中なのだ。しかし己は飢えさえしなければいい。己は三度の飯が食えさえすればいい。だから愛生園が閉鎖になってから、己はたちまちまた飢え出したのだ。己には何の貯えもない。己はだいたい新入だから、くすねるといっても大したことは出来ない。連中はみんな此所から逃げ出した。閉鎖になった療養所に残っていたところでどうにもならない。己だってそれ位のことは知っている。己たちはもう久しく米の飯なんぞ食ったことがない。しかし己はこうやって、お前と一緒に此所に閉じこもっているのだ。一生懸命にお祈りを上げているお前の後ろで、己はお前を見ているのだ。魂のある者は為合せだ。せいぜいお前の魂のために祈るがいい。お前の細っそりした肩が小刻みに顫えるのも、この己がお前を見詰めているせいだ。お前も飢えている。お前の黒いぱさぱさした髪も、己の一握りで締め上げられる細い頸も、肉の薄い肩も、上半身の重みを支えている太腿の肉も、薄汚れた足の裏も、みんな飢えている。しかし己が飢えているほどではないだろう。何しろお前には神というものがある。人はパンのみにて生くる者に非ず。お前はそう言った。笑わせる。己なんか生れた時から荒野に住んでいたのだ。試みられた者よりも試みた者の方が一層飢えていなかったと、どうして言うことが出来るか。お前はその男が飢えていたと言ったが、己は悪魔の方が一層飢えていたと思うのだ。自分から進んで断食した者よりも、否應なしに飢えさせられてしまった者の方が、己には親しい。己はいつでも飢えさせられた。己はもう五十年くらいは生きて来た。その間己がどんなに飢え続けたか、お前には分らないだろう。お前は十五年間ベッドの上に寝ていた。お前は聖女だ。お前はお前の魂とやらを相手にして、空気を吸っただけで生きて来たのか。病気で寝ていれば飢えることはなかっただろう。神父さんが、パンのみにて生くる者に非ずとか何とか言いながら、お前にパンをあてがってくれただろう。己は違う。己は自力で生きて来た。己は苦しい時には何でも食ったのだ。犬でも猫でも鼠でも、己は何でも食った。己たちは飢えているが、しかしお前は犬を食うほどではないだろう。お前はお上品に出来ている。お前は食ものがなければ、そうやって祈ってさえいればいいのだ。魂の方が飢より大事なのだ。笑わせる。しかし飢えているお前は美しい。苦しんでいるお前は美しい。己は単純な人間だ。己にはお前が分らない。己がお前から逃げ出せないのは、お前というものが己に分らないからだ。お前は己の飢だ。

童貞聖マリアさま、災厄はいつも不意に来るものでございます。わたしが女学校を卒業する間際に病気だと宣告されてB療養所に入れられました時も、わたしはそれがあまりにも急だったので、茫然として、自分がどういう破目に陥ったのかも分らないくらいでした。それからは死がいつも眼の前にあり、わたしはその恐怖から逃れるために信仰の中に自分を閉じこめましたから、災厄が不意に来るということを忘れてしまいました。ですから彼に初めて会いました時も、その本当の意味を考えてもみずに、わたしはそれが、その不安が、病気よりももっとひどい災厄の前ぶれだということが分らなかったのでございます。不安な気持が起った時には、何よりもまず祈るべき筈でした。それが習慣というものなのでしょう。それなのになぜ、祈りの言葉が口を衝いて出て来なかったのでございましょう。彼の厳しい視線に捉えられました時の不安を、わたしはただ自分が人見知りするせいだと思いました。わたしは世間知らずで三十の歳を越してしまいましたから、人見知りするのも当然なのではございませんか。女学校を出るや出ずから、B療養所のベッドの上に起き伏しして、先生がたや神父さまや同病のお友達や母や妹などに会うほかには、一切世間というものから隔離されてしまったのですものね。母は時々訪ねてくれました。母の顔は私の病状を映し出す鏡でした。それは世の中ではなく別のわたしを映していました。妹も時々参りました。妹は来る度に美しくなり、やがて結婚をし、子供が出来るようになってからは次第に顔を見せなくなりました。わたしは妹に会う度にそれがわたしであってもよかったのだと考えました。そうでございます、それがわたしであってどうしていけなかったのでございましょう。わたしもまた美しくなり、結婚し、子供をつくることも出来た筈でした。ですから妹も、別のわたしであって世の中ではありませんでした。外から来る人はそれだけです。女学校のお友達も、初めのうちはお見舞に来てくれました。しかし一年が二年になり、五年になり、十年になると……。それは無理もないことです。時間がわたしを閉じこめました。外というものはありません。内側だけです。同じ先生がた、同じポール神父、同じ病気のお友達。そしてお友達は一人ずつ闕(か)け落ちて行きます。お友達は皆別のわたしです。わたしの中の或る部分は死に、或る部分は生き残ったのです。ですからわたしは、昔のわたしではございません。恐らくはポール神父さまと共に薄暗い聖堂の中で跪(ひざまず)いて祈った、あの優しい心を持った女は、死んだわたしの或る部分だったのでございましょう。そのような女はもういなくなりました。彼がその部分を殺したのです。

愛生園の事務員にやとわれて、初めて自分で働くという意識を持ったわたしが、その時どんなにおどおどし、反面どんなに誇らしく感じたか、今でもわたしは、あの頃の（しかしそれが、ほんの半年も前のことなのです）子供っぽいと人に言われた微笑が、脣に浮ぶのを覚えます。

だって療養所では、健康が恢復して一人前に働けるようになるほど、名誉で誇らしいことは他にはございませんものね。わたしは終油の秘蹟さえもお受けしました。本当に何度も危い瀬戸際を渡りました。それがすっかり丈夫になって、愛生園の事務で使っていただけるなんて。勿論まだ一人前というわけには参りません。けれどもわたしは嬉しくて、熱心で、世の中が（そうです、わたしは世の中に出て行ったのです）今まで想像もしなかったほど明るく晴れ渡ったところだと感じました。事務室で計算などをしているザラ紙の上に、明け放した硝子窓の外の空が青く染みついています。雲雀の声が鉛筆を握っているわたしの手を促します。わたしの唇に差したルージュも、今迄のように、ただ自分ひとりの愉しみのためではありません。それは戦争が終って初めて迎えた春なのです。新円の切換とか民主主義による総選挙とか、わたしにはびっくりするようなことばかりです。この私立の療養所の中にも、ついこの間までのわたしと同じように、今月の検痰の結果はどうなのか、血沈は、レントゲンは、とそんなことしか気持の向かない同病の患者さんが百人もいて、暗い沈んだ空気が流れています。戦争が終ろうと終るまいと、いつまで生きられるのか心許ない人たちばかりです。それなのに、わたしは、今はもうすっかり元気になって、自由党の勢力がどうの、共産党がどうのといっぱしの口が利けるのですものね。しかしわたしはまだ小娘のようにおどおどして、隅で他の事務員たちの議論を聞いていただけでございます。それでも色々なことが分って来ました。健康な人たちというものはじっと落ちついていることが出来ず、しょっちゅう喋ったり動いたりしているものだということも分りました。世の中が保守派と進歩派とに分れていて、それを縮図に描いたように、この療養所の中では、所長や庶務課長を中心とする幹部派と、患者さんたちの味方をしている若い職員たちの急進派との、二手に分れて暗闘していることも分りました。わたしがそれまでいたB療養所からの紹介状をもらって此所に就職するために参りました時に、所長先生はこうおっしゃいました。「一つわたしの手足となって働いて下さい。あなたは随分長いこと療養生活を送って来られたようだから、患者たちの気持もよく分るでしょう。何しろ此所は私立の療養所でね、患者たちが騒ぐと真先に困るのはこのわたしだから。」厭な奴、と心の中で思いました。年は四十に近く、とても冷たい表情をした、偸むように人の顔をちらっと見る癖のある人です。すくなめの髪の毛を綺麗に撫でつけて、そこへ時々片手を当てながら廻転椅子の上にふんぞり返ります。薄い、ぺらぺら動く厭らしい脣。この所長先生はお医者さまはお医者さまですが、その方の腕は大学を出たての若い人にも劣るという評判でした。お父さんというのが愛生園を創設した、結核のために一生を捧げた人で、その亡くなられた後を継いだのです。が、折角有名だった愛生園も、この息子さんの代になってから経営が左前だという噂を聞きました。事実、患者さんの数が次第に減って行くようです。患者用の配給物資をごまかして、所長や庶務課長が私腹を肥しているというので、急進派の職員や患者自治会が騒いでいます。そういう時でしたから、わたしのように半人前の働きしか出来ない者を採用したというのも、わたしを体のいいスパイにしたてようという所長先生の魂胆だったのでしょう。どうしてまたわたしなんかに目をつけたものか、だってわたしは十五年間も療養して来たんですものね、同病のお友達を裏切ることなんか出来ませんものね。ですからわたしは、進駐軍からの罐詰の配給や、ララ物資のミルクや、それに主食のお米などが果して計算通りうまく患者さんに渡っているかどうかを調べようと思って、一人で、午後の安静時間に、渡り廊下を通って炊事場の方へ出掛けて行きました。

炊事場の中はがらんとして人の姿はありません。大きなアルミの炊事用器が幾つも並べて伏せてあります。わたしは暫く窓に倚って、麦畠に青い麦の穂がすくすくと伸びているのを見ていました。春で、空は薄ぼんやりと霞んでいます。グラウンドの方から、きっと職員が野球をやっているのでしょう、ボールを打つ音やどっという喊声などが聞えて来ます。炊事場を通り抜けて、固い土を踏んで倉庫の方へ歩いて行きました。誰もいないのです。賄の人に会ったらまず何と口を利こうかと考えていた緊張感から解き放されて、倉庫の前まで行くと鍵のかかったその戸口に凭れかかりました。春らしい仄甘い午後の空気がうっとりとわたしを睡たくします。もしわたしがまだB療養所にいたのなら、今頃は安静時間の午睡をむさぼっていた筈なのです。雲雀も啼いていました。子供の頃はいつもこのように幸福だったと、そんなことを考えながら寝ていたものです。しかしわたしはもうじき死ぬだろうと、そういうようなことも。そのうち、わたしはわたしの頭が左側を向いたままどうしても右側に向かないのに気がつきました。ああわたしは片側を枕にして寝ているのだな、これは夢の中なのだな、とそう思いました。しかしそうではありません。わたしは霞んだ空も、炊事場の高い煙突も、遠い麦畠も、みんなこの眼に見ているのです。わたしは次第に不安になりました。どうしてわたしの首は右側に向かないのかしら？　それは一種異様な、かすかに人の心をときめかすような不安でございました。

童貞聖マリアさま、わたしはわたしの長い病床生活、そして長い信仰生活の間に、不安を感じたことがなかったわけではございません。いいえ、天主さまの御名を念じれば念じるほど、その合間を見て不安が、死ぬことの不安が、わたしの心に忍び入って来ました。死ぬのは恐ろしいことです。しかしその恐怖はいつでも突き刺すような、骨を噛むような不安でした。そして心が揺ぎ始めると、それまでの疑いや悩みや懼れが跡形もなく消えて行くためには、ただこのお祈りがあればよかったのでした。わたしは祈りました。いつでも一心に祈りました。それなのにこの時、どうしてわたしは祈ることを忘れていたのでございましょう。わたしの信仰はこの時早くも崩れ始めていたのでしょうか。わたしはこの、心の中の疼くような感情を愛したのでしょうか。それはわたしの嘗て知らない、仄甘い匂のする不安でございました。首を右側に向けられないというのは、わたしが夢を見ているのでもなければ、わたしの首がどうかしたという生理的な理由でもなく、わたしを照している太陽や春らしいあたたかい空気や青い麦畠と同じ現実であることを、わたしは知っていました。その時のわたしは信仰のある聖女ではなくただの女、三十をとうに過ぎた独り身の女でした。そしてわたしはその方向に、——わたしを不安にさせているその方向に何があるかを半ば無意識に諒解しながら、思い切って頭を右側に廻しました。恐らくはややはすっぱに首を傾けたに違いございません。

己は思い出す限り飢えて来た。だから己の思い出すものはいつも同じだ。それは平べったく己の前にある。決して奥行もなければ深みもない。ただ平べったく己の前に寝ているだけだ。己は格別昔のことを思い出そうとしたことはない。それはもうところどころ闕け落ちて、たとえ己がどんなに頭をひねっても、大部分は暗闇の中に消えてしまった。昔のことを思い出して何になるのか。己は五十年くらい生きて来た。しかしどんなことがあったか己には思い出せない。思い出そうともしない。しかし己はいつも飢えていたのだ。それは平べったい、何も中身のない胃袋のような過去だ。しかし己は知っている、己を飢えさせたのはこの胃袋ばかりではない、と。別の飢えというものがあり、別の渇きというものがある。己が一つところにじっと我慢していることが出来ず、森から森へ、村から村へ、街から街へ、あてどもなくさ迷ったのは、そいつのせいだ。己は一体何を求めて歩き廻ったのだ。それが己にも分らない。要するに己は逃げ出したくなる。何かが欲しくなる。このままでは窒息してしまいそうな気がして、わっと大声に叫び出したくなる。それがなぜなのか己には分らないのだ。うまい物が食いたいとか、酒が飲みたいとか、女が欲しいとか、それだけではない。酒を飲んでる時でも逃げ出したくなる。女と寝ている時でも、そいつは不意に己を促すのだ。そうすると己はもうじっとしてはいられない。どんなに苦労することが分っていても、己は己の中の飢が命じるのに従わなければならない。己がもし世の中に怖いものがあるとすれば、己の怖いのは己の中のこの飢だ。一体そいつは己に何を命じたのだ。己はそれで一体何をしたのだ。己には分らない。人は誰でもそういうものだろうか。しかしお前はお前の過去を思い出すことが出来る。女学校の一年の時にどうだったとか、聖体拝領の時にどうだったとか、お前はそういうことを言うことが出来る。己には出来ない。己には日附のついた過去というものはない。それは思い出す限り平べったくて、しかも前後もなければ関係もない。まるで暗闇の中からぽつぽつと明りが見えるようなものだ。己は一体どんな人間だったのか、いつ何処にいて何をしたのか、己はそれを言い表せない。己は愛生園の賄夫だった。己は飢饉の村で坊主に拾われた。そういうことは言える。

己はお前と共に此所にいる。お前の祈るのを見ている。そう言うことは言える。しかし他に何一つ浮び上って来るものはない。己は時々、己が死んだ人間のような気がすることがある。死んだ人間は過去を思い出すことは出来ないだろう。しかし己は生きているし、飢えるということは生きている証拠なのだ。だから己が生きている以上、己はもっと思い出す筈なのだ。もし己が、己にとってひどく大事なことを思い出せたなら、己は此所から逃げ出すだろう。一体己はなぜ逃げ出さないのだ。己の中にいる飢は、己に逃げ出せと命じている。愛生園が閉鎖になって以来、此所に残っていたところで一粒の米にだってありつけないことは分っている。己たちの食ものはとうに尽きている。己は犬や猫を食ってでも生きられるが、お上品なお前は身顫いするだけだ。一体お前はなぜ逃げ出さないのだ。己はそれが不思議でならない。お前には母親もいる、妹もいる、神父さんだってついているのだ。お前は逃げたければ逃げるがいい。己はお前を此所に来るように無理強いしたが、いつもお前を縄で縛っているわけではない。行きたければさっさと行くがいい。己がお前を手ごめにしたのは、お前の身体が欲しかったからだ。己はお前のような奇妙な女を見たことがない。魂などと口走るのが変っている。せっかく綺麗な身体をしていながら、何が魂だ。それは一体どんなものだ。何処にあるのだ。だから己はそれが見たいと言ったのだ。だから己はお前と一緒に暮したのだ。しかしお前はそれを己に見せてくれないのだから、己はお前には用がない。魂と共にひとりで何処へでも行けばいい。己の魂とやらは、お前とは関係のないことだ。己には魂なんかはない。己にあるのは飢ばかりだ。己はただの飢えた人間で、お前のようなお上品な、学問のある、神さまとやらを持った人間とは違う。お前がお前の魂とやらを己にくれると言ったところで、己にはそいつをどうしようもない。己は己だ。

童貞聖マリアさま、もし或る一瞬が人を殺すものなら、わたしはこの一瞬に、この一瞬から、生きながら地獄に堕ちたのでございましょう。もしこの瞬間に、わたしが首を右側に向けず、さっとそこから戻って来てしまったのなら、こんな恐ろしい災厄がわたしの上に落ちかかることもなかったのでございましょう。これもまた摂理と申すべきなのでしょうか。わたしには分りません。

倉庫の鍵のかかった戸口に凭れかかって、思い切りよく首を向けたその方向にわたしを待っていたものは、わたしを注視する瞳でございました。その瞳を何と形容すれば宜しいのでしょうか。それは経験を積んだ、どのような善も悪も承知している男の眼です。それは表面は澄み切っていますが、決して美しいとか純潔とかいったものではございません。いいえ寧ろ反対に、それは飽くない欲望を隠し持っていて、しかもその欲望の意味しているものが果して何なのか、或る意味では求道者の眼のように遙かな天国を待ち望んでいると、そう言えないこともありません。またそれは地獄の奥底まで降ってあらゆる悪徳を身につけ、今、暫しの憩いに地上を眺め廻していると、そう言えないこともありません。最初にわたしが驚いたのはしんとしたその眼の静けさでした。それは何も考えず何も望まないといった、謂わば同病のお友達がすっかり病気を諦めてしまった時に見せる表情に似ていました。しかし直に、その奥には、流れることのない深い澱んだ水を覗き込む時にかすかに透いて見える黒い岩のように、火よりも烈しい欲望、わたしを捉えて焼き滅ぼしてしまおうとする欲望のあることを感じ取りました。しかしそれだけではありません。そこには尚見捨てられた幼児のような行きどころのない哀愁、この世の誰よりも孤独であることを強く訴える絶望があり、それと共に神をも恐れない傲岸不遜な自負が潜んでいたのです。何という矛盾でしょう。それはあらゆる異った要素を含んで、自ら捉えられたい、自らその淵へ身を投げ込みたいという誘惑を人に感じさせる、深淵のような眼(まなこ)でした。そしてわたしは一瞬にしてそれに捉えられたのです。

わたしはその方に近づいて行きました。彼は倉庫の片側にある空っぽのガレージの壁に凭れて、わたしの近づくのを尚も目瞬き一つしない眼で見据えています。わたしは最初、運転手なのかなと思いました。色の褪せた作業服にカーキ色のズボン、それに茶色い豚皮の兵隊靴を履いています。年の頃はわたしにはまったく分りませんでした。しかし近づいて行くにつれ決して若くはないことに気がつきました。その額には横に一本太い皺が走り、それが不幸な歳月を刻んでいるのです。わたしよりきっと十ぐらいは上なのでしょうか。頭髪には既に白いものがまじっていました。わたしはその側まで行き、並ぶようにガレージの壁に凭れかかりました。きっとあまり見詰められていることが眩かったからでしょう。そして「此所は随分しずかなのね。」と言いました。彼はしばらく黙っていました。それからゆっくりした声で、「お前さんは己に用なのかい？」と訊きました。わたしはびっくりして、それまで忘れていた用件を思い出しました。誰か賄の人がいたら、倉庫の中を調べるのに立ち会ってもらいたいのだと説明しました。彼は重々しく頷き、ちょっと待つようにわたしに言って炊事場の方へ足早に歩いて行きました。力強い歩きぶりでした。その時になって、わたしは初めて自分が小脇に、参考にするための資料を挾んだ紙挾みを持っていることに気がついたのでした。

彼は直に戻って来ました。そしてわたしを誘って倉庫の方へ行き、鍵を明けました。そうするとこの人は賄夫なのかしら、とわたしは考えました。戸が軋ると、中は薄暗く、小麦の袋や罐詰を入れた木箱が壁にぎっしりと積んであります。天井に近い四角な窓からぼんやりした光が射し込んでいます。むっとするような黴くさいにおいの中で、わたしは彼と二人きりでした。彼は事務的な説明を始め、わたしは紙挾みをひろげてそれを聞きながら箱の数などを数えていましたが、足を支えている筋肉の小刻みに顫えるのが自分にも分るのです。わたしたちは二人きりでした。入口の戸は人一人を通すだけの隙間だけ開いていますが、このだだっ広い、黴くさい倉庫の中に、わたしは異様な眼つきをした男と二人きり立っているのです。その眼が何を欲しているのか、いくら経験のないわたしでも何かしら感づかないわけには参りません。わたしは聖女と呼ばれて来ました。わたしは第六誡を犯したことはありません。しかし邪淫に関る思いを起さなかったとは申せません。長い病床生活に、独り身の女がどんなことを思い描くものか、聖母マリアさま、わたしはもう幾度もあなたさまにお赦しを乞いました。たとえあなたさまの御名を念じて湧き上って来たそのような思いを打消すことが出来たとしても、どうして夢の中でまであなたさまの御助けを求めることが出来ましたでしょうか。そうです、夢の中ではわたしはわたしの欲望と共に閉じこめられていました。わたしがしばしば見た悪夢の中では、見知らない男の手がわたしをしっかと捉えています。その手は（それは蛸の脚のように必要に應じて何本もの腕を持っています）必死に抵抗するわたしから着ているものを脱がして行くのです。最後の一枚まで剝ぎ取ってしまうと、男の手は飴細工のように自由自在にわたしの身体を捩じ曲げて弄びます。わたしは羞恥と苦痛とのために悶え叫び、男の手が尚もわたしの自由を奪い、その身体が重たくわたしの身体を押し潰す時に、一声高く悲鳴を上げて目を覚ましました。しかしそれは果して恐怖の叫びだったのでしょうか、隠された欲望を意味する歓喜の声ではなかったと言えますでしょうか。わたしには分りません。目を覚ましても、わたしは自分の烈しい呼吸に見知らぬ男の喘ぎを感じ、身体の下敷きになってしびれてしまった自分の腕にその男の暴力を感じようとしたのです。わたしはベッドの上に起き直って、暗闇の中にその男の顔を見定めようとしました。いつでも未知である夢の中の男の顔を。「……お前さんは己の言うことを聞いていないね？」わたしはその声にぎょっとして竦んでしまいました。わたしは一体何を考えていたのでしょう。わたしのすぐ隣に、薄暗い光を浴びて一人の未知の男が立っているのです。それが夢の中の男でないとどうして保証できるでしょうか。わたしは倉庫の中に閉じこめられて、この男の岩乗な手はわたしの口の叫びを封じるでしょう。わたしは顫え出しました。男の眼は一層暗く厳しい光を湛えて、じっとわたしに注がれています。わたしはもう一言も口を利けません。と、彼は、すたすたと入口の半開きになった戸の方へ歩き出します。あの戸を閉めるのだ、閉めてしまえばもうお終いだ、わたしの貞操、わたしの純潔、天主さまに捧げたわたしの誇り、それはみんなお終いだ、――そうわたしは感じ、必死になって彼より先に走って行こうと思うのですが、足はその場に竦んだきり筋一本も動きません。彼は入口のところで振り返りました。大きく見開かれた眼。「出ろ、」とその声。わたしは耳を疑いました。確かに、出ろと言ったのです。わたしは急に力を取り戻し、足をがくがくさせながら擦抜けるようにして彼の側を通りました。男くさいにおい、そして眼の痛くなるような明るい外光。助かったのです。彼はわたしに何もしなかったのです。わたしは思わずよろめいて倉庫の壁に手をつきました。その時彼がゆっくりと、自分自身に言い聞かせるようにこう呟きました。「もう二度と来るな。二度と己のところに来るな。」

己は逃げなければならない。一体何のために、己はいつまでもお前と共にこの小屋の中に閉じこもって、お前の祈るのを見ていなければならないのだ。己たちは飢死をするばかりだ。「飢えているのはわたしたちの魂なのです、身体じゃありません。」お前はそう言う。馬鹿げたことだ。お前はせっせと祈るが、それが一体何の役に立つと言うのだ。後生を頼んだところで、飢死した人間は地獄へ行くだけだ。餓鬼地獄へ堕ちるだけだ。それともお前は羽が生えて極楽へでも行けると思っているのか。お前は療養所で聖女と言われたそうだが、聖女なんてものがあるものか。女はみんな女だ。どんなに綺麗ごとをつくろっても、抱かれれば女はみな同じだ。己の知っている限り、女は見られるためにある。それは見られたがっている物、謂わば石とか骨董とか置物とかいうのと同じだ。それは見たり手に取ったりして愉しむための物だ。なぜお前だけが違うのだ。なぜお前の中にだけ魂とやらが充満しているのだ。己は嘗て女に縛られたことはない。見てしまえばそれで終りだ。もしそれが己を縛るようなら、己はさっさと逃げ出した。たとえ飢えても逃げ出した方がいい。己には太陽とか、草の葉とか、雨水とか、舌の上でぴりぴりする松葉の味とか、そんなものの方が遙かにいいのだ。此所から出て行けばそういうものがある。飢もあるし、自然もある。力仕事をしていればどうにか食うことは出来る。それなのに己が此所で飢えているのはなぜだろうか。お前は自然よりも美しいというわけか。確かにお前の乳房は太陽のように熱い。しかし太陽には飽きないが、お前の乳房には飽きる。お前の髪には草のにおいがする。しかし草は食えるがお前の髪は食えない。お前の肌がどんなに甘くやわらかでも、己は大地の上に寝ている方がいい。お前は自然ではない。自然には魂なぞというものはない。涼しい風は涼しい風、明るい光は明るい光だ。だから己は気楽なのだ。山の中に嵐に吹かれてただ一人いようとも、己は何も怖くはない。しかしお前の中の魂とやらは、己には無気味な代物だ。己はお前がただの物として、己に見られ、己に抱かれていればそれで満足なのだ。もしもお前が自然だとすれば、それは己を憤ろしくさせる自然だ。己に刃向う自然だ。しかし自然には魂はない。己は自分が非力で荒野で飢死したとしても、何も自然を怨むことはない。それは己のせいで自然のせいではない。しかしもしお前が己を飢死させるのならば、お前は己の敵だ。己は逃げなければならない。己は逃げた。そうだ、己は逃げた。「お前に相談がある。乗るか。」凄みのある低い声で、その男が言った。「今夜、己たちは逃げ出す。手筈は整っている。仲間にはいるか。厭なら厭と言え。」己はその男の眉間に、半月型の傷痕を今も見ることが出来る。薄暗い監房の中で、その男の背後にも眼を光らせた獣どもがいた。「よかろう。」己は頷いた。「己に火でもつけろと言うのか。」相手は暫く黙ったまま己の顔をうかがった。己がきっと顔の筋ひとつ動かさなかったせいだろう。「いや、火はつけぬ、」と男は言った。「こっそり逃げ出すだけだ。窓の鉄格子はもう摩り切ってある。表には仲間が待っている。楽なものだ。ただ、お前は森の方に逃げてくれ。」己は黙っていた。そうか、追手の裏を掻こうというわけだな。己を囮にして、その実こいつらは線路づたいに逃げるつもりか。蛆虫どもめ。「承知か、」と男が訊いた。「よし、承知した。己が囮になってやろう。逃げる前に己にマッチをよこせ。そこらの百姓家に火をつけてやる。」それきり己は黙った。どちらにしても同じことだ。此所も悪くはない。此所ではとにかく飢えることはない。しかし無理やり閉じこめられているというのは己は厭だ。逃げられるものなら逃げた方がましだ。監房の中には殺気がこもっている。己たちは寝た。逃げるには都合のいい季節だ。藪蚊がぶんぶんいって血を吸いに来る。己の隣の若いのは暑いのに小刻みに顫えていた。遠くで夜鷹が啼いたがそれが合図のようだった。眉間に傷のある男が起き出して窓の鉄格子を外した。それは鑢で切り放されていたが、あいつを摩り切るのに幾日かかったことか。己は新入だから、今迄それに気がつかなかった。そいつは外す時にかすかに軋った。夜鷹がまた続けざまに啼き、己たちは皆起き直った。影絵のように一人ずつ窓を乗り越えた。己は一番最後に窓に飛びついた。中庭を越えると、コンクリートの塀にロープが垂してあった。臀を振りながら必死になってロープを攀登る男たちは滑稽だった。己は星明りで奴等の道化た恰好を見ていたが、笑い声は外に洩れなかった。己は最後だった。それを待つ間はひどく長い時間のような気がした。ロープは己の掌の中で歯軋りをし爪を立てた。塀にのぼると風の吹いているのが分った。その風は己に自由を思い起させた。それはまた飢を思い起させた。これから先、己はまた飢えるだろう。遠くの空の星は、己の呼吸につれて明るくなったり暗くなったりした。下で鋭く口笛が己を催促した。己はロープを傳って下へおりた。そこでは風は強くなかった。雑草が腰のあたりまで茂り、夜露にしめった土は足の下で窪んだ。己は金とマッチとを貰った。眉間に傷のある男は無言で森の方を指差した。己が貰ったものを星明りで調べてる間に、一人ずつ闇に紛れて消え失せた。そこで己も歩き出した。己の顔や手に纏わりつく藪蚊も、己と共に運ばれた。空の星も己と共に運ばれた。己は荒地を横切り、浅瀬の流れを渡った。道を横切り、畠に出て畦道を突走った。防風林に囲まれた百姓家が己の走るのを見ていた。飢が己を促したが、犬が吠えたので己はそこを走りすぎた。森が向うの夜空の涯に己を待っている。己は次第に呼吸の速くなるのを感じた。汗が目蓋を傳って眼の中に滲み込んだ。己は何度も蹴つまずいた。飢がしきりに己を促した。己はしんとした百姓家の中庭に忍び入り、母屋から一番遠い端にある納屋へと向った。明け立ての悪い戸は直に開き、中から藁や筵のにおいがした。己はそこに腰を下し、息を入れた。マッチをすってみた。板壁の釘に野良着が懸り、その下に鍬の刃が幾つもきらきら光った。板壁の向うから鼾が聞えて来た。己は息を凝し、考え、それから笑った。何でもない、隣の豚小屋で豚が鼾をかいているのだ。今に豚の丸焼が出来るだろう。己は笑い、その鼾に食欲を感じた。しかし己の食欲を満足させるものはそこにはなかった。己はそれまで着ていた獄衣を脱ぎ、もう一本マッチをすり、筵の端に火をつけた。それがくすぶっている間に野良着に着かえ、燃えさしを壁に寄せてその上に筵や俵を積み重ねた。焰の勢いを充分確かめてから、己はそこを逃げ出した。己はもう疲れを感じなかった。森の方角に向けて一直線に走った。畠は尽き、砂地に岩と雑草とのまじった荒地が続いた。道は少しずつ登りになった。森の中に紛れ込めば大丈夫だ。己はもう何も考えなかった。その時、豚や牛の悲鳴が一かたまりになって己に追い縋った。人間どもの声はまだ聞えなかった。己は振り返り、さっきの納屋が火焰を上げて燃えているのを見た。豚や牛は必死になって喚いた。己はその声に激しい食欲を感じた。そろそろ人間どもが気がついたらしい。遠くの線路の方で半鐘が鳴っている。一面の星空に火焰が天に冲した。己は逃げるのを忘れてそこに腰を下した。臀の下の大地は地球のつめたさだ。しかしあそこでは火が燃えている。己のつけた火が燃えさかっている。万物の初めには火があったのだ。お前が何と言おうと、何と書かれていようと、己はそれを疑わない。一束の火焰が勢いよく天に噴き上げると、無数の火の粉がその間から跳ね廻って飛び出した。何とそれは鮮かな模様だ。どの火花も生きている。あれがみんな己の一本のマッチから生れ出たのだ。半鐘が鳴り、サイレンが鳴っている。納屋は一層烈しく燃え上った。己は破裂しそうな飢を感じた。どんな自然も、どんな女も、この火ほど美しくはない。己は両の拳を顳顬（こめかみ）に当てて、燃えさかる焔を一心に眺めた。己が自分を生きていると感じるのはそういう時だ。見るということは所有することだ。己はお前を見る。お前を持つ。己は火を見る。火を持つ。己は火と合体した。己が火だ。己はもう大声で喚き立てた。どんな危険が迫っていようとも、己は最後の焔が燃え尽きるまで、それを見ていなければならなかった。

童貞聖マリアさま、わたしの感じたものは安堵だったのでしょうか、それとも失望だったのでしょうか。わたしには自分の心を明かに言い表すことが出来ません。恐怖が去るとわたしのうちに一種の悔のようなものが残りました。それから勿論、あの不思議な男に対する好奇心が芽生え始めました。わたしはさりげなく他の職員に彼のことを尋ねました。しかしわたしの聞き知ったことは極めて僅かだったのです。彼は一年ばかり前から此所で賄夫をつとめていたのですが、一人だけ孤立していて殆ど他の賄夫と附き合わないようでした。その経歴も少しも分りません。わたしが調べてみた範囲では履歴書のようなものも見当りませんでした。彼は独身で、そして他の賄夫と違って、一人だけ、倉庫の裏側の林の中にある物置小屋のようなところに住んでいます。それが彼に関する一番異様な点でした。独身寮というものはちゃんとあるのです。それなのになぜ、共同生活をしようとしないのでしょう。恐らくは人嫌いから？　しかしもっと何か、人目を避けなければならない秘密の理由があるのかも分りません。わたしは彼の注視の中に、わたしを恐れる影があったように思うのです。わたしは次第に彼を、自分の秘密に怯えている、小心の犯罪者のように考え出しました。あの暗い不思議な眼指が持っていたものは、犯罪者のそれではなかったでしょうか。もしそうならば、彼はきっと孤独な、悔多い生活を、誰と分け合うこともなく送っているのでしょう。天主さまを信じることもなく、何ひとつ希望のない毎日の中で、詛われた自分の姿に怯えているのでしょう。わたしは彼を、――その魂を、救ってやらなければならないときめました。それがわたしの抱いた空想でした。わたしは自分を子供っぽいと考えながら、その実破滅的な空想に身を委ねていたのです。

わたし自身も愛生園に勤め始めてから、お友達らしいお友達を持ってはいませんでした。わたしは初めて健康な人たちの間に伍して一人前に口が利けるようになったのですが、事務室で他の職員たちがお茶のみ話をしている間、大抵は一人きり本を読んだり、でなければ不必要に書類を片づけたりしていました。とてもその人たちの仲間入りは出来ませんでした。というのは、急進派の人たちの方ではわたしを相手にしてくれず（それはきっと所長先生がしげしげとわたしを所長室に呼び寄せるので、きっとわたしをスパイだと勘違いしていたのでしょう）、またそれ以外の男たちは、例外なく厭らしい話しかしなかったからです。わたしは聞いていない振りをしていながら、それでも耳まで真赧になることがしょっちゅうなのです。そうすると面白がって、一層輪を掛けて、聞くに堪えないような話を平気でするのです。男というものは何という厭らしい生ものでしょう。中でも一番厭なのは所長先生でした。所長室に呼ばれて行くごとに、わたしは本能的に身構えして腹を立てまいと思うのですが、「君はいつも綺麗だね、」とか、「少し肉がついて来たようだ、」とか言って馴々しく肩に手を当てられると、わたしはもう身顫いして思わず睨みつけるものの、先生の方は平気でにやにや笑っているのです。この先生は女子病棟の総廻診の時にはとても丁寧で、一人ずつ胸に聴診器を当てるという評判があったくらいですから、わたしは此所の患者でなかったことをどんなに為合せに思ったかしれません。

此所に勤めてからわたしが一番仲よく話をするのは、柳さんといってB療養所を退所後、本屋さんをしている男の人でした。わたしは此所では看護婦さんの寮に寝泊りしていたのですから、同性のお友達があってもいいわけなのに、どうしたものか親身になってくれる人は一人もいないのです。一つには看護婦さんたちは誰も若かったし、婦長さん級になるとお高くて事務員なんかは相手にしてくれません。それにわたしが信仰を持っていたことも、交際の妨げをしていたように思われます。柳さんは独身で、わたしより七つ八つ若かったでしょう。一週に二日くらい、自転車のうしろに註文の本を積んで愛生園にやって来ては病棟を廻って歩きます。その帰りなどに、よくわたしは一緒に林の中を散歩しました。わたしは一日の勤務時間が済んで、あとは食堂で食事をするだけですから外出は自由なのです。柳さんが自転車を押して行く側を、B療養所の患者さんたちの噂などを聞きながらゆっくり歩いて行くのは心の愉しいものです。

　その日はどうしたものか、林の中で柳さんは自転車を櫟（くぬぎ）の木に立て掛け、わたしたちは草の上に坐って話をしました。話といっても取りとめのないことです。こういう小さな本屋さんというものの経営がどんなに苦しいか、しかし患者さんたちの読書指導を兼ねて良い本を読ませて感謝された時にはどんなに嬉しいものか、そんな話でした。それからふと、カトリック信者の結婚の話になりました。柳さんは信仰のない者でもカトリック信者と結婚できるものかと、さりげなく訊きました。わたしは出来ることは出来る、但しその人は相手に今迄どおり信仰の自由を保証し、子供が生れればその子に洗礼を受けさせて子供をカトリックにする約束をしなければいけないと、公教要理で教わった通りに説明しました。柳さんは黙ってしまいました。

「どう、少し歩いてみない？」とわたしはやや唐突に言って、立ち上りました。

わたしはその時少し驚いていたのです。確かにそれは一種の結婚の申込のようでした。柳さんという人は、誰にも親切な、高ぶらない、おとなしい青年で、わたしも嫌いではありませんでしたけれど、格別どうということもない淡い識合でした。結婚なんて考えてみたこともありません。それはわたしも女ですから病気の間に何度自分の結婚する日のことを夢みたでしょう。しかし日が経ち、時が経つにつれて、それがもう空しい望みであることが分って来ます。わたしはとうとう婚期を逸してしまいました。もし柳さんにそういう気持が動いたとしても、年もわたしより下、それもやっと独り身が食べられるかどうかという本屋さんでは、どうして一緒になれるでしょう。それに柳さんははっきりした無神論者で、革命運動に興味を抱いているような人なのです。どうしてまたわたしのようなものにそんな感情を動かしたのだろうと、わたしは少しおかしくなりました。それから少し悲しくもなりました。わたしは急いで言いました。

「わたしは一生結婚をしないつもりなの。どこかのトラピストにでもはいろうかと考えているの。」

夕暮で林の中に煙るように夕闇が迫っています。わたしたちは林の中の細い道を或る時は並んで、或る時はわたしが先に立って歩いていたのですが、なぜ禁じられた場所の方へ近づいて行ったのか、わたしには分りません。わたしの中にいつかの男への好奇心が燃えていて、それがわたしの足を導いたのでしょうか。柳さんはすっかり黙ってしまったまま、わたしの傍らを俯きがちに歩いています。トラピストにはいりたいなんて、そんなのはまったくの出まかせです。わたしだってどんなにか結婚したいのです。でも柳さんでは。手も触れ得ない人、はっきりした意思表示も出来ない人。おかしくって話にも何もなりません。わたしは黙りこくった柳さんの横顔を見ながら、あなたには若くて健康な、優しいお嫁さんが必要なのだと考えました。そして正面に眼を移した時、わたしは否應なく、こちらを注視している彼の暗い瞳にぶつかったのでした。

そこは彼が一人だけ閉じこもっているという小屋の、すぐ近くなのです。わたしは一度もこのあたりまで来たことはありませんが、それがこのあたりだということは分っていました。わたしの中の無意識がいつのまにか意識にまで高まって、わたしにこの道を選ばせたと言えないこともありません。ですからわたしは彼が木蔭からわたしを見詰めていることに気がつくと、一種の満足さえも味わいました。けれどもわたしを見ているのは識っている人を認めた時の、頷くような眼指ではありませんでした。無感覚な、放心した眼指の底に、何か妖しいものがゆらゆらと揺れています。彼の潜んでいる茂みのあたりはもう暗いのですが、彼の眼ばかりはぎらぎらと燃えているようです。二度と来るな、と彼は言いました。わたしはその言いつけに背いたのです。しかもわたしは親しげに若い男と連れ立って、みせびらかすように歩いているのです。「もう帰りましょうよ、」とわたしは言いました。「だいぶ暗くなって来たから。」柳さんは気がつきませんでした。わたしたちはそこから踵を返して自転車の置いてある元の場所へ戻りました。しかしその間じゅう、わたしはわたしの背中にあの恐ろしい瞳を感じていたのでございます。ちょうど今、あなたさまの前に祈っていますわたしの背後で、じっとわたしを見詰めて離さないその同じ瞳なのです。それは狂っているのでしょうか。それともわたしなどのうかがいしれない虚無の思想を追っているのでしょうか。わたしは急ぎ足に歩いて行く間じゅう、何か不吉な前兆のようなものを感じていました。あの瞳の底に宿っている邪悪がわたしを殺すのではないかという謂れのない不安、わたしはその高まって来る不安に怯えて一度だけ振り返りましたが、櫟の林は夕闇の中にしんと静まり返って、彼の姿はもうどこにも見えませんでした。

　童貞聖マリアさま、聖寵充ち満てるマリアさま、わたしのためにお祈り下さい。恐ろしい呪縛の前におののいているこのわたしのためにお祈り下さい。生きながら地獄の火に焼かれ、しかも悦びを以て焼かれている、この哀れな女のためにお祈り下さい。わたしが呼び掛けるのはただあなたさま御一人でございます。

己は逃げた。思い出す限り己はいつでも逃げていた。己は己の飢と共に、当もなく逃げた。生れた時からそうだった。生れた時から己は飢に追い廻されて逃げた。どこへ。己がそれを知っている筈はない。飢は己に逃げろと命じ、己の内側からがりがりと鋭い爪で己の身体を刻むのだ。それは内側から己を追い掛けて来る。それは己がぶっ倒れても、決して容赦することはない。己は森の中を逸散に走った。蔓草に足を取られながら、振り返り振り返り走った。追い掛けて来るのは飢ばかりではない。山狩りの勢子がひたひたと己のあとから追い縋って来ることを、己はとうに勘づいている。樅（もみ）の植林地帯を己は駆け抜けた。己は何度も転びそうになって、その度に手や足を空中に打振った。森の中は陽の光が梢から落ちて来るものの、仄暗くて無気味だった。己の跫音に驚いて鳥が羽音を立てた。己の足は弱っていた。弱ってさえいなければ、己は何としてでも鳥か獣を捉えただろう。飢は耐えがたいほどだった。己は僅かに未熟の通草（あけび）を取って食い、小さなぐみの枝を引き裂いて小粒の実を口の中に放り込んだ。己は一ところにとどまっているわけには行かなかった。己は絶えず走った。もう少し遠くまで。勢子の気配が感じられなくなるまで。道はしばしば沢に突き当ったから、己はうねり、登り、くだった。水が流れていれば水を飲んだ。植林が尽きて雑木林になった。己は栗の木を探したが栗はみな若かった。太陽は中天にのぼり、暑気が漸く厳しくなった。己はもう何とも言えないほど疲れてしまった。己は木蔭を見つけてそこに横になった。己はそうして暫く眠ったらしい。己は遠くの方で人声がするのに気づいた。目は直ちに覚めた。追手だ。嗅ぎつけやがった。己は立ち上ったがもう走り出すだけの気力はなかった。己は掌で顔の汗を拭いた。足がよろめいた。己は急いで雑草の間にもぐり込み、どうにか外から見えないように横に寝た。手で蔓草を引張り寄せ、せめて身体の上を覆った。犬を連れていたら一ぺんで分るだろう。しかし犬の吠えるのは聞えなかった。己は息を殺して待ち受けていた。蜘蛛が草と草との間に巣を張っている。己はそれを見ていた。人声が近づき、己は三人ぐらいいるのだろうと判断した。奴等は己の頭のすぐ側を通ったが己には気がつかなかった。馬鹿な奴等だ。蛆虫どもめ。蜘蛛はその間にせっせと巣を張り続けた。飢は己の内部でまだかまだかと促した。待て。己は手を伸して草の葉をもぎ取った。何でもよい、何かを嚙んでいれば気が紛れるというものだ。話声は次第に遠のいた。小さな蝶が己の顔のすぐ側の草の上にとまった。黄色い翅に黒い斑点のある蝶だ。己はそっと手を起した。薄い翅を折り畳んだままもそもそとそれを動かしている。己は軽くその翅を摑むと、蜘蛛の巣に引掛けてやった。蝶はしきりに翅をばたばたさせた。しかし蜘蛛の糸はあまりに細すぎたから、暫くの後に蝶はまた飛び立ってしまった。蜘蛛め。お前も飢えているのだろう。しかしお前の網は小さすぎた。お前の糸は弱すぎた。すきっ腹を抱えてせっせと丈夫な巣をつくることだ。己なら逃しはしない。己はお前を一眼見た時にお前を欲しくなった。

それはもうどうにも出来ない奴、己の内部で齟齬をしている奴だ。それでも己は、待てと言ったのだ。待て。あの女は己のものだ。もう暫く待て。細そりした頸をしていた。ゆっくりと己の方に顔を向けた。お前は己のものだ。お前が己のものだということは、もう最初から分っていたのだ。お前は翅をひらひらさせて己の廻りを飛んだ。己は殆どお前を摑まえた。しかしその時己の巣はまだ丈夫ではなかった。己はお前を見詰め、お前は己を見た。己は飢えていたし、お前はもう殆ど己の巣に懸っていた。己はせっせと巣をつくり、お前は飛び去った。しかしお前は決して遠くまで飛んで行ったわけではない。己にはお前の飛んでいるのが分った。いつかはお前はまた己の巣に近づいて来るだろう。いつかはきっと己の巣に引っ掛るだろう。己の飢よ、待て。蜘蛛はせっせと網を張り続けた。己は立ち上り、追手の行った方向から逸れて、山の方へ歩き出した。己は逃げた。

童貞聖マリアさま、事件が起ったのはその晩のことでございます。わたしはそれをいま悪夢のように思い起しますが、それが本当に夢の中の出来事だったとどうして申してはいけないのでございましょう。夢であればよかったのです。しかしもし夢でなかったとしても、目覚めた後に夢であったことが分り、その苦しい思い出を現実には用のないものとして記憶の中から拭い取ってしまうことが出来ましたならば、それでもまだ救われる道は残っていたのでございます。しかしわたしは目覚めませんでした。いいえ、その時以来目覚めようとしませんでした。なぜなのでしょう。わたしにも分りません。ただわたしはその時から悪夢の中に生き、暗黒の夜の中に今も尚とどまっているのでございます。童貞聖マリアさま、わたしのためにお祈り下さい。決して明けることのないこの夜の中に閉じこめられた、哀れなわたしのためにお祈り下さい。

その時どのような夢を見ていたかは思い出すことが出来ません。しかし胸苦しい予感に怯えて、わたしはふと目を覚ましました。「大変よ、大変よ！」という声が遠く近く狂気のように叫び続けているのを、夢とも現とも分らない境界で聞いていました。部屋の中は真暗でした。わたしは何か異様に緊迫した空気を感じ取り、枕の上に首を起しました。「火事よ、大変よ！」と叫ぶ声が隣の部屋の方でします。と同時に、わたしの隣に寝ていた看護婦さんが「ひぃい！」というような悲鳴をあげて飛び起きました。わたしたちは寮の二階の一室に、六畳に四人、目白押に並んで寝ていたのですが、慌しく四人とも跳ね起きて廊下に出てみたものの、階段の方はもうむくむくと黒煙が渦を巻いて、そこだけぽっかり穴が明いたように、赤い光が下から射しています。一体いつのまにこんなに早く火が廻ったというのでしょう。煙は生きもののように廊下を低く這って、わたしたちの部屋の方に靡き寄せて来るのです。隣の部屋でも獣のような唸り声が聞えます。「駄目よ、電燈が点かないわ、」と誰かが甲高い声で叫びました。「雨戸を明けて!」と怯えたような声。わたしたちは眼を血走らせて雨戸に飛びつきました。一枚明けると、もう熱っぽい風がむうっと鼻を突きます。雨戸がもう燃え出す一歩手前で、下から火焰が真直にわたしたちの足を舐めに来ます。表は割に明るくて遠くに林がかすかに見え、手前には火の粉が四散してその間にちらちらと人影の走っているのが眼に映ります。「こっち側、北側へ廻って!」と下で必死に叫んでいます。わたしたちは一番火の手の廻っていない方角を見定めて、お互いに元気をつけあいながら北口の窓へ走りました。雨戸を明けたので、外の火の光で部屋の中がはっきり見えます。もう二階の廂にも燃え移ったようです。廊下は一面の黒煙。「蒲団を持って来て!」と誰かが叫びました。こっち側はまだ火が廻っていませんが、下へ飛び下りるには二階からでは危険なのです。不断見るのと違って、下の地面がとても遠いところのように見えます。わたしたちはもう夢中になって、敷きっ放しの蒲団を引摺って来ると窓からどんどん投げ出しました。下で五六人、それを懸命に重ねています。「さあ、早く飛び下りて!　一人ずつ!」と男のような声で下から婦長さんが叫んでいます。階段の近くの部屋はもう燃え出しているのでしょう。むうっとする熱気がすぐそこに押し寄せて来ます。ばりばりと不吉に燃え続ける音。「さあ早く!」と皆が口々に言い合いながら、さて順番を譲り合ってなかなか真先に飛び下りる者がありません。二階には何人寝ていたのかしら、とわたしは反射的に考えました。「早くしないとみんな焼け死んじゃうわよ！」と年かさの看護婦さんが泣くような声で叫びました。若い子でおいおい泣いているのもいます。窓の近くにいた洋風のパジャマを着たのが、他の看護婦さんに背中を押されて、一声殺されそうな悲鳴をあげて飛び下りました。しかしそれがきっかけで、一人また一人と窓から消えて行きます。わたしはぶるぶる顫えながら順番を待っていました。順番といってもわたしは大抵の看護婦さんよりは年上なのですから、一番最後まで待つつもりでした。「早くしろよ！」と下から男の声がします。あたりはばりばりと耳を聾すほどの燃えさかる音。マリアさま、マリアさま、とわたしは必死に祈りました。もう次の部屋が燃えています。もう熱くて熱くて、寝衣が燃え出しはしないかと気になります。「さあ、あんた、早く！」と言われて、譲ろうと思うまもなく背中を押されました。窓から見下すと、下には蒲団を乱雑に積み重ねた周囲に十人ばかりの男女がいて、口々に何か叫んでは手を打振っています。まるで地獄の赤鬼が亡者を待っているようだと、子供の頃の絵本の記憶なんかがふと返って来ます。地面は焔の色で真赤でした。「さあ、」と自分に声を掛けて窓から足を離しました。ああ寝衣の裾が、と思ううちに、どすんと蒲団の上に斜になって飛び下りました。恐らくは片足を変なふうに打ったのでしょう。「痛い、」と叫んだか叫ばないかに、あたりがすうっと暗くなって誰かが抱きかかえるようにしてわたしを運び上げたのを覚えています。

気がついた時に、わたしの身体は宙に浮いて手足の先がだらんとして重たいのです。夜の空が流れて行きます。背中と腰との上にがっしりした腕が廻されて、ああわたしはどこかへ運ばれて行くのだと思いました。首が後ろざまに倒れているので、わたしは抱えている人の顔は見ることが出来ません。さっきまで焼けるような熱風に曝されていた顔の皮膚が、今もなお燃えているようです。もっと遠くへ、もっと遠くへ、とわたしは叫びました（勿論、声らしい声なんか出る筈はなかったでしょう）。早く早く、もっと涼しいところへ。しかし夜風が林の木々をざわめかしている音が、遠い半鐘やサイレンの音にまじって荒々しく聞えます。その風さえも熱くてならないのです。抱きかかえている腕が搖するようにわたしの身体をかかえ直した時に、わたしは火の柱が夜空を赤々と焦しているのを逆さまに近い形で見ました。地獄の火よりもそれはもっと赤かったのです。それはわたしの中で燃え続けているようでした。

それからわたしはまた気を喪いました。どれだけ長い時間が過ぎたものかわたしには分りません。「熱い、熱い！」という自分の声にふと気がつき、身体を起そうとするとそれが妙にけだるいのです。あたりは暗く、ふと自分がいま夢を見ているような気がします。わたしは仰向に寝ているようなのです。わたしは身体を動かし、と同時に、暗闇の中に胡坐（あぐら）をかいて坐っている男の姿をぼんやりと認めました。「誰？　此所はどこ？」とわたしはやっとそれだけ言いました。訊くまでもなく、記憶は不意に返って来ました。「まだ燃えている、」と彼は低い声で答えました。その手がわたしの方向をやや宙に浮いて指しているので、わたしは身体を曲げて彼のいる反対側に明け放たれた窓があること、そこから見える夜空を、焔が赤く焦しているのを認めました。しかしそれと同時だったのです。わたしは上半身を起したので、初めて、自分が身体に何一つ纏っていないことに気がついたのです。わたしは悲鳴をあげて両脚をちぢめ、両方の手で胸を隠そうとしたのですが、身体の節々は捩じ切れそうなほど痛くて、更に悲鳴を洩らしただけにすぎません。それでも少しずつ身体を動かし、窓から射し込んで来る火事の明りから出来るだけ身を遠ざけようとしました。手足を丸くちぢめて、彼の眼から逃れようとしました。彼は坐ったまま微動もせずにわたしのそうした羞恥を見守っています。「火事のために電線が切れてしまった、」とそんなことを言いました。それはどういう意味なのでしょう。電燈が点かないだけ有難く思えということなのでしょうか。しかし窓からはいって来る光は、眼が馴れるにつれて一層明るく、わたしは自分の脚や手がやや赤ばんでそこだけ浮び上っているのを認めます。「わたしの着物は？」と訊きました。「わたしの着物をどうしたの？」しかし彼は答えません。わたしが気を喪っていた間にわたしの着ていた寝衣を剝ぎ取ったのだ、そして裸のわたしを見ていたのだ、そうわたしは気がつき、なぜ自分がそんな目に会わされなければならないのか、そう考え出すと今までの感謝の気持が（わたしは危いところを助け出されたと信じていたのです）忽ち烈しい怒りに変るのを覚えました。それと共に恐怖がぞっとわたしに鳥肌を立たせました。わたしはいつのまにか彼の小屋に連れて来られて、唯の二人きりでこうしている以上、これからどんな危難が待っているか、或いはもう気を喪っている間に好きなようにされてしまったのか、不吉な考えが次々と浮んでは消えます。わたしは咄嗟に逃げようと思い、立ち上りかけて思わず声を上げました。さっき飛び下りた時に、わたしはさっと片足の踝（くるぶし）を挫いたに違いありません。声を上げたはずみに髪が前に乱れて、わたしはそのままそこに蹲ってしまいました。わたしの身体を隠すものは、わたしの手と足と、そして顔の前に垂れた髪よりほかにはないのです。「よく燃える、」と声が窓の方でしました。彼はわたしが足の痛みに悶えていた間に、立って行って窓から表を見ているのでしょう。「お前も来て見ないか、」と呼び掛けました。お前ですって？　わたしは怖いのも忘れて急にかっとしました。「行かせて頂戴！」とわたしは叫びました。「厭よ、わたしこんなところにいるの厭！　わたしの着物をどこにやったの？」わたしは髪の乱れた頭を起して、彼が窓から外を見詰めているその後ろ姿を眺めました。眼が漸く馴れて、わたしの寝衣が部屋の入口に丸めて置いてあるのに気がつきました。わたしは痛む足を引摺るようにして、そろそろとその方へ這い寄りました。しかし彼はちゃんとそれを知っていたのです。わたしが息を殺してにじり寄って行き、漸く寝衣を肩に掛けた時に、彼はすっとわたしのところまで戻って来ると、わけもなくそれを剝ぎ取ってしまいました。そしてわたしの上半身を後ろから抱くようにして窓のところまで引摺って行きました。わたしは足の痛みに耐えられなくてひいひい叫んだのですが、大声に悲鳴をあげて助けを求めることは出来ないのです。それはまるで自分が悪夢を見ていて、どんなに声を出しても夢の中だからしかたがないと思っているのと同じ具合なのです。「あれを見ろ、」と彼は鈍い声で言いました。わたしは窓から、木立を通して、火事の空の方に否應なく首を向けさせられました。寮は今燃え尽きようとして、火焔に装われた火の柱が天まで突き抜けています。それは確かに奇妙な美しさに充ちた光景でした。人々ののしり騒ぐ声が此所まで手に取るように聞えて来ますが、小屋のあたりは静かで、わたしが此所にいるなどと誰一人気がついてはいないのでしょう。彼がそれまで摑んでいた手を離したので、わたしは畳の上に膝をついて横坐りに坐りました。それでも眼は、わたしも亦、憑かれたように、燃えている空から離れないのです。みんな燃えてしまえばいいと、そんなことまで考えられます。そしてわたしは次第に気を喪いそうになって、逃げなければとまた気を奮い起すのです。さっきまでは裸では逃げられないと思っていたのですが、今はもう構いません。どんな恥ずかしい思いをしても、此所で恐怖と屈辱とを嘗めるよりはましです。瞬間的にわたしはそう決心し、恐る恐る彼の様子をうかがいました。

彼は窓に倚って火事の方を見ていました。それはまるで過ぎて行く一瞬一瞬が惜しいとでもいうような、執念と放心との表情でした。何かそこに、彼にとって非常に大事なものがあるというような見かたなのです。しかしなぜ、とわたしは考えました。それはいつか、彼が倉庫の側で、わたしを見詰めていた時の表情に似ています。それは一種の子供っぽい憧れを示していると、そう言えないこともありません。まるであの火事が欲しいと、そうねだっている子供のようです。それは寂しそうな、ただ一人きり放り出された子供のようだとも言えるでしょう。怖いとわたしに思わせるものは、何もありません。寧ろいたわってやりたいほどの、取りつくしまもない暗さが、彼の横顔に滲み出ているのです。可哀そうな人だ、と一瞬思い、反射的に自分の立場を思い返しました。とんでもない。わたしは何を血迷って考えていたのだろう。さあ早く逃げなければ。彼がぼんやりして火事を見ている間に。入口の方向は分っています。わたしは一息にそこに向けて走り出せばいいのです。裸だって構いません。もし逃げられなければ声の限り叫べばいいのです。さあ。わたしは痛む足をそっと起しました。走り出しました。すぐそこがもう入口の戸です。大丈夫！　しかしその時、声が、ひややかな声が、わたしに追い縋りました。「お前は逃げられないよ！」その声と同時に痛みが右足の踝からじんと頭の中まで突き抜けました。しかしわたしを呼びとめたのは痛みではありません。わたしは振り向き、もう殆ど火の手も消えた暗い空を背景に、立ったまま、彼がわたしの方を眼で追っているのを見ました。わたしは喘ぎ喘ぎ、入口の壁に身を支えて獣のように彼の様子をうかがいました。

声を立てるなら今です。助けを求めるなら今です。その時、彼がゆっくりと口を利きました。「逃げても無駄だ、己はお前を逃しはしない!」それは一心に思い詰めた、そして思ったことは必ずなしとげる男の声です。もう駄目だ、とわたしは反射的に思いました。そして彼はわたしの心を見抜いたように、ゆっくりと言葉を継いだのでした。「火をつけたのは己だ。己は欲しいもののためなら何でもする。己はそういう男だ。」

己は山へ向って逃げた。追手がほんの側まで迫って来たのが分った以上、己はどうしても一層遠くへ、一層人里から離れた方へ、進まないわけには行かなかった。己は何も追手が怖かったのではない。どうせ摑まってもともとなのだ。ただ己が逃げようと決心した以上、己は逃げなければならない。あそこへ戻れば飢だけは凌げる。それは知っている。飢は猛烈だった。それは己の内部でがりがりと歯を立てて内臓を食い破った。だからあそこで、ともかく三度の飯だけは食えたという記憶は、本能のように己の頭にこびりついていた。しかし己は逃げた。それがなぜだか、己は知らない。己は追手からより更に遠ざかるために、食もののない山の方へ逃げた。蔓草に足を取られ、野茨に傷を受けながら、一歩一歩高みへと登って行った。陽が翳り始めると直に霧が湧いた。己は沢へ下りて、小さなせせらぎに顔を埋めるようにして水を飲んだ。それから流れに沿って上へ上へと登った。山の中は静かで己の知らない鳥が姿を見せずに時々啼いた。人の声らしいものは全然聞えなかった。次第に夕闇が霧に紛れて忍び寄り、あたりはぞっとするほど冷たくなった。暫く登るうちに水は涸れ、沢には灌木が密生して己は方向を変えなければならなくなった。次第に暗くなり、次第に寒くなる山の中で、己はただの一人きりだった。もう己を追って来る者はなかった。しかし己の内部で飢は猛烈に己を促した。それは己の嘗て知っている飢の中でも、一番猛烈なものだった。まるで内臓がすべて溶けてしまい、己というものがすっかり胃袋になってしまったようだ。この状態が過ぎれば少しは楽になる。しかし状態は続いた。あたりは見る見るうちに暗くなり、風も歇んだ。己はすっかりくたびれて、そこに横になった。暗闇もまた一つの胃袋で、己の身体はその中に呑まれてしまった。この胃袋からは逃れられない。夜は己を閉じこめた。嘗て監獄が己を閉じこめたように、夜が己を閉じこめた。そこで己は考えた。己は一体どこへ逃げるつもりだったのか。どこへ逃げようと、己はいつでも飢えているし、夜は必ず己を捉えるだろう。己は監獄の中にじっとしていた方がよかったのかもしれぬ。眉間に傷のある男に逃げようと誘われた時に、厭だと言った方がよかったのかもしれぬ。馬鹿が。己は己の頭を殴った。そういうことは出来ぬ。己は己のしてしまったことを今更嘆いても始まらない。己に逃げろと命じたのは己の飢だ。いま、己に後悔させるのも己の飢だ。飢は己の敵だし、同時に味方だ。己には飢しかない。生れた時から己には飢しかなかった。己はそいつと共にどこまでも行くだろう。己はそう考え、それから眠った。己はぐっすりと眠ったらしい。己は死んだように眠った。それがいつのことだったか、己は思い出すことが出来ない。それは己がまだごく若かった頃の事だ。だから己はぐっすり眠ったのだ。飢えていても、どんなに危険が迫っていても、己はぐっすり眠ることが出来た。しかし今はそうではない。今は、己は夜中に何回となく目覚める。己を目覚めさせるものは飢だ。己はどこにいるのか。どこに寝ているのか。己は考える。己は暗闇の中を見詰める。そうするとお前の寝息が聞えて来る。お前は逃げなかったし、己は小屋の中に寝ているのだ。己の腕の上に凭れるように頭を寄せて、お前はかすかな寝息を立てた。それがお前なのだ。お前はなぜ逃げなかったのか。己が眠っている間に、逃げようと思えばお前は逃げられたのだ。己はお前を縄で縛っているわけではない。お前は自由だ。お前が飢を恐れ、己の飢を恐れるならば、己の眼が閉じ、己が夜の胃袋の中に捉えられている間に、こっそり逃げ出せばそれで済むのだ。眠っている時の己が何の怖いことがあるものか。跫音を忍ばせて表へ出て行けばよい。夜の仄かな明るみの間を手探りで逃げて行けばよい。一歩一歩己から遠ざかればよい。己の眼をくらまして、己の見えないところへ逃げて行ってしまえば、それで己たちは、己とお前とが会わなかった昔に帰ることが出来る。簡単なことだ。なぜお前は逃げないのだ。お前は逃げそこなって、己から手荒く扱われたことがあるから、それが怖いのか。しかしあの時、お前は本当に逃げようとしたのだろうか。己には何とも言えない。己は夜中に目を覚ました。側にお前が寝ていないことに気づいた。逃げた。お前は逃げた。しかし己の感じたものは憤怒でも絶望でもない。己はほっと息を吐いた。己はやっと一人になった。己は己の飢と共に自由になった。己はもう何ものにも捉えられない。そして己は暗闇の天井をじっと見詰めていた。お前の寝ていたあとはまだ暖かかった。お前の肌のにおいはまだそこに残っていた。そして飢が、徐々に、己の中で喚き出した。そいつは大声に喚いた。逃してはならぬ。あれは己のものだ、己の女だ。己は慌てて飛び起き、逸散に夜の闇に駆け出して行った。己はお前を逃すことは出来ぬ。己は自分の速い呼吸を聞きながら、視線を定めようとしてあたりを見廻した。いない。どっちへ逃げたか。己は立ち止ったまま、星が夜空で揺れているのを見た。焼け落ちた看護婦寮の残骸が、後片附もされないままに、だだっ広い空地をつくっている。己は樹から樹へと眼を移した。その時、己は己がいま出て来たばかりの小屋の側に、樹の蔭に、仄白いものを見た。己は走り寄った。近づくにつれ、己はそれが確かにお前であることを見抜いた。お前は少しも動かなかった。樹の蔭に、放心したように立っていた。しかしお前は己を見ていたのだ。己が駆け出し、立ち止り、見まわし、それから戻るのを、目瞬きもせずに見詰めていたのだ。己は叫び声を上げた。己はお前に飛び掛り、軽々とお前を抱き上げた。己はお前を抱いて小屋に戻ると、お前の身体を畳の上に投げ出した。お前の身体から着ているものを剝ぎ取った。お前は急に悶え始めた。飢が己を促した。お前は必死になって逃げようとし始めた。己は壁に懸っている縄を取って、お前の手を縛った。足を尚もばたばたさせていたから足も縛った。お前はもう逃げられない。それから己は蠟燭をつけた。仄明るく部屋の中が照し出されると、お前の身体は白く眩しいように光った。己の縛りかたはぞんざいだったから、お前はまだ少し手や足を動かすことが出来た。髪が眼をつぶったお前の顔の下に乱れ、それは裸の胸の上にも蛇のようにうごめいた。己はお前を見た。お前はもう逃げられない。お前の両足は蜥蜴(とかげ)の切られた尻尾のように動いた。そんなにも逃げたいのか。しかし、それならなぜお前はさっき逃げなかったのだ。己が眠っていた間に、跫音を忍ばせてお前が外に出て行った時に、なぜもっと遠くへ、もっと遠くへ、走って行ってしまわなかったのか。もう遅い。お前はもう縛られて、一歩も己の前から歩いて行くことは出来ない。もう己の思いのままだ。なぜ逃げなかったのか。まるで逃げたくないというように、己に摑まるのを待っていたように、お前は小屋のすぐ側の樹の蔭に立っていたではないか。不思議なことだ。蠟燭の灯がゆらゆらと揺れた。お前の縛られた身体は苦しげに悶えた。お前は逃げられない。お前はもう決して逃げられないだろう。

童貞聖マリアさま、その夜の恐ろしさをわたしはまだ忘れてはおりません。その夜から今日まで、そこに月日もなく時間もなく、ただ一つだけの、決して明けることのない、恐ろしい夜が続いているような気さえいたします。わたしは悪魔の手に落ちました。暗い小屋の中に息をはずませながら、彼と向い合って、わたしは恐れ、まどい、顫えました。火事はもう燃え尽きて窓の向うの夜空をわずかに仄赤く明るませているばかり、窓に立った彼の姿が巨大な怪物の影絵のように浮んでいます。わたしはもう逃げられません。わたしの今まで保って来たすべての誇りももうお終いです。わたしは壁に身を支えたまま、よろめく足を踏みしめて立っていました。こういうふうにして何もかも駄目になる、と考えていました。わたしのために、わたしを捉えるために、この男が看護婦寮に火をつけたのならば、これはもう狂人です。もしわたしが敢て逃げようとすれば、この男はきっとわたしを殺すでしょう。どうしてまたこんな男の手に落ちたものか。わたしが今まで天主さまの十誡を守り、公教会の六つの掟を守って、魂も肉体も純潔に保って来たのは、こんな男の餌食になるためだったのでしょうか。童貞聖マリアさま、すべての危きより常にわれらを救い給うマリアさま、これはあまりのことではないでしょうか。一人の女を奪うために火をつけた男、これは悪魔です。狂人です。それなのに、何という静かな表情で彼はわたしを見詰めていたことでしょう。勿論、その瞳に忌わしい情慾の光が耀いていなかったとは申せません。何といってもわたしは素裸の身をさらして彼の前に立っていたのですから。小屋の中は暗うございました。しかし餘燼が燃え上るたびに、窓を通して、ゆらめく明りがわたしを照し出します。わたしはもう逃げられないのです。声も出せないのです。すると彼がゆっくりと、まるで独り言をでも言うように、口を利きました。「己はこういう男だ。己はお前が欲しかった。一眼見た時からお前が欲しいと思った。己は思ったことはやりとげる。だからもう逃げようとするな。」わたしは黙っていました。何とも答えようがなかったのです。「わたしはお前のために火をつけた。素直に己に抱かれに来る筈もなかったからな。」そう言って彼は口の中で笑いました。わたしは息をはずませて、引き裂くように叫びました。「わたしのためですって！　どうしてそんなことを、そんな悪いことを！」彼はわたしが口を利いたので、暫くきょとんとしているようでした。「悪い？」と訊き直しました。「何が悪い？」それはまるで子供みたいなのです。わたしはやけになって、勢いよく叫びました。「分らないの、それが罪だってことが？」「しかし己はお前が欲しかったのだ。他に方法がなかったのだ、」と彼は答えました。「罰せられるのよ、警察につかまるのよ、知ってるの？」とわたしは叫びました。この男がもし自分のしたことに恐怖を、せめて後悔を、抱くようならわたしは助かるかもしれないと考えました。しかし彼は平然と、「己は監獄へ行くのは厭だ、」と言いました。それから彼はまた同じ言葉を繰返しました。「己はお前が欲しかったのだ。火をつけるより他にうまい手立がなかったのだ。」わたしは彼のその声に、思わず自分の心の中の隠された悦びに気がついたのです。そんなにもわたしを欲しがって。欲しいというのは肉体だけのことです。それは知っています。けれども今までに誰が、こんなにも激しい情熱をわたしに注いでくれたでしょうか。わたしはもう三十五です。わたしの半生はB療養所のベッドの上で、何の悦びも知らずに過されました。今も、一体わたしに誰があるでしょう。柳さんはわたしを遠くからそっと見守って、それで満足するような人、思い切って結婚を申し込むだけの気持もないでしょう。所長先生や職員たちは、厭らしくわたしをからかうだけのことです。この男の狂暴な情熱の、ほんの一かけらさえも持っていないのです。そして一人の女が欲しいというただそれだけのために放火さえもする男は、もしその情熱を正しく向ければ、わたしの代りに、天主さまを愛するようにならないでしょうか。もしわたしがこの男に、肉体の他に魂があり、わたしたちは永遠の魂のために生きているのだと教えることが出来たならば、そこに奇蹟の起ることはあり得ないでしょうか。一人の人間が救えなければ、全世界をも救えないのです。「汝の近き者を己(おのれ)の如く愛すべし、」と書かれています。もしわたしの手で救えなければ、この男の魂は必ずや地獄に堕ちるでしょう。いいえもう地獄に堕ちています。これは火をつけてそれが悪であることを知らない男なのです。ただ現在の欲望をしか見ない男なのです。わたしは咄嗟の間にこれだけのことを考えました。こういう破目になってしまった以上、わたしのためにこんな恐ろしいことをしてしまった男と一緒になる他に、方法がないとそう考えたのです。それは確かに危険な、非常識な、考えです。けれども、真暗な雑木林の中の一軒家に、自分のために放火までした恐ろしい男と向い合って、もう逃げることも出来ずその男の情慾の餌食になると分った以上、一人の女が何を考えつけるでしょうか。わたしの頭はその時狂ったのかもしれません。わたしはこう叫びました。「そんなにわたしが好きなのなら、わたしと結婚して、ね、わたしと結婚して!」彼はぼんやり、驚いたようにわたしを見詰めていました。「それでなければ厭よ。死んでやるから!　結婚しないのなら死んでやるから!」それは勿論おどかしです。信者は自ら死を選ぶことは出来ません。しかしわたしは夢中になってそう叫んだのです。彼は黙っていました。それから、「己は教育もないし、お前とは違うから、」と呟きました。まるで困ってしまったように、すごすごとそう言うのです。今までの狂暴な殺気のようなものがすっかり消えて、子供みたいに怖ず怖ずとしているのです。わたしはその時初めて、相手を人間らしく感じました。この男はひょっとしたら、本当は素直な心を持っているのではないだろうか、そう錯覚しました。しかしそれは一瞬でした。眼を起した時、彼はまた元の人間に復りました。鋭くわたしを見詰め、「来い!」と一声叫びました。わたしが彼を説得する筈の時間はもう過ぎ去ってしまったのです。彼は大股にわたしの方に歩み寄り、立ち竦んでいるわたしの身体をぐいとその両手の間に抱え込みました。わたしを見詰める彼の瞳孔が、猫の眼のように光っていたのをわたしは覚えています。そしてあたりは暗くなり、わたしは深淵の底へと、逆さまに、果しもなく落ちて行きました。

己は暁に近く目を覚ました。己が最初に聞いたのは、逃げろという己の内心の声だ。それは己の飢が己に命じたものだ。己は立ち上り、白んで行く空を樹間に見上げた。己は手当り次第に木の実を取って口に入れた。己の岩乗な歯はそれらをがりがりと嚙みつぶした。しかし己は飢えていた。何とも言いようのないほど飢えていた。己はもっともっと逃げなければならない。己は足に力を入れて歩き始めた。沢を渡り、峯を越した。暑い日射が己の肌をじりじり焼いた。次第に己は疲れ、単調なあたりの風景は己がまるで立ち止ったまま少しも動いていないかのように見えた。しかし己は歩いていたのだ。すきっ腹を抱え、頭の中に何の考えも持たず、ただもう己の飢に促されるままに歩いていたのだ。そういう時だ。あっと己は叫んだ。晴れ上った空が周囲の林と共に己の前で廻転した。己の足が踏んでいた草叢(くさむら)が空気よりも軽くなった。己は手を宙に打振った。己の身体は一息の間に暗い穴の底に落ち込み、厭というほど腰骨を打ちつけた。己は唸り、次いでそろそろと身体を動かした。真四角に穴が掘られ、己はそこに落ち込んだのだ。腐った土のにおいがむっとした。それはちょうど己の身体を横に寝かせるほどの広さだが、高さの方は身の丈の二倍もある。己の落ち込んだあとだけがくっきりと明いて、陽の射した空が丸く見える。己は罠に落ち込んだのだ。これは猟師のつくった獣罠だ。何という己は馬鹿だ。己は暗い窖の底を、腰をさすりさすり歩き廻った。馬鹿げている。もし飢のために眼がくらんでいるのでなかったなら、己は決してこんなへまはしなかった筈だ。己は四面の土壁に手で触ってみた。しかしどうしたら登れるか。高さは身の丈の二倍ほどで、それが垂直に切り立っている。己は土壁を削って足懸りをつくろうとした。しかし何とか攀登ろうとする度に、己の足はずるずるとやわらかい土を崩して滑り落ちてしまった。何でもない、と己は己に言い聞かせた。よく考えろ。これっぽっちの穴から出られなくってどうするものか。身軽に飛び上っても出られそうなものだ。しかし己は飢えていた。己はもう気力らしい気力を持っていなかった。己は失敗を重ねるにつれてひどく疲れた。そこで地面の底に腰を下し、ぼんやり土壁に凭れかかった。己は眠り、己は目覚めた。己はまた眠り、また目覚めた。どれだけの時間が経ったのか己には分らなかった。飢はもう何でもなかった。己は全身が胃袋である状態に馴れてしまった。飢が己の中に生きている別の生きものなのでなく、己自身が飢になってしまった。己は格別恐怖を感じなかった。己は生れた時から一人だったから、死ぬ時も一人きりだろう。罠に落ちた獣のように死ぬのは、己のような者にはふさわしいだろう。己は飢えて生れ、飢えて死ぬのだ。お前とは違う。お前は聖女と呼ばれ、魂とやらを持っている。よし己がお前と共に逃げようとも、お前の魂は一生お前について廻るだろう。死んだ後も魂は不滅だとお前は言うが、そんな馬鹿なことがあるものか。己たちは死ぬ時は死ぬのだ。秋になって蝶が死に、虫が死に、蜻蛉(とんぼ)が死に、葉っぱが死ぬのと同じことだ。土くれになるだけのことだ。地面の底に埋められてしまえば、お前が何を考えたか、何をしたか、そんなことはみんな消えてしまい、草が勢いよく茂るだけだ。己にとって死ぬのは何でもない。己には魂なんぞという餘計なものはない。己は己だ。お前がどんなに祈ったところで、お前は己の魂とやらに指一本触れることは出来ないだろう。己があの獣罠の中で死んだとしても、それはそれでよかったのだ。あの窖は、そういえばちょうど墓のようだった。それは己を捉えて放さなかった。まるで今のお前のように、それは己を捉えて放さなかった。

童貞聖マリアさま、それから幾日間かをわたしはどのような精神状態で生きていたものか、正確に思い出すことが出来ません。わたしは病人のようでしたし、誰もがそれを火事のせいにしてくれました。またわたしだけでなく、若い看護婦さんたちは誰も彼も火事のショックのためにうつけたようになっていました。そしてそれはみな、もとはと言えばこのわたしのせいなのです。このわたし一人を目当に彼が看護婦寮に火をつけたことから起ったことなのです。その秘密を知っているのは、しかしわたしと、そして彼との二人だけでした。その晩、というより明方に、わたしは彼から放火のことを決して人に漏らしてはならぬと約束させられました。

わたしの感情は複雑でした。初めにわたしの感じたものは味苦い絶望です。それはわたしがB療養所のベッドの上で、もう生きられないと感じた時の絶望よりもずっと暗く激しいものでした。生きられないと感じる時には、死は一つの救いでございます。どのように苦しく、どのように未知であっても、そこに死という目的がわたしを待っているのです。しかし今の絶望には何の目的もありません。どのように恥辱にまみれてもなお生きるより他にはありません。前には、死にさえすればこの魂は救われると考えることが、死の恐怖を打消してくれました。今は、生きることの恐怖がいつまでも続くのです。わたしは深い傷を受け、しかもわたしはこの傷痕を癒すことが出来ないのです。生きている限り、わたしはこの汚辱を記憶の中に隠し持っていなければならないのです。絶望、そして憎悪、軽蔑、憤怒、しかしそれらが何の役に立つでしょう。何かしらの希望はないものかとわたしは考えました。ほんの小さなものでも。結婚、わたしが最後の瞬間に彼に申し出たこと、わたしはそれを思い出しました。そしてそれは結局、わたしをもっとしっかりと彼に結びつけることになるだろうとわたしは考えました。それでもいいのです。わたしの肉体に加えられた汚辱という観念、それよりはましです。それを正常ならしめるものが結婚より他にないとすれば、わたしはどうしても彼を説き伏せなければなりません。けれども、むかしわたしの夢みていた結婚と、それはどんなに違っていることでしょう。この結婚には聖寵の与えられる餘地はありません。神父さまの祝福も、肉親の祝福も与えられる筈はありません。それは結婚という明るい響を持った言葉とはおよそ違った、暗い、秘密の感じのするものです。わたしの相手は異教者です。教育もなく、身分もなく、しかも放火犯人なのです。一体何を物好きにこんな男と結婚するというのでしょう。それにわたしたちの結婚生活が、わたしの汚辱を一日一日繰返すことにならないとどうして言えるでしょうか。しかし……。

わたしは罪について考えました。一体わたしの犯した罪とは何だろうかと考えました。天主さまは第六誡を以て、邪淫の行いとすべて邪淫に導くことがらとを禁じ給うています。しかしわたしのように、わたし自身の意志のないところでそれを犯した者も、それはやはり大罪に数えられるのでしょうか。わたしの魂は汚れてはいない筈でございます。しかしわたしの肉体は、人から見ればこの上もなく辱しめられたものと言えるでしょう。罪を犯したのはわたしでなく彼なのです。看護婦寮に火をつけたのは彼です。それに紛れてわたしの純潔を奪ったのは彼です。それなのになぜ、罪の傷痕はわたしにばかり深いのでしょうか。童貞聖マリアさま、わたしはわたしの罪を糺明いたしました。邪淫の行いがそこに意志がなくとも罪になるものならば、わたしは罪人です。しかしもし、彼の方がわたし以上に罪を犯しているのなら、なぜわたしだけが責められなければならないのでしょう。わたしが彼を責めることは、彼を悔い改めさせることは、出来ないのでしょうか。これは傲慢でしょうか。もし彼が悔い改め、その上でわたしと結婚することを承諾するならば、その時こそわたしは神父さまに告解して罪の赦しを受けることが出来ると思われたのです。

童貞聖マリアさま、わたしの本当の心は、神父さまに告白しに行くだけの勇気を持っていなかったのでございます。わたしが自らを愚かだと思うのはその点です。ポール神父さまは長い間わたしを可愛がって下さいました。療養の明け暮れに、この年老いた、白髪童顔の、外国の神父さまの励ましが、どんなにわたしの支えになりましたことでしょう。わたしはその優しい微笑を、澄み切った瞳を、思い浮べます。もしわたしが神父さまに、わたしは罪を犯しました、しかしわたしは自分の意志をもって罪を犯したわけではありませんと告白したならば、神父さまはきっとわたしと共にお泣きになり、わたしの運命を憐んで下さいましたでしょう。しかしわたしは神父さまの許へ告解に行くことが出来ませんでした。わたしは人一倍の恥ずかしがりやなのです。聖女と人に言われたわたしが、今や烙印を額に捺されて神父さまの前に跪くのです。童貞聖マリアさま、わたしはそれに耐えられなかったのでございます。神父さまは決してお怒りになる筈も、お嗤いになる筈もありません。それはよく分っています。しかしあの澄み切った瞳に走る影を思ってみただけでも、わたしは恥ずかしさに真赧になってしまうのです。それに彼は火をつけたことが罪であるとは思っていません。自首する気持もなく、わたしに決して口外するなと脅迫しました。もしわたしがそれを漏らせば、その晩の出来事もまた明るみに出るのです。どうしても明るみに出るのなら、せめて彼が悔い改め、彼が自首して出て、彼の心に善を喚び起したのがわたしだったと思われたいのです。それが出来れば、わたしは快く彼と結婚し、彼が刑期を終えて出て来るまで忠実に待つことが出来るでしょう。わたしは彼がわたしのために火までつけたあの激しい情熱に打たれました。もしそれが愛にまで高まるならば、結婚しても何の恥ずかしいことがあるでしょう。身分とか教養とかいうものが何でしょう。それが愛だと思いました。病気の間に、わたしが夢のように思い描いていた犠牲的な愛、——わたしの理想の夫は彼とはまったく違っていた筈なのに、これが天主さまからわたしに与えられた愛なのだと思いました。人生の途上で（それにわたしは、ひょっとしたら、もう何年も前に病気で死んでいたかもしれないのです）わたしが彼と出会い、彼がわたしと出会ったことが、わたしたち双方の魂に何等かの意味を持ち、わたしの信仰がそのために一層鞏固になり、彼が信仰への歩みに導かれるならば、わたしの受けたこの恥辱を一つの啓示として受け取ることも出来ると、わたしは考えたのです。わたしはあれこれと考えあぐみ、ポール神父さまの許へ出掛けるのを日一日と延しました。そして遂に或る夕方、決心して彼の小屋へと足を運びました。今にして思えば、わたしの足を神父さまのお待ちになる告白室へではなく、暗い情熱のみなぎっている彼の小屋へと運ばせたものは、眼に見えぬ悪魔の誘いでなくて何だったでしょうか。

彼はわたしを待っていました。わたしを見詰めるその瞳の熱っぽい輝きは、期待と不安と満足とを表していました。期待というのはわたしが彼と同じことを望んでいるかどうかという期待、不安というのはわたしの心が変りはしなかったかという不安、満足というのは再びわたしに会ったことの満足です。恐らく彼は毎日じりじりしてわたしの来るのを待っていたのでしょう（この前、わたしはまた来ると約束させられたのです）。その瞳に、わたしが彼の放火を訴え出はしないかという疑惑は、露ほどもありません。彼はその点には深い自信を持っているようでした（なぜでしょう）。彼は殆ど口を利きませんでしたが、鈍重ななかにもどこか嬉しそうでした。わたしはこの機会を逸せずに彼と話を始めました。その日まであれこれと考えたことを彼に分るように説明しました。自首してくれるように頼み、彼が刑期を終えて出て来るまで必ず待つとも言いました。彼は黙って聞いていました。

それは暖かい晩春の夕暮でした。火事の晩に電燈線が切れてしまったので、彼は蠟燭を使っていましたが、その灯影に浮ぶ彼の表情は仮面のようでした。わたしが話し終り彼の言葉を促した時に、彼はゆっくりとこう呟きました。「しかし火をつけたのはお前のためだ。お前が罪のもとだ。己の罪はお前から出ているのだ。」わたしは抗議しました。なぜわたしに罪があるのでしょう。それはわたしの知らないこと、彼が一人で勝手にしたことです。「お前の美しいのが罪のもとだ、」と彼は言いました。それはお世辞なのでしょうか。しかし彼が口にする時、あらゆる言葉はとても重いのです。わたしの意気込みがこの簡単な賞讃の前にたじろいだのは、わたしがわたしの心の底に潜んでいた罪に気がついたからでしょうか。彼は言いました。「お前は罪の深い女だ。お前は己を警察へ遣ることも出来る。しかしお前の罪はそれだからといって消えはしない。それよりは己たちは二人とも罪人として一緒に暮そうじゃないか。そんなにお前が己のためを思ってくれるのなら、お前だって別れ別れになるのは厭だろう。」わたしは彼の論理が間違っていることを知っていました。それはどこか違っています。しかし罪の深い女だと言われると、わたしは今まで、わたしが聖女であると人に呼ばれたり、自分の魂は純潔だと自ら考えたりしたことが、ひどく罪深いことであったように思われて来るのです。わたしの魂は罪を犯さなかったでしょうか。邪淫に関る望みを起さなかったでしょうか。彼の出現は、わたしの隠された望みを実現させるためのものではなかったでしょうか。わたしはその時、本当はわたしの方が彼よりも百倍も罪深いのではないかと考えました。刑法の罪よりも魂の犯した罪の方が遙かに恐ろしい筈です。そしてわたしという女は、口先ばかり上手なことを言っても、その実この男の激しい情熱、罪が罪であることをも恐れない情熱に較べて、何という自分勝手な、浅はかな心を持っているのでしょう。わたしは自分のことを考え、彼はわたしのことを考えているのです。わたしは自分を愛し、彼はわたしを愛しているのです。わたしは考えているうちに分らなくなってすっかり黙り込んでしまいました。それがわたしの敗北でした。

その一晩がわたしを変えてしまいました。火事の晩に苦痛であったことが、今は悦びとなってしまったのです。どうしてそういうことになったのでしょう。この前は無理やりにされたことです。しかしこの晩、わたしは自らわたしを暴力の餌食にすることに悦びを感じていなかったでしょうか。どうしてなのかわたしには分りません。わたしは苦しげに呻きましたが、それが苦痛のせいだとは自分でも言い切れないのです。不安でならなかったわたしの魂は、その不安から飛び立ってしまったのです。わたしはその間、はっきり生きていると思いました。十五年間病床にあって生きたいと思い続けて来たその期待が、今、果されていると思いました。これが生きることなのです。これが死んでいない証拠なのです。今まで、火事の晩からずっと思い悩んで来たことのすべてが、跡形もなく掻き消えて、心の中に、生きている悦びだけが残りました。童貞聖マリアさま、わたしが長い間あなたさまの御前にお祈りを捧げて待っていたもの、それはこのような時間のない陶酔、永遠の今、しびれるような幸福感ではなかったでしょうか。どのようなお祈りも、このような充実した現在を与えてくれたことはありません。今のわたしは地の底に堕ちて行くのではなく、空高く飛翔しているのです。それは決して地獄ではありません。後悔も、疑惑も、不安もありません。わたしは神と共に飛翔する天使なのです。わたしは聖の聖なるものです。もっと高く。もっと高く。……わたしはそして眠り、目覚めて、わたしの前に深淵を見ました。

己はもう逃げられない。しかし己は窖（あなぐら）の底からもう一度立ち上った。気力を奮い起して何とか足懸りをつくろうとした。此所から出さえすれば己は生きられる。この飢を少しでも充しさえすれば、己は何でも出来る。しかしこの中では木の実一つ見当らない。水一杯手にはいらない。己は空しく四面の土壁に触りながらぐるぐる廻った。その時、遠くで人声がした。人声らしいものが聞えて来た。追手かもしれぬ。しかし己は人間の顔が懐しかった。己は声をあげて呼んだ。とにかく呼ばずにはいられなかった。土壁を手で打ち、夢中になって助けを求めた。惨めな奴だ。しかし人声が近づいて来、ぽっかり明いた穴の入口に人の顔が覗いた時ほど、己は嬉しく思ったことはない。助かった。己は入口から垂してもらった一本の縄にしがみついた。しかし己には殆どそれを手繰るだけの気力もなかった。しっかりと縄の端を掴むだけが精いっぱいだった。罠の外へ漸くのことで引上げられた時、己はあたりのあまりの明るさに眼がくらくらした。己を引上げたのは年老いた猟師だった。側にその娘らしい若い女がモンペ姿でいた。己が疲れ切って言葉も出ないのを見て、初めは笑っていたのが急に笑い止んだ。猟師は罠が駄目になったと言ってぶつくさと唸った。そいつは己を放っておいて、せっせと草や小枝を集めて来た。それでまた元通りに罠の入口を隠した。しかし獣のにおいが消えてしまったからこの罠はもう役に立たないだろうと、奴は言った。娘はその間に己にどうしたのかと訊いた。己は答えなかった。人に訊かれて答えるようなものは何もなかった。それに口を利くのも大儀だった。お喋りの娘は猟師が罠を直している間に、自分のことを話した。炭焼の帰りだと言った。猟師が歩き出すと娘も歩いた。己もそのあとについて歩き出した。娘が猟師に何かしきりと話していた。己はよろけないように歩くのがやっとのことで、その話の中身は分らなかった。草原の中に細い道がついていた。己たちはそれを登ったり下ったりしたが、全体に於て道は下りになっていた。遠くで鶏の鳴いているのが聞えた。こんな山の中でも部落があるものか。己は一心に歩いた。やがて部落の貧しい屋根の幾つかが道の向うに見えた。己たちは端れに近い小っぽけな家に着いた。そこが猟師とその娘との住家だ。己は炉側に腰を下すと、もうぐったりと横になったまま飯(めし)の出来るのを待っていた。囲炉裏に掛けた鉄の鍋から、うまそうな汁のにおいがあがった。娘はまめまめしく働いた。こうした山の中で、炭を焼いたり猟をしたりしながら暮している娘だ。娘は己を物珍しげにしげしげと見た。己はがつがつと食った。何を食ったのかは覚えていない。愛生園で初めてありついた米の飯と、この時のごた煮と、どっちがうまかったかは分らない。娘は陽気にはしゃいでいたし、親父は渋い顔でぶつくさ言った。己はあまり口を利かなかった。その夜、部落で一番の物持の息子が表で娘を呼んだ。娘は表へ出なかった。嫌いだから一度も身を任せたことはないと己に言った。翌る日、己はその物持の家を見に行った。部落の連中に見つかるとまずいから、己はこっそりと隠れて行った。娘からも表に出るなと言われていた。その夜、己は己がかくまわれていることが部落中に知れ渡ったと、娘から聞かされた。物持の息子がそれを嗅ぎつけたのだ。爺さんはこぼした。何かにつけて物持のためにあこぎな目に会わされると、そういうことを言った。娘は嫌いでたまらないという顔をした。己が二人の話を聞いている時に、表で人声がした。親子の顔色が変った。戸を明けて屈強の若者が五六人勢い込んで現れた。背後には年輩の奴等もいた。口々に己をののしった。直に部落を出て行かないならその分には差おかぬというようなことを、早口に言った。己の腹は最初からきまっていた。支度をするだけの時間も要らなかった。己は別れの挨拶を述べて爺さんの家を出た。娘は泣いた。部落の若者たちは己の通り過ぎるのを異様に憎しみのこもった眼つきで眺めていた。蛆虫どもめ。夜は暗かった。己は細い山道を通って行ったが、その道を更に進むことは困難だった。己は立ち止り考えた。後ろを振り返った。己は心中むらむらとするものを感じていた。それは己の中の飢だ。決して猟師とその娘とに恩義のようなものを感じたからではない。あの二人が物持の家のためにかねて痛い目を見ていると言った言葉を、その時思い出したからではない。もっと別のもの、どうにも抑えつけようのない飢だ。己は踵を返した。人に見られぬよう茂みから茂みを抜けて取って返した。物持の家はかねて見知っていた。己はあたりの様子をうかがい、小高い茂みの中で夜の更けるのを待った。夜露に濡れて草のにおいが鼻をついた。己は充分に待った。部落の中が寝しずまってから、己はそろそろと這い出した。納屋を探して家の廻りをうろついたが、納屋はなかった。藁か筵がなければうまく行かないだろう。己は考えた。猟師の家の軒先に、獣を生捕にするための丈夫な荒縄が巻いて懸っていたのを思い出した。己は猟師の家へ戻ってそれを取りはずした。中はひっそりして何の物音もなかった。己はまた物持の家へ戻り、床の下にもぐり込んで荒縄を積み重ねた。眉間に傷のある男から貰ったマッチを、己はまだ持っていた。己は二度三度失敗してから漸く火をつけた。荒縄はよく乾いていた。己は大丈夫と見極めをつけてから床下から這い出し、元の茂みに陣取った。そこは道よりも一段と高くなっていたから、物持の家は己の眼よりも少し下に見えた。己はわくわくしながら待っていた。本当は待たないで逃げるべきだった。逃げるのが当り前だ。それでなくとも危険なことは分っていた。己は地の利を知らないし、蛆虫どもはみんな己の敵だ。それなのに己は逃げられなかった。己はどうしても見なければならなかった。いつもは逃げろと命じる飢さえも、待て、もう少し待て、と己に命じた。己は逃げなければならない。此所にいたところで、己もお前も飢えるだけのことだ。一体己は何を待っているのか。お前がどんなに祈ったところで、米一粒が天から降って来るわけでもないだろう。己はお前のお説教には飽きた。お前の小賢しい口が何と喚こうとも、己は神なんぞというものは信じない。それが己の飢に何の役に立ったのだ。今ではお前も己を説教するのに飽きただろう。だからそうやって、しょっちゅうお祈りばかりしているのだろう。結局はお前もただの女だ。己は自首するのは厭だし、神を信じるのも厭だ。己がそう言ってからお前は黙った。それなのにお前が一人で逃げ出して行かないのは、お前が己に惚れているからだ。どんな目に会わされても、お前の生きがいが己と一緒に寝ることにあるからだ。お前はただの、可愛い、小うるさい女の一人だ。それだけのことだ。神とか、魂とか、地獄とか、それはみんな飾りにすぎぬ。飾りを取ってしまった裸の女が本当のお前だ。それだけのことがお前には分らないのか。しかも己は、この己は、一体何を待ってこうしているのだろう。その時、己は待っていた。己は火の手のあがるのを待っていた。やがて軒下からむくむくと煙の出るのが見えた。その間にちょろちょろと焔がまじった。燃えついた。火の廻りは意外なほど早かった。床一面にぼうと燃え始めた。急に風の音が起った。悲鳴が闇を貫いて流れた。己は眼を据えて火の手を眺めていた。

童貞聖マリアさま、看護婦寮の火事は愛生園の経営上にも、患者さんや職員たちの身の上にも、そしてわたしの上にも、それまでとは変った運命を導き入れました。寮が焼けてしまったので、看護婦さんたちは病室や、宿直室や、附近の療養所などに分宿させられてそこから通うことになりましたが、それが不便なことは言うまでもありません。新しい寮を建てることが直ちに要求されたのですが、所長先生はこの機会をのがさずに愛生園を閉鎖してしまう腹でした。わたしたちはそういうことに少しも気がつかなかったのですが、火事から十日ほどして、閉鎖の事実が発表になりました。患者さんは病状に應じて附近の療養所に移転させられ、看護婦さんたちは一應退職ということになりました。それが烈しい反対運動を惹き起したのも当然でございましょう。

その間にわたしが一番不審に思ったのは、この火事の原因があまり追求されなかったことでございます。それは寮の風呂場の火の不始末ということになりました。確かに火は風呂場から起ったのです。しかしそれは果して不始末だったのでしょうか。秘密を知っているのは、彼を除いてはわたしばかりです。そしてわたしはそれを漏らすことが出来ません。まるでこの火事が、所長先生を初め幹部派の得になるために仕組まれていたようでした。火事の原因を探ることよりも、愛生園の閉鎖という新しい事態に対処することの方に、皆の関心が向いました。看護婦さんも職員も、或いは退職金を餘分に取るための闘争に、或いは新しい職場を見つけるための運動に、すっかり夢中なのです。まったく別のことを考えていたのはわたし一人でした。

あれはひょっとしたら嘘じゃなかったのだろうか。火の不始末というのが本当の事で、彼が放火したと言ったのは嘘じゃなかったのだろうか。——わたしが考えたのはそういうことです。それはわたしに嬉しいような、また悲しいような気持を起させました。もしあれが嘘だったとすればどういうことになるのでしょう。彼は罪人ではなく、わたしの甘心を買うために出まかせを言っただけです。彼の罪はただわたしに関ることだけ、わたしの純潔を奪ったことの一点です。しかしわたしはどうなのでしょう。彼の情熱を信じ、それが愛にまで高まることを信じたわたしは、果して罪人ではなかったでしょうか。彼が罪人であろうとあるまいと、わたしは、今のわたしは、明かに第六誡を犯してしまったのです。もう取り返しはつきません。もうわたしは神父さまの前に跪いて、わたしはわたしの意志を以て罪を犯したのではありません、と言うことは出来ないのです。神父さまもうわたしを赦しては下さいませんでしょう。思えばわたしは、愚かにも、彼の情熱というものを信じたのです。彼が放火しようとしまいと、わたしはそれに騙されてはならなかった筈です。しかしもうこうなってしまった以上、わたしは看護婦寮に彼が火をつけたのは紛れもない事実であると信じたく思いました。わたしひとりが罪人なのではなく、わたしたち二人ともが罪人であることをこいねがいました。彼にはわたしだけの知る秘密があり、わたしには彼だけの知る秘密があることによって、わたしたち二人の間がしっかりと繋び合さっているようにと願いました。もし彼が本当に火をつけたのでないと分ったなら、その日にでも、わたしは彼の許を逃げ出したかも分りません。

童貞聖マリアさま、聖寵充ち満てるマリアさま、これがわたしの罪でございます。それからあとのことはもう成るようにしか成りませんでした。わたしは彼と一緒に、雑木林の中の彼の小屋で暮し始めました。それはわたしに新しい悦びを与えてくれました。つまり御飯をつくったり、繕いものをしたり、彼のためにこまごまと用を足したりする、そういうことです。愛生園は閉鎖になり、病棟は取り壊され、わたしたちを嘲った人たちもいなくなりました。わたしたちは二人きりです。彼は勤めのくちを探そうとしましたが、それはうまく行きませんでした。わたしたちは畠をつくり、鶏などを飼いましたが、生活を支えるには足りません。わたしたちは次第に飢えて来ています。此所に、この荒れ果てた小屋の中に暮している限り、わたしたちはしまいには飢死するでしょう。それにとうに立ち退くべき場所に、わたしたちは今も踏みとどまっているのです。わたしたちはどこかへ、職と住とを求めて出て行かなければなりません。愛生園が閉鎖になるときまってから、母から度々帰って来るようにと手紙が来ました。わたしの返事は母の夢にも予期していないものでした。母は驚き、わたしに会いに来ました。母の眼は世間の眼です。母は泣いてわたしに帰って来るように言いました。それなのにわたしは、何という頑の、強情ぱりの娘だったのでしょう。しかしどうすれば、わたしの気持を母に説明することが出来るのか。それはまるで思い出せない夢の筋を語って聞かせるようなものです。母はしまいには怒りました。もう娘とは思わないと言いました。長い病気の間に、わたしがすっかり変ってしまったとも言いました。確かにわたしは、昔の素直な、優しい娘ではなくなりました。なぜなのでしょう。最後にわたしに会いに来たのは秋の初めの頃です。「もう二度と来ないから、」と母は言うと、腰を前屈みにして雑木林を歩いて帰りました。わたしはそれを見送りながら、母はあんなにも長い間、わたしの病気のよくなるのを待っていながら、最後に受け取ったものは何だったろうかと考えました。そして、わたしの受け取ったものも何だったろうかと。母はすっかり年を取り、娘であるわたしがよくなって帰って来るのをその間じゅう待っていたのです。愛生園なんかに勤めなければ、こういうことにもならなかったでしょう。もし彼という者がいなければ、こういうことにもならなかったでしょう。その彼は、母がわたしのために置いて行った僅かの金を、わたしからもぎ取るような男なのです。

童貞聖マリアさま、聖寵充ち満てるマリアさま、わたしのためにお祈り下さい。私のためにお祈り下さい。可哀そうな母のことを思うたびにわたしの眼に浮んで来る一しずくの涙は、それだけは、今もなお汚れていないとわたしが申し上げる時に、どうぞわたしの言葉をお信じ下さい。この涙をお信じ下さい。

己は逃げなければならない。それなのに己は逃げるのを忘れて、いつまでも見詰めていた。それはどんな花火よりも美しかった。物持の家は今や完全に火に包まれた。部落の全体が騒がしくざわざわし始めると、赤い火影の前を黒い人の姿が走った。この部落には旧式なポンプさえなかったから、手に手にバケツや桶を持った男が、谷川の水をリレーした。己はそれを小高い茂みの蔭から見ていた。必死に喚いているのは物持の息子だった。背の高い焔がその家を包んで夜空に高く昇った。風が吹く度に焔の先は右に左に搖れた。少しぐらいの水ではもう消しようがなかった。火花が散って、己の潜んでいるあたりまで明るく浮び上った。己は逃げなければならない。しかし己は見ていた。部落の全員が火事場を囲んでいた。物持の家はそれだけ他とは離れていたし、風はさして強くなかったから、類焼する懼れはなかった。しかし己が火をつけたこの目安の家だけは、何一つあまさずに焼けた。それは実に見事に焼けた。物持の家の奴等は、声をあげて泣いた。泣いている奴等はどれも物持の家の奴等だ。息子は口惜しげに咆哮した。その声は風の音にまじった。しかし奴は不意に叫び止むと、鋭い声で廻りの者どもを叱咤した。数人が走り去った。それにまた数人が続いた。己はその時になって初めて危険があまりにも身近に迫っているのに気づいた。奴等は己を探しに行ったのだ。己は立ち上り、それからまたしゃがみ込んだ。闇の中を手探りで逃げたところで何になろう。奴等は地の利を知り、獣のように眼を光らせている。己は茂みの蔭から下を眺めていた。己は逃げなければならない。その時甲高い女の悲鳴が聞えて来た。それは己のよく見覚えている娘だ。娘は男どもに引摺られて来ると、まだくすぶっている家の側の、大きな銀杏の樹の幹にくくりつけられた。娘は声をあげて泣きながら、苦しげに身悶えした。年老いた猟師がしきりと詫事を言っていたが、荒くれた男の一撃にその場に打ち倒された。火は漸く燃え尽きて、残りの焰が若者どもを赤鬼のように見せた。娘は責められる度に、悲しげな声で知らない、知らないと叫んだ。知っている筈はない。己が此所にこうして隠れていることを娘が知っている筈はない。しかし物持の息子は、娘が己としめし合せたと思った。奴はもう狂気だった。娘が身悶えするうちに、着ているものが次第にはだけて、白い露(あらわ)な肩が見えた。胸も見えた。髪が乱れて顔にかかり、その顔から悲鳴が洩れた。どのような無慚な表情をしているのかは、此所からは見えなかった。火は既に消えかかり、娘の縛られた樹のあたりは既に暗くなりかけていた。焼けた銀杏の葉がそこに散りかかった。己は見たいと思った。もっとよく、もっと側で、娘の苦しみ悶えるさまを見たいと思った。決して娘を助けようと思ったわけではない。そんなことに己の関心はなかった。女は見られるためにある。それは自由を奪われた時に、最もよく見られ、最も美しいのだ。看護婦寮に火をつけた時、己はお前を火事場からさらって来た。お前は気を喪っていたから、お前を縛る必要はなかった。己はお前の着ているものを剝ぎ取り、心おきなくお前の身体を眺めた。それはどんなに美しかっただろう。お前が美しいのは、決して魂とやらのためではない。太陽のように熱いお前の乳房はそれだけで美しいのだ。太陽の熱にあたためられた牧場のようなしなやかなお前の肌は、魂とは無関係に美しいのだ。己は眺めた。己はむさぼり見た。しかしお前が気づき、逃げ出そうとし、しかも己の腕でしっかりと抱きとめられた時に、それは一層美しくなった。お前の顔が、乳房が、腰が、苦悶と羞恥とのために歪む時に、それは一層美しくなった。その時、お前は己のものだ。己だけのものだ。銀杏の樹に縛られた娘も、己だけのものの筈だ。その娘の苦しみも、悶えも、美しさも、ただ己一人に与えられていた筈だ。それは己のものだ。だから己は立ち上ったのだ。茂みを越えて銀杏の樹の方へ近づいて行ったのだ。恐怖に近い驚きの声が娘を取り巻いた男たちの間から洩れた。次の瞬間、奴等は己に飛び掛った。蛆虫どもめ、己の手にも足にも蝗(いなご)のように奴等は飛びついた。己は夢中になって奴等を振り廻した。己たちはつむじ風のように地面を転げ廻った。己は少しずつ娘の方へ近づいた。己はひっきりなしに拳を振り廻している間に、瞬間、ほんの側で娘の姿を見た。娘は殆ど上半身を裸に剝がれて、肌を隠すように身体を前に傾けていた。宙に吊り上げられたように後手にくくられていた。髪が風に靡き、豊かな乳房が苦しげに喘いだ。しかし次の瞬間、己はがんと頭を打ちのめされて、あたりがまったく暗くなった。次に己が気を取り戻した時、己は娘の代りに銀杏の樹に縛られていた。娘の姿はどこにもなかった。蛆虫どもは代る代る己を弄った。夜が明けたら、村まで己を連れて行き駐在に引き渡すと物持の息子が言った。それから奴等は引き上げた。火は消えてもう残り火もなかった。己は夜の中で一人きりだった。己の力では縄は断ち切れなかった。己の力は尽きた。

童貞聖マリアさま、わたしはもう長い間、彼と一緒に暮していたような気がいたします。しかし実際にはまだ半年ぐらいしか経っていないのです。わたしがそれを長く感じるのは、境遇が変ってわたしが別の人間になってしまったせいでしょうか。それとも時間の観念が変ったせいでしょうか。昔、B療養所のベッドにいた頃、一日一日は単調でのろのろしているのに、振り返るとあっという間に過ぎてしまったように思われました。それはきっと、わたしがいつも同じ女、病気のことでびくびくし、ひたすら天主さまにお縋りしている単純な女だったせいでございましょう。今はわたしは単純ではございません。わたしという女は、罪を懼れ、彼を信仰に導くのがわたしの使命だと考えている時のわたしと、現在に満足し、このように悦ばしく生きている以上は、何の悔もないと考えている時のわたしと、二つに引き裂かれてしまっているのです。わたしの気分はしょっちゅう変りますし、わたし自身も、どっちが真のわたしだか、もう見分けることが出来ないのです。彼が本当に火をつけたのか、それともあれは失火だったのか、それもよくは分りません。彼がわたしを愛しているのか、それとも一時の出来心だったのか、それもよくは分りません。しかし一番大事なことは、わたしにとってもうこの他には生きられないことなのです。或る日、わたしはお使いに出て、道でぱったりポール神父さまにお会いしました。その時わたしはどうしたでしょうか。わたしは神父さまのお顔にちらっと曇のような影が差したのを見ると、逸散に駆け出して姿を隠してしまいました。あの曇は、もうわたしを昔のわたしとはお認めにならず、不快なものを眼にとめたという驚きだったのです。たとえその観察が少しわたしの言い過ぎで、不憫なものを眼にとめた時の心の搖ぎだったと申しても、わたしにはそれが耐えられませんでした。わたしには我慢が出来ませんでした。わたしがわたしの天主さまを見喪ったとしても、それはわたし一人のことです。神父さまとは関りございません。わたしは憐みを受けて慰められるよりも、わたし一人の道を歩んで行きたいのでございます。

童貞聖マリアさま、それでもわたしの心が、今はもう取り返し得ない悲しみに疼くことがあると、そう申し上げてもお分りになりますでしょうか。ついこの間のこと、わたしは愛生園の裏手の林の中を一人で歩いていました。時々、心がこの上もなく悲しくなると、わたしはよくこのあたりを散歩して気を紛らすのです。それはちょうど、この春、わたしが柳さんと一緒に歩き、柳さんがあのおかしな、結婚の申込のような言葉を口にしたところでございます。風はもう晩秋の冷たい空気で、わたしは夕暮時、ひとり樹蔭に坐って、ぼんやりと風に吹かれていました。するとはなやいだ若い女の笑い声が道を近づいて来ます。誰だろうと思う間もなく、わたしは茂みの間に姿を隠しました。柳さんが一緒なのです。女の人はわたしの識らない人ですが、和服を着てしごきを締めただけですから、きっとB療養所の患者さんなのでしょう。柳さんが自転車を押して行く傍らを、愉快そうに時々笑い声を立てながら、歩いて行くのです。わたしの感じたものは嫉妬ではございません。何とも言いようのないむなしさ。空(くう)の空なる感じでございます。二人はわたしのいることに気づかずにゆっくりと歩み去りました。二人とも若く、希望に充ちていました。わたしとは違います。わたしにはもう何の希望もありません。わたしは若くもないし、笑い声を立てることもないのです。わたしがたとえ柳さんと出会ったところで、二人の間に交すべきただ一つの言葉もないでしょう。ほんの半年ばかり前には、わたしは柳さんと同じ道を一緒に歩いていたのです。結婚してもいいと柳さんに言うことも出来たのです。よく思い出してみれば、柳さんがカトリック信者の結婚のことをわたしに訊いた時、わたしは信仰のない人とでも結婚できないことはないと答えた筈でした。わたしはそのあと、ただ待っていればよかったのです。柳さんが何と言うか、何と切り出すか、それを待っていればよかったのです。もし柳さんが本当に思い詰めて、わたしに結婚の申込をしてくれたならば、わたしだってその時気持が動かなかったかどうかは分りません。たとえその時笑って済ませたとしても、事件の起った晩に（正にその同じ日の晩です）勇気が、——わたしが孤独ではなく柳さんという人がいると考えることから生じる勇気が、局面を変えていたかもしれないのです。しかしわたしは、トラピストへはいるつもりだなどとつまらないことを口にして、我から二人の間に水を差してしまったのでした。今はもう、わたしと柳さんとは別々の世界に住んでいます。もうわたしとは何の関係もありません。彼がよく「己は己だ、」と言うように、わたしはまったく別の世界の住人です。わたしは誰からも認められることのないこの世の異邦人なのでございます。

己は逃げなければならない。しかし己には出来なかった。己の手足には縄が食い込み、夜風がうそ寒く己の頬を弄った。部落の中はまたしんとした。しんとすると谷川のせせらぎの音が聞えて来た。己はもう諦めた。身体中が綿のように疲れていた。まもなく夜が明けるだろう。しかし夜はまだ深く、夜露が樹の上にも、草の上にも、縛られた己の上にも下りた。己はそうしてうとうとした。かすかな物音がして、己はぼんやり眼を開いた。事情が分るまでに暫く時間がかかった。娘が己の側に忍んで来ていたのだ。夜目に白くその顔が浮び上った。それは怒ったように脣を固く嚙みしめていた。「何しに来た?」と己は訊いた。娘は己を黙らせた。何をするつもりなのかは己にも直に分った。娘は己の後手の縄を解き始めた。娘の指は細すぎたから、それに歯を当てた。歯は軋るような音を立てた。縄が少しゆるむと、己は渾身の力をこめてそれを振りもぎった。己は縄をかなぐり捨てた。娘は息をはずませて己の身体に凭れかかった。遠くで鶏が鳴いた。己は感覚のない両手で娘の身体を抱きしめた。娘の髪はまだ乱れていた。破れた着物の肩から肌が透き出ていた。己は逃げなければならない。今こそ己は逃げられる。己は娘の身体を遠ざけた。その時、娘は己に一緒に連れて行ってくれと頼んだ。緊張した、低い声で、早口にそれを繰返した。己は黙っていた。娘は一層熱心に、どこへでもいいからと頼んだ。もし後に残され、自分のしたことが部落の者たちに分ったなら、きっと殺されると言った。「きっと殺される。」夜が次第に白んで来た。鶏が続けざまに鳴いた。どんな苦労でもいとわないと言った。夜が白んで来たから、ともかく己はこの危険な場所を離れた。山の方へと道を急いだ。娘は直に己より先に出ると、道を外れて草原の間を急いだ。夜は次第に明けた。遠くに山の峯と雲とが入り混って見えた。己たちは高みに出た。「もう此所でよい、」と己は言った。「帰れ。」娘は振り返った。蒼ざめたその顔は百合のように白かった。それは風に吹かれる花のように揺れた。娘は必死の声で己に頼んだ。帰るところはないと言った。苦痛で歪んだその顔は美しかった。己は飢を感じた。しかしこの女を連れて行ったらどうなるだろう。己はそのためにつかまるとは思わなかった。道案内がいた方が逃げるにはよっぽど楽だ。しかし一緒に逃げれば、この女は己の手や足になるだろう。己の身体の一部になるだろう。悦びや苦しみを己と共に分けあう者になるだろう。己は一人ではなくなるだろう。己は生れた時から一人きりだ。己の友は飢ばかりだ。女はただ、物としてある。見られるもの、手に取られるものとしてある。もし一緒に逃げれば、己の自由はお前の顔や、微笑や、涙や、口説(くぜつ)などに縛られるだろう。お前の魂は、たとえお前がそれを捨て去ったと言っても、なお己をおびやかすだろう。お前の女らしい心遣いは己の飢を甘やかすだろう。己は己だ。己はただの飢えた人間だ。己は飢の命じるままに、遠くへ、遠くへ逃げて行けばよい。「己は一人で行く、」と己は言った。娘は泣いた。娘は必死に取り縋った。「殺される、」と繰返した。その時だ。己の二本の腕が、まるでそれだけ生きている別の生もののように、娘の首を捉えた。お前は餘計者だ。お前は己の邪魔だ。己は一人だ。お前にそれが分らないのか。己はお前を連れて行くことは出来ない。

なぜなら己は己だからだ。お前は己ではないからだ。それが終りだ。それが終りだった。娘の身体は己の足許に横たわった。己は逃げなければならない。朝の風が谷間から爽かに吹き上げた。己は逃げなければならない。己は己の内部に住んでいる飢の命じるままに、その場を逃れた。太陽は地平にあって己を招いた。己は逸散に走った。己が思い出すのはそういうことだ。今、お前の祈っている後ろ姿を見詰めながら、己が思い出したのはそのことだ。己は山を駆け下りて、どこまでも、どこまでも、ひた走りに走った。己の思い出すのはそのことだ。

童貞聖マリアさま、すべての危きより常にわれらを救い給うマリアさま、わたしはあなたさまの御前に長いお祈りを捧げました。わたしがあなたさまにお祈りを捧げるのも、これが恐らく最後でございましょう。わたしは罪を犯した者、天主さまの第六誡を犯した者でございます。今さら救われるとも、この魂が潔められるとも、永遠の生命が授けられるとも、わたしは思うわけではございません。わたしはわたしの魂のために祈るのではございません。ただお別れに、もう二度とあなたさまのことを思い浮べることもあるまいと、今、習慣となってしまったお祈りを捧げるだけのことでございます。

童貞聖マリアさま、わたしの試みは失敗でございました。わたしは今日まで、毎日のように彼を説いて有難い御教えを彼の心に染み込ませようとつとめました。天主さまを愛し、隣人を愛し、またわたしたちの魂を救わなければならないことを言いました。しかし彼はじっとわたしを見詰めているだけです。そして見詰められているうちに、わたしは天主さまの御言葉を口にしているわたしと、やがて彼の腕の下で呻き声を洩らすであろうわたしとが、同じ人間であることを考えて、思わず口をつぐんでしまうのです。彼は何一つ信じようとしません。決して嗤うわけではありません。彼はいつも真面目にわたしの話を聞いています。しかし彼が心の中で何を考えているのか、わたしには到底分らないのです。その暗い深淵の中に、何が流れているのか、或いは何も流れていないのか、わたしには見分けるすべもありません。

童貞聖マリアさま、わたしは決心いたしました。わたしの負でございます。わたしは彼を説いて此所を出て行こうと思います。もう何処へでもいいのです。乞食をしてもいいのです。此所にこのままでいたらわたしたちは飢死をするだけなのです。彼は身体を動かすことなら何でも出来ると言いますから、どこか田舎へ行き、日傭いでも人夫でもして暮そうと思います。

童貞聖マリアさま、そうです、わたしは彼を愛しています。何という不思議な愛でしょうか。わたしは夜、彼が眠っている間に、こっそり逃げようとしたこともございます。しかしわたしには一人で逃げることが出来ませんでした。わたしは彼に縛られ、彼はわたしに縛られているのです。わたしはどうしても彼と一緒に、彼の行くところに従って、ついて行かなければなりません。彼が獣ならばわたしも獣になりましょう。彼が人非人（ひとでなし）ならばわたしも人非人になりましょう。どのような苦痛も虐待もいといません。わたしの信仰が邪魔になるならばそれも捨て去りましょう。わたしの魂が彼の重荷ならば、魂も捨て去りましょう。わたしは魂のない人間になるつもりでございます。

童貞聖マリアさま、聖寵充ち満てるマリアさま、わたしが祈るのもこれが最後です。彼がわたしの後ろから、わたしの祈るのを見詰めています。わたしはこのお祈りを終え、わたしが負けたと言い、そして彼に、一緒に、此所から立ち去ろうと言うつもりです。わたしは魂のない女として、もう二度とあなたさまの聖像の前に額ずくこともございますまい。これからは彼がわたしにとっての神なのでございます。

童貞聖マリアさま、どうぞ罪人（つみびと）なるわたしのためにお祈り下さい。そしてもし御心にかないますならば、どうぞ彼のためにもお祈り下さい。この世に天主さまのましますことも知らず、罪に汚れた彼、しかもわたしの愛しております彼のために、童貞聖マリアさま、どうぞお祈り下さい。

＊

昭和二十二年四月四日附東京＊＊新聞記事

「閉鎖された病院内の空家で人目を忍ぶ生活を続けてゐた男女が謎の失踪を遂げ、次いで奇怪な白骨死体の発見となり、その発掘が三日警視庁鑑識課の手で行はれた結果死体は女の方に相違ないことが判り、奇怪な殺人事件が判明した

「去る三月二十二日東京都下調布村字深川三二〇一北沢保雄氏妻よしさん（三二歳）が田無署を訪れ「姉夫婦が行方不明になり占ひでみて貰ふと姉はこの世の者でないといはれましたから」と捜索願を出したので、同署では警視庁捜査一課に應援を求め失踪した内縁の夫婦――都下清瀬村の結核療養所愛生園（所長医博田宮黎作氏）の元賄夫蓑田嘉一（五〇歳）と同じく元女事務員岸淵芙美さん（三五歳）――の行方を捜索してゐたが、一日愛生園を中心に地元警防団百五十名の應援で山狩りを行つたところ同園玄関前の防空壕跡から白骨と女の着物の端きれが出たので、三日早朝警視庁から山崎鑑識課長以下捜査一課高木主任ら一行と八王子地検から予審判事の出張を求め死体発掘を行つたところ死体は芙美さんに相違ないことが判り、一方犯人と目される蓑田の行方は今日迄のところ不明で目下立廻り先を厳重に捜査中である

「蓑田は樺太真岡郡小能登呂村の生れと称し本州各地を転々したあげく数年前からこの土地に入り込んだもので、捜査当局が同人の住家を捜査したところ縁の下や古井戸の下から犬猫と覚しき大小の白骨がゴロ〳〵と発見され附近の話ではよく犬や猫を食つてゐたといふ噂もあり、愛生園で芙美さんとねんごろになつて同棲生活に入つたが、昨年五月同園が閉鎖となつてからの二人は人の住まない愛生園の構内の小屋で秘めたる生活を続けてゐた

「芙美さんは頌徳高女を卒業後、胸を患ひ清瀬村のB療養所で十五年の闘病生活をし、半生を神に捧げてゐたカソリック教徒であつた、昨年二月病気がよくなつたので近くの愛生園に療養旁〻事務員として勤め始めたのが縁で同園に働く蓑田を知り、昨年四月の愛生園看護婦寮の火災後は同人の甘言に惑はされて同棲生活を送り親許とも疎遠になつてゐたが、先刻漸く蓑田の生活に幾分の不審を抱いた妹のよしさんが姉に会ひに同園を訪れたところ<ruby>くも<rt>ヽヽ</rt></ruby>の巣のはつた住家には人の気配がなく、その後いくら調べても行方が知れないので易にかけて見たところ不吉な宣告だつたので捜索願を申出で事件発覚の端緒となつたもの」

夜の時間

1

人は誰でも過去を忘れて生きている。時間の潮流が日常のざわめきを孕んで、或る時は速く或る時は遅く、きららかな印象も、新鮮な感動も、誠実な思考も、すべて一様に押し流して行く間に、外部から与えられたもののうち多くの軽い部分は、内側に傷をつけることもなく、水の表面を滑っていつしか見えなくなる。ただずっしりと手応えのある、重たい、本質的な部分だけが、意識の底に沈澱してやがて記憶として定着されるが、それさえも日が日を重ね、月が月を重ね、年が年を重ねて行くにつれて、瑣末な日常の繰返しに、恰も繰返される磯辺の波濤に岩石が削り取られて砂粒となるように、少しずつ大海の忘却の中に運び去られて行く。人は過去を思い詰めたまま、この忙しい日常を生きて行くことは出来ない。どんなに激しい印象を受けた大事件でも、まるで水素ガスでふくらんだ風船の糸を固く握りしめた子供のように、いつまでもその記憶の糸を握りしめていることは出来ない。手は汗ばんで、もうそれが実際に自分の手であるような気がしなくなる。眼や耳を驚かせる外界の刺戟も次々に起る。そのうちに、手にしていたものがそれほど大事だったことを忘れたかのように（本当は少しも忘れていたわけでなかったのに）、あっと思う間もなく、糸は手から離れ、風船は青い空の方へずんずんと昇って行ってしまうのだ。人はそうして無数の経験を積み重ね結局は一種の人生の匂のようなもの、一種の味わいのようなものだけを意識の底に沈澱させて、細かいことは我と自ら忘れて行くのだ。恐らくはそれでいいのだろう。それが一番無難に生きて行く方法なのだろう。過去を振り向かず、ただ現在、この刻々に誕生する現在のみを見詰めて、真直に歩いて行くことが。しかし或る人々にとってはそうではない。いつか或る瞬間に、失われたと思った過去の経験が、その時のとはまた違った方向から、違った色彩を帯びて、ふと思い返される時がある。それが異常な重みをもって、現に生きていることの意識に干渉し、時間は今までのように未来に向ってのろのろと進行することを止めると、同時に過去にも溯って行き始める、もう終っていた筈のことが、実際は少しも終っていないことが分る、人々は時間の夜の中で方向を見うしない、過去の事件の持っていた本当の意味をあらためて考え込む、――とそういう時があるものだ。そしてその同じことが、及川文枝が冴子のところで不破雅之に会った瞬間に、及川文枝の上にも、また不破雅之の上にも、起った。

及川文枝は、片手に小さな果物籠を持ったまま、井口家の玄関で沓脱に男ものの短靴が揃えられているのを見たが、はじめ、それが冴子のところに来た客だとは思わなかった。

——お嬢さんは？　もうすっかりお元気？

女中に果物籠を渡しながらそう訊いてみた。客があるとしても、冴子の父親のところに来た客なのだろうと思い、女中に案内されて廊下を通って行った。右手の應接間のドアの前を通る時、そのドアが格別人のいる気配を感じさせずにしまっているのを見たから、それでふと、お客さまなの？　と前を行く女中に訊いてみた。女中は軽く首を下げただけで、答の意味は分らなかった。それに廊下はもう突き当りで、女中は腰を屈めると、及川さまです、と言いながら右手の障子に手を掛けていた。

——嬉しい。よく来て下さったわね。

文枝がまだ廊下でスリッパを脱ぎかけているうちから、勢いのいい甘たるい声が聞え、いつもの通りのやんちゃお嬢さんだと考えて自然に浮んで来る微笑のまま、すうっと障子の中へはいった。

——御免なさい、御無沙汰して。もうすっかりお宜しいの？　いつ退院なさったの？

——あたしこそ悪かったわ。手紙で呼んだりなんかして。でもとてもお会いしたかったのよ。

八畳間の片側に派手な花模様のついた蒲団を掛けて、仰向に寝たまま、冴子が枕から首を少し浮すようにしながら、立て続けに喋り始めた。

——及川さんたらちっともお見舞に来て下さらないんだもの。あたしとても寂しかった。でもあそこの病院までは遠いでしょう。だからあなただってお勤めはあるんだし、来ていただいても悪いかなと思って諦めていたの。あたし本当はまだ退院したばっかしなのよ。でも家なら近いのだから、お呼びしても来て下さるだろうと思って……。

——そりゃ勿論……。

その時だった。もう部屋にはいった時から、冴子の枕の横に、こちらに背を向けて、背広を着た若い男が胡坐をかいているのは承知していたし、悪いところへ来た、お客というのは冴子さんのお友達だった、と考えて少しどぎまぎしていたのだが、冴子のお喋りの間に、面映ゆそうに俯き加減にしたまま、足を引いて坐り直していたその男が、軽くお辞儀を一つして首を起した。文枝の顔を何げなくちらっと見、動揺した表情で、そのまま視線が動かなくなった。

——御免なさい。このかた、不破さんておっしゃるの。あたしの主治医さん。お医者さまよ。こちら及川さん。どう、素敵なかたでしょう……。

冴子は次第に声を低くして、急に止めた。この場の奇妙な空気が、病人の鋭くなった神経にぴんと響いた。冴子は持前の大きな眼を光らせて、不破の顔を見詰め、それから文枝の方へ眼を移した。

——不破さんね？　と文枝が小さな声で言った。

冴子が小さな声でくっくっと笑い出した。そのうちに笑い声が大きくなり、細い指先で掛蒲団の襟布を摑んだまま、首だけを横向にして苦しそうに笑いころげた。

——お識合なのね、おかしいわ、何てことでしょう、不思議な……。

冴子は途中から噎せて咳込み始めた。不破は気を取り直したように、あまり笑っちゃ駄目ですよ、と言いながら蒲団を直してやった。その手つきには、医者らしい職業的な関心より、もっと親切な思いやりが籠っていた。そしてこの人は昔も思いやりのある人だった、と文枝は考えた。思いやりのある人だと次郎さんも言った。もしこれが本当にあの不破さんならば……。しかしそんな思いやりが何になるだろう。不破さんは憎い。過去はみんな憎い。

——文枝さんなんですね？ と落ちついた声で不破がこちらを向いて訊いた。いつも及川さんとばかり聞いていたから、あなたのことだとは夢にも思わなかった。じゃ結婚なさっているんですね？

——いいえ、まだ独りです、と答えた。わたしは昔から及川文枝ですわ。

——しかし和泉と呼んでいたのは……。

——あれは叔母の姓ですの。不破さんにしても次郎さんにしても、わたしが及川だってことを御存じなかったのかしら。そういえば、昔はいつも文枝さんてばかり呼ばれていましたわね。

——そうですか。まだお独りですか？

厭なことを、と文枝は思う。そうよ、わたしは独りよ。わたしはまったくのひとりきりよ。

それがあなたとどんな関係があると言うの。女が独りで生きて行くことがどんなに大変なこと
なのか、昔のわたしには分らなかった。でも、否應なしに独りで生きて行かなければならない
場合だって……。

——そんなに不思議ですの？　とやや皮肉な声で相手を見詰めながら、言った。

不破雅之の顔は眼に見えて蒼くなった。もともと割合に小心な、細かいことに気のつく、優
しい人だった。しかしこの驚きの中には、何かしら異様なものがあった。まるで過去が瞬間に
立戻って来て、文枝がまだ独りでいるというこの事実が、彼の精神の内部の平衡を不意に傾け
てしまったかのように。

——不思議よ、本当に。

まだ笑いの止らない声で、冴子が彼女を見詰めながら言った。

——まさかあなたたちが前からのお識合だなんて。あたし、一度も不破さんのことをお話し
なかったかしら？

——ええ、聞いたことないわ、ともう微笑を回復して答えた。

——そうかなあ。不破さんには、あたし、あなたのことを何度も話したのよ。とても素敵な
かたで、お姉さんみたいで、そりゃ魅力があるから、不破さんなんかきっと夢中になるって。
そしたら、お会いしたいものだっておっしゃるから……。

――僕はそんなことを言った覚えはない、と不破は苦い顔で冴子をたしなめた。あんまり喋っちゃ駄目です。それに笑うのも傷口にひびくから。

――はい、先生。そりゃあたしだって笑うと苦しいぐらい分っているわ。でも笑わずにはいられないんだもの。変ねえ、一体いつごろからお識合なの？　久しぶりなの？

文枝は不破と眼を見合せた。何年になるだろう？　四年？　五年？

――ねえ教えて。あなたがた、そんなに黙ったまま睨み合っていないで、何かお話をなさいな。一体どうなさったの？　万感胸に溢れてるってわけ？

――本当に、と文枝もその笑い声に感染しながら、おだやかに挨拶した。すっかり御無沙汰してしまって……。立派な先生におなりになりましたのね。おめでとうございます。

――変ですね、何だかあらたまると。

不破も気を取り直したようにさりげなく微笑すると、ちらりと腕時計を見、内ポケットの紙入から名刺を出して文枝に渡した。文枝はぼんやりと活字の上に眼を落した。

――この病院にいるんです。病院に部屋をもらって泊り込んでいます。いつか寄ってくれませんか、僕は夜は大抵ひまです。あなたのことも色々お聞きしたいけど、僕、今晩はもう帰らなくちゃならないから。

――あらもうお帰り？　と冴子が鋭く問い返した。

——それにちょっと心配な患者もいるし。

その時、女中が紅茶を持って部屋にはいって来たが、不破は浮した腰を落ちつけようとはしなかった。

——だってまだいいでしょう。パパももうじき帰って来るし。

不破はそれに答えず、立ったまま真直に文枝の顔を見ていた。

——きっと僕に連絡して下さい。電話番号その名刺に出ています。僕、本当に今晩は暇がないんです。このお嬢さんに無理やりに呼ばれて、ちょっと寄ってみただけなんですから。

文枝がお辞儀をしたあと俯き加減にしている間に、彼女の頭ごしに、冴子と不破とは素早い対話を交した。

——意地が悪いのね。

——本当に忙しいんだよ。

——及川さんが怖くて逃げてくみたい。

——そうじゃない。僕だってゆっくりしたいのは山々だけど。

——分りました。

——大事にして下さい。軽はずみなことは一切駄目ですよ。

そして枕許にあった革の鞄を手に取ると、急いで部屋を出て行った。廊下を遠ざかるスリッパの發音を聞きながら、文枝は半ば怒ったような、半ばはもう笑っている冴子の顔を見た。

——逃げられたわ、と冴子が言った。

二人は親しげな微笑を交換したが、相手の大きく見開いた瞳の中にわくわくするような好奇心が光っているのを、文枝は見逃さなかった。傍らに置かれたお盆の上の紅茶茶碗を手に取り、いただくわ、と言った。彼女がそれに口をつけている間も、相手のしげしげと見入る視線を感じた。

——で、どうなの、お加減は？

——どういうお識合なの、一体？

二人が同時に質問を発したので、また笑った。しかし文枝の方が直に笑い止んだ。

——この前病院にお伺いした時は、手術の少しあとでしたわね？

——あの時はありがとう。本当に嬉しかった。あの時に較べればずっと元気になったでしょう？

——それは勿論。でもこんなに早く退院なさっても宜しいの、だってまだ……。

——三ヶ月経たないんですものね。本当はもっと病院にいた方がいいのよ。手術のあとは慎重に寝ているのに越したことはないの。ところがあたしは自費患者でしょう、自費ってのはとてもお金がかかるのよ。

――だってあなたのところなら。

――パパだって可哀そうよ。とにかく結核てものは、国家が面倒を見てくれるのでなければ、とても気長に入院していられるようなものじゃないらしいわ。それでなくたって、入院を待ってる自宅療養の患者さんが沢山いるのよ。ベッドの廻転ということが大事なの。だからあたしみたいに手術が一應済んだら、追い出されてもそう文句は言えないわね。

――冴子さん、追い出されたの？

――そうじゃないわ。あたしは自費だからまだいられたんだけど、本当を言うと退屈したの。パパは忙しいからなかなか来てくれないし、不破さんも来ないし、あなただって。

――御免なさい、わたしもそりゃ気にかかっていたんだけど。

――いいの。どうせ寝てるんだもの、家にいる方が気楽よ。病院だとさみしいわ、一人きりで。

さみしい？　一人きりでいるのがさみしいくらいで、どうしてわたしなんか生きて行けるだろう？　と文枝は考えた。さみしいという理由で、まだ療養の出来る病院から自宅に帰って来るお嬢さんもいる。貧しくて、国家からの扶助を受けているために、病気の途中で病院から追い出される人もいよう。あなたなんか本当に羨ましいのよ、冴子さん。さみしいということだけなら、わたしなんか一体何処へ行けばいいんでしょう？

——療養の方はそれで大丈夫なの？　と訊いてみた。

——そりゃ大丈夫よ。不破さんがついてるんだもの。

——でもあのかた、冴子さんのいらした病院のかたじゃないんでしょう？

——不破さんは榊原病院の内科に勤めているのよ、さっきの名刺にそう書いてあったでしょう？　榊原病院の院長先生とうちのパパとは、昔からのお友達なの。K町の病院にあたしがはいったのも、榊原先生に紹介していただいたからなの。

——それじゃ不破さんともよく御存じなのね。わたし冴子さんがあの人を先生と呼ばないので、内心びっくりしていた。

冴子は笑って、少し得意そうな表情になった。

——教えたげましょうか、あたしがあたしの主治医を、なぜ不破さんと言って不破先生と呼ばないかを？

文枝は相手につられてにこにこした。冴子はいつでも話相手をごく親密な気持の中に誘い込むのが上手だった。これは正真正銘の秘密で、ただあなただから打明けるのだ、といったような。文枝が自分よりもずっと年の若いこのお嬢さんに魅力を感じるのは、そういう明けっ放しの無邪気な可愛らしさだった。

——教えて頂戴。

——不破さんはあたしのフィアンセ。

——え？

——Fi-a-n-cé……と最初のFiを脣をすぼめて息を吐きかけるようにしながら、あとのシラブルをゆっくりと発音した。そして笑い出し、驚いた？　と訊いた。

——驚いたわ、そうなの、おめでとう、わたしちっとも知らなかった。最近のこと？

——春なのよ。あたしが病気だって言われる前。だいたいパパがそういうふうにきめたら、あたしが病気になって入院してしまったでしょう。だから及川さんに教えたげる暇がなかったし、それに恥ずかしかったし。

しかし冴子は少しも恥ずかしそうな表情を見せていず、寧ろ悪戯(いたずら)っ子のように眼を光らせていた。

——本当におめでとう、と困ったように文枝が繰返した。

冴子は右手を延して枕許からコップを取ると、寝たままで器用に水を飲んだ。寝衣からまくれた腕は、細そりして蒼く静脈が透いて見えた。二口ばかり飲んで手を休めたので、文枝はそのコップをまた元へ戻してやった。

——おめでたくなんかないのよ、と冴子は頤を蒲団の中に埋めながら、言った。あたし不破さんがお気の毒なの、だってあたしの身体、相当に悪いのよ。ちょっと結婚なんて無理ね。

――だってよく療養すれば。

――あたしは自分も縛られるのは嫌いだけど、人を縛るのも嫌いよ。あたしこの婚約はやめにしようと思うの。ね、そう思う方が自然でしょう？

――さあ、と文枝は困って蒲団の花模様を見ていた。

――あたしが今晩あなたを手紙でお呼びしたのはね、あなたを不破さんに紹介しようと思ったからなの。ところがあなたたちったら、とうからお識合なんだもの、すっかり先を越されちまった。ねえ教えて頂戴、どうだったの、あなたたち？

――どうって？

――だって及川さんみたいな綺麗な人、誰だって夢中になるにきまってるじゃありませんか。きっと昔、不破さんは……。

――いいえ、不破さんは何でもありません、と文枝は意気込んで答えた。

――じゃどういうの？　ちょっとしたお識合といった仲じゃなさそうだったわ、さっきの御様子。あたし知りたいわ、とっても知りたいわ。

文枝は眼を起して冴子の黒い瞳を真直に見た。平静を取戻した、いつものやや冷たい声で、きっぱりと言った。

――不破さんは何でもないのよ。誤解されてはいや。わたしにとっては本当に何でもなかった人なのよ。

2

不破雅之は玄関の硝子戸を閉めると、外套のポケットの中で煙草とマッチとをまさぐりながら、細長い石畳の上を傳って門の方へ歩いて行った。門の隣の小さな潜戸をくぐって、暗い表の通りへ出た。そこで鞄を小脇に抱えたまま煙草に火を点け、大きく息を吐き出した。十一月の末で、煙を含んだ息は夜目にも白く見えた。空気は冷え冷えとして、落葉の匂があたりに立ち罩めていた。

彼は尚もそこに立ち止ったまま、「井口市造」という標札の文字が門燈に照されて達筆に書かれているのを、立て続けに煙草をふかしながら眺めていた。病人の冴子の側では煙草を喫むことが遠慮されたから、今まで我慢をして来た煙草の味は身に沁みるほどうまかった。煙草は僕の悪徳だ、と彼は考えた。しかし病院では、患者と應接しながら煙草を喫みたいなどと思ったことは一度もないのだ。もし冴子と一緒にいる時にだけ、早く一人になって煙草を喫もうと考えたとしたなら、それは彼が冴子を、彼の患者たちほどにも愛していない証拠ではないだろうか。彼は患者たちを愛していた。それは、彼に拠れば、「彼等が死者の国に一歩足を踏み出している」からだった。しかし今晩は特別なのだ、と彼は考えた。今晩はあそこに文枝さんが来たから、それで僕は早く逃げ出したくなったのだ。早く逃げ出して、ゆっくり煙草でも喫んで一人で考えてみようと思ったのだ。考える？　何を？　こうした偶然を？　運命の悪意を？　しかし悪意なんぞというものはない。文枝さんのことはもう終ったことだ。僕が愛しているのは冴子だ。井口冴子だ。過去じゃない。

不破は新しい煙草を一本取り出すと、短くなった吸口から火を移した。古いのを捨て、大股に歩き出した。しかし固い道路を打つ彼の靴の一足一足は、やみがたく過去に通じていた。まるで過去のさまざまの形象が、跫音を立てて彼のあとから追いかけてでも来るように。

不破雅之が初めて文枝に会ったのは、四年前の十月の中旬だった。その会見は奇妙な具合に行われた。

急に秋めいて来た日の午後おそく、街路樹の銀杏が少しずつ黄ばんで行く道を、不破雅之は同じ大学生の奥村次郎を連れて、初めて洋裁店の「イヅミ」へはいった。半開きの硝子戸に西陽が射し込んできらきらと反射していたが、それを透して、いつもの通り、明るい緑色のカーディガンを着た娘が、店の奥で横向になって机に向っているのが見えた。不破は思い切って、明いている戸の間から、真直にその娘の側まで歩み寄った。連れの方は、つまらなそうに、彼のうしろからのろくさと足を運んだ。

「ちょっとお願いがあるんですが、」と不破は言った。それだけ言ったらもう詰ってしまった。

娘はびっくりしたように坐った腰掛から彼を見上げたが、そのやや瘦せぎすな頰にかすかな赧味が差した。ひどく困ったように店の奥のドアの方をちらっと見て、早口に、「何の御用でしょう？ うちは女ものしか扱わないんですけど、」と言った。しかしそれは無愛想な調子ではなかった。からかわれていると思ったらしかった。

「僕の妹の洋服をつくってほしいんです、お願いします、」と相手よりも一層早口に不破は言った。「僕のじゃないんです、僕の妹のなんです。」

「お妹さん？」とやはりびっくりしたように訊き直した。「じゃそのかたがお出でになれば。」

「駄目なんです、それが。田舎にいるんです、此所にはいないんです。」

「それじゃとても出来ませんわ、」と娘は歌うような声で言った。「一体どういうことなんでしょう？」

それまで狭い店の中を退屈そうに歩き廻って、棚に並べたボタンや下糸やフランス人形などを見ていた奥村が、その時振り返って、「もっと順序を立てて話せよ、」と言った。

娘は好奇心に充ちた眼指で、俯いてへどもどしている大学生と、悠然と構えて頤でしゃくるように命令したその友人とを、交る交る見た。不破が気を取り直して喋り出した。

「実は僕の妹が、妹は田舎にいるんです、僕の故郷は山形の田舎なんですが、そこにいる妹が来月早々に結婚するんです。それで妹が、不断から、田舎じゃろくな洋服も出来やしないといってるもんだから、僕が一つ、こっそり、洋服をつくってやろうと考えたんです。ね、いい考えでしょう? 妹はまさか僕が、最新流行の洋服を贈り物にするなんて考えてもいないから、大いに悦ぶと思うんですよ。どうでしょう、悦ぶでしょうか?」

「それはお悦びでしょう、」と娘は依然として困ったように呟いた。

「こいつはまったく妹思いな奴なんですよ。思いやりのある奴ですよ、」と奥村が側から言った。

「餘計なことは言わなくてもいい、奥村、」と赧くなって不破がたしなめた。

「こいつは翻訳のアルバイトをやって、そのためにわざわざ一万円ためこんだんです。そんな高いものを買ってやるこたあないって、僕が口を酸っぱくして言ったのに、てんで聞かないんだからな。」

「そ、それも問題なんですよ。何しろ僕には一万円かっきりしかないんです。それ位で出来るでしょうか?」

「一万円も出して馬鹿な奴だ、」と奥村が吐き出すように言った。

「それは品物によりますけど、」と娘が口を入れた。「でもわたくし、どうにも分りませんわ。

註文のお品はみんなサイズを取って、お身体に合せて仕立てるのですもの、そのお妹さんが田舎にいらっしゃるのでは。サイズは分っているのでしょうか？」

「それはいいんです、」と急に勢いづいて不破が説明し出した。「僕があなたにお願いするのも、つまりはそこを見込んでなんです。妹はあなたと同じ位の身体つきなんです。背の高さも同じ位、目方もきっと同じですよ。四十キロなんですが、あなたもその位でしょう？」

娘は椅子の上でもじもじして気の毒なほど赧くなった。不破はそれに気がついてへどもどし始めた。夕陽が明るく机の上の布地や、糸屑や、ファッション雑誌を照し出した。奥村が加勢に出た。

「君等の話はまだるっこしいな。一つ僕が明晰に説明してやろう。簡単なことです。不破は、それがこいつの名前ですが、妹さんのために洋服をつくってやろうと思った。あなたを見かけたら同じ位の恰好だから、あなたをモデルに洋服をつくればいい。それで小遣いやら翻訳やらで一万円つくった。あとはあなたが出来るとか出来ないとか返事をしてくれればいいんでさ。どうです、出来ますか？」

二人の大学生は左右から、娘の顔を覗き込んだ。

「どれ位するものなんです、女ものの服は？」と不破が心配そうに訊いた。

「スーツになさるんですか、それともトゥーピース？」と娘が訊き返した。

「それが、だからあなた次第なんですよ、」とややせっかちに、側から奥村が野蛮な声を出した。「こいつにはてんで分りやしませんよ。もっとも僕だって知りはしないが。」

「奥村、もう少し穏かに言えよ。あのね、あなたが自分のために一着つくると思って、それで予算が一万円だと思えばそれでいいんです。僕等にはちっとも分らないんだから。」

「生地とか、デザインとか、そんな御註文もないんですの？」

「ありません。」

娘はやっと諒解したようだった。優しげな微笑がその脣に浮び、白い歯並が鮮かに見えた。

「面白いかた、」と呟いた。片手をあげて軽く頭に当て、暫く考え込んだ。それを見詰めている不破の脣にも、ほっとしたような、親密な微笑がほころびた。娘はもう一度微笑すると、きびきびした早さで椅子から立ち上り、「御免なさい、」と言ったまま、奥のドアへ駆け込んだ。

「母さん、不思議なお客さまがいらしたのよ、ちょっと加勢して頂戴……。」

不破雅之は明るい商店街に出、そこを暫く歩いて郊外電車の駅に達した。彼が切符を買う間も、改札口でその切符を切ってもらっている間も、昔と同じような親密な微笑がその口もとに漂っていた。彼が思い浮べていたのは、その時の文枝の少しはにかんだ、それでいて子供が悪戯の仲間入りをさせてもらった時のような、大胆な微笑だった。片手を頭にあげて考え込んでいたその姿勢、首がやや傾いて、片側の髪の毛が頬の上に垂れていた。その真面目そうな、ととのった表情の上に、陽を受けて雪のかがやくような明るい微笑が、溢れ出していた。不破はその時の光景を眼の前に見るように思った。「文枝さん、一体あなたが困ったというのはどんなお客さまなの？」そう言いながら、四十がらみの小肥りの女主人が仕事部屋から出て来た時に、不破は初めて彼女の名前が文枝ということを知った。文枝は母さんと呼んだ婦人に熱心に説明を始めた。

電車が来て、割合に空いた座席の片端に腰を下しても、不破の見ているものは疎らな乗客の顔や、搖れている釣革や、暗い夜を映した窓などではなかった。彼が見ているのは文枝の生き生きと動く脣、ちらりとこちらを向く時の素早い視線、困ったような手の動き、そしてまた、やれやれ面倒くさいといいたげな奥村次郎の佛頂面だった。

母さんの方は案外早く不破の意図を汲み取った。「で、こちらのかたはどういう御用なの？」と訊いた。奥村は説明を促すように不破を見たが、不破が黙ったままでいるので、しょうことなしといったふうに口を利いた。

「僕は應援を頼まれただけです。」

そこで母さんが大声で笑い出し、文枝も一緒になって笑った。大学生二人は、ばつの悪いような顔をして、華かな笑い声を聞いていたが、釣込まれて少し笑った。母さんと文枝とはてきぱきと相談を始めた。

「一万円でしたね、何とかやってみましょうよ。」

「スーツにします？」

「そうね、トゥーピースの方がいいでしょう。生地は二ヤール五分あればいいと。」

「メルトンですの？」

「メルトンじゃやぼに見えるわね。ウールジャージイじゃ高いかしら？　どう？」

「仕立の方をおまけすればそれでも。」

「まけてあげましょうよ、文枝さん。わたしとても気に入ったわ、このお話。」

「済みません、」と不破が頭を一つ下げた。

「文枝さん、生地のカタログを持って来て。」

文枝が部屋の隅の棚の方へ立ちかけたので、不破が慌てて遮った。

「それはどうでもいいんです。僕等には見たって分りませんから。」

「そう。じゃあとで文枝さんとよく相談しましょう。で、サイズなんかも文枝さんに合せてつくったのでいいんですのね？」

「どうぞ、それで結構です。」

「ぴったりというわけには参りませんよ。大丈夫そんなに似ているんですか？」

「似てます、大丈夫です。」

「お年は？　せめてそれくらいうかがっておかなければ？」

「同じくらいです。二十一です。」

母さんは笑い、文枝は赧くなった。不破は急いで附け足した。

「おとなしいんです。頭はいいんだけど、そんなに派手好みじゃなくて、渋いのが好きなんです。」

「何だか文枝さんのことを言ってるみたいね、」と母さんが口を入れた。文枝は俯いたまま ますます赧くなって、困ったようにもじもじした。

今も電車の振動に搖られながら、不破が見ているのはその時の文枝の姿だった。白いブラウスの上に緑色のカーディガンを纏っていた。両手を胸に当てて、足許に眼を落していた。それまでは往来を歩きながら、店の正面を通る時だけ、素早く、硝子戸越しに垣間見ていたのだ。その文枝が、今はほんの側に、かすかな甘い匂を漂わせて立っていた。それは何とも言えない幸福な感じだった。女主人が一人で喋っている間、奥村は退屈そうに机の上のファッション・ブックをめくっていたから、不破と文枝とは、黙ったまま、伏眼がちに向い合っていた。不破にとっては、周囲のすべてのものが宙に消え去ってしまい、ただ文枝と彼とだけが、いつまでも向い合っているような気がした。

郊外電車が終点に着き、彼は山手線の電車に乗り換えるために、人込に押されて階段を降りたり昇ったりした。プラットフォームの上は乗客がいっぱいで、スピイカーが田舎なまりのある口調で、上り下りの発着をしらせていた。電車を待ちながら、不破は乗客たちを眺めていた。あの時はフォームの端から、文枝さんが走って来たのだ。それを彼よりも先に見つけたのは奥村だった。季節は同じように秋で、合オーヴァから冬のオーヴァに着かえてもいい頃だった。不破は寒そうに肩をすくめた。見廻しても、文枝さんはいなかったし、奥村もいない。それはみんな過去のことだ。もうどうにもならない過ぎ去った昔のことだ。それなのに、上野駅のフォームで見た白いオーヴァを着た文枝の姿が、それからずっと、不破が電車に乗ったり降りたりして、最後に彼の病院に行き着くまで、一つの執念のように彼に附き纏って離れなかった。

　上野駅は騒音の坩堝だった。乗客や見送人の話声、スピイカーのしらせ、呼売の掛声、荷物運搬車のごろごろ走る音、そういうざわめきがじんじんと耳を打つ中で、不破雅之は心配そうにフォームの中央に立って改札口の方を眺めていた。側には奥村次郎が、冷静な、少し人を馬鹿にしたような表情で、彼を見守っていた。

「まあもうちっと落ちつけよ。まだ三十分ある。」

「やっぱりこっちから取りに行かなくちゃ、悪かったかな。弱っちまったな。」

　列車は既にフォームにはいっていて、不破は機敏に自分の席を取ると、そこにトランクを置いてからまたフォームへ降りた。内心は、奥村にその席を確保しておいてもらい、自分は改札口まで出掛けて文枝の来るのを見張っていたかったのだが、それを奥村に言い出すのは少し気が引けた。で、彼はフォームに立ったまま、片眼で自分の席を、片眼で改札口の方を睨んでいた。この夜行の急行列車はいつもひどく混雑した。

「イヅミ」洋裁店に妹の洋服を註文するという不破のとっぴな考えは、大体のところうまく行った。ただ、彼が妹の結婚式に間に合うように帰省するためには、仕立の期間が十日間しかなかった。ちょうど冬物の註文の多い季節で、女主人は二週間はほしいと言ったのだが、不破はその点を譲歩するわけには行かなかった。

「もっと早くいらっしゃればよかったのに、」と女主人は笑いながら言った。

「決心がつかなかったんです。」

そうだ、決心がつかなかった。最後に奥村に相談するまで、彼には「イヅミ」洋裁店へ単身出掛けて行き、可愛いお嬢さんと口を利くだけの勇気が持てなかったのだ。そして一度口を利いてしまえば、寧ろ期限が短いのをたねに、時々、文枝のところに進行状態を催促しに行けるのがありがたかった。文枝は次第にうちとけて来た。仮縫の時には自分で着てみたけど、とてもよく似合ったと言った。「わたしもこんなトゥーピースがほしいわ、」と無邪気に言った。そして期限ぎりぎりまでかかるから、もし不破さんが忙しいようなら、夜行に間に合うように上野駅まで持って行ってあげる、とも言ってくれた。

不破はいらいらと煙草を吹かしながら、しきりと改札口の方を見た。遅くなった乗客たちが、荷物をぶら下げて列車めがけて突進して来た。隣のフォームで発車のベルが鳴っていた。

「あと十分か。駄目かなあ、」と不破は失望して呻いた。

「どうだ、いっそ間に合わない方がいいんじゃないか、」と奥村が意外なことを口にした。

「馬鹿。結婚のお祝いにやるんだから、ここで持って帰らなけりゃ意味がない。」

「しかし君の妹さんは、そんなもの貰えるなんて当てにしているわけじゃないんだろう？」

「そりゃそうさ。びっくりさせてやるんだ。」

「どうせ兄妹の仲だ。君が手ぶらで帰ったところで、結婚式のために帰省してくれたというだけで妹さんは大悦びさ。だからもし文枝さんが間に合わなかったら、その洋服は彼女に廻すさ。」

「何だって？　だってあれは……。」

「もともと文枝さんに合せてつくった洋服だ。彼女にプレゼントすれば、妹さんにやるより、その方が君のリビドを満足させるだろうじゃないか。」

「こいつ、」と言ったなり、不破は二の句が継げなかった。彼の意識の底の方で、わたしもこんなのがほしいわと言った文枝の無邪気な声が響いていた。

不破は自分の心の中に閉じこもっていたので、不意に奥村が頓狂な声で、「来た、来た、」と叫んだ時には思わず飛び上った。白いオーヴァを着た文枝が（遠くから見ても間違う筈はなかった）大きなボール箱の包みを小脇に抱え、フォームを小走りに走って来た。不破の眼に、彼女以外の一切のものが掻き消すように見えなくなった。

「よかったわ、間に合って、」と喘ぎながら、文枝はきらきら光る眼で不破と奥村とを交る交る見た。「これですの、どうぞ、」と不破に包みを渡した。

「ありがとう。済みませんでした。」

「心配したんだぜ、文枝さん、」と奥村が無遠慮に言った。「不破は今まで蒼くなっていたんだ。こいつは気が小さくてね。」

「御免なさい。タクシイをつかまえたら、それがとても遅いのよ。やきもきして運転手さんと喧嘩しちゃった。」そして文枝は明るい声で笑った。

「度胸のある運転手だ、」と奥村は言った。「僕や不破には、とても文枝さんを怒らせるだけの勇気はないからね。」

「あらどうして？」と文枝が小首を傾げて彼に訊いた。その時、発車のベルが勢いよく鳴り始めた。文枝はかすかに身体をふるわせた。

不破雅之は彼の病院に帰った。しんとした廊下を通って自分の部屋へはいると、外套を脱いで白衣に着かえた。看護婦が彼の机の側にガスストーヴを動かして来て、火を点けた。彼は煙草をくゆらせながら、看護婦に訊いた。

——七号室の患者はどうだい？

——異常はございません。カルテは机の上に置いてあります。

不破は立ったままそのカルテを読み、ちょっと様子を見て来よう、と言って煙草を捨てた。看護婦が帽子掛にぶら下っている聴診器を外して、あとに従った。彼はうそ寒い階段を昇り、七号室にはいった。心配そうな顔をした中年婦人が彼に会釈をした。看護婦が一人、ベッドの枕許で、酸素吸入のボンベを操作していた。年老いた患者は蒼い顔をして眼を閉じていた。不破はせわしなく隆起する胸に聴診器を当てた。看護婦に二三の指図をすると、附添の家族に、御心配なさることはありません、と言って廊下に出た。もう一部屋立ち寄って患者の様子を見、それから自分の部屋へ戻った。ストーヴが赤く燃え続けていた。彼は看護婦を帰し、机に凭れ、煙草に火を点けた。そうするとまた、文枝のことが彼の意識を占めた。

どうしてあんなに慌てて、逃げ出すように引き上げて来てしまったのだろう、と彼は考えた。昔も痩せぎすな、細そりした身体つきの人だった。しかし今はもっと痩せたようだ。独身だと言っていた。ああいうことがあったから、それで独身なのだろうか。今でもデザイナアをしているのだろうか。しかし何処にいるのだろう。なぜあの人の住所を訊いておかなかったのだろう。向うから訪ねて来てくれるまで待たなければならないとしたなら。しかしどうせ済んだことだ。終ったことだ。文枝さんがもう一度現れたところで、終ったことはどうにもならない。死者はもう生き返らない。

不破は机に凭れ、煙草をくゆらせながら、過ぎ去ったことどもを思った。それは彼を息苦しくした。しかし今、彼が思い浮べるのは、嘗ての文枝のことではなかった。それは彼の友、死んだ奥村次郎の面影だった。

3

及川文枝は暗い、沈んだ気分で冴子の家を九時前に辞した。病院の規則では九時が消燈時間だと覚えていたから、今でも冴子がその規則を守らなければならないのだろうと考えた。冴子はしきりに留めて、せめてパパが帰って来るまでと言い張ったが、不破が先に辞去したあと、彼女の心の中に重たい、死んだ部分があった。冴子が熱心に問い掛けて来ても、昔のことを口にするのは気が進まなかった。それは彼女が、自分から、記憶の中で抹殺した筈のものだった。ひとりでに忘れたのではなく、生きるために、わざと消し去った部分だった。こんなところでまた不破さんに会うなんて、何という意地の悪い運命の仕打だろう、と彼女は考えた。冴子に同情するために用意して来た心の暖かみが、不意のショックのために乾からびて冷たくなったのを彼女は感じた。彼女はそれを、そっけなく帰って行く自分を、冴子のために済まなく思った。また来てね、本当にまた来てね、と冴子は繰返して頼んだが、そういう時のひどく子供っぽい冴子の様子が、文枝の眼には可愛らしく映った。

うそ寒い夜風に吹かれて道を歩いて行く間も、電車に乗ってからも、文枝は自分の意識を今晩会った不破雅之の方に向けないようにした。不破さんのことは考えたくなかった。過去のことはみんな厭だった。彼女は今年の冬の流行のことや、店のことや、店での現在の仕事のことなどを強いて考えようとつとめた。そうすると自然に冴子のことを思い浮べた。

文枝が現在勤めている「ボン」洋裁店で、初めて井口冴子をお客に迎えたのはいつのことだったろうか。冴子は恰幅のいい父親に連れられて来て、流行の服を註文した。機嫌よく娘の言うなりになっている父親は、一分の隙もない身なりをしていた。そういえば娘の方はたしか新制大学を卒業したばかりで、どことなくやぼったかった。文枝は親身になって相談に應じ、親子の双方から気に入られた。そして仮縫のためや、出来上った品物を届けるために、時々井口家の門をくぐった。そのうちに文枝と冴子との間に、デザイナアと客というのだけではない親密な友情が湧いた。冴子は母親を小さい時に亡くし、兄や姉はもう身を固めていたので、父親の秘蔵の末娘として我儘いっぱいに育っていた。何の苦労も知らない幸福な人だ、と文枝は考えた。

しかし二人が一層親密に、まるで姉妹のようになったのは、去年の春先のまだ冷たい風の吹いている時分だった。夕方ごろ、街々に明るい灯が点き、人通りの烈しくなって行く表通りを、いつもの癖でぼんやり眺めていた文枝の眼に、不断よりひどく色の蒼ざめた冴子が、ふらふらと歩いて来るのが映った。驚いた文枝は、「どうなさったの?」と口の中で呟きながら、急いで側へ駆けつけた。手を取ると、その手が燃えるように熱かった。

「あたし何だか気分が変なの。眩暈がするのよ。」

冴子はそう言って、せつなそうに文枝に凭れかかった。文枝は彼女を仕事部屋に連れて行くと、その奥の、縫子を泊めるためのつくりつけの木のベッドに、彼女を寝かしつけた。オーヴァを脱がせようとしても、寒いからと言って子供のようにいやいやをした。熱を計ってみると四十度に近かった。

「家を出る時から気分はあまり良くなかったんだけど、歩いてる方が気が紛れるかと思ったの。それに用事もあったし。だけどもう我慢が出来なくなったの。どうしようかと思ったわ。もしあなたのことを思い出さなかったら、あたし、道の真中で倒れていたかもしれないわ。」

口だけは割に元気で、悪寒のために顫えつづけながら、文枝の手をしっかりと握っていた。その脣は乾いていた。文枝は縋りつく手をそっと外し、医者に電話を掛けた。冴子に自宅の電話番号を訊き、そこから井口市造氏の出先を調べてもらった。心当りの場所を聞いて、自分でも電話帳を繰ってあちこち問い合せてみた。しかしその所在は分らなかった。

医者が来た時に、冴子は診てもらうのは厭だと言って駄々をこねた。文枝は子供をあやすみたいに頼み込んだが、冴子はあくまで頑張っていた。しかし老練の医者は、ごく無造作に、有無を言わさず診察を始めた。もう白髪の、陽気なお医者さんで、ひどく派手な赤いネクタイを締めていた。しかし診察が進むにつれて、その眉が曇った。注射をし、手を洗ってから、文枝にそっと呟いた。

「まあそっとお宅まで運ぶことですな。どうも結核性のものらしい。こんなところまで遊びに来るなんて、とんでもないお嬢さんですよ。」

冴子はうとうとしていたから、文枝は彼女の側に附き添ったり店の様子を見に出たりした。ミシンが苛立たしい音を断続させた。冴子の父親のいるところはなかなか分らず、自分の一存で冴子を自宅まで届けた方がいいものかどうか、決心がつかなかった。夜になると餘寒が厳しくなった。

店をしまう少し前に、井口市造氏から電話がかかり、すぐ店に出向くと言って来た。文枝はほっと息を吐き、自分も帰り仕度を始めた。ふと姿見(すがたみ)を見ると、自分がひどく真剣な顔をしているのに気がついた。

「お世話をかけました。本当にあなたのお蔭で助かりました。」

冴子の父親は、上気したようにハンカチで頬を抑えながら、店の中へはいって来るなり、そう言った。わたしは何にもしてあげやしない、とその時、文枝は考えた。わたしがしてあげたのは、ただこの真剣な顔つきばかりだ。

「わたくしもお宅までお送りします」と彼女はきっぱり言った。

自動車の中にそっと冴子を抱え込むと、文枝は用意しておいた毛布で足をくるんでやり、自分のオーヴァを身体の上に着せかけた。

「あなた、寒いでしょうそれじゃ?」と井口氏が訊いた。「私のを。」

「宜しいんです」とかぶせるように言った。

某大学の法学部の教授だとかいうこの井口市造氏には、それまで冴子の父親という以外には格別の関心も覚えていなかったのに、今、娘の具合が悪くなった時に文枝に面倒を掛けたというそれだけの理由で、彼女の言いなりになっているのを見ると、何かしらんつんと眼頭のあつくなるものを感じた。自分の知らない父親の愛情をそこに想像した。冴子はがっしりした父親の肩の上に頭をもたせかけて、安心したように、かすかに車の振動に搖すられながら眠っていた。

二人が本当に仲良くなったのはそれからだった。文枝は折を見て冴子の家に見舞に行った。春の終りに、冴子はK町の療養所にはいり、文枝はそこにも足を運んだ。人間というものは、いつ、どのようにして不幸になるかしれない、と文枝は考えた。このお嬢さんのように、何ひとつ不自由がなく、のびのびと育った人にだって、運命はいつこんな残酷な試みを与えるかもしれないのだ。しかしそれでも人は生きて行く。四年前にわたしの上にふりかかった不幸でさえ、それが現在のわたしにどのように作用しているのか、誰にも分る筈がない。自分の不幸の重みに耐えきれないで、人目に触れずこぼしている涙の苦味は、他人の舌には味わえないのだ。ただ耐えて行く他はない。じっと我慢をして、過ぎて行く時間が記憶を次第に洗い流し、心の底の傷口を少しずつ癒して行くのを待つ他はない。冴子さんも、いつかはわたしのように、身に受けた打撃を忘れて生きて行くようになるだろう。

及川文枝は重くるしい気分で自分のアパートへ帰った。廊下では、どこかの部屋から洩れて来るラジオが、甲高い漫才の掛合と拍手の音とを響かせていた。文枝はハンドバックから鍵を出し、自分の部屋のドアを明けた。部屋に帰って来た時にいつも感じる、一人きりになったという安堵感と奇妙な孤独感とを、この時も痛いほど感じた。

文枝は電燈を点け、外套を脱ぎ、不断着のセーターに着かえ、それから狭いお勝手に行ってお湯を沸かした。それが沸くまで、ぼんやりと薬罐の下の青いガスの焰を眺めていた。お湯が沸いたので、自分の机の前に横坐りになり、熱いお茶を入れて飲んだ。手や足が冷たくかじかんでいたが、今から火鉢に火を熾すのも面倒だった。机に片肱を突き、またもぼんやりと、壁に懸ったカレンダーの黒や赤の数字を眺めていた。

しかし冴子さんは幸福な人だ、と文枝は考えた。あの人には不破さんというものがある。独りじゃない。不破さんは昔から、はにかみやで、一本気で、心の暖かい人だったから、きっと結婚してからも冴子さんのいい御主人になるだろう。冴子さんが病身だからといって、それで気持の変るような人じゃない。しかし不破さんはわたしを赦さないだろう。あの人はわたしを憎んでいるし、わたしもあの人を憎んでいる。あの人が今晩、あんなに素気なく帰って行ったというのも、わたしを憎んでいるからだ。しかしわたしにはどうにもならなかったのだ。昔は不破さんはわたしを嫌いではなかった。それはわたしにも分っていた。しかし心というものは分らないし、自分自身の心だって、わたし達には分らないのだ。もし次郎さんという人がいなかったなら、もしあの最初の時、妹さんの洋服を頼みに「イヅミ」に来るのに、一人きりで来るだけの勇気が不破さんにあったなら。しかしそんなことを考えて何になろう。昔、わたしは不破さんが少し好きだったし、次郎さんは嫌いだった。不破さんはわたしのこと愛していたし、次郎さんは無関心のようだった。わたしは次郎さんに、あなたは嫌いだと言った。それなのに。しかし次郎さんという人は、昔のわたしに分らなかったように、今のわたしにも分らないのだ。一体あの人は、心の奥底で何を考えていたのだろう。

それは忘れていた筈の過去、時間が洗い流した筈の記憶だった。それが今、奥村次郎の生き生きした面影となって、彼女の脳裏に浮び上った。さっき別れたばかりの不破雅之の面影よりも一層鮮かに、一層まざまざと、奥村次郎の黒い睨みつけるような眼指、尖った頤、窪んだ頬、だらりと額に垂れ下る長い髪、それを拂うピアニストのような細長い指、皮肉な微笑を湛えた脣などが、彼女の意識に覆いかぶさって来た。彼の無愛想な声が、今も文枝の耳に響いた。過去は否應なしに彼女に追い縋り、気持の悪い生きもののように、くねくねと彼女に纏いついて離れなかった。

文枝が初めて奥村次郎と二人きりで話をしたのは、上野駅に不破雅之の帰省を送ったその帰りみちのことだった。汽車が出たあと、改札口の方へ戻りながら、奥村はぞんざいに訊いた。

「文枝さんはこれから店へ帰るんだろう?」

「ええ。でもわたし疲れちゃったわ。あんまり慌てたものだから。」

「それは僕にお茶でもおごれという謎かい? 不破でなくて気の毒だ。僕は貧乏だから。」

文枝は入場券を駅員に渡して改札口を出ながら、顔を赧くした。

「失礼ね。それならわたしがおごってあげますわ。」

「ありがとう。しかし僕は女性におごってもらうのは厭だ。」

文枝は駅を出て、電車通りを広小路の方へ歩いて行った。奥村はもっそりとその側について来た。

「奥村さんはどうなさるの?」と文枝は訊いた。

「僕はアルバイトに行く。大学の受験生に家庭教師をしているんだ。それがちょっと面白い契約をしたんだが、僕が或る計画を立てたから、そいつを断らなけりゃならないと思っているんだ。自分の計画の方が大事だからね。」

「奥村さんの言うことちっとも分らない。わたしは本当にくたびれたから此所で一休みすることにします。宜しければどうぞ。」

文枝は道端の喫茶店にはいった。奥村がいっぷう変っていることは今迄にも分っていたから、多分、附き合ってなんかくれないだろうと思っていた。しかし、奥村は彼女のあとから店にはいると、平然と向い合って腰を下した。

「コーヒーを二つ下さい、」と彼女は命じた。

「ああ一つでいい。僕には水を下さい。」

「あら奥村さん、それじゃあんまり。」

「いいんでさ、僕は自分のきめた通りにしたい。」

文枝が恥ずかしがっているのに、奥村は微塵も同情しなかった。文枝は気を取り直して訊いた。

「何ですの、さっきおっしゃった計画って?」

「計画か、」奥村は眼をぎょろりと光らせた。「こいつはちょっと洩らせませんね、」そして附け足した。「いくら文枝さんにでも。」

「あら、それどういう意味?」と素早く訊いた。

「失言したかな。だからどうも女性は苦手だ。」

「おっしゃいよ、」とウェイトレスの持って来たコーヒー茶碗に口を当てながら、誘うように訊いた。

「つまりね、僕には女性の友達というものがないから、女性の代表として、文枝さんのような優しい人を考えても、こればかりは洩らせないという意味でさ。」

「そんな大事な御計画？　それじゃお姉さんになら言って？」

「いないから分らないな。」

「じゃお母さんなら？」

「おふくろもいない。駄目駄目、誰にも言えないんだから。」

「じゃ不破さんは？」

「不破か、」と言って、コップの水を飲み終り、「もう一杯、」と註文した。「不破には言いましたがね、あいつにはどうも分らなかったらしい。分らなかったのか、はぐらかしたのか。」

「とてもわたしなんかには聞かせていただけそうもないのね。じゃ、せめてそのアルバイトの話を聞かせて下さいな。」

「これは簡単だ。僕は来年、大学を受ける高校生の家庭教師を引受けてるんだが、この春、契約する時に、そいつの親父と少々奇抜な約束をしたんでさ。」

「どんなお約束?」

「なにね、月々の謝礼は相場の半分でいいから、その代りもし受かったら、来年度の僕の学資を全部出してもらうという。」

「まあ、その学生さんが落っこちたらつまらないじゃありませんか。」

「そりゃそう、つまり賭なんだな。僕は率のいい賭だと思う。」

「そうかしら、」と文枝は考え込んだ。

「そいつはもともとよく出来る子でさ。僕が教えてやらなくったって大丈夫受かるかもしれない。」

「奥村さん、さっき断るとか何とかおっしゃったんじゃなかったかしら?」

「そう。今晩行って断って来る。」

「どうして? 折角の賭なのに結果が分りもしないのにお断りしたんじゃ。」

「だから、計画の方が大事だというわけでさ。」

「何か差障りがおありになるの?」

「うん、まあね。」

「分らないわ、わたし。」

「そりゃ分らないだろう。」そう言って奥村は少しばかり微笑した。この人はまるで惜しむみたいな笑いかたをする、と文枝は思った。

「さっきお姉さんもお母さんもいらっしゃらないって、おっしゃったでしょう？　他にどなたか？」

「ああ誰もいない。さっぱりしたもんだ。」

「あら、あなたのお名前、次郎さんでしょう？　じゃお兄さんが？」

「兄は戦死した。親父は前に死んだし、おふくろは兄が戦死した公報がはいって、暫くしてから急に弱って死んじまった。」

「それじゃ次郎さん、お寂しいでしょうね？」

不意に親密な気持になって、相手を次郎さんと名前で呼んだ。そして附け足した。「わたしも一人きりなんですの。親も同胞もありませんのよ。」

しかし奥村次郎は、手で髪を掻き上げ、眉をひそめたなりぼんやり考え込んでしまったから、文枝の言った言葉を耳にしたかどうかは分らなかった。喫茶店の中のわざと薄暗くした照明の下で、深い彫の出来ているその顔は、年よりもひどく老けて見えた。文枝が何とか言葉を掛けようとした時に、相手は意外なほど明るい声で話し出した。

「伊豆の西海岸にO岬というのがある。文枝さんなんか知らないだろうね？　そこの近くの部落に僕の伯父や伯母が住んでいるんだ。海辺でね、一年中暖かくて、今頃になると蜜柑山に蜜柑が色づいて来る。段々畠に沿って道を登って行くと、いい加減汗をかいた時分に墓地に出る。そこが僕んとこの一族の墓地で、みんな奥村っていうんだが、古びた墓石とか卒塔婆(そとば)とかが、やっぱり段々になって散らばっている。墓の廻りに、O岬から運んで来た、よく波に洗われたすべすべした丸石が敷いてあるんだ。あたりには蜜柑の木が茂っていて、下の方に海が白く光って見える。いいところだよ、文枝さん。文枝さんに見せてあげたい位だ。そこにね、僕の親父もおふくろも兄貴も、みんな眠っているんだ。死者というものは平和なものなんだなあ、もう何の苦労もない。永遠の時間、成長しない思想、停滞した意識。生きていく人間の一切の煩いは、海辺の墓地の静けさに如(し)かないんだ。」

奥村はぽつんと話を止めると、「僕、これから行って断って来なくちゃ、」と言った。

そしてすっと立ち上ると、軽く会釈をして店を出て行った。「待って、次郎さん。」文枝は大急ぎで勘定を済ませて通りへ出たが、奥村次郎はもうどっちへ行ったものか、影も形もなかった。失礼な、と文枝は思ったが、何かしら佗びしい、ひっそりした気持が餘韻のように残っていた。黄ばんだ蜜柑の茂る段々畠、遠くに海の見える墓地、そして自分勝手なお喋りをして、行ってしまった大学生……。文枝はその時になって、不破雅之のために妹さんの洋服を駅まで届けに行ったのに、そのあと、彼のことはすっかり忘れていたのを思い出した。

今も、及川文枝を捉えているものは、うら寂しい、ひっそりした気持だった。わたしは一人きりだ、むかし次郎さんが一人きりだったように、と彼女は心の中で呟いた。そうすると、あの時人込の中にまぎれこんだ次郎の姿を眼で探しながら、ふと、汽車で立った不破雅之のことを思い出したように、今も彼のことを思い出した。不破さんには両親もある、結婚した妹さんもある、婚約者もある。しかしわたしは一人きりだ。その想いは、冷たくなった手のように心の中をも冷たくした。

文枝は両手をこすり合せながら、机から離れた。今夜は銭湯に行ってから寝ようと考えていたのだが、今さらお風呂へ行くのもおっくうだった。お勝手に行って明日の朝のお米を研ぎ、部屋の中をざっと掃いてから蒲団を出して敷いた。それから鏡台の前に坐って、髪にピンカールをし、クリームで顔を拭いた。鏡に映った顔は、他人のようにそっけなく無愛想だった。どう、素敵なかたでしょう？　と冴子さんは言った。素敵なのは冴子さんなのだ。あの人は若いし、自分で自分を美しくすることが出来る。わたしには自分を美しくするだけの情熱もない。むかしああいうことがあった以上は……。

文枝は着ているものを脱ぎ、寝衣に着かえて蒲団にはいった。蒲団の中は冷たかった。枕許のスタンドに灯を点け、読みさしの本を傍らに持って来ておいたが、それを開く気にもならなかった。手足を縮めながら、わたしは一人きりだ、とまた呟いた。その考えは、強迫観念のようにしょっちゅう彼女をおびやかした。もし病気にでもなったら。彼女は冴子のことを考え、不破雅之が立派な医者になったことを考え、それからふと叔母が盲腸になって入院した時のことを思い出した。それも思い出したくない過去の出来事の一つだった。

不破雅之が妹の結婚式から戻って来て、半月も経たない頃だったろうか、「イヅミ」洋裁店の女主人が不意に前屈みになって苦しみ出した。この小さな店は女主人の他には文枝がいるばかりで縫子(ぬいこ)は通いだったから、文枝は自分で医者を呼んだり薬を取りに行ったりしたが、医者が胃痙攣と誤診して患部を暖めたために苦しみは一層つのった。

「母さん、盲腸じゃないかしら? どうも変よ、」と文枝はおろおろして叫んだ。「ねえ、不破さんに頼んで病院で診てもらいましょうよ。」

女主人は返事をする気力もなかったから、文枝は大学や附属病院や、あちこちに電話を掛けて不破を呼び出した。不破は、まるで待っていたように万事をうまく取計らってくれ、その夜おそく、大学の分院で手術が行われた。文枝は手術の間じゅう、隣の控室でぶるぶる顫えていた。不破が側について、何かと慰めてくれたが、文枝の不安はいっこうに去らなかった。もし叔母さんまで死んだらどうしよう、と考えていた。

及川文枝は、彼女のまだ小さい時に死んだ父親の顔を覚えていなかった。父親がよく自分を肩車にのせて部屋じゅうをぐるぐる廻り、それが面白くてきゃあきゃあ騒いだことや、母が側から「女の子ですのに、女の子ですのに、」と言って心配したことなどを、うろ覚えに覚えているだけだった。その母は彼女の女学生時代に死んだから、それからは母の妹の手に引取られた。独身を通して洋裁店をやっているこの叔母を、彼女は母さんと呼んだ。二人はひと目には本当の親子のように見えたが、もし本当のお母さんならという気持が、文枝の心の底にどこか蟠っていた。彼女は芯から甘えることを知らなかった。

手術は順調に終り、叔母は病院に十日ほどいた。その間、文枝は店と病院との間をこまめに往ったり来たりした。不破は毎晩のように病室に遊びに来た。奥村も時々は顔を見せた。

「どうして次郎さんの方はたまにしかいらっしゃらないの?」と文枝は訊いた。「母さん退屈だものだから、次郎さんの佛頂面だって来てくれた方がいいって。」

「僕は不破みたいに暇じゃない、」と奥村は答えた。「家庭教師にだって行かなくちゃならないし。」

「あら。断るっておっしゃったんじゃなくて?」

「向うでうんと言わないんだ。だから計画を実行するまでは行ってやることにした。」

「あら、例の計画ね、」と文枝はにこにこした。「どうですの、計画すすみました?」

「まあね。」

「あいかわらず秘密なの? 誰にも?」

「そりゃそうさ。家庭教師を断りに行った時も、向うの親父が、その計画とやらを説明してもらわなくちゃ契約不履行だなんぞと言うものだから、ついね。その計画を援助しようなんて、気のいい人だ。」

「してもらえばいいじゃありませんか。」

「それが、独力でやる他にやりようのない計画なんだ。」

「変な人ね、次郎さんて。」

そこに、側で微笑していた不破が口を挟んだ。

「その計画てのは、君がいつか聞かせた超人哲学かい？」

「おい、」と急に蒼ざめた、緊張した表情になって、奥村が不破に怒鳴りつけた。「あれはあの時だけのことだ。文枝さんに洩らしたら承知しないぞ。」

「大丈夫だよ、」と不破は笑った。「僕だってもう忘れちまったよ。」

しかしその時の奥村次郎の殺気を帯びた、鋭い表情を、文枝は後になっても時々思い出した。つまらないことばかり思い出す、と文枝は考えた。彼女は寝返りを打ち、本を読むのは諦めてスタンドの灯を消した。部屋の中が暗くなると、カーテンを越して街燈の明りが仄かに差込んで来た。彼女はあたたまった両方の手で、自分の身体を抱くようにした。掌が、寝衣を通して、身体の起伏を人体模型のようにゆっくりと撫でた。その身体は、彼女の意志とは別のところで生きていた。

それは叔母が退院する前の晩のことだった。叔母は手術が辛かったと言ってこぼしていた。

「厭だわ、盲腸なんて、」と文枝が言った。「わたし絶対に盲腸になんかならないわ。」

「そんなことを言ったって文枝さん、」と不破が笑った。「こればっかりはしようがないよ、病気だもの。」

「いや、厭だわ。恥ずかしいわ。」

「馬鹿だな、」と今度は奥村が口を挾んだ。「死んだ方がいいのかい？」

「いいわよ、死んだって。」

「よし、そんなら文枝さんが盲腸になったら、僕が手術をしてやろう。」

「厭なこと、誰が次郎さんなんかに。」

「駄目だ、どうしても僕がする。」

文枝は真蒼になって奥村を睨んだ。奥村もぎらぎら光る眼をしていた。もしわたしが盲腸になったら、と一瞬のうちに文枝は空想した。きっと母さんはこの人たちに手術を頼むだろう。そうしたらもう逃げようはないのだ。

「だって次郎さんはまだ学生でしょう？」とやっとそこに気がついて、ほっとした。

「それじゃ早く卒業するよ。」

「それに外科だかどうだか分りゃしない。」

「文枝さんのために外科を志望する。」と真面目な声で奥村が言った。

文枝はまた蒼くなった、涙声で、「厭よ、お願いだから、」と呟いた。

不破が、「おい奥村、もうよせ、」と言った。

急にけたたましく奥村が笑い出した。

「冗談だよ、冗談だよ。何だ文枝さん、本気にしたのか。」

「だって、」と言いかけて、文枝の眼から涙が一しずく落ちた。

「冗談にきまってるじゃないか。僕にそんな大胆な真似が出来るものか。それに文枝さん、盲腸になるときまったものでもないさ。」

「じゃ、絶対に次郎さん手術しない？」

「大丈夫、約束する。」

「不破さんも？」

「僕も約束します。」

文枝はやっと少し笑った。しかし身体がまだ少し顫えていた。

今、蒲団の中で、あたたまった身体を両手で抱きしめながら、文枝が思い出すのはその頃の彼女の恐怖だった。もし盲腸になったら。――その想像が夢にまで彼女を追い掛けて来た。暗い手術室の中に彼女は連れて来られる。着ているものは全部脱がされ、手術台の上に仰向に寝かされて、手足をくくりつけられる。無影燈が彼女の白い身体を照し出す。「厭よ、厭よ、」と夢中になって叫ぶのだが、声は出ない。暗闇の中に、二つ並んだ眼だけが、幾つも幾つも彼女の裸身を見詰めている。そのうちの一対、目瞬きもせずに彼女を睨んでいるのは、奥村次郎の眼だ。「ひどい、約束したのに、」と彼女は叫ぶ。そしてうなされ、或る時は母さんに揺り起されて、冷汗を流しながら目を覚ましたものだ。

今は？　今でも時たま文枝はそれに近い夢を見る。しかし彼女の感じる恐怖はもっと別のもの、もっと暗い、限定しがたい、破壊的なものだ。昔は裸を見られるのさえ恐ろしかった（手術そのものが怖いよりも、何倍かその方が恐ろしかったのだ）。今は横になると、裸を見られるだけでなく、誰かの手でこの身体を抱きしめ、押しつぶし、虐げてもらいたいような気がする。自分の身体が強力な万力（まんりき）に掛けられて、砕かれ粉々にされ、この意識までが虚無の彼方へ運び去られたならば、どんなにかいいだろうと思う。意識、――それはもう彼女自身のものとは言いがたい、暗黒からの呼声だった。それは暗い夜そのものだった。

わたしは眠られそうにない、と文枝は呟いた。何か別のことを考えなければ。そしてふと、冴子さんはもう眠ったかしらと考えた。

4

今晩はどうも眠れそうもない、と井口冴子はひとり呟いた。文枝が帰ってしまったあと、家の中はひっそりと静まり返り、虫の鳴いている声が此所まで波音のように響いて来た。何だか興奮しているようだったので、熱を計ってみたがいつもと変りはなかった。他にすることもないし、そろそろ電燈を消さなくちゃと思った。しかし女中を呼ぶのも面倒だったし、自分で起きて消すのも、寒そうだから厭だった。それで明るい部屋の中で、首を横に向けたまま、足の先で湯たんぽを玩具にしていた。

本当は今晩はもっと愉しく過せるつもりだった。文枝がこの頃ずっと、忙しいと言って遊びに来てくれないので、わざわざ手紙を書いて呼び寄せたのだ。此所で不破さんと落ち合わせて、二人して面白い話でも聞かせてくれたなら、寂しい気持が少しは紛れるだろうと思った。しかし、あの二人が前からの識合だったという、びっくりするほどの事件があったにも拘らず、二人とも意外なほど素気なく、不破さんはさっさと帰ってしまうし、及川さんはそのあと、気の進まない、重い口の利きようをした。なぜだろう、久しぶりに会ったのなら、誰だって心がはずんで、嬉しさが顔に現れて来るものだ。あの二人は、どっちも、困ったような、一刻も早く逃げ出したいような様子だった。あたしの前では話の出来ないわけがあったのだろうか。あの二人は昔は恋人どうしで、喧嘩別れでもしたのだろうか。

不破雅之は冴子の婚約者だった。が、恋人ではなかった。冴子の父親とは高等学校時代からの親友だという榊原博士が（この二人は現在でも仲の良い碁仇で、週に一度くらいは顔を合せて烏鷺を戦わせた）ひどく乗気になって彼女と不破との婚約を取り極めてくれた。父親も悦んでいたし、冴子も不破が嫌いではなかった。春ごろ、婚約がきまってから、冴子は一人で鏡を見る度に自分の脣が嬉しげにほころびているのに気がついたものだ。幸福な、それでいて切ないような気持がした。しかしその時でも冴子は、不破さんは婚約者で恋人ではないと思っていた。彼女がK町の病院に入院してからも、不破はしげしげと見舞に来たし、以前よりも眼に見えて親切に、もっと彼女を大事にいたわるようになった。しかし彼女の気持は変らなかった。恋人というのはもっと別のものだ。もっと胸のどきどきする、もっと秘密のある、もっと不安なものだ。現在のような愛は生ぬるかった。それはパパが好きだというのと大した違いはなかった。彼女が思い出すのは、まだ大学生だった頃、或るダンス・パーティの帰りに、友達の男の学生が彼女に素早い接吻を与えた時の、自分の顚倒した心持だった。彼女はその友達が大して好きだったわけではない。しかしその時、あたしは今生きている、生きている、と叫び出してしまいそうなほど、彼女の心は燃え上った。それが愛するということなのだ。その後、その友達と彼女との間は、何ということもなく褪めてしまった。心は再び燃え上らなかった。しかしそれでもよかった。生きることへの願望にも似た、愛することの憧れが彼女の心の底でくすぶっていた。一度でもいい、烈しく生きたならばそれだけで死んでもいい、――彼女はそう思った。それが病気になってからも、あの厭な診察や、苦しい手術や、遅々とした予後の間に、彼女を生かしめている情熱だった。

玄関のベルが短い間を置いて二回鳴った。

パパが帰って来た。冴子は顔の向きを変え、障子の方を見詰めて待っていた。玄関で話声がし、重い跫音が廊下を踏んで近づいて来た。

――パパ、お帰んなさい、と障子が明く前からもう呼び掛けた。

――まだ起きていたのかい？　どうだったね、具合は？

父親は冴子の枕の側にゆっくりと胡坐をかき、もう遅いのに、と呟いた。井口教授は若い頃長くイギリスに留学していたから、今でも畳に坐る時はひどく窮屈げに膝を曲げた。榊原博士と碁を打つ時でも、椅子に腰掛けて勝負を争った。たまに碁会に出掛けて帰って来ると、今日は坐らされたからそれで負けたんだ、と娘に愚痴をこぼした。どうも坐ったんでは苛々して考えが集注しない、と言訣を言った。

――パパ、今日も碁なの？　と冴子が訊いた。

――いや、今日は会があってね。どうして？

――今晩は早く帰って来てほしかったから。

――そうそう、今晩お客だとか言っていたね。誰だったっけ？

――及川さん、それに不破さんもいらっしった。

――そうか、それは残念なことをした。及川さんは元気だったかね、相変らず忙しいんだろう？

――それがね、パパ、ビッグ・ニューズなの。及川さんと不破さんとはお識合なのよ。

――そうかい、どういうんだい？

――それが分らないの、教えてくれないのよ。あたし、どうも恋人どうしだったんじゃないかと思うんだけど。

冴子の無邪気な顔を、父親は眉に少し皺を寄せて見詰めた。

――不破君のことは確かな人物だと榊原が念を押していたから、そんなこともあるまいよ。いずれ榊原にもよく訊いておこう。

――あらパパ、あたしちっとも嫉妬してるわけじゃないのよ。そんなこと訊かないで、恥ずかしいわ。ただあたしが想像してみただけ。

——病人はそういうことに気を使うものじゃない。

——そうかしら？　でも退屈が紛れてよ。あたし今度、不破さんに白状させてやるわ。及川さんだって、きっと教えてくれるでしょう。

——失礼にならないようによく注意するんだよ、と父親は穏かに言った。さあ、私は引上げよう。冴子ももうお休み。

——お休みなさい、パパ。ついでに電気消して行ってね。

父親は天井の電燈のスイッチを捻ると、部屋を出て行った。

可哀そうなパパ、パパはあたしがそんなに不破さんにしがみついているると思っているのかしら。冴子はそう考えて、暗闇の中で微笑した。不破さんは何でもない。あの人とあたしとの間には、フィアンセという一つの名称があるだけだ。それは愛じゃない。婚約があって愛が生れることだってあるだろうけど、愛があって婚約が出来る方が本当だ。あたしは不破さんなんか何とも思っちゃいない。あの人は優しくて、丁寧で、お医者さんとしては申し分がないけれど、しかしあたしの心の中の苦しみとは何の関係もない。あたしの心の中を診察することは出来やしない。あたしの苦しみはあたしだけのものだ。他人には分らない。

心臓が気味悪くどきどきいい始めた。こんなことを考えてはいけない、と冴子は思った。興奮すれば寝つきが悪くなる。そうすると長い、不眠の夜が待っているのだ。ひょっとするとそれは今晩かもしれない。息が苦しくなる、脈が速くなる、まだ病巣の残っている肺が急に悪化する。血管が切れる、血が咽喉で凝固する、心臓が打たなくなる、……そして明日の朝、パパが、ゆうべはあんなに元気だったのにと言って嘆くだろう。

しかし大丈夫だ、あたしはもっと生きる。冴子はそう呟く。そうすると心臓が次第にいつもの鼓動に戻って行く。どんなにか生きたいと彼女は思う。あたしはまだ若い、まだ大学を出たばかりで人生なんか少しも知ってはいない。人生というのは、色んな、不思議な、素敵な、神秘的な事件に充ち満ちているのだ。あたしは何にも知らない。不破さんや及川さんにはそういうものがある。あの二人の間には、事件というものがあり、過去というものがある。それが何なのかあたしには想像もつかないけど、（昔のことだ、不破さんは大学生だったし、及川さんは昔もデザイナアだったのだろう。一体どういうことがあって、あの二人は識合になったのだろう？　音楽会で？　ダンス・パーティで？　車が衝突して？）とにかくあの人たちは生きて来たのだ。あたしとは違ったふうに。もっと生きて、働いて、旅行したり、仕事をしたり、遊んだりして。あたしはただ寝ているだけだ。こうしてじっと寝ている間に、あたしの肺の中では結核菌が生れたり死んだりしている。その眼に見えぬ、バクテリアの生命が、あたしの生命とつながっているのだ。あたしは生きたい。もっとのんきに、もっと自由に、あたしらしく、生きたい。

冴子は暗闇の中で眼を開いた。どこかの部屋で、柱時計が時刻を打っているのを聞いたが、最初のうちを数えそこなったので、今が何時(なんじ)だかは分らなかった。あたしはきっと今晩も遅くまで眠れないだろう、と彼女は考えた。

5

不破雅之はその頃、「イヅミ」洋裁店で働いている一人の若い娘に夢中になっていたから、友人の奥村次郎が危険な計画を立てていることに気がつかなかった。奥村がその話を始めた時も、何等の予感もなしにそれを聞いた。不破には彼自身の計画があり、どのようにして「イヅミ」の彼女（その頃、アメリカの映画女優ジョーン・フォンテーンが人気があったから、不破は「イヅミ」のフランス語に因んで、彼女のことをフォンテーン嬢と渾名していた）、そのフォンテーン嬢と識合になろうかと思って、頭を悩ましていた。不破は大学への往き帰りに店の前を通った。朝は店がまだ明いていないこともあり、また彼女がせっせとお掃除をしていることもあった。が、帰りには大抵、机に向って手を動かしていたし、ぼんやり窓から外の通りを見ていることもあった。そういう時、不破は自分の心臓が奇妙に鳴り始めるのを感じた。店に客がいて、彼女がこちらに背を向けている時など、舌打ちしたいほどの気持だった。秋で、並木の銀杏が次第に黄ばんで行く季節だった。一方には妹の結婚が間近に迫っていて、何を贈ったらいいかという問題もあった。それやこれやで、大学でしょっちゅう奥村と顔を合せても、相手の気持に格別今迄と違ったところがあるとは思わなかった。寧ろ相手から「浮かない顔をしているね、」と訊かれて、フォンテーン嬢のことを少しばかり洩らした。奥村は「君はよっぽど暇なんだな、」と言って笑った。彼は不断から女性には何の関心もないと公言していた。

妹の洋服をフォンテーン嬢につくってもらうという、天来の妙案が浮んだあとも、不破にはそれを決行するだけの勇気がなかった。彼は奥村に、聞いてもらいたい相談があると言って、放課後に運動場の横を通って池の方へ連れ出した。夕闇のそろそろ迫って来る時刻で運動場の方から喝采の響が追い掛けて来た。二人は池の側に腰を下した。彼が奥村次郎の計画というのを聞いたのはその時だった。

「僕も君に聞いてもらいたいことがあるんだ、」と奥村が言った。「君の相談てのはどうせフォンテーン嬢のことだろ？　僕のは人生論的大問題だから、一つ僕のを先に聞いてくれ。」

「いいとも、」と不破は軽く答えた。

「僕は実は計画を立てて実行しようと思うんだが、その前にまず動機から話さなければならないだろうな。一つ明晰に、簡潔に話そう。第一にこういうことを分ってもらいたい。僕は絶望しているわけではない。絶望というのは死に至る病だが、それは意識の中に暗黒の部分があって、それが次第に可能性を侵蝕して行く過程だ。僕は絶望してはいない。戦後のこの日常というのは明かに絶望的で、殺人、自殺、強盗、強姦、とにかく新聞の三面記事にはろくなことは出ていない。そういう社会的状況の影響で、僕等は多かれ少かれ絶望的な空気を呼吸しているが、しかしこの僕の内部に於て、可能性は鎖されているわけじゃない。幸いにして僕は基督教の洗礼を受けていないから、原罪の恐ろしさを知らない。従って罪の意識もない。罪の意識によって生じる不安もない。僕の心は、この秋の夕暮のように、澄み切った、冷やかな、透明な空気だ。分るね？」

「分るよ、」と不破は答えたが、相手が何を言い出そうとしているものか、見当もつかなかった。

「秋の空気、こいつは幸福感だ、つまりこいつは理性なんだ。僕は身体の隅々までこの理性なる空気によって洗われているように感じる。これは大事な点だから覚えておけよ。僕は絶望しているわけでもなく、また絶望的状況にいるわけでもない。ひどい失恋をして世界が真暗になったとか、兵隊に取られるとか、必死の病気にかかったとか、一文なしになったとか、それから何があるだろう、とにかく僕はそういう不安、失望、生命の危険、といった状況にはないんだ。僕は両親はいないが親戚はいるし、どうやらこのままで行けば大学を出て医者になれるだろう。また戦争が起れば起った時の話、今から心配しても始まらないやね。だから現在の僕は、充分に正気で、理性的な物の考えかたをしていると言えるだろうね？」

「奥村、一体何の話だ？」

「待て待て。これからが本筋だ。僕が正気だということ、これがシネ・クア・ノン、つまり絶対的條件なのだ。その條件のもとに、僕は自分を神にしようと考えた。超人、と言ってもいい。」

「何を馬鹿げた……。」

「そう来ると思った。超人、古いかなこの言葉は？　人神でもいいんだ。とにかくニーチェも考えたし、ドストイエフスキイも考えた。僕だって考えたっていいわけだ。で、僕は僕流に考えた。いや待て、僕の考えは、考えたと過去形で言えるほど完成したものじゃない、キリーロフだって、彼がその人神の思想を述べたてるのは自殺する直前じゃないか。僕はそれを現に考えている最中だ。よく考えてこれから結論に達しようと思うんだ。そのために計画というものがある。時に、君はドストイエフスキイの『悪霊』は読んだかね？」

「読んだ。しかしそれじゃ君の計画というのは？」

「待て、そんなに先廻りをしちゃいかん。黙って聞いていてくれ。そういうわけで僕にはまだ結論はない。しかし或る点まではキリーロフと同意見だ。僕には、あの『悪霊』という小説を読んで魂をゆさぶられたとか何とか言いながら、自殺しないで生きている奴を見るとおかしくてしようがないよ。あの甘い『ウェルテル』を読んでさえ死んだ奴がいるんじゃないか。」

「それは奥村、小説じゃないか。だいいちキリーロフがあの小説の主人公というわけでもないし。」

「しかしキリーロフは、つまりドストイエフスキイの根本思想の一つだろう？　あの人神の思想を考えついた時に、ドストイエフスキイは自殺してしかるべきだったのだ。それにまさる光栄はなかった筈だ。しかしキリーロフが、一番初めに神はないという自覚を持ったことを証明するために、自殺する義務があったのと同じように、ドストイエフスキイはこの人神の思想を人に傳えるために、生きる義務があると考えたんだ。これは間違った論理だった。自らを神にするためには、誰もがそれを自分で考え、自分で気がつかなければならないんだ。大事なことは、その思想が借りものでないということだ。キリーロフの根本思想、神はない、従って自分が神だ、これだけの簡単なことだって、自分が気がつくとなれば大変なことだ。僕なんかは、ドストイエフスキイのお蔭で、ここのところを公理として受け入れることが出来るんだからね。」

「それじゃ君の考えはキリーロフとは違うわけなんだね？」と不破は訊いた。

「これから先は僕の考えだ、」と奥村は熱心に言葉を続けた。「これは何度も言うようにまだ結論じゃない、しかし僕は或る点まで、自分の考えを他人に傳えられるだろうと思う。こういう考えに客観性があるかどうか、それがこの計画を君に話してみる気になった原因なのだ。どこから話そう。……まず、僕は医学部の学生だ。医学の研究に従い毎日のように教授の廻診のあとにくっついて歩き、色んな患者を見ている。医学というものは日進月歩だが、それでも現代医学を以てしても不治の病は沢山にある。不治の病に罹った病人は勿論のこと、ほんの軽い風邪ぐらいの病人でも夢中になってやれ診断だ、やれ注射だと言って騒いでいる。なぜだろう？」

「そんなことは当り前だ、」と不破は思わず笑った。「そのための医者だよ。」

「しかしなぜだろう？」と奥村は真面目に繰返した。「要するに病気が怖いのだ。言い換えれば死ぬのが怖いのだ。病気というのは、生（レーベン）に蝕（しよく）がかかることだ。それは死に至るものだ。だから病気で大騒ぎをするのは、要するに人間が生きたいということだ。しかしなぜそんなに生きたいのだろう？　それほど生きるに値すると思って人間は生きているのだろうか？」

「僕には分らないよ、」とあやまって、不破はかすかに身顫いした。夕闇が濃くなって、池の水の表が次第に暗くなった。あたりは冷え冷えとして来た。彼はマッチを摩って煙草に火をつけ、奥村の議論好きにも困ったものだと考えた。

「人間にとって死後は分らない。天国、煉獄、地獄の考えにしたって、地獄極楽にしたって、それは単なる空想にすぎない。誰が地獄に行くのが怖いから従って死ぬのが怖いと考えるものか。死ぬことそのものが怖いのだ。天国に行けると分っている善人でも、死ぬのは怖いのだ。なぜだろう。恐怖というものは存在の根本感情だ。しかし本能とか、生への執着とか、そういう考えは馬鹿げている。問題は死が不可解な点にある。死が何であるか、誰にも分っちゃいないのだ。人間が見るのは、単に他人が苦しんで死んで行くその外側の現象だけだ。苦悶の形相を見て、類推によって死ぬのは苦しいものだと判断して怖がっているのだ。しかしたまには、楽々と嬉しそうに死んで行く奴もいるじゃないか、そこにどんな違いがあるのか。苦しいことは人生には沢山あるよ。歯の痛いのだって苦しいし、失恋だって苦しいだろう。それと知死期(ちしご)の苦悶と質的にどう違うのか。要するに、それは死が人間にとって不可解だという点に起因しているのではないか、不可解であるから恐ろしい。ということは逆に言えば、彼等の生きて来た生(レーベン)が、不可解だったということになる。それは恐怖を以て恐怖を測ることだ。彼等は充分に生きなかった。或いは、充分に生きなかったという自覚があった。生きることの終りに達した時に、彼等には、この生(レーベン)は尚常に不完全なもの、より充足されるべき筈のものだった。つまり(a＋b＋c……)と幾ら足して行っても、それは死というXまでには大きくならない。Xは未知数であり、同時に無限大なのだ。そこでもし、人間が神であることが分り、神である意識を持つことが出来れば、その瞬間に、(a＋b＋c……)は最後に無限大を加え、Xなる無限大に匹敵し得る。その時には、最早、未知なものへの恐れは消滅し、明智を以て明智を測ることになる。なぜなら、死はその時、彼が神であること、即ち無限大であることの最後の証明なのだ。無限大を足すことによって無限大になるのだ。但し、條件が一つある、それはこの場合、死は、必ずや自分で選んだものでなければならないということだ。」

「それはなぜだい?」

「なぜならば、彼は神だからだ。神は運命を創るものだ、創られるものじゃない。」

「どうもよく分らないな、」と不破は言った。

「我々の生というものは、要するに積み重ねだ。経験に経験を、智識に智識を、意識に意識を、……しかしどんなに積み重ねても、それは無限大にはならない。百年長生をすればいいということじゃない。明晰な神としての意識で一日を行動すれば、それだけでもう充分なのだ。つまり時間がこの場合問題なのじゃなく、瞬間が問題なのだ。キェルケゴールも言ってるように、瞬間は本来、永遠の原子として理解された。それは時間に於ける永遠の最初の反射であり、時間を停止させるその最初の試みなのだ。神が天地を創造する時には瞬間があったのだ。それは時間が始まるための初めの瞬間であり、永遠が終るための終りの瞬間だった。一人の人間に於ても、彼が神であるためには、瞬間によって永遠にはいるほかはない。生の終りの瞬間は、即ち死の初めの瞬間であり、そうすれば神である意識はそのまま死にもつながるのだ。こういう瞬間が、つまりマホメットの甕だ。キリーロフが、永久調和の存在を直感すると言った数秒間だ。そういう経験を持った人間だけが、生きたという自覚を持つことが出来るのだ。しかし僕に言わせれば、この瞬間が単なるインスピレーションとしてあっただけじゃ駄目だ。僕にとって、問題はいかにして、この瞬間を意識の内部に持続させるか、いかにしてそれを持続させたまま、それを明智の光に照し出したまま自殺するか、この二点にあるんだ。」

「しかし奥村、」と不破が訊いた。「どうして神であるという意識が君に生れたんだ？」

「それは神がないからだ、」と事もなげに奥村は答えた。「僕はこのあいだ、一晩泊りで伊豆の僕の故郷に帰った。その日殆ど一日じゅう、僕の一族の墓地に行って、石の上に坐って過した。秋の陽が海に当ってきらきら光っていた。その時僕には神はないということが自明の理として分ったのだ。そこにはもう時間というものはなかった。死者たちの間にいて、僕は自分が、思考する限りに於て神であると分った。死者と僕とは何の関りもない。死者は灰だ、骨だ、土くれだ。死者は虚無で僕は永遠なのだ。僕が生きているということ、神の意志の働かない世界に於て生きているということ、それは僕の意志が僕を充足させる僕だけの世界に、僕が永遠にあるということだ。その時の僕の感動を、僕はうまく説明できないな。ただ、その時の明智に照された意識の状態で自殺できたら、僕は自分の意志の完全な実行者となって、そのまま神になれたのだ。残念なことをした。」

「どうしてやらなかったんだ？　やっぱり怖かったのかい？」と少し気持にゆとりが出来て、不破はひやかすように訊いた。

「そうじゃない。そこで死んだんでは単に衝動的な発作にすぎなくなる。そこが僕にとっての大事な点だ。それともう一つ、僕にはもっと考えなければならない問題があった。そこから僕の計画というのが生れて来るんだ。」

「そうそう、それを聞くのが眼目だった。」

「僕は海辺の墓地に一日いて、こう自分にきめた。この明晰な意識を持続させて、百日目に自殺する、と。」

「百日？」

「そうだ。日を繰ってみたら、ちょうど来年の一月十八日だ。その日、僕は自殺する。」

「本気なのか？」

「どう見えるかね？」

あたりはもう暗くて、黄昏の光の残った空が池の上に反射していた。奥村の顔はやや微笑を含み、本気なのか冗談なのか見分がつかなかった。

「しかし、しかしなぜ百日待つんだ？」と不破は訊いた。

「そこだ。僕は自分が神だということの意識を、まだとことんまで追い詰めたわけじゃない。もしあの時、あの墓地で死んでいたなら、僕は恐らく恐怖も不安も知らず、幸福な気持で生命を断っただろう。それはそれでよかった。しかしもし僕が神なら、恐怖とか、絶望とか、そういった一切の悪を乗り超え、なお自分の意志を確信して、その上で死ぬのでなければならない。

瞬間ではなく、持続した瞬間でなければならない。自分の意志を自分に試みなければならない。僕の信じるものは僕自身の絶対自我だ。そして僕が自由に扱える実験動物は、この僕だけだ。だから僕はこの百日という期限を限ることで、自分の限界状況を自分で創る。毎日自分を死の認識と向い合せ、そこに恐怖を起させ、その上で、その恐怖を超える自分の意志を更に前進させるつもりだ。僕はいつだって、ここに青酸加里を持っているんだ。」

奥村はそう言ってポケットの上を叩いた。不破は少し蒼くなった。

「百日経たないうちは安全なわけだな？」

「いや、百日目に死ぬといったって、その一日一日に於て死を乗り越えるのだ。どの一日も、百日目の最後の恐怖に匹敵しなくちゃならない。」

「一体その恐怖てのは何だい？　君のような人間でもやっぱり怖いのかい？」

「そりゃそうだ。死は未知数だし、僕は生(レーベン)の未知数をまだ解き終っていないんだからな。ドストイエフスキイはシベリアに流されて、すんでに死刑になるところだった。その恐怖が『悪霊』のキリーロフを創ったんだ。僕にはそういう経験はない。だから自分を限界状況に投げ込むために、この百日の計画を立てたんだ。一体、人間が自分の意志をためすとしたなら、それも衝動的にではなく、常に明かな理性を保って実行するとしたなら、考えられるものは三つの悪、これ以上はないという悪、つまり殺人と、強姦と、自殺、この三つきりだろう。そのどれもが、人間が神であることの証明になり得る。しかし僕は、最高善と最高悪とを兼ねている天なる神の、小さな雛形に自分をするつもりはないから、殺人と強姦とは願い下げだ。僕は僕自身を材料にするだけだ。もし僕がナポレオンなら。」

「ありがたいことに君はナポレオンじゃないよ、」と不破は言った。「君は単なる奥村次郎さ。しかしどうもその話は無気味だね。」

「もし僕が世俗的モラルに毒されていなければ、まず手初めに君を毒殺するところだ。」

不破は笑った。やっとそこで、すべてを冗談にして笑うことが出来た。

「やれやれ、僕が毒殺されて君が神になったら、僕は君のとこに化けて出るよ。」

不破は尚も笑いながら、立ち上った。「寒くなった。神さまも腹が減っただろう。時に僕の話の方は、まことに世俗的で気の毒なんだが……。」

不破は話をしながら図書館の方へ坂道を登って行った。奥村は直に承知した。

それは十月の中旬だった。次の日の夕方、二人は洋裁店の「イヅミ」へ行った。

下旬に不破は山形の郷里へ帰り、三日ほど滞在して東京へ戻った。

十一月の中旬に「イヅミ」の女主人が盲腸で大学病院に入院した。

不破雅之にとって、それは文枝と近しくなるための決定的な事件だった。彼は悦んでその手続きを引受けた。その晩は、文枝と共に手術の終るのを待ちながら、彼女に力をつけてやった。

文枝がおどおどと色蒼ざめているのを見ると、ついこの間結婚したばかりの妹の嬉しそうな顔が、反射的に浮んだ。二人とも同じ背恰好だったが、妹は陽気で明るく、文枝は翳のある憂わしげな眼指をしていた。もし彼がそんなにも熱心に文枝の一挙一動に惹かされていたのでなければ、彼は親友の奥村次郎の洩らした計画に、もっと注意深く眼をくばっていただろう。ただ、彼の意識の大部分が文枝に占められていただけでなく、奥村の方も、それから二度と計画について口にしなかった。奥村はそれまでに較べて、目立って違った様子もなかったし、授業にも出、アルバイトにも行き、いつもの平静で、無愛想な顔つきを変えなかった。それが不破を安心させた。あれは一時の思いつき的な意見なのだと考えた。彼は文枝を愛していたから、愛することの不安が彼の心を鎖してしまった。

或る晩、奥村は来ていなかったし病人はうとうと眠っていたので、不破は思い切って文枝を病院の屋上に誘った。文枝は暫くためらってからやっと承知して後について来た。寒いからと言って、彼女に外套を着せておいたが、それでも暗い屋上に出ると風が冷たくて、彼女は身顫いをしているようだった。そこには誰もいなかった。

「寒い?」と不破は訊いた。

文枝は返事をしなかったので、彼はその肩を抱きかかえるようにして引寄せた。文枝は両方のポケットに手を入れたまま、素直に抱かれて彼と並んで歩いた。二人は壁に凭れて風をよけながら、手摺の向うに、広々とひろがる街々の、燈火のきらめく夜景を眺めていた。ネオンサインの点滅や、自動車のヘッドライトの帯や、電車のスパークや、そうした光と影との衣裳の中から、異様なほど静かに、遠い街のざわめきが此所まで傳って来た。

「この屋上から見るととても綺麗でしょう?」と不破は少し掠れた声で言った。「少し寒いぐらい我慢しても、一見の価値がありますよ。」

文枝はやはり黙っていたが、のぞき込むとその顔はかすかに微笑した。肩を抱いた手の下で、文枝の身体はまだ小刻みに顫えていた。不破はこの細そりした、少し顫えている身体をいとしいものに感じた。

今だ、今言わなければ駄目だ、と彼は思い、夢中になって言葉を探した。こんな寒いところにそういつまでもいられない。屋上からの夜の景色も、見飽きないほどの魅力を持っているわけではない。病人が起きるかもしれない、奥村が来るかもしれない。今だ。

「あそこ新宿かしら?」と文枝が訊いた。

「そうでしょうね。」

不破は彼女と同じ方向を眼で追い、むらがり集った光の渦を美しいと思った。しかし彼がより美しいと思っているのは文枝だった。文枝の歌うような口の利きよう、そして結んだ脣の線、闇の中にぼんやりと浮んだその横顔だった。しかし彼には、それを口にすることが出来なかった。もう帰りましょう、と相手が言いはしないか、その不安が、刻々に高まって来て、かえって彼の口を鎖してしまった。

「文枝さん。」

しかしそれはもう遅すぎた。文枝がきらきら光る眼をこちらへ向けた時に、屋上への出口の扉のところから、「不破、不破はいないか?」と呼ぶ奥村の声が聞えて来た。文枝はびくっと身体を顫わせた。不破は肩を抱いていた手を離した。その手はだらんと垂れた。奥村がこちらに歩いて来た。

「不破、そこかい? 文枝さんいないかな? ああ文枝さん、小母さんが何だか用だとさ。呼んでる。」

文枝は軽く会釈すると、擦り抜けるようにして奥村の側を小走りに走って行った。あとにかすかな匂が残った。奥村はちょっと振り返り、「悪いことをしたかな?」と不破に訊いた。「小母さんがいやに文枝さんを呼ぶものだから、ついね、」と言った。

「いいんだ、」と不破は答えた。奥村は手摺の側まで行き、そこから振り向いて、「まあこの夜の景色でも見ろよ、」と言った。

「もう見飽きたよ。」

「そう怒るな。どうだい、これが東京か。パリは光の都というんだそうだが、東京もなかなか大したものだ。」

「寒いから我々も降りようじゃないか、」と不破は言った。

「待て。僕はこいつは初めてだ。あらゆる生（レーベン）を充足させるための機会は僕にとって貴重なのだ。見ろよ、この人工的な光景を。これが現代に於ける荒野の誘惑なんだな。此所には星がない。東京の夜空には星がないんだ。あるものは人工の美、人工の光、人工の夜、それだけだ。人間の栄光というやつはつまりこれだな。イエスを荒野で誘惑した悪魔だって、あれはやはり神の属性なのだ。イエスが神の子である限り、彼は試みられることに対して文句は言えないのだ。しかし自分を神だと思う人間にとって、試みられるということはありえない。彼は試みるだけだ。自分で自分の行為を選択するだけだ。」

「またむずかしいことを言い出したな、」と不破は側から口を挾んだ。

「僕は今日、エマオの旅人について考えた。そいつをちょっと君に話したくなって出て来たんだ。知ってるか、あの話？」

「聖書か？」と気乗薄な声で不破は訊いた。

「うん、ルカ傳にある。イエス傳の文学的クライマックスを、ゲッセマネの祈りからゴルゴタの丘の最期にかけてだとすると、エマオの挿話はそのエピローグというところだ。なかなか文学的色彩の濃いものだ。二人の弟子がエルサレムからエマオの村への道を歩いて行くと、イエスの幽霊が（幽霊なんて言っちゃ冒瀆的だが、しかしイエスはもう死んでいるんだからね）そいつが現れて、道々二人と話をするんだ。話題は勿論エルサレムでの大事件たるイエスの死刑とその復活のことだが、二人の弟子には、連れがイエスだということが分らないんだ。弟子たちはイエスの復活に対して半信半疑で、連れの男が、つまりイエスが、事の意味を説明するのを聞いてもぴんと来ないんだな。エマオに着いてもその旅人は足を停めようとしないから、弟子たちは一緒に泊れと言う。「我らと共に留れ、時夕に及びて、日も早や暮れんとす、」と言うんだ。ここんとこはいいな。イエスの弟子たちは、相手が誰だか分らないでいて、ただ旅人としての無償の同情を注いで呼び掛けるわけだ。食事の時になって、弟子たちはやっと相手がイエスだと分る。と、幽霊は消え失せる。……これがエマオの旅人だよ。そこで普通我々は、この挿話を弟子の側から見る。我々は、愚かなもので、たとえ心が内に燃えることがあっても、それがイエスだとは分らないでイエスを見ているものだ、というふうな教訓に受け取る。が、これをイエスの側から見たらどうだろう？　それは藝術的だとか文学的だとかいう以上に、悲劇的なんじゃないか。弟子たちは遂にそれがイエスであることを認めた。しかしその時のイエスの孤独は、ゲッセマネの絶望と同じように、弟子共には分らなかったのだ。彼が幽霊になって現れたのは、彼が弟子たちを信じられなかったからじゃないのか。イエスにとって、自分は信じられたが、自分の教義が他人の心に喚び起すものについては、まだ充分の自信がなかった。

そして宗教というのは、常に、他人の心に何ものかを喚び起すことだ。彼が神の子である以上、彼は神に対してプロパガンダの義務と責任とがあるわけだ。イエスの生涯は、僕の見るところでは、殆ど唯一の、自ら神となった人間の例だよ。彼には明かに永久調和の瞬間があり、その瞬間を持続させることの出来る意志があり、そして彼はその状態を保ったまま自殺した。そうなんだ、イエスの死は、あれは一種の自殺だ、自ら死を選んで処刑されたのだ。だから、彼は、彼自らが神だったのだ。ただ、彼が僕の考えている人神の思想と違うのは、彼は神の子という餘計な意識を持った、彼は神に対して義務を持ったということだ。ありもしない神のためにね。なぜイエスは、彼自身のための義務で足りると考えなかったのだろう？　なぜ弟子のことなんか気にしたのだろう？　彼が祈っている間に、三度も否認するような弟子たちじゃないか。なぜ教義をひろめなければならなかったのだろう？　なぜ自殺するのに、ああいう間接的な、お芝居じみた演出が必要だったのだろう？　なぜエマオへの道すがら幽霊になってまで現れたのだろう？　……それはみんな父なる神のためだ。エマオの旅人の挿話は、イエスが死んだあとも尚不安だったことを示している。彼は自分への義務に於て不安だったのじゃない、それは充分に果された。しかし神への義務に関しては、それは常に不安だよ。神は不安なのだ。イエスが自分の裡に永遠があり、調和があり、明智があると考えても、架空の神は、常に、より完璧な筈だからね。神はないのだ。必要なのは自分への義務だけだ。僕はイエスも、時々、神はないと呟いていたような気がしてならないな。それも心の弱い時にじゃなく、心の強い時にね。」

「君はいつも心の強い時ばかりか。」

「そうだよ。僕は大丈夫だ。」

二人とも黙ってしまうと、あたりは気味の悪いほどしんとした。遠い下界で光のさまざまの模様が、伸びたり縮んだり、点滅したり、色彩を変えたりしていた。不破はまだ機嫌が悪かった。今晩こそはチャンスだったのだ。それを奥村が、こんな議論を聞かせようと思ってやって来たものだから。一体こいつは何処まで本気なんだ。そう考えながら、不意に、思いついた考えを口にしてしまった。

「奥村、君、今ここから飛び下りられるか?」

「今?」と言って、奥村がこちらを振り向いた。

「今だ。この瞬間に、君、死ねるか?」

残酷なことを言った、という素早い反省が、不破の意識を流れた。これは冗談だ、と言おうとして今にも口を開きそうになりながら。

「僕はいつでも死と直面している。今でも死ねる。しかし、まだ早い。」

何だ、やっぱり怖いのか、と口の先まで出かかって、相手の機敏な動作に、思わず不破は眼を疑った。

奥村はあっという間に手摺に登っていた。片足を上げ、手摺をまたぐと、もう一方の足をも闇の空間に一息に踊らせた。

「奥村！」と言葉にならない悲鳴のような呼掛が不破の口から洩れた。

「大丈夫だ！」

不破は眼を見張り、やっとのことで、手摺の向う側に、彼の友人が手摺を両手で握ったままだらんとぶら下っているのを見た。そこは風が吹き当っていたので、奥村のいつも着ているレインコートの裾が鳥の翼のように搖れていた。

「じっとしていろ！　今引張ってやる。」不破は手摺に駆け寄ってそう叫んだ。

「触るな！　僕ひとりで大丈夫だ。」

奥村の声は平静だった。彼は器械体操でもしているみたいに、ゆっくり腕を曲げ、片足を上へ持ち上げた。不破はその足の先が手摺にかかるまで、凝然とその動きを眺めていた。奥村の身体の下には、深い闇が大きな口をあけて餌食を待ち受けていた。それは眼の眩めくほど深く暗かった。奥村はゆっくりと這い上った。

「何て奴だ！」不破は喘ぎながら相手の身体を摑んだ。

「あれで手を離せばいいのだ、」と奥村は言った。「しかしあの手摺はつめたいな、まるで氷だ。」

二人が階下の病室へ戻った時に、文枝が不破の顔を見るや、「まあ不破さん、どうなさったの?」と訊いた。不破はそれほど真蒼な、怯え切った表情をしていた。

「寒さにあてられたのさ、」と奥村が側から事もなげに言った。「ちょっとした実験をしていたものだからね。」

不破も奥村も、それ以上は一言も説明しなかった。文枝は物問いたげな眼つきをして二人を眺め、それからお湯を沸かしに行った。

「イヅミ」の女主人は全快して、十一月の下旬に退院した。奥村次郎が計画を立ててから、ほぼ五十日が過ぎていた。

6

不破雅之が冴子のところで及川文枝に会った日から、不破は毎日のように電話のかかって来るのを待っていた。それは奇妙に煙草休みと結びついていて、一息吐いて煙草に火を点ける度に、電話がかかって来はしないかという不安に充ちた期待が、必ず彼の心を占めた。しかし文枝からは何の通信もなく、日はじりじりと経った。

不破は勤勉な医者だったから、今は休みだと自分に言い聞かせられる時のほか、決して彼の意識の中に文枝のことも、またむかし死んだ奥村次郎のことも、敢て侵入させることはなかった。彼の日常は忙しく、診察、往診、廻診、検査などに追われ、夜は病院内に一室をもらってベッドをそこに置いて寝ていたから、殆ど宿直をも兼ねていた。そして彼は患者たちに評判のいい、真面目な、頼りになる先生だった。彼は仕事が好きだったし、患者たちを愛していた。彼の患者に対する態度は、いつもやや冷たい、笑顔の尠いものだったが、その診断は正確適切だった。彼は自分の能力の限界をはっきり知っていて決して曖昧なことを口にせず、疑問があれば榊原院長を初め他の専門医へ廻した。人はそれを謙虚だと言った。彼の患者に対する態度があまりに熱心なので、彼が分らないと言う時には、患者はそれを文字通りに受け取った。そしてこの医者が、心の底でどのようなことを考えているのか、誰も知る者はなかった。

不破雅之にとって、患者或いは病人とは、死者の国に一歩踏み出した者たちだった。いかなる病気も、死者の国への道しるべのようなものだった。彼等はこの里程標を見て、恐れ戦いて診断を求める。が、果して医者にとって、どれだけのことが分るというのだろうか。その里程標には、何等距離の数字はしるされていないのだ。医者は彼等に道を変えるようにすすめる。しかし決して、そこから戻らせることも、立ち止らせることも出来ないのだ。人はみな一足一足歩いて行く。そして不破が患者たちをいとおしく思うのは、彼等が健康な人間と違って、この道しるべを見たことを自覚し、そのために素直に恐れているからだ。すべての人間はこの同じ道を歩いているのだが（そして不破自身も）彼等はそれに気がつこうとしないだけだ。不破にとって、死者の国だけが真実だった。すべてはそこへ行くためにあった。或る者は早く、或る者は遅く、そして奥村次郎は最も早く行った一人だった。

いつからこういうふうになったのだろう、と不破は考えた。学生の時分に、彼は決してこんな考えを持ってはいなかった。奥村が死に、彼が大学を出て実地に患者たちと接触するようになってから、この思想は彼の中で少しずつ成長した。医者という職業は空しいものだ、と彼は思った。そうすると、それは人間というのは空しいものだということと同じだった。それはどこか気に入らなかった。奥村は決して人間は空しいなどと言ったことはない。が、不破は自分の思想の中に、明かに奥村の影響を感じていた。或いは奥村の事件の影響を感じていた。それが今まで、奥村次郎のことを思い出すまいと彼がつとめて来た無意識的な理由だった、――及川文枝が不意に彼の前に現れるまでは。

しかし文枝さんのことも、思い出したくはなかったのだ、と机の上に手を休め、煙草に火を点けながら、不破は考えた。午後の廻診が終って、暫くは一人きりでいることが出来た。そして一人になると、心は自ら(おのずか)そのことに向った。恐らく文枝さんの方も、僕のことを思い出したくはなかったのだろう。彼女が電話を掛けて来ないのは当り前だ。彼女にとって、むかし、僕は何ものでもなかった。それなのに僕はそれに気がつかず、彼女もまた僕を愛していると思っていた。その錯覚も、事件と共に終った。そしてすべてはそこで終った。今さら文枝さんに会ったところで。

しかしもう一度彼女に会いたいという気持は、不破の心の底に潜んでいた。それがなぜなのか、彼にも分らなかった。この前冴子のところで、あまりにも素気なく別れたせいなのか。それとも彼の心の中に、もう終ったと自分に言い聞かせていながら、尚終っていない何ものかが生き続けているせいなのか。あの事件は彼の中の或る大事なものを殺してしまった。彼は生きた人間をも死者のように見た。自分をも死者のように感じた。彼は自分の愛を殺した。もう一度彼女に会いたいように心の何処かで望んでいながら、事件のあと、彼は自分の意志を再び「イヅミ」洋裁店の前を通らない、再び文枝に会わないということでためしてみた。そして彼は自分の意志に忠実だった。事件から一年が、そのようにして過ぎた。

看護婦がノックをして部屋の入口に現れた。

——先生。及川さんというかたからお電話です。

来た。不破は煙草の吸差を灰皿に投げ込むと、急いで立ち上った。事務室の電話です、と看護婦が言った。彼の摑んだ受話器の感触は冷たかった。

——もしもし、僕です。

——不破さん？　わたし文枝です。この前は失礼いたしました。

——あんまりお電話がないから心配していました。どうなさったのかと思ってました。どうですか、僕のとこに……。

——あのわたくし。

——僕のとこに来てくれますか、それとも？

——わたし……。

もうお会いしたくない、とその声はあとを続けそうな気がした。不破は相手に口を利かすまいとして、強引に喋った。

——それとも僕の方であなたのところに行きましょうか？　一体どこにお住まいなんです？僕この前、慌てて聞くのを忘れたんだが。

——お店は困りますわ。

——じゃ何処かその近所ででも。一体どこですか、そのお店？

——お会いしなきゃなりませんの？

それは昔、不破が最初にフォンテーン嬢に会った頃の、あの困ったような、そして歌うような抑揚をつけた声だった。


——会いましょうよ、久しぶりだもの。どうです、何処でもいい、どこか？

——じゃわたし、病院へ伺いますわ。でもちょっとよ。


不破は急いで道順を教え、七時に時刻を打合せた。文枝は直に電話を切った。そして不破は、自分もあとから受話器を下しながら、昔のあの仄かな幸福感が戻って来るのを感じた。それは暫くの間続いた。彼は文枝とまた会えるだろう。しかし、それは結局何のためか。自分の部屋へ戻ると、暗い陰鬱な気分が、蝕のように先程の幸福感を覆った。また会ったところで、もう何事も始まらないだろうに……。

不破は煙草に火を点け、事件の一年ほど後に、彼が「イヅミ」を再び訪ねて行った時のことを思い出した。彼はその一年間、文枝の顔を見たことがなかった。彼は自分の意志を靭くした。しかし意志とは畢竟何だろうか。彼がもう愛していないと心に言い、寧ろ憎もうとさえした文枝の面影が、時に應じて彼に立ち返った。対象の不在と、意志的な拒否とが、かえって彼の愛を一層純粋に結晶させたのかもしれなかった。そして一年が経ち、奥村の一周忌が廻って来た時に、彼は奥村のために彼女に会いたいと考えた。決して自分のためではない。それは彼の中の無意識の願望が発見した、巧みな口実だった。奥村の死を心から悼む者が彼と文枝としかいない以上、彼が文枝に会って故人を偲ぶのは、極めて当然ではないだろうか。彼は葉が落ち尽して、殆ど裸になった銀杏の並木道を久しぶりに歩いて、「イヅミ」の前まで行った。しかしその店はなかった。その店はいつのまにか、硝子戸に、細かい字を書き込んだ紙片をぺたぺたと貼りつけた、土地家屋の周旋屋に変っていた。店の前にも、広告を貼り詰めた板が、十二月の寒い風にかすかに揺れていた。不破はきょろきょろとあたりを見廻した。しかし此所に間違いはなかった。立ち尽している彼の足許に、落葉が音を立てて吹き寄せられて来た。

何処へ行ったのだろう、と彼は思った。文枝も、女主人も、洋裁店もろとも消えてしまった。そして、いっそその方がよかったという反省が、素早く彼に返って来た。もう会わない方がいいのだ。それが彼の意志だったし、また死者の意志だった。彼はそれ以上そこにとどまらず、店にはいって移転先を尋ねる気も起さずに、さっさと踵を返した。彼はそこで過去に別れた。

文枝への愛をこの銀杏並木の道に残して来た。そして風に押し流される落葉のように、文枝の面影が、彼の意識から次第に消え失せた。

七時に、不破は自分の部屋で、落ちつかない気持で文枝を待っていた。何を待っているのだろう、と彼は考えた。愛？　いや決して愛ではない。しかしこのそわそわした、幸福なような不安なような気持、それはむかし彼が文枝を初めて識り、彼女への愛を心に育てていた頃の気持と同じようだった。そしてその間に、奥村次郎の百日の期限が、一日一日と経って行ったのだ。ともすれば過去へ向いがちの自分の心を、荒々しく揺すぶるように、不破は部屋の中を歩き廻った。いつまでも部屋の中を歩いていた。

及川文枝が看護婦に案内されて部屋にはいって来た時に、不破は彼女を美しいと思った。このあいだ冴子のところで会った時は、少しもそんなことには気がつかず、少し痩せたようだという印象が残っただけだったが、今、白衣の看護婦と並んで、すっきりした薄青いオーヴァを着込んだ彼女には、昔と違った、もっと成熟した魅力があった。

——さあ掛けて下さい。寒いからどうぞそのままで。

不破はガス・ストーヴの正面に彼女を坐らせ、オーヴァを脱ぎかけた相手の手をとめた。文枝は手套を取って、ストーヴに手をかざし、そっと部屋の中を見廻した。

——此所が不破さんのお部屋？　と訊いた。

――そうなんです。殺風景な部屋でしょう？

何の飾りもない。寒々とした部屋。文枝は相手の背越しに、本箱の並んだ奥の壁に沿ってベッドが置いてあるのを認めた。白い毛布のかかった清潔なベッド。急いで眼をそらすと、お仕事忙しいんでしょうね？　と訊いた。

――そりゃ学生の時みたいに暇じゃありませんね。

――お食事なんかは？

――大抵は看護婦と一緒の食堂です。時々、院長の奥さんが御馳走してくれます。まあ僕のことはどうでもいい。文枝さんのことを聞かせて下さい。「イヅミ」のあの小母さん、お母さんじゃなかったんだそうですね？

――あれ、母かたの叔母です。

――今でも御一緒ですか？　僕一度あれから「イヅミ」を訪ねてみました。そしたら店がなかった。

――叔母は引越したんです。

――文枝さんも一緒に？

――いいえ、わたし叔母と喧嘩しちゃって、今、別の洋裁店にいます。

文枝は話し辛そうに重い口を利いた。そこで話が跡切(とぎ)れた。

——冴子さん、お元気になりましたのね、と文枝の方で話題を変えた。

——この前どうでした？　僕が帰ってから色々訊問されたでしょう？

——困りましたわ。

——あの人は好奇心が強いんだ。もっとも病人はみんな退屈していますからね。

——わたし、どう言っていいか分らなくて。不破さん、あれからお会いになりまして？

——いや、まだ行きません。ここんとこ忙しくてね。

——きっと待ちかねていらっしゃるわ。それはそうと、あのかたの御病気はどんなふうなんですの？　大丈夫ですかしら？

——あの人はこの九月に肺の区域切除という手術をしたんですがね。今は化学療法が発達してるから、充分に安静にしていれば危険なことはない筈です。しかし反対側も少し悪いんでね。一体、あの人は自分の身体のことに無頓着ですよ。これは井口先生にも責任があるが、ああいう親は甘いんですね。インテリの癖に、定期に健康診断をさせるだけの用心が足りなかったんです。大学生の頃は毎年身体検査があったのに、卒業してからは放ったらかしでしょう。この春、ひどいシューブを起したんだけど、ちゃんと診断を受けてれば、感染していたことなんか直に分る筈なんですからね。僕はちゃんと診てもらわなきゃいけないって言ったんだけど、あの人が厭がってるうちにどかんとシューブですよ。怖いな。僕がもっとやあやあ言やよかったんだが。

——当分寝てなきゃいけませんのね？

——勿論ですよ。あれで反対側が悪くなったら大変ですからね。

——それじゃ、御結婚はまだですわね？

漸く親しげな声になって問い掛けたが、今度は不破の方がどぎまぎして答が重くなった。

——勿論、それは……。

——冴子さん、お可哀そう。

そこでまた話が跡切れた。

——お妹さん、ずっとお元気ですの？　と文枝が訊いた。

——ああ、あいつはうまくやってます。子供が一人できましたしね。そうそう、夏、ちょっと寄ってみたら、いつぞやの洋服を大事に持ってました。ほら、あなたが上野駅に持って来てくれた奴。

——そうでしたわね。もう随分になりますのね。

文枝は遠いところを見詰めるような眼つきで不破を見た。暗い焰がその瞳に燃えた。何だろう、と不破は一瞬考え、それからその眼つきに耐えられないで眼を伏せた。患者と應対する時に、彼の方が眼を伏せることは決してなかったのだが。

二人の間で話はいっこうはずまなかった。文枝は腰を浮し、帰ると言った。それは急に何かを思いついたというふうでもあり、何かにせき立てられているようでもあった。その理由は不破には分らなかった。

文枝は来た時と同じように、不破の心に何かを待っている時の、落ちつかない気持だけを残して帰って行った。二人は奥村次郎の話を一言もしなかった。それを、不破は今になって思い出した。二人の間で最も重要な、共通の話題。なぜそれを避けたのだろう。そしてなぜと問うまでもなく、奥村の記憶が不破にとってタブーであるように、文枝にとってもタブーなのだろうと、不破は想像した。

二人の間には、いつ折れるかもしれぬ、狭い、崩れかかった橋が、深淵の上に懸っていた。その橋を渡って相手のところまで行くことは、お互いに危険なことかもしれなかった。

文枝が帰ってからも、不破はまだ待っているような気がした。そして彼に、今、そのことが分った。彼が待っていたのは過去だった。愛ではない。もう取り返し得ない過去、その謎を新しく解きたいと思う奥村次郎の死の意味、彼はそれを待っていたのだ。そして自分の部屋に一人きりになると、不破雅之は煙草をふかしながら、また回想に沈んだ。死に至る迄の奥村次郎の一日一日が、彼の記憶の中に甦った。

7

奥村次郎の自殺計画が、その前半の五十日を過ぎてから、やがて十二月にはいった。不破雅之にとってその年の冬は、遅い足取で、ゆっくりと、しかし確実に来た。「イヅミ」洋裁店のある銀杏並木も、大学の構内も、黄ばんで枯れた落葉に覆われ、その上に白く霜の下りる日が続いた。日中は暖かく、秋の名残を思わせてからりと晴れた空には、飛行機雲が長く尾を引いてただよい、末の方の部分から次第に空の蒼さに紛れて消えて行った。不破はそれまで、空がこんなにも蒼かったことに気がついていなかったかのように、ノオトを取る手をついお留守にして、教室の窓から表を眺めていた。この空の鋭い、硝子のような光沢に、彼は自分の切迫した気持を感じていた。彼の心は、今、二つに割れた。

奥村次郎が、大学病院の屋上でエマオの旅人の話をし、そのあとで自ら実験と称した飛降自殺の真似ごとをして以来、不破にとって彼の友人の真剣さを疑うものは何もなかった。不破はこの友人の性格なり気質なりをよく知っているつもりだったから、奥村が彼をからかっている、たちの悪い悪戯をしていると考えることは出来なかった。奥村はきっと彼の計画をやりとげるだろう。百日目には自殺するだろう。そして不破はその不穏な計画を知らされた以上、全力をあげて阻止しなければならない義務を感じていた。それは人間的な義務だった。手をつかねて友人の死ぬのにまかせることは、一つの殺人行為だと思われた。しかしどうすれば、どういう手段を弄すれば、一徹で、純粋で、しかも自分の計画に陶酔している奥村の心を引戻すことが出来るだろうか。

それと共に、及川文枝に対する関心が日に日に強くなって、昼も夜も彼の心を悩ませた。一体彼女のどこにこんなにも惹かれているのだろう、と不破は考えた。一人の若いデザイナア、その細そりした身体つき、真面目そうな見据えるような瞳、歌うような声、白い花車(きゃしゃ)な指の動き、――しかし彼が惹かれたものは、分析の出来ない、一種の匂のような、若い娘の感じだった。しかも他の誰のとも違って、ただ彼女ひとりの持っているもの、絶対に他の女性では置き換えられない甘いような匂だった。それが彼を悩ませ続けた。そして文枝への強い関心は奇妙に奥村への不安と結びついていて、友人のことが気になり出すと、反射的に文枝のことを思い、彼女が念頭にあると、奥村のことが心配になった。まるで彼の心の中に二つの分銅を載せた秤(はかり)があって、代る代るその重みを量っているとでもいったふうに。或いは彼は自分自身の判断というものを失ってしまい、奥村次郎と及川文枝というこの二つの分銅が彼に与える重みによって、辛うじて平衡を保っているとでもいったふうに。

やがて六十日が過ぎた。不破雅之は時々、文枝と会っていた。夜、店が終ってから、或いは彼女のお休みの日に。しかしどのような場合にも、二人が一緒にいる時間は短かった。ちょっとお茶でも飲むとか、お休みの日でも映画を一つ見るのがせいいっぱいだった。文枝は母さんがうるさいからと、そればかり気にしていた。そして不破の方も、ついぼんやりと黙り込んで煙草をふかすことが多かった。奥村が死ぬ気でいるのに、自分はこうして文枝さんと会っている、――その疚しい気持が、彼女の顔を見た瞬間に不意に浮び出て来て、もうどうしても離れなかった。大学病院の屋上で、彼女と二人、新宿の方向にきらきらした光の街を眺めていた時が、考えてみると絶好の、殆ど無二のチャンスだったのだ。あの時なら言うことが出来た。しかし奥村の実験というやつを眼の当り見てしまった彼は、もうそれまでの彼とは違ったものになったようだった。文枝さんが好きだとどんなに烈しく感じていても、それを感じる心の中から、彼女にそのことを告白するだけの勇気が失われてしまった。自分自身の時間がなくなって、すべてを奥村次郎の時間で測っているような気がした。文枝は短いあいびきの間に、訝しそうな表情で、考え込んだ不破を見詰めることがあった。

それならば奥村のために彼は何をしただろう。まだ六十日目だ、と彼は自分に言い聞かせた。どうしても自分の手に負えなければ、先生なり、他の友人なり、伊豆の親戚なり、とにかく誰かに打明けて、無理にも引留める他はなかった。しかしまず自分で、自分ひとりの力で、奥村次郎を説得し、その論理の誤りを正し、計画を思いとどまらせようとつとめてみた。彼は奥村が言った言葉を思い起し、考えあぐね、どこかに弱点を見つけ出そうとした。彼はうるさいほど奥村につき纏った。しかし奥村はいつも冷静だった。さりげなく彼を避けていた。一緒になることがあっても、軽く不破の議論を躱(かわ)した。そして突っ込んだ論争になったところで、不破には友人を負かすだけの自信はなかった。絶対に生きなければならぬ、と言い切るだけの強力な論理は、彼の中にはなかった。「この頃どうなさったの、御加減でも悪いの？」と文枝が尋ねたほど、不破は人目にも蒼ざめた、神経質そうな顔をしていた。初冬の空だけが高く、かがやかしく、晴れわたっていた。

六十八日目は十二月の十七日、日曜日だった。その晩、彼は奥村を下宿に訪ねた。夕食が済んだばかりの時刻だったが、日はとっぷりと暮れて、道みち不破は身ぶるいをする程の寒さを感じていた。今日こそどうしても説得しよう、と彼は心に思い詰めた。

奥村は狭い露地をはいった片側の、小さな二階家に下宿していた。不破が表で案内を乞うと、二階の窓が明いてそこから奥村が顔を出した。

「上って来い。下は留守なんだ。」

何だか自分を待ち受けていたようだ、と考えながら、不破は急な梯子段を昇って、一間きりの二階の六畳へ上った。瀬戸の火鉢を前にして、奥村は悠然と胡坐をかいていた。

「下の連中は留守なんだ。墓参だとかいって田舎へ帰った。今晩はきっと泊って来るんだろうな。」

「君が留守番なのか？」と不破は訊いた。奥村をひとりにしておいては危いと、ふと思った。

「そうだ。僕ならたしかなものだ。」

階下は未亡人のしっかり者の小母さんと、中学を出てどこかの工場に勤めている息子との二人暮しだった。

「だって下の息子さん、明日は勤めがあるんだろう？」

「どうかな。時に君はどうだった、今日の日曜は？　うまく行ったか？」

不破はやや赧くなり、「何のことだ？」と呟いた。

「隠すなよ、今日は『イヅミ』の休みの日だから、文枝さんとどっかへ行ったんだろう？　違ったか？」

不破は火鉢の上に手をかざし、曖昧な声で、「今日はうまく行かなかった、」と呟いた。

「どうして？　会えなかったのか？」

「いや、何だか気持がちぐはぐでね。喧嘩別れみたいになっちまった。」

不破は反射的に文枝の困ったような、やや冷たい顔を思い浮べた。心の中の秤がそちらの方へ傾いて行くのを感じた。文枝さんのことを思い出しては駄目だ、——そう強いて自分に言い聞かせながら、生きることの義務というようなことを、しきりと意識の表面に喚び起した。我我は生きなければならぬ。

「奥村、僕は考えたんだが、我々は生きるために……。」

「待て待て。君の議論はあとで聞くさ。その前にちょっと教えてくれ。君等を見ていると僕にも分らないことがある。一体、愛というのは行為じゃないのか、単なる精神の燃焼作用か？」

不破は先手を越されて、口籠った。

「君等のやってることはまだるっこいな、」と奥村は無遠慮に言った。「文枝さんだってそれじゃ困るだろう。愛というのは、二人の心が同時に燃えることを言うんじゃないのかな。」

「文枝さんだって僕を好きだと思う、」と不破は小さな声で答えた。

「しかしね、同時に燃える二つの心は一つの行為を要求するのが当り前じゃないか。行為のない愛なんて変だぞ。」

「そんなことはないさ。」

「僕には分らんね。何だか子供がままごとでもしているみたいだ。行為があれば愛もあるのだ。行為がなければ何ものもない。考えるだけでは何ひとつ生れない、愛も生れない。それは幻影にすぎない、自己陶酔にすぎない。君は今、生きるためとか何とか言ったが、行為のないところには生きることもないのだ、それが僕の意見だ。」

部屋の中に、瀬戸の火鉢を間にして向い合った二人は、両方から火の上に手を出したまま、互いに相手の顔を見詰めていた。吐く息は白かった。僕が文枝さんを好きなのはそれとは違う、と不破は思った。が、それを奥村に説明することは、どうしてか彼には出来なかった。愛するということは（もし、これが愛することならば）当事者の間でしか諒解されることのない、一種の不可思議な魂のゆらめきだった。それはそれだけで足りた。多少の不安、多少の懼れ、多少の後悔、そういうものを伴った魂のほのぼのとした陶酔感、それだけで足りた。好きだ、と自分に呟く声、その声の響だけで足りた。そしてそれは、奥村には決して分らないだろう。自己陶酔か、しかし生きるということも、恐らくはそれに似た何かなのだ。それをもし奥村に説明することさえ出来れば。

「じゃ君はどういうふうに考えるんだ、その、愛するということを？」と不破は訊いた。

「僕か？　僕は自分を愛するだけだ。それで沢山だ。」

「それじゃ他人に対しては何とも思わないのか？　心を動かされることはないのか？」

「そんな木や石みたいに見えるかい？」と言って、奥村はかすかに微笑した。「僕だって美しいものは美しいと思う。文枝さんを見れば心を動かされるよ。しかし愛とは別だ。愛というのはイリュージョンだ、動物的な本能を隠すための衣裳だ。もし二つの心が同時に燃え立ったら、そこには当然、行為があるだろう。しかしどんなにその行為が純粋で、というのは僕には純粋な行為なんて考えられないがね、とにかくそれで一つに結びついたと思ったとしても、それは二人が別々に描いたイリュージョンによって、別々に感動したのだ。そう僕は思うのだ。如何せん、僕はそっちの方は実験したことがないから、確かなことは言えないがね。しかしとにかく行為があれば、それは愛を実証できる、つまり自殺があるから生（レーベン）を実証できるようなものだ。僕には行為もなく、愛もない。一体この愛という錯覚によって、どんなに多くの人間が無駄な苦しみをしていることだろうね。君もその一人さ。」

「しかし、愛するということは、生きることの中の重要な要素じゃないか？」

「と思うんだな。無駄なことだ。生きるというのは、自分が、ただ自分だけによって、充されることだ。他者の干渉する餘地はない。他人を愛するというのは、当の相手とは無関係に、自分の中に一つのイリュージョンをつくりあげて、それを大事に保存することだ。その時、真の自我というものは見失われている。生きることの本質とは何の関係もない。」

「自分を愛するか、それで自分を殺すのか？」

「矛盾だと思うかい？　愛するから殺すのだ。自分の生（レーベン）を完全燃焼させるためには、行為が必要なのだ。行為、つまり自らを神にする行為だ。いつかも言っただろう、殺人、強姦、自殺、これが自らを神にする行為だって。」

「しかし僕には分らないんだ、」と火鉢にかざした手を汗ばませながら、不破はあくまで言い続けた。「君は一人で生きているわけじゃない。肉親とか、友人とか、学校とか、この下宿だとか、延いては社会というものの中に、君は生きているんだ。社会というものは共同責任で、歯車は絡み合って廻っているんだ。もし君が……。」

「よせよ。それは常識論だ。僕は僕個人だ。社会というものを考えれば、僕はもう僕ではなくなる、機械の一部分でしかなくなる。しかし僕は人間として完全に生きたいのだ。生きる限りに於て自らを神にするつもりなのだ。だから、僕と社会との間には何の関係もないのさ。僕は自分というものを周囲から完全に切り放すのだ。」

何と言ってもしかたがない、と不破は考えた。同じ円周を奥村の後ろからぐるぐる廻っているようなものだ。行為か、しかし愛は行為によって証明されるのでもなく、生は自殺によって証明されるのでもない。それは明かに誤りだ。しかしどうしたら奥村にそれを納得させられるだろう。不破は火箸を取って、炭火の廻りの白い灰を掻きならした。背中が寒さでぞくぞくした。

「君も近ごろだいぶ真剣になって来たな、」と奥村が言った。「どうも君に喋ったというのは僕の失敗だった。君とは関係のないことだ。」

「馬鹿を言うな。どうして君はまた……。」

「分った。しかし君が僕の計画を妨害しようとしていることは明かだからな。百日の計画も少し変更しなくちゃ、君に邪魔されそうだ。」

「予定を変える気か？」とぎょっとなって、不破は相手の眼を見詰めた。

「僕のことは放っておけ、」と奥村は落ちついた声で答えた。「君は君のことだけを考えればいいんだ。文枝さんが好きなら文枝さんのことに夢中になるさ。それが君にとって意味があるならね。僕のことは心配は無用だ。」

「そんなことを言ったって。」

「僕は僕だ。君には僕という人間は分らない。君は人がよくて、お坊っちゃんで、正義漢で、僕とはまるで違うのだ。君が神を考えれば、それは最高善としての神だろう。が、僕の神は曇らされぬ理性によって、無限の能力を持った神だ、オムニポテンツとしての神だ。悪魔だってその属性のうちだ。君には分るまいよ。」

　奥村はそう言ったなり黙ってしまった。不破には言葉の継ぎようもなかった。また言い負かされた、と思い、心の中の秤が文枝の方へ傾いて行くのを感じた。今日文枝さんと一緒の時に僕が苛々していたのは、奥村を説得するための論理を考えていたからだ。文枝さんは僕がぼんやりしていると言って怒った。僕がぼんやりしていたのは奥村のせいなのだ。しかしそれは文枝さんには分らなかった。

「おい、もう帰れよ」と奥村が言った。

この足で文枝さんのところに寄ってみようか、と不破は考えた。彼は立ち上った。

「明日、学校で会おう」と彼は言った。

「うん。」

奥村は頷くと、梯子段を不破のあとから降りて来た。薄暗い玄関で、突っ立ったまま、靴を履いている不破を見下していたが、低い、嗄れた声で呼び掛けた。

「不破――。」

「何だ?」と靴紐を結び終って、顔を起した。

「文枝さんを僕にくれ。」

不破は相手が何を言ったのか分らなかった。奥村は言い直した。

「もし僕が例の計画を止めるから、文枝さんを僕にくれと言ったら、君、くれるか。」

不破は立っている足許ががらがらと崩れ落ちるのを感じた。奥村は気が狂ったか。

「厭だ」と口走った。それはまるで他人の声だった。

その時、奥村が笑い出した。大きく口を明け、身体をよじらせ、大声で笑い出した。まるで本当に気が違ったように、笑い続けた。そして今迄、こんなに奥村が笑いころげるのを、不破は見たことがなかった。

「勿論そうだろう、」と尚も笑いながら奥村が言った。「それでいいんだ。それが君の自我というものだ。君は君のために生きる、そして僕は僕のために生きる。」

「冗談なのか?」と真蒼な顔で不破は訊いた。

「悪い冗談を言った。怒らないでくれ。」

笑いやんでも、奥村は頬を紅潮させていた。その頬がまだぴくぴくとひきつっていた。それを見詰めているうちに、憤怒がかっと不破の頭にのぼった。何という奴だ。ひとがこれほど心配しているのに、冗談とは何ごとだ。彼は無言のまま玄関の戸を明けると、一息に表へ飛びだした。

「不破!」

家の中から奥村の呼んでいる声が聞えたが、不破は振り向かなかった。寒さの厳しくなった宵の街を一心に歩いて行った。憤怒は次第に醒めた。

奥村は狂っている、——そう考えるのと同時に、いつぞや自分は正気だ、これが絶対的條件だと言った時の、奥村の冷静な顔を思い出した。狂っている筈はない。しかし文枝さんをくれだなどと、そんな冗談をどうしてまた言い出したものだろう。そんな冗談は許せない。それは僕をも、文枝さんをも、侮辱した言いかただ。

不破はいつのまにか「イヅミ」の方向へ足を向けていた。彼がその洋裁店の前まで行った時に、しかし彼の憤怒はまったく醒め、文枝に会ったものかどうかという重くるしい不安が、心の中を領していた。腕時計を見ると、時刻はまだ八時過ぎだった。まだ遅くはない。しかし昼ま会ったばかりなのに、また文枝を表へ呼び出すには、ちょっとした勇気が必要だった。それに二人は、昼、どの映画を見るかで言い争いをして、変に気まずく別れて来た。同じ日の夜、また訪ねて行けば彼女は変に思うだろう。ひょっとしたら怒るかもしれない。あの位の言い争いでわざわざあやまりに行くことはないだろうし、もしその口実が適切でなければ、自分の弱い気持を見透かされる懼れもあるだろう。不破は暫くの間ためらい、会わなくてもいいのだと自分に呟いて、またそこから引返した。こうやって文枝のことを考えているだけで、心の中は幸福だった。彼は夜の冷え切った空気を吸い込みながら、この仄々とした気持を持続させようとした。奥村のことが、――さっきの友人の態度が、異様な不安となって時々心の中を掠めたが、彼はそれを押しのけた。その時、彼は自分のために生きていた。

翌日、十二月十八日月曜日は、六十九日目だった。その日、奥村次郎は学校へ来なかった。不破は教室でそのことに気がついても、初めのうちは大して心配していなかった。前にもそういう例はあったし、それに何と言ってもまだ六十九日目だった。奥村の下宿け一時間かからずに大学から往復できる範囲内にあったから、昼休みに訪ねて行くことも可能だったが、それもちょっと馬鹿馬鹿しかった。奥村に冷かされるぐらいが落だろうと思い、授業が終っても、奥村の下宿へ寄るつもりだった最初の考えを止めて真直に自分の下宿へ帰った。途中で「イヅミ」の前を通ったが、文枝の姿は店の中になかった。それが彼の心を少し暗くした。

不破は玄人下宿屋に住んでいたが、彼が中にはいるとすぐ、帳場にいた小母さんが、「不破さん、速達が来てますよ。」と言った。「ほんのついさっきよ。」と附け足した。不破は急いで即日速達というスタンプの捺してある封筒を受け取った。見覚えのあるような字だと思い、裏を返してみたが差出人の名前はなかった。それと同時に、不意に心臓がどきどきいい始めた。彼は廊下を足早に歩いて自分の部屋にはいり、鞄を机の上に放り投げると、立ったまま封筒の端を切った。折り畳んだ便箋が一枚、彼の前に開かれた。

昨晩は失礼した。今日は十二月十八日だ。僕の予定よりちょうど一月早い。が僕は今日決行することにした。今日の正午、かねての通り決行する。

僕は依然として理性的な自分を信ずる。自殺者の手記というものは、大抵、曖昧なものだから、僕は自分の気持を書いておくつもりでいたのだが、やっぱり書けないことが分った。僕の気持は、前に君に話した時と同じではない。がそれを説明するのは厭だ。

僕の机の上に伯父あての遺書を置く。君に面倒を掛けると思うが宜しく頼む。すべて整頓してある筈だ。

午前十時半

奥村次郎

不破雅之様

僕は君に済まないことをした。僕は超人でも何でもなかった。君は僕をゆるさないだろう。もし君が僕をゆるすとしたら、それは僕のことを忘れることだ。僕のことは忘れてくれ。

不破は立ったまま、短い文面を二度ほど読み返した。心の中が空虚になり、どうすればいいのか何の決断も浮んで来なかった。無意識に腕時計を見た。五時十分。彼は便箋を封筒に入れ、もう一度封筒の上書を読んだ。奥村はこの手紙の封をし、それをポストに入れてから死んだのだ、と彼は考えた。しかし、ひょっとしたら、まだ死んでいないかもしれない。彼は狂ったように部屋から飛び出した。

奥村の下宿に着いた時に、あたりはもうすっかり暗くなっていた。玄関の戸を明けると、顔を知らない人たちが三四人、下宿の小母さんを取り囲んでひそひそと話していた。それだけで万事分った。そこには普通でない、陰惨な感じがあった。

「飛んだことになりました、」と小母さんは彼に取り縋った。「わたしはもうどうしたらいいか分らなくて、御近所のかたと今も相談してね、不破さんをお呼びしようと思っていたところですよ。本当に不破さん、どうしたらいいもんでしょう?」

「もう駄目ですか?」と不破は訊いた。

「さっきお医者さまがおいででしたが、もう何とも。本当にわたしが、もっと早く帰ってくればよかったんですよ。田舎へ行っておりましてね。息子は工場に間に合うように朝早く帰ったんですが、わたしはつい引留められましてね。帰ってみると、二階がばかに静かなものだから、上ってみると、あなた。」

下宿の小母さんは恐怖に飛び出しそうな眼をした。この人は何も知らなかったのだ、だから罪がない、と不破は考えた。彼は梯子段を昇り、ひとり二階へあがった。

昨晩と同じ、電燈の点いた部屋だった。机の前に床が敷いてあり、そこに奥村が仰向に寝ていた。何という簡単なことだ、と不破は考えた。あまりに簡単すぎて、どうしても本当のことだとは思われなかった。奥村は今にも起き上りそうなほど平和な寝顔をしていた。しかし脈をみようとしてその手を取ってみると、それはもう眠っている者の手ではなかった。不破は友達の冷たい手を握りしめたまま、反射的に身ぶるいした。何という馬鹿だ、と彼は罵った。しかし呟いていることの意味は、彼自身にも分らなかった。罪があるとか、簡単だとか、馬鹿だとかいう言葉が、意味もなく、彼の意識の内部で呼び合い答え合った。

そのあと、不破は文字通り馬鹿のようだった。小母さんが彼に説明している言葉さえ、よく聞き取れなかった。奥村は何でも、自分で北枕に牀を取り、支度を整え、その上で仰向に寝て薬を呑んだらしかった。気が狂っていたわけじゃない、と不破は考えた。しかしあの文句、あれは何だろう。君に済まないことをしたという追伸の文句、なぜあんなことを書き添えたのだろう。そう思えば、追伸の部分だけが、急いで書き足したように字が少し乱れていた。それを書く時、奥村は一体何を考えていたのだろうか。

不破は友人の手帳を調べ、幾つかの住所を書き抜いて電報を打ちに行った。その間も、彼はさまざまのことを考えたが、結局は、何ひとつ考えていないのに等しかった。奥村の死、この嘘のような真実は、彼にとって完全な打撃だった。その上、別の、もう一つの打撃が執拗に彼を待ち受けていた。

電報局で電報を打ち終った時に、彼は文枝のことを思い出した。そうだ、文枝さんにもしらせなければ。どうせ今晩はお通夜なのだから、そのためにも一度下宿に戻って小母さんにも断っておく必要があると考え、その途中、彼は「イヅミ」へ寄って行くことにした。彼はタクシイを摑まえて、「イヅミ」の前で降りた。

文枝が入口に現れた時に、不破は待ち切れないように急いで呼び掛けた。

「文枝さん、大変なことが起った。驚いちゃいけないよ。」

文枝は入口の硝子戸に倚りかかるようにして、鋭い表情で黙って彼を見詰めていた。

「奥村が死んだ。自殺したんだ。」

文枝はまだ黙っていた。知っていたんじゃないか、とふと彼は考えた。街燈の灯に照されて、文枝はひどく蒼ざめた顔をしていた。まるで、自分の顔がそこに映っているようだった。馬鹿な、知っている筈はない。

「いつ？」と乾いた声で文枝が訊いた。

やっぱり知らなかったのだ。不破は急いで答えた。

「今日の昼ごろだ。今さっき分ったばかりなんだ。」

文枝は物に憑かれたような眼で彼を見詰めたが、その眼の表情が彼に二の句を継がせなかった。嘗て見たこともない、異様な眼つきだった。そして不破は、その眼が自分を見詰めているのでなく、何かもっと別のもの、自分の眼を通り越した、もっと遠くの方を見詰めていることに気づいた。彼女は今にも倒れそうだった。

「どうしたの、文枝さん？」

その時、文枝が急に笑い出した。笑うような、ヒステリックな声で叫んだ。

「わたしが殺したのよ。わたしが次郎さんを殺したのよ。」

「何を言うんだ？」と、ぎょっとなって、不破は竦みあがった。

「あの人を殺したのはわたしなのよ。どう、驚いて？　不破さんには分らないわ。わたしが殺したのよ。」

文枝は叫び、そしてぞっとするような声で笑った。倒れかかったその身体を不破は危く抱きとめた。文枝は身体中を痙攣させていた。

「いや、触らないで。」と文枝は尚も叫んだ。暗い、憎しみの籠った瞳で不破を見た。その瞳から涙が一筋、流れ落ちた。

「いや、いや、みんな厭。」

文枝は身体を捩ると、不破の手を逃れて入口の戸にしがみついた。不破は茫然と、取り乱した文枝の姿を眺めていた。その時になって、初めて、あまりにも遅く、不破は知った。――そうか、文枝さんは奥村を愛していたのか、自分ではなかったのか。そして自分は馬鹿で、ぼんやりで、無力で、何の為すこともなく奥村を殺してしまったのか。それは僕だ。僕が奥村を殺したのだ。しかしなぜだろう……。

空しい疑問が心の中でぶつかり合い、響き合う間、不破は泣きくずれた文枝を、いたましげに、じっと見詰めていた。

8

風のない日の午後、安静時間が終ってから、冬の日射のあたたかな縁側にしゃがんで、ぼんやり庭を見ているのが井口冴子の愉しみの一つだった。南側の障子を明けておけば、寝ながら木立や空を見ることも出来たし、日射が畳の上まで射し込む時には、手を延せば掌にこそばゆい日光を感じることも出来た。しかしこうして日向ぼっこをしながら、羽織を纏った肩先に日射を浴びて佇んでいると、しみじみと生きていると思った。芝生は枯れ枯れと黄ばんで、たまに雀が遊んでいる時のほか眼をよろこばせるものもなかったが、水のすくなくなった泉水の向うに、竹林が青々と空を指して立っていた。それを見ると気がせいせいした。その竹林は井口教授のお自慢で、鄙びた、閑静な趣きがあった。冴子は、何よりもその勢いのいいのが好きだった。そして竹林のあたりは、寝ていたのでは眼にはいらなかった。

冴子の一日一日は、どれも似ていて退屈だった。退屈なのは病気がよくなった証拠ですよ、と不破は言ってくれたが、確かに病院での手術前後の日常には、退屈するだけの心の餘裕もなかった。しかし心の餘裕とは何だろう。退屈だということの中に、どれだけの回復があるのだろう、と冴子は考えた。手術の頃には、不安と絶望とに心をわななかせながら、それでも生きることにしがみついていた。あの切迫した気持に較べて、今の退屈さがどれだけましだというのだろうか。今、あたしは生きてはいない。あたしの望んだようには生きていない。そう呟くのが、冴子の口癖だった。あたしの望むのはもっと別の生きかただ。

冴子の時間表は簡単だった。午前と午後とに二時間ずつの絶対安静。それ以外と夕食後は自由時間だったが、その間の愉しみといってもラジオと読書とに限られていた。ラジオは冴子の好きな音楽の時間以外は消されていたし、面白い本といってもそうそうはなかった。従って一日の大部分を、彼女はぼんやり天井を眺めていたり、少し昼寝をしたり、障子を明けて表を見たりして暮した。彼女にとって一番気が紛れるのは、誰かが訪ねて来てくれることだった。しかし健康な人たちは皆忙しくて、稀にしか彼女を見舞に来てくれなかった。不破でさえも、近頃はなかなか現れなかった。

不破さんに電話を掛けてみよう、――その考えがふと浮んだのは、日向ぼっこをしながら、透明な空を見上げている時だった。十二月のからりと晴れた空に凧が一つ舞っていた。なぜもっと早く気がつかなかったのだろう。今迄は仰向に寝たまま、苦労をして、鉛筆書きの手紙ばかり書いていたのだ。電話の方がずっと簡単で、相手の声まで聞くことが出来る。一挙両得なのだ。彼女は悦んで、玄関にある電話のところまで歩いて行った。今まで電話のことを忘れていたなんて、本当に馬鹿だった。

榊原病院はなかなか出なかった。急に日向からやって来たので、身体が寒くてぞくぞくした。女中が気がついたらきっとびっくりするだろう。彼女は小さな声で話した。

――もしもし、榊原病院ですの？　あの、不破先生をお願いしたいんですけど。ええ。名前をおっしゃらなくても分ります。

分るかしら、あたしだって？　と冴子は考え、微笑した。待っている間に、次第に脚ががくがくし始めた。しかしこうして待っているのはひどく幸福な感じだった。

――お待たせしました、不破です。

――不破さん。あたし。

――もしもし、文枝さんですか？

――あら、あたしよ、冴子よ。

ただの人違いだと思い、それからふと、不破さんが間違えたのは及川さんのことだと気がついた。

――あたし冴子です、と繰返した。

――え、冴子さん？　と相手は早口になって訊き返した。どうしたんです？　何かあったんですか？

――そうじゃないの。あたし退屈だからお電話したの。お忙しい？

――そりゃ……。一体。大丈夫なんですか、そんな。

――平ちゃらよ。お電話ぐらい。あたしもっと早く気がつけばよかった。今度いつ来て下さる？

――そう……、と相手は渋ったような声で考え込んだ。

――今晩は？

――今晩は駄目です。

――じゃ明日の晩ね、きっと、それじゃさよなら。

そして相手の答も待たずに電話を切った。それがもう体力の限界だった。くたびれて壁に凭れかかると、脚が今にも崩れそうだった。女中がいつのまにか側に立っていて、不安げに待っていた。

あくる日の晩、不破は何となく機嫌が悪くて、冴子の質問にもはかばかしい返事をしなかった。恐らくその原因は、あたしが電話で呼びつけたことにあるのだろう、と冴子は考えた。不破さんたら、あたしのことを及川さんとお間違えになったのね、とひやかして、それから昔の二人の間柄を訊いてみようという計画だったのに、相手が沈黙がちにしているので、それを口にするのは気が咎めた。ごめんなさいね、忙しいんでしょう、とまずそう謝ってしまえばよかった。しかし冴子は、自分の中の気の弱い部分を憎んでいたから、不破にはいつも高飛車に出ることにしていた。この人はお医者さんじゃない、あたしのフィアンセだ、——そういうふうに論理が動いた。彼女は病人に特有の、医者に対する餘分の劣等観念を持っていた。それが不破雅之に対しては反対に働いて、我儘を言ったり、駄々をこねたりして相手を悩ませた。いつもなら彼をからかうのは何でもなかったのに、その晩に限って不破がいつになく暗い表情をしていたから、いつものような具合にはいかなかった。不破は話を跡切らせてはぼんやりと考え込んだ。

——どうなさったのよ、今晩は？

及川さんのことでも考えてらっしゃるの？　と不断なら軽く出て来るのだが。

——僕？　どうもしない。

——何だか沈んでらっしゃるわ。冴子の気のせいかしら。

不破は、いかにも気を取り直したというふうに、少し笑って見せた。

——大丈夫だよ。少しいけない患者があるものだから。

しかしそのいつもの口実にも拘らず、彼の表情には何か別の翳が差していた。不破さんの一番大事な患者さんはあたしでしょう？　と言ってみたいところだ。が、冴子は相手に倣って沈黙した。どうせ不破さんにはあたしの気持は分らないのだ、と彼女は考えた。そして彼女もまた不破がその晩、何を考えているのか知ることは出来なかった。それは十二月十八日の夜だった。

次の日、彼女は及川文枝に電話してみた。しかし文枝は店を休んでいた。それから新しい習慣が始まり、冴子は面白がって毎日のように文枝にも、不破にも、また他の電話のある友達にも、思いつくままに電話を掛けて遊んだ。馴れて来ると大してくたびれもしなかった。そして少しぐらい疲れても、そのお蔭で誰かが見舞に来てくれれば、埋合せには充分だった。十二月の間に文枝は二回ほど来てくれたし、不破は五六度来た。しかし最初の時のように二人が冴子のところで落ち合うことはなかった。クリスマスにはなるべく沢山の友達に来てはしかったのだが、不破も文枝も駄目だった。文枝は風邪を引いてずっと店を休んでいたし、不破は忙しいからの一点張だった。

それらが井口冴子の退屈な日常だった。朝の六時から夕方の九時までの昼の時間だった。気を紛らすために本を読んだり、ラジオを聞いたり、電話を掛けたり、たまに客があればお喋りをしたり、——そして自分の意識を出来る限り病気という現実から遠ざけた。何もすることがなくてぼんやり天井を睨んでいる時でも、昼まなら厭な空想をしりぞけることも不愉快な思いを避けることも出来た。しかし夜はそういかなかった。眠られぬ夜に、心を欺くことは出来なかった。

夜、——そこでは彼女の全体をつくり上げている意識が、彼女の意志に反して勝手気儘に動き出した。それらは分裂し、錯綜し、沈澱し、四散した。最早一人の人間が物を考えているのではなく、一人の人間の内部が幾つもの部分に分れて、その一つ一つが、或るものは絶望し、或るものは恣（ほしいまま）な空想に耽り、或るものは虚無の中に沈んだ。まるで寝ている彼女の左脚は真直に延び、右脚は折重なるようにその上に曲げられ、左手は胸の上にあって心臓の鼓動をたしかめ、右手はその親指が口に入れられて歯と歯との間に嚙まれているように。意識の中で一つの思念が聯想に聯想を呼んで次から次と動き、意志の力でそのうちの一つの筋道を追いかけているつもりでも、ごくつまらない、暗い、惨めな考えが、同時に意識の表面に浮んだり消えたりして、誘引し反撥した。意識の海の最も表面に近い部分には、眠ろうという意志が働いていた。とにかく生きること、そのためには病気が癒ること、そのためには眠ること。そして海の最も奥深い部分では、あたしはもう生きられぬ、あたしの生命は冒されている、死はあたしのすぐ前で待っている、という恐ろしい真実が、丈長い、暗緑色の海藻のように揺れていた。そして潮流のようにゆるやかに、しかし確実に流れて行く時間の中に、怪しげな深海魚にも似たさまざまの過去の不快な記憶、発病の時のショック、診察の度ごとに感じた羞恥、手術の時の死ぬような恐怖、そしてそのあとの長い苦痛と絶望、そういったグロテスクな体験が浮び上り、その間を遠い未来の希望の小魚たちが、閃くように泳ぎ抜けては見えなくなった。それらはすべて同時に彼女の中にあった。それらは昼まの思想のようにきちんと整頓されることもなく、意志によって不要な部分、不愉快な部分を刈り取られることもなく、雑然と入り混ったまま共存した。生きるということは或いはこんなことかもしれない、と冴子は考えた。すべてが渾沌として、ありあまる絶望とごく僅かの希望とを併せ持って、暗黒の海を押し流されて行くこと。そして彼女は夜の時間の中で一つの重たい石と変り、意識の海の中を、海藻の茂った奥底の部分へと、どこまでも、どこまでも沈んで行った。右手の親指の爪を歯で嚙み、何度も寝返りを打ち、枕の上で頰に触れる自分の髪の感触を異様に冷たく感じながら、壁のような絶望と、そして絶望を押しのけようとするための何等かの空想との間で、眠りに就くまでの長い時間をじっとひとり耐えていた。

冴子が最もよく空想するのは、彼女が婚約を破棄すると不破雅之に宣言する時の場面だった。それは随分前から、——彼女が自分を病気だと知って、いつか回復するまで（それまでには長い時間がかかるだろう）結婚することは出来ないと思ってから、夜ごとに彼女を誘惑する空想だった。彼女はそれを不破に匂わせたことはあっても、まだはっきりと口にしたことはない。不破は真面目な、親切な、思いやりのある人だから、たとえそれを言っても一笑に附してしまうだろう。決して承知はしないだろう。しかし、どんなに不破が肯き入れないとしても、それを申し入れれば万事は終るかもしれぬという危険がある以上、その場面を空想することは一層刺戟的で、劇的で、た易く彼女を誘い込んだ。冴子は少しずつ細部を変えながら、その光景を悲劇的に演出した。その時、彼女はさりげない声で次のように言うだろう。

「ねえ不破さん、あたし決心したのよ。どんなに不破さんが反対なさっても、あたしの決心は変らないわ。だから黙って聞いて頂戴。あたしね、あたしたちが結婚するのは、わざわざ不幸になるためにすることだとしか思われないの。だからよしましょう。婚約は取り消しましょう。あたしたちがお互いに識らなかった頃の昔に帰りましょう。」

不破さんは熱心に反対するだろう。

「いいえ。駄目。あたしはもう決心してしまったの。不破さんはいつまででも待っていいとおっしゃるけれど、その間、あたしはあなたに何もしてあげられない。ただあたしの方がされるだけ。それも、あなたの同情を受けて、気の毒な人だと思われるだけ。あたしはそれが厭なの。同情なんかされても何にもならない。どんなに病気が苦しくても、それに耐えるのはあたしです、あたしの役目です。不破さんとは関係のないこと。あなたの同情なんか何の役にも立ちません。あたしはとにかく一人で頑張りたいの、出来ても出来なくても。」

そうすると不破さんは、それは自分勝手な考えだ、と言うだろう。

「そりゃあたしは不破さんが好きよ。でも、他のかただってきっと不破さんが好きになってよ。

あなたが待って下さってる間に、もし他に好きな人が出来ても、あなたはあたしのために自分の気持を犠牲にして、そのかたに眼をつぶっておしまいになる。もしあたしが癒ってあなたと結婚できた時に、あたしにその埋合せが出来るかしら？　あなたの失っただけのものを、あたしが差上げることが出来るかしら？　それまであたしはこうしてぶらぶらして、あなたから精神的な慰めを沢山いただいて、いつかはそれを返さなければいけないと心を張り詰めて暮す。厭だわ。あたしにはお返し出来るだけの自信がないの。」

不破さんはきっと、恋愛とはそんなギヴ・アンド・テークじゃない、と言うかもしれない。「もっと勝手に、のんきに、暮せばいいのよね。でもあたしはいつ死ぬかもしれないし、いつでもそのことが気にかかっている。愛するなんてこと、まるで夢みたい。自分を愛するだけで精いっぱいなのよ。不破さんみたいないいかたを、あたしのために束縛したくないし、あたしだって気持を縛られたくないの。だから、笑って別れましょう。あたし今までのこと、とても感謝している。でももうこれでおしまいよ、さようなら。もういらっしゃらないでね。」

あたしは潤んだ声でそう言うだろう。不破さんは黙り込んで、それから静かに帰って行くだろう。それでおしまいだ。不破さんはもう来ない。もしあたしが思い切って言ってしまえば、万事それで片がつく。その晩、あたしは遅くまで寝床の中で泣くだろう。そしてあたしは孤独になる。今までよりももっと空しい、不毛の、寒々とした孤独の中に沈んでしまうだろう……。

冴子は繰返しその場面を考えた。或る時は言葉をそっと口に出して呟いた。いつかは彼女はそれを本当に言うだろう。「あたしは駄目よ。不破さんにはもっといい人がある筈よ。もっとあなたにふさわしい人、例えば及川さんみたいな……。」そして及川文枝がむかし不破雅之と識合だった以上、二人は当然、今でも関心を持ち合っている筈だと考えた。不破さんは電話であたしを及川さんと間違えた位だもの。一体あの二人はどの位の親しさで、またどんなわけがあって別れてしまったのだろう。冴子が知っているのは僅かばかりの事実だった。それも不破の方は殆ど説明してくれなかったから、ただ文枝から聞いたばかりだった。文枝はこの前来た時に、彼女にこう説明した。

「せっかくお訊きになっても、大したロマンスなんてないのよ。わたしが叔母のやっていた洋裁店にいた頃、不破さんは大学生で、お妹さんのトゥーピースを頼みに店にいらした。お友達の奥村さんてかたと御一緒で、わたしが思わず笑ったくらいおどおどしていらした。それで、お妹さんの服を作って差上げたの。それからわたしの叔母が急性の盲腸に罹ったので、不破さんのお世話で大学病院に入れていただいた。そんなものよ。」

「でも仲はよかったのでしょう?」と冴子は訊いた。

「そう、時々お会いしてお話なんか聞いたわ。」

「映画なんかにもいらして?」

「ええ、時々はね。」

「不破さん、意思表示なさらなかったの？」

「意思表示って？」

「例えば、キスなんかなさった？」

文枝は急に赧くなった。そういう時、冴子にはこの人が自分よりも年上だとは思えなかった。

「厭な冴子さん、だから言ったでしょう、そんな間柄じゃないって。本当に何でもないのよ。」

「あたしには分らないわ、」と少し意地悪そうに、はにかんでいる文枝をしげしげと見詰めながら冴子は言った。「キスもしなかったなんて。それでどうして別れておしまいになったの？」

「別れたなんていうのじゃないのよ。わたしが叔母の店を出てしまったから、それきりお会いしなくなっただけのことよ。」

「どうも変ね。その何とかいう不破さんのお友達は？　そのかたとは？」

「奥村さんは亡くなられたの。もう勘弁して頂戴。冴子さんだって昔のことをあれこれ人に訊かれるのは厭でしょう？」

でもあたしには人に訊かれて困るような過去はない、と冴子は考えた。相手の話はどうも変だった。何かそこには謎のようなものが隠されていた。及川文枝という女性の持つ美しさの中に、神秘的な影が差していた。あたしなんかは本当に単純なのだ、と冴子はつまらなそうに呟いた。

眠られない夜、冴子は二人のことをさまざまに思いめぐらした。何とかしてあの二人を近づけ合い、もう一度恋人どうしにし、その上で不破さんと別れたらどうだろうか。もしあたしの思い通りにあの二人が結婚したなら、あたしはそれで満足して、心からおめでとうを言うことが出来るだろう。そうすると、自分が善良で、お人好しで、涙ぐましいほど素直な人間に思われた。その空想は快かった。

それと同時に、不破雅之が此所で文枝と出会ってから、彼の態度が少しずつ前と変って、その関心が自分から去って行きつつあることが、冴子の気持を自ら暗くした。不破さんは何でもない、及川さんが好きならそれでもいい。そう考え、自分は嫉妬なんかしていないと呟いても、心の底のどこかが烈しく疼いていた。しかし彼女はそのことを深く考えたくはなかった。病気に対する暗い予想を避けるように、不破雅之の気持を推測することを避けた。不破さんの方がわたしを棄てて及川さんと親しくなったのでは、あたしにはとても耐えられない、と冴子は考えた。あたしの方で無理やりに、不破さんの気持を及川さんの方に追いやるのでなければ。その二つの間には、彼女の自尊心が満足させられるか否かという、決定的な違いが横たわっていた。人から与えられた孤独ではなしに、自分で選び取った孤独でなければ気が済まなかった。

そして冴子は眠られぬままに、善意によって（と彼女は信じていた）この二人を結びつける方法を研究した。寝ていて出来る方法は、二人に宛てて、それぞれ手紙を書くことの他にはなかった。彼女はその文面を、頭の中で書いたり消したりした。

「この前及川さんがいらした時に、昔のロマンスを聞いちゃいました。といっても全部及川さんが話してくれたわけじゃありません。でも冴子は頭がいいから、及川さんの気持がよう く分ります。あのかたは昔、不破さんがとっても好きだったのです。今でも好きなのです。それなのに口に出しては言えなかった。可哀そうに。きっとあがっていたんです。でもそんなことは、男の人の方で察してあげなければいけないのです。あたしは不破さんが悪いと思います。あなたがもっと勇敢に、もっと積極的に、及川さんをリードしなければいけなかったんです。冴子生意気かしら、こんなこと言うの。あの人が今でも独身なのは、みんな不破さんのためなのです……。」

或いは、「不破さんは口が重いからあたしはあなたたちのロマンスをそんなに聞いたわけじゃないけど、不破さんは確かに今でもあなたが好きなのよ。あたしにはよう く分るの。あの人ずっとあなたのことを思い詰めていて、この前あなたとお会いした時のあの驚きようといったら。あたしと婚約したのは、あなたという人がいなくなってしまったので、ついふらふらとその気になっただけのこと、あの人妹みたいにあたしを可愛がってくれただけです。不破さんは気が弱くて黙っているけど、死にそうなほどあなたが好きなのよ。あたしには、不破さんと結婚する気持は全然ないんだから、どうぞあなたたち、またよりを戻して下さい。冴子お願い。あれでは不破さんが本当に可哀そうです……。」

可哀そうです。誰が一体可哀そうなのだろう、と冴子は空想をやめ、考えた。寒い冬の夜、風が庭の竹林を吹き過ぎて行く荒々しい響を聞きながら、彼女は自分の身体が一つの石となって、意識の海の中をどこまでも落ちて行くのを感じていた。誰が？　絶望が圧倒的な水圧となって、この小さな石を押し潰した。誰が、という声が、海の底から木霊となって響き返って来た。

9

及川文枝はクリスマスの少し前に風邪を引いた。二三日は無理をして勤めに出ていたけれども、とうとう我慢が出来なくなって休んでしまった。アパートの自分の部屋に鍵を掛けて、蒲団を敷いて寝ていた。昼の間のアパートはひっそりしていて、硝子窓から冬の曇った空が見えていた。

忙しい時には、たまに風邪でも引いて一日ゆっくり寝てみたいと思うことがあったが、いざ実際に熱を出して牀（とこ）から立ち上れなくなると、不断からの病気恐怖症が一層烈しくなった。薬屋から買って来た風邪薬を呑んではみたが、熱はいっこう下る気配もなかった。規則的な勤めを持っている人間にとって、その日常が中断されることは、精神の中の最も活動的な部分が死に、いつもは意識の底に沈められていた部分が浮び上って来ることだった。文枝の忘れていた不安や恐怖が、そうなると熱っぽい頭の中で火のように燃えひろがった。彼女は一人きりだった。もしや病気が重くなったとしても、誰一人彼女を看病してくれる者も、慰めてくれる者もいなかった。そして最悪の場合、彼女は一人きりで死んで行くだろう。誰も知らない間に、愛する者もなく、愛される者もなく。その惨めな幻想が彼女を息苦しくさせた。誰でもいい、誰かに縋りつきたいやるせないような気持と、自分は今まで一人きりでやって来たという誇らしげな気持とが、心の中で争っていた。しかしそれが何になるだろう。一人きりといったところで、それは彼女が自ら選んだというより、寧ろ選ばされたのだ。彼女のような過去を持った人間は、それを選ぶほかはなかったのだ。そして未婚の娘として、自分は少しずつ年を取り過ぎた年齢になって来たという自覚が、こういう時に、いつもの自活している職業婦人としての自負を打負かして、頼りなげに自分の身辺を振り返らせた。こうして過ぎて行く時間とは何だろう。何の波瀾もなく穏かに過ぎて行く間に、肉体は次第に衰え、熱っぽい気持は醒め、未来というものはいつも手の届かない遠い先に逃れて行くのだ。もしああいうことがなかったなら。そして過去の忌わしい記憶にふと立ち戻りそうになって、急いで意志がそれを拭い去った。あのせいではない。わたしが今惨めな気持になっているのは、決してあのせいではない。しかしその記憶、決して自ら思い出そうとはしないその記憶が、仰向に寝てふと手の当った自分の胸のふくらみに、折り曲げた脚の暖かみに、ふと浮び上っては消えて行った。誰にもわたしの気持は分らないのだ、と彼女は考えた。こんなにもわたしは待っているのに。そして肉体が空しく老い、朽ちはて、生の終りの時間が今すぐにも迫っているかのように、彼女は全身をわななかせた。熱が続いて気が弱くなると、いっそ死んでしまえば、つまらない考えにも煩わされないで済むと思うことがあった。そうすると奥村次郎の死が反射的に思い起された。次郎さんにとって、それは簡単なことだった。死ぬということは本当に簡単なことだ。しかし記憶はその先には行かず、それに代って不破雅之の面影が彼女の意識に浮んだ。不破さんはわたしを憎んでいる、今でも憎んでいる。

次の日の朝、文枝は不破宛ての走り書の手紙を書いて、アパートの隣室の勤め人に速達で出してくれるように頼んだ。たとえ不破さんがわたしを憎んでいても、昔からあの人は親切だったから、わたしが病気だと知ったならきっと来てくれるだろう、——文枝はそう考えた。誰でもいいから誰かに側についていてほしかった。決して不破が医者だから診てもらうという気持ではなかった。しかし、誰かということの中に、他の誰でもない、ただ不破雅之ひとりを当てにしている自分の気持が隠されていた。それに気がつくと、文枝は少しずつ不安になり始めた。決して誰でもいいのではない。現にお店の女の子が、毎晩のように様子を見に来て、食事の支度などをしてくれた。他の誰が、どんな友達が、見舞に来てくれたところで、この異様な不安は収ることはないようだった。それは不破ひとりに限られていた。なぜ不破なのか、昔あの人がわたしを愛してくれたからなのか。しかし今、あの人の愛しているのはわたしじゃない、と彼女は呟いた。もし次郎さんという人がいず、またああいうことがなかったなら、わたしは不破さんを待ち続けていただろう。もし不破さんが、一度でもいい、わたしを愛していると言ってくれたら。しかしあの人はとうとう何も言わなかった。あの人には情熱というものがなかった。一体本当にあの人はむかしわたしを愛していたのだろうか。そんな情熱のない愛しかたがあるものだろうか。あの人の生ぬるさがみんなぶち壊しにしてしまった。次郎さんだけが悪いのじゃない、不破さんだって。わたしは不破さんだって今でも憎んでいる。不破のことを考えるたびに、彼女は呪文のようにその言葉を繰返した。

不破がもし来てくれるとしても、それは恐らく夜だった。時間はゆっくりと進行した。軽はずみなことをした、不破さんを呼ぶほど気が弱くなってはいけなかった、――そうささやく声と、どうなってもいい、もうどうなったって同じことだと呟く自暴自棄の声とが、彼女の内で入り混った。夕方になると熱が一層高くなり、身体中が燃えるように熱かった。不破さんは来てくれないだろうという予感がした。そうすると胸が締めつけられ、まるで恋人のように、その人の来るのを待ち焦れている自分に気がつくのだ。これは病気のせいだ、と彼女は自分に言い聞かせた。わたしは病気だから、お医者さんの来るのを待っているだけだ。確かに、待っているのは彼女の精神というより、その熱っぽい、汗ばんだ肉体の方かもしれなかった。

暗くなってから、ドアにノックの音がした。文枝は息の詰りそうな思いで起き上った。が、ドアを明けてみると、それは例によって店の女の子が用を足しに来たのだった。その子はお粥をつくると直に帰って行った。文枝は少しも食慾を感じなかったから、お粥は白い布巾をかぶせられた卓袱台(ちゃぶだい)の上で、次第に冷たくなった。

またノックの音がした時に、文枝はうとうと眠っていて、慌てて起き上ると寝衣の上にカーディガンを羽織り、ドアの鍵を明けに行った。不破さんだということは分っていた。しかし足の顫えるのは熱のせいだった。

ドアを明けると、鞄を抱えた不破の方に思わず身体がよろめいた。

——おや、大変な熱ですね、と言いながら、不破は靴を脱ぐのももどかしそうに、文枝のぐにゃぐにゃした身体を支えた。

——御免なさい、わたし……。

——いいんですよ。さあ早く横になって。

寝床まで連れて行かれながら、文枝は、昔もこうして抱えられたことがあると、ぼんやり思い出していた。いつのまにか寝かされて、口の中に体温計の冷たい硝子を感じた。脈を見るために取られた手を、おとなしく相手にあずけていた。小さい時に疫痢に罹って、お医者さまに診てもらった時と同じような気持だった。

——随分ありますね、と体温計を見て不破が言った。誰かに診察してもらったんですか?

文枝は首を横に振った。

——乱暴な人だな。一体、いつから具合が悪いんです？

——一昨日ぐらいから。でも昨日まではそう大したことはなかったんです。わたしお医者さまは嫌いなの。

それまでの信頼感がふと不安に変った。失礼しますよ、と言いながら、不破が彼女の寝衣の胸元をひろげ出した。

——厭。

——駄目ですよ、子供みたいな。

文枝は両手で胸を隠そうとしたが、その力はなかった。冷たい聴診器が乳房の下をゆっくりと移動した。彼女は急に鼓動が早くなったのを感じた。不破の二本の指が、まるでそこにだけあらゆる感覚が集注しているように、胸の皮膚を抑えて、皮膚の感触をためしていた。二本の指は、打診の度に、ゆっくりと移動して行った。厭だ、と彼女は思った。しかしひょっとすると、それが彼女の待っていたものかもしれなかった。

——はい、今度は背中。

文枝は横向になり、片肌を脱いで背中を露(あらわ)にした。両手で自分の乳房を抱くようにして小さくなっていた。しかしその方が、不破の姿を見ないで済むだけ、まだしも気持が楽だった。そういう姿勢でなら、いつまでそうしていてもよかった。

——はい、いいでしょう。大丈夫ですよ。ペニシリンを打っておきましょう。

不破が鞄の中から注射の道具を取り出すのを、文枝は怖そうに眺めていた。診察は済んだ、でもまだ注射がある。

——それ、どこに射すの？　と訊いた。

——弱虫だなあ、と不破は少し笑った。文枝さんは本当に子供だ。

——ペニシリンってお臀に射すんでしょう？　わたしお臀なら厭。

文枝は赧くなって早口に言った。不破は注射器に薬を吸込ませながら、顔を起さないで答えた。

——肩にしましょう。それならいいでしょう？

不破は彼女の上半身を抱きかかえるようにして起してやると、肩を少し脱がせて、手早く肩の筋肉に注射をした。その間、彼女は蒲団の上に手を突いて、不破の胸の方に首を傾けていた。彼女は苦しそうに呼吸を早くした。

それが済むと、不破はお勝手に手を洗いに行った。文枝はまた蒲団にくるまって、もう大丈夫だわ、と自分に呟いた。何でもなかった。あっけないほど何でもなかった。

不破は戻って来ると、蒲団の側に胡坐をかいた。卓袱台の上の布巾を取り、食べなかったんですか？　と訊いた。

――食べたくないの。

――そりゃいけない。少しでもお上んなさい、どれ、暖め直して来てあげよう。

文枝が断る間もなく、不破は気軽にまた腰を上げた。お勝手で長い間かたことといわせていた。それから戻って来ると、湯気の出ているお粥をスプーンで一匙ずつ食べさせてくれた。文枝は雀のように口を明けて、まずそうに少し食べた。

――こういう時には一人じゃ困るでしょうね、と不破は言った。しかし明日は熱も下りますよ。

――不破さん、明日も来て下さる?

――晩に来ます。もう一度ペニシリンを打ったら、それでもう大丈夫です。

――わたし死ぬかと思ったわ。

――気の弱いことを。文枝さんは芯が丈夫だから、そう簡単には死ねませんよ。

しかし次郎さんだって丈夫だった、と文枝は考えた。そして次郎さんは簡単に死んでしまった。文枝の熱に潤んだ眼が、そこにいるのをふと奥村のように錯覚した。もし次郎さんだったらわたしは決して診てもらわなかっただろう。不破さんでよかった。不破さんはいつでも親切だった。

不破が帰って行ったあと、文枝は安心して直に眠った。朝になると熱が下っていた。新しい一日はゆるやかに進行した。彼女は鏡を見て髪を撫でつけた。硝子窓の外は今日も曇っていた。夜になってから、不破は昨日と同じ時刻に現れた。やはり真面目な、職業的な顔つきをしていた。文枝は昨日の今日にも拘らず、診察の時も注射の時も、やはり顔を赧くし、心臓をどきどきいわせた。それは熱が下って、昨日よりも病気への不安が薄らいだために、一層羞恥心が高まったせいかもしれなかった。しかし不破の手つきは事務的で、少しも感情を混えなかった。

そのあとで不破はお土産に持って来た罐詰類をあけてくれた。文枝はそれをおいしそうに食べた。病気のことはもう怖いとは思わなくなったが、側に不破がいるのが、いつもと違った変に気づまりな空気を漂わせていた。彼女は自分の気持を落ちつかせるように相手に呼びかけた。

——不破さんは随分親切ですのね。わたし冴子さんが羨ましいわ。

不破は黙ったまま、かすかに顔を翳らせた。つい口から出た言葉が、取りようによってはおかしな意味になるとふと気がついて、彼女は慌てて言葉を継いだ。

——冴子さん、クリスマスをたのしみにしてらっしゃったけど、どうでしたかしら?

——さあ。僕は行かなかったから。

——いらっしゃらなかった?

——忙しかったから、と不破はぽつんと言ったなり、罐詰の果物を自分でもつついていた。こいつは冷たくて歯に沁みますね、と別のことを言った。

——そう言えばわたし、この前、伊豆へ行きました、と文枝も話頭を転じた。口にしてすぐ、いけなかったかな、と思った。蜜柑をたくさん食べさせられて、断り切れなくて困りましたわ、と早口に附け足した。

——いつごろです、それ？と不破が直に訊き返した。

文枝は思わずびくっと顫えた。まったく餘計なこと、何という気持もなく、つい口にしてしまったことだ、ちっとも言うつもりじゃなかったのに。しかしもう遅い？

——十八日の日です。わたし、一度も次郎さんのお墓参りをしたことがなかったので、と謝るように答えた。

——そうだったんですか。僕も一度行ってみたいと思っているんだが。

不破は表情を暗くしてそう呟いた。気を取り直したように、それはよかった、奥村も悦ぶでしょう、と間を置いて言い足した。

そのしみじみした声を聞いて、文枝は馬鹿なことを言ったと思い、一層どぎまぎした。どうしてまた次郎さんの話になんかなってしまったのだろう。

——風邪を引いたの、どうもその旅行がいけなかったんですわ、とわざと明るい声で言った。向うが暖かすぎて、帰ったら急に寒いんでしょう？　ひょっとしたら次郎さんの祟りじゃないかしら？

文枝は少し笑ったが、相手はそれに釣られなかった。二人はそれきり黙ってしまった。煙草を喫んでもいいですか？　と訊いて、不破は返事を待たずに煙草に火を点けた。この人はまだわたしを憎んでいる、と文枝は考えた。

不意に不破が彼女に呼び掛けた。

——文枝さん、あなた何か喋ったんですか、冴子さんに？

——あら。どんなことを？

——どんなって。

曖昧に不破は口をつぐんだ。文枝は慌てて弁解した。

——何も言いませんわ、わたし。むかしお識合だったということだけ。どうして？

——いや、いいんです。大したことじゃない。冴子さんから手紙が来て、あなたのことが書いてあったから。

——どんなことが？　と文枝は眼を起して相手を見た。

不破は眩しそうに眼許に皺を寄せ、煙草の灰を捨てた。

——あの人は毎日寝ているから退屈なんですよ。だから僕が前に文枝さんを識っていたというのが面白くてしかたがないらしい。何とかまた縒を戻させてやろうと考えるわけです。そんな戻すような縒なんか僕たちにはないんですがね。

この人はわたしを憎んでいる、と文枝は考えた。

——冴子さんは自分の子供っぽさに甘えているんですね。何でも自分の思うようにしたがっている。ああいうように単純に物が考えられるのは羨ましい。僕等は、恐らく物ごとを複雑に考えすぎて、餘分に苦しんでいるのかもしれませんね。

どういう意味だろう、と文枝は思った。不破は煙草の火を消し、そろそろ失礼しましょう、と言った。

——もう少しいて下さい、と文枝は頼んだ。

二人は黙っていた。隣の部屋のラジオが甲高い歌声を傳えて来た。

——お正月にはお郷里(くに)にお帰りになりますの？　と文枝は訊いた。

——四五日帰るつもりです。

——羨ましいわ。もう随分雪が深いんでしょうね。

不破は答えず、ただ頷いただけだった。鞄を取って、立ち上った。

——どうもありがとうございました。

文枝は自分も床の上に起き直って、蒲団の上に脱ぎ捨ててあるカーディガンを羽織った。

——ああ寝てらっしゃい。

——でも、どうせ鍵を掛けなきゃならないから。

足がふらふらして、つい不破の身体の方によろめいた。しかし不破はさっさとドアの方へ歩いて行った。

——明日の晩も来て下さる？　と入口の壁に凭れながら、文枝は訊いた。

——明日はちょっと分らないんですよ。でも風邪の方は大丈夫癒ります。僕が請け合う。

不破は少しばかり笑顔を見せ、軽く手をあげて挨拶すると、背を向けて帰って行った。文枝はドアに鍵を掛けた。不破さんは気を悪くして帰ってしまった、と彼女は考えた。

その夜はいつまでも眠れなかった。昨晩はあんなにもすぐ寝入ったのに、熱が下ったためか、今日は眼が冴えていた。そして病気のせいというのではない、もっと根源的な不安が、意識の内部に苔のようにはびこり、執拗に成長した。

冴子さんは不破さんに宛てて何を書いたのだろう、と彼女は考えた。昔のわたしたちのこと、しかしわたしは何ひとつあの人に喋ったわけではないのに。次郎さんのことなんか、これっぽっちも言いはしなかったのに。不破さんが気を悪くして帰ったのは、あれはわたしが次郎さんのお墓参りに行った話をしたからだ。あれはまったく餘計なことだった。次郎さんは今でもわたしを苦しめている。そして不破さんは今でもわたしを憎んでいる。それはわたしが次郎さんを殺したからだ。あの人の一番大事なお友達を、わたしが殺したからだ。しかしわたしには何も出来なかった。あの人が本当に死ぬなどと、わたしには想像することも出来なかった。悪いのは勿論、次郎さんの方だ。わたしをこんなにしてしまったのはあの人だ。それなのにどうして、わたしだけが苦しめられるのだろう?

文枝は何度も寝返りを打ち、汗ばんだ身体を自分の両手で抱きしめた。そうすると、それはもう自分の手ではないようだった。何か眼に見えぬ死者の手が、この息づく肉体を身動きもならず抑えつけているようだった。彼女は診察の時の、不破の暖かい手先を思い出した。あの人はわたしの胸や肩や背中を裸にし、そこに触った。しかし不破は事務的に彼女に触っただけだ。そして文枝が望むものは、事務的ではない、もっと別の、もっと情熱のこもった、男らしい手の動きだった。彼女は蒲団の中で身悶えした。そうすると過去の中の最も忌わしい部分、決して思い出すまいと自分に誓った、最も暗く、恐怖に充ちた部分が、否應なしに彼女の意識にのぼって来た。彼女は避けるように掌で眼を覆った。しかし時間は中断され、過去は彼女の前に蒼ざめた亡霊のように浮び上った。

10

自分を呼ぶ声がした時に、及川文枝は初めそれを不破だと思った。その日曜日の午後、二人は誘い合せて一緒に映画を見に行く筈だったが、何を見るかというごくつまらない原因で、喧嘩をしてしまった。「いいわ、わたしもう帰る。そんなに見たいわけじゃないんだもの。」文枝はそう言ったなり、さっさと喫茶店から飛び出した。不破があとから追い掛けて来はしないかと心待ちしていたが、自分の足が早すぎたものか、彼が本当に怒ってしまったのか、とうとう不破は姿を見せなかった。文枝はひとりで店へ帰った。夕食のあと、叔母は用があると言って出掛けたので、厭でも彼女が留守番をしなければならなくなった。ラジオの番組も面白くなかったし、映画雑誌にも見飽きてしまった。声がしたのはその時だった。

苛々した気分がいっぺんに吹き飛んで、文枝はいそいそと表の戸を明けた。街燈の光に照されて、奥村次郎がそこに立っていた。

「何だ、次郎さんなのか。」

「僕で悪かったね、文枝さん。いま暇かい?」

「ええまあ。お上りになる?」

「いや。どうだい、それよか一緒に表へ出ないか。ちょっと君に話したいことがあるんだ。」

「どんなこと?」

奥村は返事をしなかったから、きっと不破さんのことなのだろう、と文枝は考えた。不破さんは最初の時だって次郎さんに應援を頼んだくらいだもの、今日のことをわたしに謝りに来るのが怖くて、それで次郎さんを引張り出したのだろう。

文枝はオーヴァを着て、表へ出た。奥村は黙ったままずんずん歩いた。文枝にはその歩調が早すぎて、次第に息をはずませた。何て自分勝手な人だろう、と彼女は思った。しかしそこから不破のことを聯想すると、自分に対して思いやりがあるようでいて、その実ちっとも気のつかない不破よりも、奥村の方がさっぱりしているだけ気持がよかった。次郎さんは自分の考えの中にだけ閉じこもっている。きっともうわたしと一緒のことなんか忘れている、そう思うとほほえましかった。不破さんは細かいことまで気にかけてくれるけれど、何か大事なものが抜けていて、わたしをやきもきさせるだけだ。

「何だかばかに寒いな、」と奥村が思い出したように振り向いて言った。「どうだろう、文枝さん。僕のところへ来ないか? その方があったかだぜ。」

「どうせ次郎さんは喫茶店なんかへははいらないのね、」と文枝は皮肉を言った。

「そんなつまらないことはしない。お出でよ、近いんだ。」

文枝はちょっと考え込んだ。相手の下宿へ行くというのは冒険だった。まだ不破のところへさえ行ったことはない（もっとも不破は決してそういう誘いかたをしなかった）。気が咎めたが、しかし何かが彼女を誘惑した。男ひとりの部屋というものへの好奇心、不破のお上品さに対する当てつけのようなもの、それに何よりも奥村の話というのをまだ聞いていないし。

「どんなお話があるの？」とためらって訊いてみた。

「あとで話すよ。大事なことさ。生き死に関ることさ。」

文枝は思わずぎくっとして、足をとめた。が、相手は平然と足を進めていた。色んな疑問が彼女の心の中で入り混った。ひょっとしたら、不破さんがわたしを愛していて、それで自殺するとでもいうのじゃないかしら？　と彼女は考えた。その空想は気味が悪く、それでいてロマンチックな匂がした。彼女は一緒に行くことを承諾した。

奥村次郎の下宿は、人のいる気配がなくて足を竦ませるほどしんとしていた。文枝はたじろいだが、奥村はさっさと二階へ上って行った。しょうことなしにあとを追った彼女が、ぼんやりとその六畳間、――何の装飾もない殺風景な部屋を見廻している間に、奥村はせっせと火鉢に炭をついだ。炭のぱちぱちはじける音がした。手套を脱ぎながら、来るんじゃなかったと彼女は予感のようなものを感じていた。不破が此所に来ているのじゃないかと、心のどこかで望んでいたのだが。

「文枝さん、まあ坐れよ。寒いんならオーヴァを脱がなくてもいいぜ。」

「不破さんはいないの?」と怖ず怖ず火鉢の前に坐りながら、訊いてみた。

「ああさっき来ていたんだけどね。」

奥村は火鉢の上に薬罐を掛けると、「いまお茶を入れる、」と言った。それから、ひどく真剣な、射すくめるような眼つきで、相手をじっと見詰めた。文枝が、次郎さんはどうしていつまでも黙っているのだろうと考えた瞬間に、彼は不意に笑い出した。ひっそりした部屋の中で、何の理由も前ぶれもなく口から出て来たその笑い声は、異様に高く聞えた。文枝はぞっとするほど怖くなった。いつも識っている、気性のさっぱりした、磊落な奥村次郎とは、急に人間が変ったようだった。

「怖いわ、そんなに笑っちゃ、」と彼女は呟いた。

「怖いかい?」そう言ってまた笑った。瀬戸の火鉢の縁に手を載せていたが、その指がまるで踊るようにぴくぴくと痙攣していた。

「わたしもう帰る。何、そのお話?」と腰を浮して訊いた。

「急ぐことはないさ、まあ落ちつき給え。大事なことなんだから。」

「生き死っておっしゃったわね？　誰が死ぬの？」

「僕さ、勿論。」

その平然とした言いかたには無気味な餘韻があった。文枝は相手を恐れるのあまり、強いてそれを冗談のように取ろうとした。

「次郎さんはわたしを怖がらせるつもりなんでしょう？　あなたみたいな丈夫な人、死ぬ筈がないじゃないの。」

「丈夫か。しかし丈夫な人間だって死ぬ場合はあるぜ。」

「自殺……？」

「そうさ。何も不思議はない。」

奥村はもうすっかり落ちついた様子で、火鉢に置いた手も今では痙攣していなかった。依然として射すくめるように、文枝の驚く顔を見詰めていた。

「厭よ、そんな冗談、」と文枝は言った。

「こいつは冗談じゃないんだ。君には気の毒だが。」

「わたし？　どうしてわたしなの？　わたしが同情して泣かなきゃならないの、」とまだ冗談ごとにして、わざと意地悪そうに言った。しかし声は半分泣きかけていた。

「文枝さんには気の毒だ、」と奥村は繰返した。「しかし同情なんかする餘地はないんだぜ。僕の方でも、同情とか憐憫とかいうのはお断りだ。同情されるのは君の方だ。君が気の毒なんだ。僕が君を選んだのだからね。そうきめたんだから。」

「わたしには分らない。一体どうしたの？　本気なの、次郎さん？」

「本気だ。僕は自分の意志によって死ぬ。僕が死ぬのは、まったく僕一人の意志で、他からのどんな干渉も、影響もない。これは明白な事実だ。」

「なぜ死ななきゃならないの？　どうしてそんなつまらないことをお考えになったの？」

「つまらない？　そうだ、君はつまらないと考える。誰でもがそう考える。しかし実際は一番大事なことなのだ。それに匹敵するほど大事なことは他にないんだ。なぜなら、それは運命を否定することだからね。運命を否定するというのは、自分が神になることだ。自分が運命になることだ。」

　奥村は暫く文枝の反応をうかがっていたが、徐に説明を始めた。

「僕が死ぬのは僕の勝手だから、文枝さんとは関係がない。なぜ僕が自殺するか、その理由を君に言っても君には分らないだろう。しかし死ぬ前の僕の行為というものは、君と関係がある。それを君に分らせなければ、僕の行為の持つ意味というものが失われる。だからまず聞いてもらって、せいぜい君を怖がらせる必要があるんだ。そこでだ、」と奥村は話を跡切って、暫く考え込んだ。それから、冷静な声で彼女に尋ねた。

「文枝さん、君は僕を愛してはいないね？」

文枝は一瞬、これは一種の愛の告白なのだろうか、と疑った。それは実に重大な質問だった。今迄考えてもいなかったこと。しかし答はなめらかに口から出た。

「次郎さんなんか嫌いよ。」

「そうだろう。君は勿論僕を愛してやしないさ。君は誰をも愛してはいない。僕と同じことだ。」

奥村はにやっと笑った。でもわたしは不破さんを愛している、――その考えが文枝の心の中に浮び上った。それから、もし次郎さんを愛していると言ったら、この人はそれで自殺を思いとどまるだろうか、と推量した。もし自殺をしないと言ってくれれば、わたしは何でもする。次郎さんを好きだとでも何とでも言う。しかし、これはみんな冗談かもしれない。

「君が僕を愛していないことが分ってよかった、」と奥村は言った。「これは負け惜しみじゃない。僕は負け惜しみを言うような柄じゃない。愛というものは幻影にすぎない。君はちょっと不破にかぶれているけれど、大事なことは幻影を見ることじゃなくて、現実を見ることだ。そして現実というのは運命のことだ。人は肉眼で、この運命を見きわめなくちゃならん。」

「でもわたし、次郎さんも少しは好きよ、」と相手を取りなすように呟いた。

「餘計なことだ、」と奥村は一蹴した。「君は僕を愛してはいない。そこが出発点だ。そこで、僕にとって大事なことは、まず生きている自覚だ。生きることは瞬間の中にある。しかしそれは同時に持続でなければならない。瞬間であり同時に持続であること。そこでこの生きるということの中に、愛の問題がはいって来る。といっても、僕にとって、愛はすこぶる簡単だ。愛は三つに分れる。第一は、自分の自分に対する愛、第二は自分の他人に対する愛、第三は他人の自分に対する愛だ。そのうち、僕には第一のものだけで充分だった。僕は誰をも愛していないし、誰からも愛されていない。そういう状況に於て、もし愛というものがあるとすれば、それは必然的に暴力の愛という形になる。平等な愛が二人の間にあるのではなく、行為者と犠牲者との間に暴力の愛があるだけだ。その場合、行為は瞬間の行為にすぎなくても、その行為が運命として意識される以上、それは生きることの持続の中に保存される。瞬間の行為が、生きるという運命の中に昇華されるわけだ。それは自殺の時でも、暴力の時でも、同じ意味を持つ。自殺は自分に対する愛の表現、というより自分を神にする表現だが、この暴力の行為の中にも、他人を自分の中に獲得することによって、自分を神にする意識が含まれている。僕は自分を神にするという意志のもとに、行為者としての自分を選択したのだ。そして君は何も選択しなかったことによって、犠牲者としての自分を選ばざるを得ない破目になったわけだ。どうだい、分るかい？」

文枝には何ひとつ分らなかった。奥村は気が変なのだと思い、恐怖と寒さのために身体中が凍りつくように感じられた。それなのに脇の下からは冷汗が流れ、火鉢の縁に置いた手だけが焦げつくように熱かった。急に夢でも見ているような気がした。一体、次郎さんは何を考えているのだろう。まるで気違いだ。本当に気が違った？

「わたし帰る、」と言って、立ちかけた。

「帰れないんだよ、君は、」と奥村がゆっくり言った。

火鉢に掛けた薬罐がしゅうしゅうと白い湯気を吐いていた。思わず身顫いし、それから悪寒が止らなくなった。これは違う人だ、次郎さんじゃない、と文枝は考えた。足が竦んで立ち上ることが出来なかった。

「まあお茶でも入れよう。」

奥村は何でもないように、急須を取って茶の支度を始めた。ひょっとしたらみんなお芝居なのじゃないかしら、冗談だよ、と最後に言って、わたしが怖がったのをからかうつもりじゃないかしら、――そう文枝は考え、気を取り直そうとした。しかし手足の顫えは止らなかったし、部屋の中には不吉な匂が立ちこめていた。奥村は二人の湯呑茶碗にお茶を注ぐと、うまそうに自分の分を飲んだ。文枝は手をつけることが出来なかった。

「文枝さんは、運命というものについて考えたことがあるかい？」と奥村はまた話し出した。

「君は両親が死んだ時とか、戦争で家が焼けた時とかに、これは運命だと思う。誰にとっても、運命は抽象的なものだ。それは運命が、他動的に与えられたもの、人間の力ではどうにもならないものと考えられているからだ。もし自分が運命だったらどうだろう。そうしたら、漠然とした外界への恐れといったものはみんななくなり、明晰な理智の力で現実を見ることが出来る筈だ。それが僕の考えたことだ。僕の言う行為者とは、運命が個人に具現された場合なのだ。彼は最早、自分の他に何ひとつ恐れるものはない。彼は自分をも、他人をも、殺すことが出来る。彼は神だ。」

文枝は一層烈しくわななないた。しみのついた壁も、粗末な机も、瀬戸の丸火鉢も、畳の上に置かれた茶碗も、みんな恐ろしかった。しかし平静に、神だとか運命だとか口にしている奥村次郎は、彼女が今迄に見たありとあらゆるもののうちで、最も恐怖に充ちた存在だった。いつもの奥村と外見何の変りもないだけに、不意に現実が悪夢に切り換えられたような気がした。早く逃げ出さなければ、と思った。しかし足も動かなかったし、声も出なかった。呪縛されたように、火鉢の前に坐り、蒼ざめた顔で脣を嚙んでいた。

「いいかい、僕が神だ、運命なのだ、」と力強く奥村は叫んだ。「君は運命というものを知らない。よし、それを僕が教えてやろう。君が今迄に見えなかったものを見せてやろう。僕は不破みたいに善人じゃない。あいつの平凡な理論じゃ現実は一つも解けやしない。現実というのは悪だ。悪のかたまりだ。人間は仔羊のように運命に引廻されている。もし人間が、自分は神だという意識を持たないならば、人間は永久に犠牲者なのだ。空想の神の犠牲となって、地面を這いずり廻っていなければならないのだ。しかし僕はそうじゃない。僕は行為者だ。僕は君に運命というものを教えてやるのだ。」

「わたしは厭よ!」と文枝は悲鳴をあげて立ちかけた。しかしその瞬間に、奥村が飛びかかって来た。「いや、触らないで!」そう叫んだ彼女を、両手の中に抱きかかえた。二人は絡まり合って畳の上に膝を突いた。茶碗が倒れ、畳の上が濡れて行くのを、息をはずませながら身動きもならず彼女は見ていた。奥村の両手は鋼(はがね)のように彼女を捉えて離さなかった。

「君が厭でも、君の意志というものはないのだ、」とそのままの形で、奥村がささやくように言った。「君の意志というものはない、僕の意志があるだけだ。僕は意志の側に立ち、君は受身の側に立つ。僕が運命なのだ。」

「厭よ、わたし。こんなのは厭!」

文枝は必死になって叫び、烈しく身悶えした。足をばたばたさせたはずみに、靴下の踵が濡れた畳を踏んだ。気味の悪い冷たい感触が、足から全身に傳って来た。わたしは逃げられない、もうどうしても逃げられない。濡れた足はそこに足枷(あしかせ)をはめられでもしたように、抵抗するだけの力を奪い取られてしまった。奥村の両手が鎖のように身体に纏りついた。もしどうしても駄目なら。

「ゆるして！」と叫んだ。「せめて、せめてわたしを好きだと言って。」

奥村は獣のように呻いていた。彼女はその血走った眼を見た。この人はわたしが好きなのだ、とふと考えた。好きなのにそれを口に出して言えないから、さっきみたいなむずかしいことを言ったのだ。

「ね、好きなのでしょう？　わたしが好きなのでしょう？」

せめてそれが唯一の救いででもあるかのように。

その時、また奥村が笑い出した。低い、唸り声に似た笑いが、部屋の中に立ち昇った。それは文枝を凍りつかせた。何という笑い声。何のために？　文枝は相手の腕のゆるんだ隙に、僅かに壁の方に身をよじらせて、喘ぎながら、笑い続ける相手を眺めていた。もうこれ以上、一足も逃げ出すことは出来なかった。この無気味な笑い声が、彼女の中にあった一切の希望を剝ぎ取り、重くるしい絶望の一色に彼女の心を塗り潰した。

「わたしあなたを殺すから、殺してやるから、」と意味もなく譫言のように彼女は繰返した。

11

お風邪どうかしら。もうお癒りになったかしら。この前電話であなたがお休みだと知り、とても心配してました。私は元気です。クリスマスの時にはあなたも不破さんもお見えにならなかったので、寂しくてつまらなかった。お正月にはぜひいらっしゃいね。たのしみにして待ってますから。

不破さんは近頃変です。そのわけは簡単です。不破さんは今でもあなたのことが好きなのよ。私、色んなことをお聞きしました。それに大いに推理を働かせました。不破さんはあなたのことを昔とても愛していたのね。それであなたが逃げてしまったから、悶々として、そのお留守につい私が少しばかり好きになっただけのことです。あなたを発見して、目下、大いに困ってるところ。あなたも同じ気持ね。だけど私に遠慮なさることはちっともありません。私は不破さんなんか何とも思ってないんだから、あなたたちまた恋人どうしにおなりなさい。私も加勢してあげます。

お正月にはきっと来て頂戴。
この手紙は起きて書きました。だから前より字がきれいでしょう。自惚かしら。

冴子

及川文枝様

肺炎にもならずにどうにか風邪が癒って、久しぶりに店に出た及川文枝は、夕方疲れて自分のアパートへ帰って来た。入口の郵便受に冴子の手紙を見つけ出すと、オーヴァも脱がずに、立ったまま便箋を開いて読み始めた。それを読みながら、文章の意味とだぶって、この前の不破雅之の謎めいた言葉、あのそっけない帰りかたを思い出した。不破は、彼女が冴子に、何か昔のことを洩らしたのではないかと疑って、機嫌を悪くしていた。そのわけは、不破さんもきっとこれに似た手紙をもらったからなのだろう、と彼女は考えた。わたしにはこれが嘘なことが直に分るのに、不破さんはその間違いを見抜いてくれなかったのだろうか。「不破さんは今でもあなたのことが好きなのよ。私、色んなことをお聞きしました、」色んなこと？　どんなことを？　みんな冴子さんが勝手に想像したこと、「推理を働かせ」たことなのだ。不破さんはお喋りの筈はないし、だいいち、わたしたちの間には色んなことなんかなかったのだから。
文枝は手紙を元通りに畳み、封筒の中にしまった。それからそのことは忘れたように、不断着に着かえて夕食の支度を始めた。「不破さんは今でもあなたのことが好きなのよ。」その一行だけが、一人で食事をしている間も心の中に残り、彼女を少しばかり不安にした。不破の受け取った手紙の中にも、同じような一行が、ただ不破と文枝との名前だけを変えて、書かれていたのだろう。しかしなぜそんなことを、と文枝は考えた。不破さんがあれから二度と見舞に来てくれないのも、きっとその手紙のせいだ。そう思うのと同時に、自分がつい伊豆へお墓参りに行った話をしたことも、味苦く思い出した。しかしやっぱし冴子さんの書いた手紙のせいだ、と彼女は断定的に呟き、それから寝る時まで、そのことを忘れてしまった。

寝がけに、文枝はまた冴子の手紙を出して読み返した。素直な文章に、少しも悪意は感じられなかった。冴子は心から、不破と彼女とが縒(より)を戻すことを望んでいるようだった。そしてその理由が文枝には分らなかった。冴子さんはあの人と婚約しているのだ。それなのに何の目的があってこんなものを書く気になったのだろう。わたしを嫉妬しているとか、不破さんが冷たいとかいうことの、裏返しの表現なのだろうか。それとも本当に善意から言い出したことなのか。どっちにしたって、わたしは不破さんとは親しくなれない。わたしたちの間はもう終っている。わたしは一人きりで生きる。この間、熱のある晩にわたしが人恋しくなったのは、あの時限りの一時的なものだ。不破さんは今でも、わたしを赦さないだろう。

正月になって、日射の明るい日の午後おそく、文枝は井口家を訪れた。教授は年賀に出掛けて留守だった。文枝は夕食をよばれ、例の手紙のことはすっかり忘れていた。夜になると表からの羽根突の音も聞えなくなり、あたりは急にひっそりした。

——不破さんはいらっしゃらないの？　と文枝は話の接穂に訊いた。それまで二人の間で、不破のことは話題にのぼらなかった。

——あら、不破さんはお郷里でしょう？　と冴子が寝床の上に坐ったまま、眼を光らせて訊き直した。

——そうそう、お正月はお帰りになるのだったわね、と文枝はぼんやり言った。忘れていたわ。

——忘れて？　と皮肉なアクセントで冴子が訊いた。

——本当よ、と文枝はむきになった。わたし風邪でお店を随分やすんだでしょう。だからとても忙しいのよ。餘計なことなんか考える暇はありはしない。アパートへ帰ってからだって、モード雑誌を見たり、デザインを考えたり。ぼんやりしているの今日ぐらいのものよ。

——羨ましいなあ、と冴子が溜息まじりに呟いた。いいわねえ、及川さんは。働いている人ってそういうものなのね。あたしなんか、何にもすることがないから、毎日ぼんやり色んなことを考えるけど、働いてる人ってのは、自分の仕事にだけ熱中して、他のことは忘れてすまされるのね。生きるってのはそういうことね。

――わたしそんな意味で言ったのじゃない、と文枝は慌てて言葉を入れた。そりゃあなたは御病気だから。

――あたしはいつもそう思うの、あたしなんかちっとも生きていないって。病気のせいもあるけど、あたしの中には何かが不足しているって。あなたなんか本当に羨ましい。

冴子は不意に声を低くして、そのまま黙ってしまった。それがこの人の本心なのだろう、と文枝は考えた。若くて、不幸な病気になって、毎日寝たきりでいれば、わたしのような者をも羨ましいと思うのは当然だろう。しかしあなたは間違っている。あなたはわたしの過去を知らないから、うわべだけで判断している。もしあなたとわたしとが入れ代ることが出来たら。

――誰でもひとのことはよく見えるものよ、と彼女は言った。もしあなたとわたしとが入れ代りになることが出来たら、わたしは悦んであなたになりたいわ。あなたのようにいいお家が あって、やさしいお父さまがいらして、不破さんという人があったら、たとえ病気だって。

――絶対にそんなことはない、と冴子が叫んだ。それはお世辞よ。何のいいことがあるもんですか。病気になったらおしまいよ、あなたみたいな健康な人には分らないわ、絶対に分らないわ。

――わたしもこの間肺炎になりかけたから、病気のことだってちっとは分るわ。本当にお気の毒だと思っているのよ。でもね、冴子さん、心の中の苦しみというものは、他人には分らないものよ。

——そうよ、あたしもそれを言いたいの。心の中の苦しみは分らないって。あたしは何も病気のことを悔んでいるのじゃない。病気はしかたがないわ。あたし病気だからって、人から憐まれるのは御免だ。けれど、病気のために我と自分から心が惨めになって苦しむ気持、それは健康な人には決して分らないものよ。誰にも分らない、暗い、陰惨なものよ。

——それはそうでしょうけど、と文枝は言い澱んだ。相手がなぜそんなに熱心に言い張るのか、彼女には理解が行かなかった。この人はいい家庭のお嬢さんで、病気だとはいってもおとなしく寝ていればいいだけで、苦労とか何とかいったって何があるだろう?

——及川さんは分ろうとして下さらないのね、と怨みがましい口調で冴子は言った。たかがお嬢さんの言うことだと思っているんでしょう?

文枝は心を見透かされたようにちょっとたじろいだ。相手はそれに構わず、独り言のように言葉を続けて行った。

——あたしが一番初めに、そんな厭な気持になったのは、去年の春、ほら具合が悪くなってあなたのお店に行ったことがあったでしょう。あの後で少しよくなってから、大学病院へ行ってよく診てもらって、夕方此所へ帰って来たのよ。直に蒲団に横になって、診断のことなんかを思い出していたら、急に何とも言えないほど惨めな、厭な、死んだ方がいいような気持になったわ。そんなこと初めてだった。それまでは夢中だったのに、いよいよお医者さまから、手術をしなければいけないほど悪くなってると言われて、自分の立っている不安定な立場というものが、はっきり自分に分ったのね。夕方で、電燈を点けない部屋が段々暗くなって、あたしは、もうじき夜になる、とそんなことばかり考えていた。夜というものは、恐ろしい、希望のない、もう駄目だということのシンボルなのね。しかしあたしは、その時まだ夜の中にいたわけじゃない、もうじき夜になると考えただけよ。つまり夜というものが、もうどうにもならない絶望の時間だとすると、あたしはまだ少しばかりの希望を持って、黄昏の時間にいたわけね。あたしは後から、この気持を黄昏の思想とか、落日の思想とか名前をつけて、いっぱし哲学的になったような気がした。しかし決してそれに甘えていたわけじゃない。あたしの言う落日の思想は、絶望への入口で、しかし全部が全部、暗くて救いのないものじゃない。病気だといっても癒る見込もある、パパもいるし、経済的にだってそんなに心配はない。あなたがあたしの苦しみを贅沢だと思う気持、あたしにだって分っている。しかしそういうものがもし希望だとすると、そんな希望は、本質的にあたしと関係がないんじゃないの。怖がってるのはあたしで、他人はそれを引留めることが出来ないし、結局はあたしと無関係なのじゃないの。つまり、もしもう全然絶望だったら、あたしは何も努力する必要がない、暗ければ暗いなりにじっとしている他はない。怖いのなら顫えている他はない。夜の時間の中では、万事がもう終っているのよ。ところが黄昏には、まだ少しばかりの希望がある。あたりを見廻して歩いて行けるだけの明るさがある。それがあたしの絶望を、本当はもっともっと暗くしているのよ。努力することが、義務としての重荷になって来るのよ。あたし、病気になってから、いつでも一人きりだと思う。パパにしたって、兄さんや姉さんにしたって、お友達にしたって、それに不破さんだって、あたしの苦しみとは何の関係もない。あたしは、もうじき夜になると知っていながら、とても生きたいと思う。黄昏というものにはそういう魅力があるのね。もう駄目だから万事放ったらかそうというやけな気持と、まだ夜には間があるからもっと努力をしようという気持と。簡単に言えば、死ぬのが怖いのね、弱虫なのね。それでいて、死んだ方がましだという気持もある。要するに矛盾してるのよ。

——いつもそんなことを考えているの？　と暫くの間を置いて、文枝が訊いた。

——そうよ、紛れる時間というのは尠いわ。ぼんやりしていると直に考えるのよ、孤独だとか、もうじき死ぬとか。それと同時に、まだ死なれない、もっと生きたいとも思う。心が引裂かれて、底へ底へと沈んで行くのが、もう怖いんだか嬉しいんだか分らなくなる。冷汗を流して顫えているんだけど、何かうっとりしてそれを愉しんでいるようなところもあるのね。これがあたしの落日の思想なのよ。健康で、毎日お勤めのあるあなたなんかには、きっと分らないでしょうね。

——分ることよ、と文枝は呟いた。

彼女にはよく分った。少しばかりの希望があるから、それで絶望が一層暗いということが、実感をもって迫って来た。しかしわたしの方がもっと暗いのだ、と彼女は思った。わたしの惨めな気持を説明できたなら。しかし彼女は口を噤んでいた。それを説明することは出来なかった。

——もし希望というものがあるとすれば、と冴子はまた言い出した。それはあたしの中から生れて来るので、決して外から与えられるのじゃない。不破さんなんか何にもならないのよ。不破さんなんかいたっていなくったって、あたしの苦しみとは無関係よ。つまり愛していないのね。不破さんの方でも同じこと、病気で可哀そうだと思っているだけよ。せいぜい妹みたいなものよ。だから、あたしはあなたと不破さんとがお互いに好きになったって、ちっとも構わないの。寧ろ嬉しいわ。

——わたしは駄目よ、と文枝は言った。

——どうして？　あたし本当にその方がいいのよ、その方が気が楽なのよ。分らないかなあ。

——分るわ。だけどわたしは駄目よ。

——どうしてだろう？　とまた独り言のように繰返した。だって不破さんが好きだったのでしょう？

――前にはね、と文枝は苦しそうに答えた。

――それじゃ今だって。

――駄目なのよ、駄目なことがあるのよ、と必死な声で逆らった。不破さんはわたしが嫌いなの。憎んでいるの。どうしたって駄目よ。

――そんなことあるもんですか、と声をはずませて冴子が言った。あなたのことを言う時の不破さんの眼を見て御覧なさい。あたし絶対確実よ。

――困ったわね。あなたの御存じないことなの。それを言いさえすればあなたも分って下さるんだけど。

――おっしゃればいいのに。

――恥ずかしいことなのよ。言いたくないの。

文枝は眼を伏せた。冴子のしげしげと見詰める視線を感じ、脣を嚙んでいた。

――おっしゃった方が、気持がさっぱりしていいんじゃないかしら、と冴子は言った。

――そうね。文枝は溜息を吐き、暫く考え込んだ。

――あたしは大丈夫よ、誰にも言わないことよ。

文枝は決心したように僅かに微笑した。そして低い声で話し始めた。

――あなたさっき黄昏の思想っておっしゃったわね。黄昏にはまだ明るさが残っているって。

そりゃ少しばかり希望がある方が、気持が一層暗いってことも分るけど、何の希望もない、完全に暗闇になって、どこにも明りが見えないというのは、もっと惨めよ。もう努力する餘地もない、死んだ方がましだというより、死ぬほかにはないという気持、あなたの言葉を借りれば夜の思想とでも言うのかしら。あたしの経験したのはそういうものなの。不破さんがまだ大学生だった頃、あの人の仲のよいお友達に奥村次郎さんというかたがいらした。前にちょっとお話したわね。わたしその頃、不破さんとは割に親しかったけれど、次郎さんの方はそれほどでもなかった。むずかしいことばっかり口にして、とっつきにくい人だった。不破さんは丁寧で、礼儀正しくて、それがまだるっこいようなところもあったけれど、とても信用のおける人でしょう。それでわたしは次郎さんの方も、同じように信用していたわけなの。何しろわたしは世間知らずだったから、男の人の怖さってものがよく分らなかったのね。それで或る晩、次郎さんに誘い出されて、下宿へ連れて行かれた。それはわたしがぼんやりで馬鹿だった証拠なのだけど、わたし、次郎さんの下宿で不破さんがわたしを待っていると勘違いしたのよ。次郎さんのことなんかそれまで何とも思っていなかったし、いつでも不破さんのいいお友達のようだったから、すっかり信用していたのね。行ってみたら、次郎さんの下宿、次郎さん一人きりだった。……罠にかかって、わたし逃げられなかった。

冴子は黙っていた。びっくりして声も立てられないようだった。

――そういうひどいことだってあるのよ。次郎さんは、自分で自分を運命だと言っていたわ。たしかに運命だった。けれどあの人が生きている限り、あの人はわたしにとって憎らしい悪人だというだけで済んだ筈よ。とにかく、どんなに厭らしいことでも、そういうこともあると、災難のように思って諦めさええすれば済むことなのよ。

――諦めたの？　と怖ず怖ずと冴子が訊いた。

――いいえ諦め切れなかった。今だからこそ、こうやって落ちついたように話せるけど。でもわたしの言いたいのは、運命というのは、人が死んだ時から始まるということなの。生きてるうちは、行為とか、事実とか、経験とか、災難とか、そういう名前で呼ばれることが、人が死ぬや否や運命という名で呼ばれるようになる。わたしが一番憎むのは、次郎さんがわたしを騙して、そんなひどいことをしたことよりも、あの人が死んでしまったことよ。それもあくる日、自分で死んだことよ。

――自殺？

――そうなの。そのあくる日に自殺したわ。次郎さんが自殺して、わたしには初めて運命というものが分った。わたしは次郎さんのしたことを、どんなに憎んだでしょう。そんなひどい、残酷なことってわたしには考えられなかった。けれど、ひょっとして次郎さんがわたしを愛していて、そのためにしたことだと考えたなら、わたし少しは救われるかと思ったの。わたしそのあくる日、叔母からそれはひどく叱られて、それは勿論わたしが悪くて、軽はずみだったのには違いないけど、次郎さんがわたしを愛していたからしたことだと自分に言い聞かせて、それだけを頼りに泣いていたわ。すると晩になって、不破さんが来て教えてくれた。次郎さんが自殺したって。わたし眼の前が真暗になってしまった。

冴子は一言も口を入れず、石のように硬くなって聞いていた。文枝は蒼い顔をして、憑かれたように言葉を続けた。

――何の希望もないってわたしが言ったのは、そのことよ。次郎さんはわたしを愛していたのではなかった。愛していたら自殺なんかする筈はないんですものね。あの人は勝手に自殺して、それであの人の役目は済んでしまった。しかし残されたわたしは、傷を負わされて、運命から烙印を捺されて、愛なんてものの全然信じられない中で、とにかく生きなければならなかった。わたし叔母の家を出て、一人きりになって、毎晩のように厭な夢を見てうなされたわ。わたしが一番怖かったのは、もしや子供が出来やしないかってことだった。それがどんなに惨めな気持か、あなたには分らないでしょうね。毎日、怖くて顫えていたわ。もしわたしが少しでも運命に感謝するとしたなら、そういうことのなかったという点だけね。でもあの頃のことを思うと、よく死ななかったと自分をほめてやりたいようだわ。

その時、冴子が急に泣き出した。声を呑んで、しゃくるように泣いた。文枝は相手が誰だか分らないようにぼんやりと冴子を見詰めていた。それから、気を取り直して呟いた。

——御免なさい、つまらないことを喋って。

——つまらないなんて、と声にならないまま泣きじゃくった。

——こんなお話、しなければよかった、と文枝は苦い声で呟いた。お話したところでどうにもならない。気が済むというのでもないし。でもね、わたしあなたが御病気で、そうやって苦しんでいらっしゃるの、本当によく分るのよ。苦しいことは沢山あるわ。

冴子は微かに首を振って頷いた。

冴子が気分を直し、二人がまた微笑を回復して平凡な会話を取り交してから、文枝は別れを告げた。冴子は玄関まで送って来た。さようならを言う時には、もう不断の様子をしていた。

しかし文枝の気分は、帰って行く間も、少しも明るくならなかった。傷を負った過去というものは、もう取り返すことが出来ないのだろうか。たった一度の過失、そのために、もう人を愛することも、人に愛されることも出来ず、ただ運命の犠牲となって、自分一人の道を歩いて行く他はないのだろうか。彼女は郊外電車の中で眼をつぶって、何かせめて明るいことを考えようとした。そうすると時間がそこで止り、陽光を受けてきらきら光っている海、ゆるく澪（みお）を描いて漕いで行く漁船、緑色の濃い茂みの蔭に点々と黄色くかがやく蜜柑などが、ゆっくりと彼女の眼の前に浮んだ。

そこはごく静かだった。蜜柑山の中腹にある望楼から、物見（ものみ）の漁師が時々声をあげるのが聞えるばかり、遙か下の内海の水面をすれすれに、鷗（かもめ）が一羽飛んでいたが、その鳴声は此所までのぼって来なかった。文枝は四角な石の上に腰を下し、切りひらかれた平な空地に、幾つもの墓石が並び、それを囲む蜜柑の林が斜面をなして段々に低くなって行く下の方に、海が眩しげに光っているのを見ていた。遠くの方を、海岸沿いにずっと見て行くと、左手にO岬が煙って見えた。十二月とも思えない。穏かな小春日和で、風はやや冷たかったがそれでも冬のようではなかった。文枝は立ち上り、墓石の間を歩いた。奥村次郎之墓と刻まれた小さな墓石が、端の方に立っていた。すぐ側に蜜柑の木が葉を垂らし、墓の前には野菊が挿され、線香の煙が微かにくゆっていた。

奥村次郎の命日に、なぜ此所まで来る気になったのか、文枝は自分にも分らなかった。感傷的な気持ではなかった。彼女は今でも深い憎しみを持っていたし、彼女が一人で生きるための力を支えているのはその憎しみだった。彼女の望みはただ忘れること、それだけだった。しかし日常の慌しいざわめきの間にあって、その記憶は決して消え去ることがなかった。不破雅之が彼女の前に現れてから、記憶は一層執拗に彼女をおびやかした。彼女は休みたかった。この忌わしい記憶からの休息、生活からの休息、何も考えずに、死者のように平和に、ただ休むこと。そして昔、奥村次郎の口から聞いた海辺の墓地が、ふと彼女を誘惑した。

次郎さんは死んだ、と文枝はその墓の前に立って考えた。次郎さんは死んだ人たちの間に帰って、もう何の心配もなく、ただ眠っていればいいのだ。もう何の責任もない、何の苦労もない。あの人は一人きりで、誰も愛さなかったし、誰からも愛されなかった。あの人は生れて来なかったのと同じだ。最初から死んだ人たちの間に眠っているのと同じだった。しかし生きている人間は、安らかに眠ることも出来ず、多くの煩いと憂いとを持って、毎日あくせくと暮しているのだ。僅かばかりの愛に慰められて。わたしのような者は、その愛さえも取り上げられて。

郊外電車が新宿に着くと、文枝は駅を出て街を歩いた。アパートへ帰っても寝るだけのことだったし、気分を霽らすにはせめて街の中でも歩き廻る他はなかった。着飾った人たちが、眠そうな子供の手を引いて歩いていた。人込に疲れて、彼女はとある喫茶店にはいってコーヒーを註文した。隣のボックスには若い男女が肩をすり合せて、親しそうに低い声で話していた。

文枝はその日、蜜柑山にある墓地から下りると、行きがけに道を訊きに寄った奥村次郎の親戚の家に帰りの挨拶をしに行った。それは幾つもの部屋が、小さな鱗の散らばった土間の向うにしんと静まっている、昔ふうの漁師の家で、土間にはいるや否やぷんと魚くさい臭いが鼻を衝いた。彼女は囲炉裏(いろり)の側に通され、奥村次郎の伯母に当るという中年の婦人にお茶を御馳走された。蜜柑の収穫のことや、鰯漁のことなどが、ゆっくりと話された。お茶受けに、よく実った大きな蜜柑が、籠に盛って出されていた。

その伯母さんはやがて話を次郎のことに移した。その話には方言が混っていて、文枝には全部が全部理解できなかった。ただ伯母さんのしみじみとした語調から、自殺した青年がどれほどみんなから可愛がられていたか、またどれほど期待され、その不意の死が深い悲しみによって悼まれたかを知ることが出来た。文枝は素直に涙をこぼした。ここで話に聞く奥村次郎は、彼女の知っている傲岸な大学生とはまったく別人で、心の優しい、家族おもいの青年だった。そしてその墓参りに、文枝が遠くからわざわざ来てくれたことに、伯母さんは言葉に言い尽せないほど感動していた。恐らくは文枝のことを、亡くなった甥と最も親しい間柄にあった人間と、恐らくは恋人とでも考えたらしくて、文枝の帰るのをいつまでも引留めた。文枝は相手の信じるままに任せていた。伯母さんの荒れた手と白髪のまじった髪とが、彼女の記憶の中にいつまでも刻み込まれた。

文枝は喫茶店を出て、また人込の多い正月の街を歩き、山手線に乗った。駅を下り、途中でパンを買い、それからアパートの、火の気のない自分の部屋へと帰って行った。

12

不破雅之が、過去の事件に新しい照明を当てるべき事実を井口冴子の口から聞いたのは、久しぶりに彼女の見舞に出掛けた二月の或る晩のことだった。年が明けてから、不破は冴子を訪ねることがめっきり尠くなっていた。その日も、底冷えのする暗い通りを、郊外電車の駅を下りてから大股に歩いて行く間じゅう、不破は以前ほど浮き立たない自分の心を感じていた。冴子を訪ねるのは、前には愉しみの一つだった。白衣を脱ぎ、消毒液で手を洗い、そして薬くさい病院を出て表の晴れ晴れとした空気を吸い込むと、これから会う筈の、快活な、無邪気な、そして少し我儘な冴子の面影が、いつも眼の先に立ったものだ。どんなに病気が重くてしょげこんでいる時でも、冴子は決して生きようとする意志まで失ったことはなかった。その様子には、まるでピアノや花のお稽古をするように、今は病気のお稽古をしているのだといったような、不敵な若さが見え隠れていた。不破はその若さを愛した。彼は自分を死者の国の案内人だと考えていたが、冴子に会う時だけはその意識を忘れることが出来た。冴子は彼にとって一つの生の象徴のようなものだった。陽気で、悪戯で、時にはセンチで、澄まし屋で、変に子供っぽくて、狡くて、――それは矛盾のかたまりだった。しかしその気紛れなところさえ、彼には若さの持つ特権としか思われなかった。彼は時々、自分をひどく年を取ったように感じた。患者の病状が、自分の思う通り好転しなかったような時に。彼の青春は、唯一つの事件によって、癒されがたく傷つけられてしまった。それを取り返すことがどうしても出来ない以上、冴子は彼にとって彼の青春の再現であり、しかも傷つけられることのない青春を象徴していた。病気と必死に闘い、一歩も譲るまいと努力している冴子を見ることは、彼を慰め、力づけた。――しかし今は違った。いつからか、彼の気持は少しずつ変ってしまった。

不破は沈んだ気分で井口家の呼鈴を押した。こうやって冴子の見舞に来ることが、単なる義務にすぎないように感じられた。彼自身の傷つけられた青春が二度と返って来ない以上、他人の青春が彼と何の関りがあろう。冴子がどんなに若く、どんなに一心に病気と闘い、どんなに生きようと努力したところで、彼はただ側から見ているだけだ。死者の国へ行く病人たちを、彼が見、指示し、案内するのと同じことだ。引返すことは出来ないし、一緒に道を歩いて行くことも出来ない。人はみな孤独で、ただ自分だけのきめられた道を歩いて行くのだ。奥村が奥村の道を歩いて死に至ったように。文枝さんが昔も今も奥村ひとりを愛し続けて来たように。

不破は気を取り直して、冴子の部屋へはいった。

——この頃はすっかりお見限りなのね。と冴子は怨ずるように、しかし快活に言った。あたし、いっそ病院へお訪ねしようかと思ったわ。

——とんでもない。無茶なことをしちゃ駄目ですよ。

——あら、そんなでもないわ。毎日お庭を歩いてみてるけど、もうとても元気よ。

——まあ庭の中ぐらいにしといて下さい。今が大事な時だ。

不破は煙草を出して火を点けた。冴子はにっこり笑った。

——この頃はもう遠慮もして下さらないのね?

——何が? ああ煙草か。

——いいのよ。あたしだって嬉しいわ、もう病人扱いされてないと思うと。

——そういうわけじゃないのだが。

そういうわけではなかった。ただ、いつのまにか、冴子のことにそれほど気を使わなくなっていた。無意識に煙草を喫み、無意識に他のことを考える。例えば、文枝さんはこの頃も此所へ来るのだろうか、というようなこと。

——及川さん、二三日前にいらした、と冴子が言った。

心の底を見すかされたような気がして、不破は煙幕のように口をすぼめて煙を吐き出した。冴子はにこにこしてそれを見ていた。どうしてこんなに機嫌がいいのだろう、と不破はぼんやり考えた。

――不破さんがあたしのところへいらっしゃらないの、及川さんのせいね、と無造作に冴子が言った。

――そんなことはない。僕はあの人とはずっと会っていない。

――会うとか会わないとかいうことは問題じゃないのよ。問題は、心の中の何パーセントを占めているかということ。まず今のところ、及川さんが八〇パーセントで、冴子が二〇パーセントかな。

――何だい、それじゃまるでほかのことは一切考えてないみたいだ。

――他のことは抜きにして。どう、当ったでしょう?

女中がお茶を持って部屋にはいって来たので、二人は黙った。冴子は蒲団から上半身を起して、足を投げ出したまま坐った。女中が羽織を着せかけてやった。冴子は手を上げて髪の乱れを直し、受皿ごと茶碗を手に取った。女中が行ってしまったあとも、スプーンでせっせと茶碗の中を掻きまぜていた。

――文枝さんのことなんか考えてはいませんよ、と不破は弁解した。

彼の考えているのはもっと別のことだった。人間の運命というようなこと、過去が現在に及ぼす影響のようなこと。人はすべて死に至るのだ。やみがたく、死に至る病を病んでいるのだ。

しかしそれを冴子に説明することは出来なかった。

――及川さん、お気の毒ね。この前お話を聞いて、あたし思わず泣いちゃった。

――何の話？　と思わず訊き直した。

――ほら、あの人のお友達のこと。次郎さんて呼んでいらしたけど。そのかた、不破さんと仲が良かったんですってね？

――奥村か。文枝さん、奥村の話をしたの？

――ええ。及川さんは話したくなかったらしいのだけど、あたしたち二人とも悲しい気持になっていたので、ついお話しになったのよ。

文枝さんは今でも奥村を愛している、と不破は考えた。どうにもならないことだ。彼はゆっくりと紅茶を飲み、茶碗を受皿の上に返した。もう一本煙草を取り出した。その時、冴子が激したような声で鋭く言った。

――ひどいことだわ。ゆるせないわ。

煙草を口に銜え、マッチを摩ろうとして軸を右手に持ったまま、何が？　と不破は訊き直した。

――次郎さんて人のことよ。その人、及川さんが好きだったのね、それなのに及川さんの方はその人が嫌いだったものだから、無理やりに暴力をふるったのね、……いや、いや、卑劣よ、本当に卑劣なことよ。

不破の手がマッチを摩りそこなって、二度ほど宙を滑った。

——それも、及川さんにそんなことをしておきながら、あくる日に自殺するなんて、一体どういうんでしょう？　申訣ないと思ったのかしら？　でも死んだからって、ちっとも罪を償ったことにはならないわね。

三度目に火の点いたマッチ棒を、不破はじっと見詰めていた。火はやがて燃え尽きた。

——不破さんのお友達だけど、あたし軽蔑するわ。本当に卑劣な人だと思うわ。

不破は火の点いていない煙草を、捥ぎ取るように口から離した。

——文枝さんは、と言いかけて、不破は自分の声のひどく掠れているのに気がついた。

——お気の毒だわ、と冴子は言い続けた。そういうひどいことって、あたし小説の中にしかないのかと思ったけど、でもあるのね。あたしなんかまだまだいい方ね。不破さんはいつも、もっと不幸な人があるっておっしゃるけど。でもあたし、こんなことを聞いたの初めてよ。

そして顔を起して、不破を見た。怒ったのと、話が微妙であるために、彼女は頰を赧く染めていた。眼がきらきらと光った。

——お気の毒だわ、とまた言った。もしそんなことがなかったら、いつまでも不破さんから愛されていた筈なのに、及川さん、運の悪いかたね。

不破の内部で思考が中断された。奥村の遺書の中の一行、「僕は君に済まないことをした、」という言葉だけが、ありありと思い出された。今迄に一度も考えたことのなかった新しい事実。

——どうなさったの？ と冴子が訊いた。

——知らなかった、と不破はうつけたように呟いた。

——御存じなかった？

それはまるで悲鳴だった。冴子は眼を大きく見開き、右手を上げて脣を指の先で覆った。

——あたし、大変なことを言ってしまった。本当に御存じなかったの？ でも及川さんだって、あなたは御存じだと思っているのよ。それだからあの人は、あんなにおどおどして。ああ、あたし困ったわ。あの人の秘密を不破さんに洩らすなんて。あたしだけが知らないことだと思ったものだから。

冴子は半分泣きかけていた。しかし不破は聞いてもいず、彼女を慰めようともしなかった。過去の事件が、まったく違った角度から彼の眼に映って来た。文枝さんは奥村を愛していたわけではない、と彼は考えた。あの人と僕との間には、どうしても解かなければならない誤解がある。あの人は僕を分っていなかったし、僕の方もあの人の気持を間違えていたのだ。

——冴子さん、そう気にすることはないよ、と煙草にまた火を点けながら、不破は言った。僕が今まで知らなかった方がどうかしていた。当然気がついていてしかるべきだった。

冴子は疑るように不破を見た。

——僕、明日にでも文枝さんと話をしてみよう。

——厭よ、お話なんかなすっちゃ。あたしが喋ったことが分っちまうじゃありませんか。

——しかし文枝さんは僕が知ってるつもりでいたんだろうから。何も冴子さんのせいじゃない。

——でもあたしは厭。

冴子は頑固にそう言い張った。その表情から快活なものが消え去り、暗い翳が眼許に浮んでいた。この人は懼れている、何かを懼れている、と不破は考えた。しかし彼は考えるのをやめて、ゆっくりと煙草の火を灰皿の縁で消した。

来た時と同じような、沈んだ、気まずい思いの中で、不破は井口家をあとにした。寒い空っ風の吹いている夜の道を、駅の方へと戻りながら、彼はさまざまの考えが頭の中で入り乱れるのにまかせていた。

今まで、彼は奥村次郎を殺したと信じて来た。彼の無力のために、むざむざ友人の死ぬのを手を拱(こまね)いて見ていたと思った。彼が奥村のことを思い出す度に、そしてまた自分の青春を振り返ってみる度に、このどうにもならない無力感がひしひしと彼の心を締めつけた。そして文枝さんも、やはり奥村を殺したと信じて来たのだろう。「わたしが殺したのよ、」と彼女はあの晩、僕が奥村の死を傳えに行った時に、叫んだ。文枝さんはあまりの打撃に、もう何を言っているのか分らなかったのだ。文枝さんは奥村を憎んでいた。暴力を受けて、彼を憎むあまり、殺したいとまで思ったその憤り(いきどお)が、あの時口を衝いて出て来たのだろう。僕等はどっちも間違っていた。奥村を殺したのは奥村自身だ。僕でもなく、文枝さんでもない。奥村は彼自身の理由によって死んだ。しかし、それではなぜ死んだのだろう？

しかしその疑問よりも、文枝への新しい感情が不破の心の中に泉のように沁み渡った。あの人も、僕と同じように過去に押し潰されていたのだ、と彼は考えた。過去というものは、それほどまでに現在に影響を与えるものなのか。それほどまでに現在を左右しているのか。もっと、この現在だけを見詰めて、真直に歩いて行くことは出来ないのだろうか。過去を振り捨てて、過去を忘れて。

その時、不破は冴子のことを思い出した。冴子のところを辞去してから、今まで、彼女のことはすっかり忘れていたのだ。そのことが彼を苦しめた。あんなにも自分が訪ねるのを愉しみに待っている、冴子というものがありながら。

不破は十字路に出た。夜の更けた郊外の道は人けがなくて、月が寒々と凍りついた道を照していた。真直に行っても、左に曲っても、同じような道のりで駅へ行くことが出来た。不破はその十字路で、現在と過去との間にあってどちらかを選ぼうとする者のように、しばらくためらっていた。或いは文枝と冴子との間にあって、心の秤をためしている者のように。月が吹き飛ばされそうに中天に懸っていた。

13

入口のドアにノックの音がした時、及川文枝は侘びしい夕食を済ませて、後片附をするのも面倒なまま、卓袱台の前に横坐りに坐って新聞を眺めていた。ノックの音が繰返された。誰が来たのだろう。考えるともなく立ち上って、ドアを明けに行った。そこにいたのは不破雅之だった。

――僕です。お邪魔じゃありませんか?

――まあ。どうぞ、わたし今ぼんやりしていて。取り散らしていますのよ。

文枝は顔を赧くし、相手を招じ入れると急いで食卓の上を片づけ始めた。その間、不破は立ったまま、カーテンの端から窓の外を見ていた。文枝はこまごまと動いて火鉢に炭を足し、押入から座蒲団を出して来てすすめた。不破は脱いだオーヴァをぞんざいに側に投げ出して坐った。直に煙草を出して火を点けた。

――雪催い(ゆきもよい)の厭な天気になりましたね、と不破は言った。

文枝はちょっと窓の方を見、いつぞやはお蔭さまで、と礼を言った。

――あれからすっかりいいでしょう?

――ええ、直に癒りました。

――僕もう一度来るつもりでいたんですがね、忙しかったものだから。

――冴子さんに言わせると、不破さんはいつだってお忙しいそうじゃありませんか。

不破は苦笑し、ごまかすように煙草を喫み、そうでもない、と呟いた。ゆうべ冴子さんに会いました、と附け足した。

文枝はゆっくりと急須に湯を注ぎ、不破さん何の御用事だろう、と考えた。格別用事のある筈もなかったから、もしわたしのために冴子さんが思い違いをするようなことがあるのなら、不破さんにあまり来ていただきたくないと言わなくちゃ、と思った。しかしそれは言い出しにくかった。彼女の入れたお茶を、不破はうまそうに飲んだ。

――そうだわ、いいものがあった。

ふと思い出して、文枝は鏡台の抽斗から羊羹の細長い箱を取出して来た。

――変でしょう、こんなとこにしまっておくなんて。とっときなんですの。

――ありがとう。女の人の部屋って玉手箱みたいでいいですね。

文枝は卓袱台の上で、紙に包んだままの羊羹を四つに切り、御免なさい、このままで、とあやまりながらすすめた。不破は悦んでそれに手を出した。

——我ながら飢えてるようですね、と不破は言った。

——御食事はまだ？

——食事は済ませました。今晩の献立は薩摩汁だった。もっとも肉には殆どお目にかからなかった。

文枝は微笑した。不破さんは本当にいい人だ、と考えた。そしてそう考えたことがおかしいような、恥ずかしいような気がした。不破はまた煙草に火を点け、暫く黙って考え込んでいた。そして重々しく口を切った。

——文枝さん、僕今日、少し話があって来たんです。

何のことだろう。さっきの微笑が脣の上で凍りついた。文枝はちらっと上目遣いに相手を見たが、不破は煙草を指の間に挾んで、その火先を見詰めていた。

——暮にあなたが病院に僕を訪ねて来てくれた時に、あとから気がついたんですが、僕たち奥村の話を全然しませんでしたね？　つまり僕は奥村の話はしたくなかったし、あなたにもそれだけの理由があったんでしょう。しかし考えてみるとそれは不自然だと思うんですよ。僕たち昔のことをびくびくしたってしようがない。もっとちゃんと見るものは見なけりゃいけないんじゃないかしらん？

文枝は膝の上に置いた自分の指の先が少し顫えるのに気がついた。一体不破さんは何を言い出すつもりなんだろう。

——奥村が死んでから、僕たちはすっかり別々になってしまった。長い間、僕たちは会わないで来た。しかしこうやって会ってみると、昔とちっとも変らないいんじゃないですか？

いいえ、昔とは違う、と文枝は思った。相手はそれに気がついたように言葉を続けた。

——もし違ったとしたら、そこに奥村の問題があるわけだ。ね、それをもういっぺんよく考えてみたいんです。文枝さん、僕は昔あなたが好きでした。今だからこそこんなに平気で言えるので、前だったら臆病で、とても面と向って言うだけの勇気はなかったんだが、しかし僕は本当に好きだったんですよ。今でも、好きです。

文枝の指先の顫えがとまらなくなった。身体がかっとほてって来た。

——奥村が死んだのは、僕にとって二重の打撃でした。第一に、僕はあいつの死ぬのを知っていた。あいつは、自殺するとだいぶ前から公言していたんです。僕が何とかしなければならないと考えているうちに、先を越して死んでしまった。あいつが自殺したのは、つまりは僕が無力で、僕が引き留めなかったからだと、そう僕は考えたんです。それから第二に、僕はあなたが奥村を好きだったのだと考えた。僕が奥村の死んだ報せを持って行った時に、あなたは「わたしが殺した」と言ったでしょう。僕はそれを、あなたが奥村の愛を拒否したから、それであいつは自殺したのだと、しかしあなたは心の中では、奥村を愛していたのだと、そう考えたんです。つまり奥村が自殺したから、あなたは奥村が好きなことに初めて気がついた、とね。それで僕の中の希望、あなたへの希望というものが、みんな崩れてしまった。僕はずっとそう考えて来たんです。

何か言おうとして、文枝は脣を動かしかけた。しかしただ吐息のようなものが洩れただけだった。

——そうじゃないんでしょう？　ね、今だから僕は訊くことが出来る。僕はゆうべ、冴子さんから聞いたんです。初めて知ったんです。奥村が死ぬ前の晩に、あなたに乱暴なことをしたって。

——初めて？　と喘ぐように訊いた。

——初めてです。僕そんなこと全然考えてもみなかった。冴子さんがつい洩らしたので。しかし冴子さんを咎めちゃいけません。あの人は悪い気で言ったんじゃない、僕が知ってるとばかり思っていたんです。しかし僕は勿論、知らなかった。奥村がそんな奴だとは、思ってもいなかった。

文枝は自分の両手を握り締めていた。急に相手を憎らしく感じた。

——ね、言って下さい。あなたは奥村を愛していたわけじゃないでしょう？

——勿論ですわ、と強く答えた。……でも同じことよ、と投げやりに呟いた。

——同じじゃない、決して同じじゃない、と不破は勢い込んで言った。僕たち、もう一度奥村の死ぬ前に戻ることが出来るんです。奥村のことなんか、くよくよ考えることは何もないんですよ。僕は昔のようなあなたを愛している。もしあなたが。

——駄目ですわ、と文枝は急いで口を挾んだ。冴子さんという人がいらっしゃるし、それにわたし。

——冴子さんのことは問題じゃありません。こういうふうに言うと、いかにも無慈悲なようだけど、愛というものはこんなものじゃない。それは僕にも冴子さんにも分っているんです。あの人は病気だし、そのことには僕も責任がある。同情もします。僕たちは喧嘩したわけでもないし、お互いに嫌いなわけでもない。しかしこれは愛じゃないんです。全然別です。冴子さんは、山形にいる僕の妹と似たようなものです。あなたとは違うんです。

——でもわたしなんか、と呟いた。

——その、わたしなんか、と言うのがいけないんですよ。あなたはあなただ。二人とない人だ。もっとも、あなたが僕を嫌いなら別だけど。

——嫌いじゃありません、と早口に、低い声で言って、子供のように赧くなった。しかし文枝は急いで附け足した。でも何とおっしゃったって冴子さんがおいでなんだし、それにわたし、本当に駄目なんですの、不破さんには悪いけど。

——駄目ってどういうことです？

文枝は黙っていた。急に雨の音がし始めた。屋根を打つ早い雨脚が、彼女の心の中をさっと通りすぎた。もう遅いのだ、今頃になってそんなことを聞いたって。

——どうなんです？　と不破がまた訊いた。

文枝は眼をつぶり、一息に言った。

——わたし昔のわたしとは違いますの、お分りになる筈じゃありませんか？

不破は相手の言いかたに羞恥と困惑とを認めた。しかし彼は、いったん決心した以上は決して口を噤まないと誓った人間のように、へどもどしながら言葉を続けた。

——あなたの言うのは、どうも僕には言いにくいけど、ヴァージニティの問題なんですか。そんなもの、全然意味がないと僕は思いますよ。心が、愛情が、伴わないところに、ヴァージニティなんてものはないんです。あなたの場合には、それは外部的に受けた傷みたいなものじゃありませんか。子供の時に友達にぶたれて怪我をした、それと同じです。怪我をしたからって不名誉じゃない、愛情を伴わない暴力なんて、気にすることは何もない。僕は貞操なんか何とも思わない戦後的風俗は大嫌いだけど。あなたみたいに古風に考えているのも少しおかしいと思うな。ヴァージニティなんてものは、単に生物学的現象ですよ、心の問題じゃない。

――でも、心の傷ということもありますわ、と文枝は言った。相手が直に口を開きそうになったので、それを押し止めるように言い続けた。

――不破さん、あのことがどんなに深い傷をわたしに与えたか、あなたには分らないのだわ。あのことは一時的な事件だったと思って、忘れてしまえたらどんなにいいかしれません。けれどわたしにはそうじゃないの。あの時までは、わたし素直に不破さんが好きでした。本当に我儘で、気紛れで、笑ったり拗ねたりして、何でも思う通りに振舞えたのです。でももう駄目なんです。あの事件で、わたしの中の大事なものが死んでしまったのです。わたし昔のように、素直に物を信じることが出来ません。あなたのことだって信じられません。人はみんなわたしを騙そうとしているような気がします。陽気に笑うことも、悲しいからっておいおい泣くことも、何も出来ないのです。ただ名ばかり生きているだけです。心の中で死んでしまったものは、もう生き返ることがないのでしょう。もし大袈裟に言うならば、運命とでも言うほかにはないような。

――運命ですか、と不破は切り込んで来た。それが運命だったら、人間なんて実に惨めなものじゃありませんか。そうじゃない、それはあなたが間違っている。なるほど奥村の場合には運命だったかもしれない。あいつは自分の運命に従って死んだ。自分で生きることを拋棄した。しかしあなたの場合には、あなたはただその運命と触れ合って、傷を受けただけだ。僕の場合だって同じです。謂わばそれは他動的な、偶然的なものです。星の世界から地球に降って来た隕石のようなものです。隕石はそれ自身の重力の法則によって地面に落ちて来た。それは運命かもしれません。しかしたまたまその隕石に打たれた人間は、天を怨むわけには行かないでしょう。僕等は奥村のように、自分を神だと考えることは出来ない。僕等は人間であって神ではない。人間である以上、この運命に耐えるほかにはないじゃありませんか。

——でも耐えられなかったとしたら、文枝は弱々しく呟いた。

——だからこそ愛が必要なのだと考えることは出来ませんか。

不破は身体を乗り出して来て、火鉢の横から文枝の膝の上の手を取った。その手は冷たくて、ぶるぶると顫えていた。彼女はその手を品物のように相手にあずけた。そうすると奇妙に顫えが止り、彼女が今まで知らなかった、胸にすがって泣きたいような気持が、不意に立ちのぼって来た。

——愛というものが必要なのは、傷を受けた人間どうしの間なんですよ、と不破は言った。どんな人間にだって傷はあるんです。貧しさとか、不平等とか、孤独とか、色んな傷があります。プロレタリアートが団結しなければならないのは、彼等がみんな傷ついた人間だからです。傷ついた獣はお互いに傷痕を嘗め合う。人間だって同じ筈です。あなたも僕も、同じ傷で傷ついたのです。その傷を癒そうとは思いませんか?

——でも、どうしたら? と文枝は訊いた。

――僕等の傷というのは奥村の自殺です。あいつは一体何のために死んだのか。あいつはもっともらしい理屈をつけ、自分勝手に振舞って、自分で生命を断った。しかしその本当の原因が分らないために、僕等はそれを自分のことのように受け取った。何かがそこで間違っている筈です。奥村を殺したのは、僕でもなく、あなたでもない。奥村は彼自身の理由によって死んだのです。それが分れば、僕等はあいつと無関係に生きられる筈です。それを二人で考えようじゃありませんか。あいつの自殺は、まったく悪夢のようでした。それを思い出す限り、僕等はいつまでもこの夢に追い廻されて、夜の明けることのない暗闇の中にいるんです。僕等はこの夢から覚めなければならない。生きるということは、現在の時間を生きることにあるので、過去なんかくそくらえです。そうは思いませんか。

文枝は溜息を吐き、それからそっと取られた手を離した。

――もし出来たら、と彼女は呟いた。

不破は考え込んだ表情のまま火鉢に倚りかかった。思いついたように卓袱台の上から煙草の箱とマッチとを取上げた。そして火を点けようとしてマッチの棒を手に持ち、ふと眼を起して聞耳を立てた。

――おや雨か。……雪にはならなかったんだな。

火の点いていない煙草を口に銜えたまま、不破は初めて気がついたように屋根を打つ雨の音に耳を澄ませていた。

14

明日の晩文枝を訪ねると不破の言ったその晩に、井口冴子は無断で外出した。

父親は大学の教授会のあとで何処かの会へ廻ると言っていたので、遅くまで帰らないだろうことは分っていた。冴子は夕食を済ませ、女中が退って行ったあと、こっそりと洋服簞笥を明けて着替を始めた。病院を退院して来た日以来、ちゃんとした服装をするのはこれが初めてだった。注意深く厚い下着を重ね、スカートではもしや寒いといけないのでスラックスにした。簞笥の姿見の前に立って身体を動かしてみると、一年前の、元気だった頃の自分とちっとも変っていないようだった。オーヴァをつけ、マフラも、手套も、マスクも、何ひとつ忘れなかった。ハンドバッグの中のお金を勘定し、部屋の電燈を消し、跫音を忍ばせて玄関まで歩いて行った。玄関の下駄箱から愛用の靴を出し、そっと履いた。どうやら女中には気がつかれなかったらしい。帰りには玄関が閉っている筈だから、わざと自分の部屋の窓を鍵を掛けないままにして来た。もう何も忘れたことはないと自分に言い聞かせて、音のしないように玄関から表へ出た。道は暗く、曇った空が低く頭の上に覆いかぶさって、今にも雨か雪になりそうだった。しかし冴子は傘を取りに戻ろうとはせず、駅の方へゆっくりと歩いて行った。

文枝が訪ねて来て、奥村との間に起った過去の事件を話してくれた時に、冴子は心から同情し、文枝のために涙を流した。その涙は彼女に快かった。文枝さんがお気の毒だと考えただけで出て来た涙が、自分が善良で、純粋で、汚れのないことの証拠のように感じられた。自分だけが苦しんでいるわけではなく、この人も人生の不幸に悩んでいるのだ。相手の苦しみの中には、自分より遙かに切実に、もっと密着して、人生を生きているような羨ましさがあったが、しかし、あたしは文枝さんよりずっと安全な場所にいるという感じが、心の底で羨ましさを打消した。その安全さの中には、不破さんは決してこの人をゆるさないだろう、不破さんはこの人を二度と愛さないだろうという、残酷なエゴが含まれていた。眠られぬ夜に、不破さんと及川さんとを意のままに操縦して、二人が愛し合うようになったらどんなにか面白いと（善意から）考えたことが、今になってみると、やっぱりこの方がいい、不破さんを取られないでよかったという気持に変った。謂わばあの二人を結びつけようとした善意が、神さまのお蔭で（しかしどんな神さまを冴子が信じていたというのだろう）彼女にそれだけの幸運を返してくれたようだった。彼女はもう安全だった。友達への暖かい涙と、友達の秘密を知ってしまった安全な気持とのために、その晩、冴子は珍しくぐっすり眠ることが出来た。

しかし昨日、冴子は不用意に（しかしひょっとしたら無意識の悪意だったかもしれない）不破にその秘密を洩らした。不破がもう一度、文枝の過去をはっきりと認識し、不破の愛情が自分ひとりの他に対象を持たないことを確かめるために。しかし意外にも、効果はまるで逆だった。彼女が口を滑らせた時の、不破のあの驚き、あの眼の光、あの声。それはどんなにか深く、彼が文枝を心の中で愛していたかということだ。あたしなんか何でもなかった、と冴子はがっかりして考えた。あの秘密を知らないということが、それまで不破さんの愛情に楔を入れていたので、知った以上、あの人の気持はもう自由なのだ。しかしあの厭な秘密が、かえって不破さんの心を動かしたというのはどういうわけだろう。矛盾してるのじゃないかしら。もし愛というものが不名誉や恥辱から生れるとしたなら、それは正しい愛を冒瀆したことになりはしないかしら。絶対に矛盾してるのだ。不破さんはただ、及川さんに同情し、憐んでいるだけのことだ。本当の愛じゃない。

郊外電車の駅に着き、フォームのベンチで暫く休んで呼吸を落ちつけると、マスクをして電車に乗った。上りの電車は空いていたから、楽に腰を下すことが出来た。もし途中で、急に気持でも悪くなったらどうしようと考えて、家を出るまで不安でいたのだが、そういうことは起りそうもなかった。寧ろあれこれ考えながら家で寝ているより、よっぽど気分がよかった。電車は軽い振動の音を立てて、切り裂くように夜の闇を走った。彼女は爽かな気分でマスクの中で微笑した。あたしは生きている、あたしは健康だ、と彼女は呟いた。電車は夜の果てまで走り抜けるようで、もしその果てに、自分の知らない新しい世界がひらけていたら、どんなにかいいだろうと彼女は思った。何もかも投げ捨てて、自由に、のびのびと生きたかった。しかし彼女の望むものは、見も知らぬ世界ではなくこの現実の世界、不破雅之が彼女と共に、そして彼女のために、いる世界でなければならなかった。本当はあたしは安静三度なのだ、と彼女は微笑し続けた。本当はおとなしく寝ていなければいけないのだ。しかし不破に会うためなら、そしてそのことで彼女の情熱が証明されるためなら、どんな冒険でも平気だった。彼女は電車の振動に身を任せながら、心の中に誓った。あたしは思った通りにやる。あたしの病気は必ず癒るし、不破さんはきっとあたしのものになる。

電車が終点に着くと、冴子はゆっくりと座席から立ち上った。階段を降りたり昇ったりして山手線のフォームへ移った。そこは気持の悪いほど人が多くて、その誰もが彼女をじっと見詰めているようだった。冴子は胸を張るようにして周囲を見返し、満員の電車のドアの中に自分を飛び込ませた。次第に肩に重みを感じて来た。釣革につかまった右手の二の腕に、ハンドバッグを手頸にぶら下げたまま、左手の指の先を掛けていた。電車が搖れる度に、疲労が少しずつ立っている脚を弱らせた。さっきまでの、空いている電車に腰を下して未来を明るく想像していた時と違って、急に暗い予感が咽喉もとを締めつけた。なぜだろう。この満員の乗客、疲れたような生活の臭いを漂わせて帰りを急ぐ人たちのせいなのか。それとも長続きのしない自分の体力のせいなのか。ひょっとしたら、マスクのために息が苦しくなったせいかもしれない。冴子はマスクを外してみたが、車中の濁った空気は一層気持を悪くした。小さな咳が出た。急に不安になると共に、咳が続けざまに出て止らなくなった。身体を前に傾け、息をとめるようにして辛うじて咳を押し殺した。またマスクをした。心臓の鼓動が前よりも早くなっているのが自分にもよく分った。眼をつぶって、釣革に全身の重みを掛けていた。赤ん坊の小さな掌のようなものが、幾つも幾つも視野の中に現れては消えた。それらが次々と眼の前を掠めて過ぎた。早く目的の駅に着かなければ、あたしは参っちまう、と意識をそこに集注させた。しかしあたしは不破さんに会うためなら何でもする。

——気分でも悪いんですか?

耳許で低い声がし、眼を明けてみると、中年のやさしげな顔をした紳士が、眼鏡の奥から心配そうに彼女を見守っていた。軽く首を横に振り、冴子は何でもないというふうに微笑を返した。しかしその微笑はマスクに隠されているから、相手の人には見えない筈だった。パパのような人だ、と思った。パパは何も知らないのだ。あたしがこうして、不破さんに会うために冒険していることを、何も御存じない。パパが餘計な心配をしないように、パパより先に家に帰らなくちゃ。そして大学生の頃まではどんなことでも気軽にパパに話せたのに、この頃は秘密が多くなったと、寂しく考えた。しかしそれが一人前の女になったことの証拠なのかもしれなかった。

目的の駅に着き、ドアから押し出されるようにフォームに出ると、そこにあったベンチに腰を下し、マスクを取った。寒い風が吹きつけて来る裸のプラットフォームだった。線路はその辺で高架線になっていたから、駅の周囲の街々がこのフォームから見下された。冴子は、凍ったような空気の中で気分を取直して、眼の前の低く遠くひらけている光の街を眺めていた。空は依然として黒々と覆いかぶさり、今にも雨か雪になりそうな気配だったが、街には明るく光が点き、原色のネオンが綺麗な点滅を繰返した。自動車がヘッドライトを輝かせて道路を走り続けた。生きている、と冴子は呟いた。街が生きているように、彼女もまた生きていた。きらきら光った魔法のような街、彼女が久しく見なかったもの、そこには泣いたり、笑ったり、愛したり、憎んだりして、うごめいているさまざまの生がある。そしてそれらは徐々に動いて行くのだ。どこへ？ ――どこでもいい。冴子にとって、動くことそれ自体が目的だった。死の方へか、運命の方へか、それを考えてみたとて何になろう。要するに街々に灯がともされ、屋根の下で人々が呼吸を繰返し、通りから通りへと人々が走り廻っていれば、それが生きることなのだ。寝ていて考えるのとは違う別の生が、これら生きた人々には約束されているのだ。そして彼女はその街の方へと、プラットフォームの階段を一段ずつ降りて行った。

冴子は駅の前で小型のタクシイを拾った。榊原病院の場所はよく分っていた。小さい頃から、父親に連れられて何度榊原博士を訪ねたことだろう。また一人で不破を訪ねて行ったこともある。しかし今日は久しぶりだった。不破に会ったら何と言おう。不破さんはまさか怒りはしないだろうけど、あたしがこんなにも会いたいその気持を分ってくれるかしら。自分にさえはっきりした理由の分らない、甘いような気持。タクシイが走り続けて行く間、冴子は眼をつぶって自分の気持の中に沈んでいた。

病院の前で車から降りると、黒々と聳えている建物の中へはいった。受附の中を覗き込んで、不破を呼んでもらった。睡そうな顔をした事務員が電話で問い合せた。

——お出掛けだそうです。

冴子の意識の中を、また赤ん坊の掌のようなものが次々と動いて行った。明るい病院の壁の上を、それらは緩慢に動いた。

——あの、どこへ行ったんでしょう？　院長先生のところじゃないんでしょうか？

無精鬚の疎らに生えた頤を片手で撫でながら、事務員は面倒くさそうにもう一度受話器を取り上げた。

——分りませんな。とにかく病院にはおいでじゃありません。

突き放すように言われて、冴子は軽く礼を述べると、また暗い通りの方へ引返した。不破さんは出掛けた。きっと及川さんのところに違いない。昨日の晩、不破が「明日にでも訪ねてみる」と言った言葉が、ありありと耳許に聞えていた。今までそれを忘れていたのではなかった。ただ、不破がそれほどまでに固く決心しているとは思わなかったし、また不破の出掛けるよりも先に自分の方が病院に着くだろうと、ぼんやり当てにしていた。それじゃ不破さんは本気で及川さんと話をするつもりなのだ。そう思うだけで、不意に身体が細かく顫え始めた。冴子は寒さを追い拂うように、病院の前の通りを歩いて行った。しかしどんなに急いで歩いても、身体の顫えは止らなかったし、暗い予感は胸の中の息苦しさを一層切なくした。彼女はふと子供の頃、動物園で迷子になった時のことを思い出した。父親の姿が見えなくなり、思わず涙の滲んで来た眼で見廻すと、廻りじゅうにいる人たちが、誰も動物や鳥の姿に見えた。今も、——人通りの尠い歩道の上で、彼女の感じているものは行きどころのない一人ぼっちの気持だった。誰もいない。自分を慰めてくれる者も、手を引いてくれる者も、誰もいない。曇った夜の空は敵意に充ちて、彼女の孤独を押し潰すようだ。不破が病院にいない場合なんか全然想像もしていなかったし、帰りにはせめて新宿まで送って来てもらえると思っていた。こうして一人きりで夜道を歩いていると、自分の家はもう遠い遠いところで、そこに辿り着くまでにはさまざまの苦しい冒険が待ち設けているような気がした。家を出てからもう一時間以上が経っている。あたしの体力では、こんなに歩いていたら倒れてしまう。冴子は歩くのを止め、タクシイの来るのを待つことにきめた。

立ち止ると風が寒くて身体が一層ぞくぞくした。もしあたしがこれで風邪を引いて、肺炎になって、シューブを起したら、と彼女は想像した。不破さんはあたしのことを何と思うだろう。無鉄砲だと言って怒るだろうか。可哀そうだと思って優しくしてくれるだろうか。もしあたしが死んだら泣くだろうか。そして及川さんも。

厭だ、と彼女は心の中で叫んだ。あたしは厭だ。憐まれるのは厭、負けるのは厭。どうしても勝たなくちゃ。不破さんに、あたしがこんなにも愛していることを、及川さんよりもっともっと愛していることを、分らせるほかにはない。あたしは何でもする。何でもはっきり言う。

タクシイが来て、彼女の側で止った。冴子は腰を下すと、直に及川文枝のアパートの住所を言った。

——あたしまだ行ったことがないのよ。分るかしら？

——ようがす。訊いてあげますよ。

冴子は安心してクッションに凭れた。横の窓が少し開いたままになっていて、冷たい風がそこからひゅうひゅうと流れ込んだ。窓を閉めようとしたが、金具が錆びついていて彼女の手には負えなかったから、反対側に身体を動かした。ふと見ると、運転手の前の硝子に雨の雫が点点と光っていた。

――あら、雨が降ってるの？

――どうも悪いお天気になりました。

――あたしちっとも気がつかなかった。

運転手は口を噤んだ。車は速いスピードで夜の街を滑るように走った。運転手がワイパーの装置を動かし始めたので、硝子窓に取りつけた器械が、間を置いてかちかちという音を立てた。冴子は暗い車内で、ぼさぼさの頭をした運転手の後ろ姿と、豆電球の点いているメーター器と、こちらの方に殺到して来る夜の景色とを眺めていた。時々、店の明るい電燈の光、向うからぶつかりそうな勢いで近づいて来る車のヘッドライト、急ぎ足で歩いて行く人影、そういうものが硝子窓に浮び上り、その上に糸を引いて雨垂が落ちて来ては、クリーナーのために拭い取られた。雨になった、と冴子は考えていた。何もかもが思った通りに行かず、早く家へ帰らなければならない気持、もしや病状が悪化したらどうしようという気持、それに不破に会って何を言うつもりなのか自分にもはっきりしない心細い気持、そういうものが、次第に視野を塞いで行く雨脚のように、心の中に降り注いだ。しかしあたしはどうしても負けられない、と彼女は呟いた。及川さんに不破さんを取られるわけにはいかない。どんなに雨が降っても、どんなにあたしの身体が疲れて来ても。

運転手は目的の場所の近くまで行くと、車の窓から覗いて気軽にあちこちで番地を訊いてくれた。車が往ったり戻ったりして、文枝のアパートのすぐ側で止った。冴子は勘定を拂うと運転手に礼を言い、雨に濡れながら急いでアパートの玄関に駆け込んだ。玄関には裸電球が一つ、薄ぼんやりとした光線を落して壁の上の名札を照していた。冴子は二列になった上段の端の方に、「及川文枝」の名前を読んだ。留守の人は裏返しにして、赤字の方を出すようにしてくれと注意書がしてあったが、及川文枝の札は黒字で書かれていた。冴子は廊下を抜けて、コンクリートの階段をゆっくり二階へ昇って行った。ラジオがあちこちの部屋からまじり合って聞え、勢いのいい話声や、物をいためる料理の匂などが、ドアの前を通る時にした。冴子は二階の踊場で、ちょっと立ち止って息を入れた。すぐ側の窓が明いたままになっていて、雨が降り込んでいた。窓の外は真暗で、少し先に街燈が樹の蔭になって見えた。冴子は暫く窓の外を見詰めて呼吸を整えていた。その間に、手近のドアから誰かが出て来て、自分の後ろを通って階段を降りて行くのをやりすごした。誰だかは分らなかった。そのあとで、右と左とのドアに懸った名札を一つ一つ確かめながら、廊下をゆっくりと歩いた。文枝の部屋は右側の三番目だった。冴子はその前に立ち止り、凭れるように壁に手を当てて、しげしげと名札の文字を眺めていた。

そこだった。その一枚のドアの向う、そこに及川文枝がい、そして恐らく（確実に）不破雅之がいるだろう。そこに、彼女の来ることなぞ微塵も考えず、二人は二人だけの話をしているだろう。もう一人の人間が、病気を冒し、雨を冒し、自分の運命を自分の手でつくるために、此所まで来ているなどとは夢にも考えずに。ただこの手をこのドアに当ててノックさえすれば、訝しげな顔をした及川文枝がドアを明け、不意を衝かれた不破雅之が眩しげに自分を見るだろう。

冴子の立っているコンクリートの廊下はすっかり冷え切って、明いたままの窓から、雨まじりの風が吹き込んで来た。塵よりも細かい水滴が彼女の頬を撫でた。冴子は片手で壁に凭れ、窓の方に背中を向けた。部屋の中はひっそりしていて、話声一つ洩れて来なかった。彼女は咳が出ないように脣を固く嚙んで、じっとそこに立っていた。いつのまにか大きな掌が、一つだけ、彼女の心の中を這い廻っていた。それは眼をつぶっても、また眼を開いても、消えなかった。異様に大きな、白っぽい裸の掌だった。それを見詰めているうちに、雨や風の音ではないかすかな声が、彼女の中でした。掌は消え、しみだらけの壁が電燈の光を反射していた。冴子はそしてじっと立っていた。部屋の中から話声が聞えるのを待つためでもなく、自分の決心を自分に議(はか)るためでもなく、意識の底から不意に立ち昇って来た或るささやきに耳を貸しながら。そして急に踵を返すと、跫音を立てぬようそっと廊下を戻り、踊場の窓の前で深呼吸を一つして、それから階段をとんとんと下へ降りて行った。

15

人はなぜ自殺するか。

人が自殺に至る要因は、生物学的に、社会学的に、或いは心理学的に、それぞれ考察することが出来る。が、その何れによっても、決定的に満足させられることはない。

生物学的に見た場合、自殺傾向をつくり出す病的体質、或いは病的素質というものはある。また統計上、精神病者には自殺する者が多いという事実もある。しかし精神病理学そのものがまだ多くの未解決の問題を含んでいる現在、すべての自殺者を、遺傳素質や精神病によるものとみなすことは出来ない。

社会学的要因として、環境の圧迫や、経済的貧困を挙げることは出来る。しかしそれらは個人差の多いもので、例えば貧困が、必ずしも一人に耐えられなかったから他の一人にも耐えられないとは限らない。愛情や病気に基く自殺に於ても、それを感じ取る側に常に個人差の問題がある。従って一人一人の人格に於ける心理学的要因が、最も注目されなければならない。

心理学的に見る時、自殺に至るネガチヴな要素としての自殺傾向と、ポジチヴな要素としての動機とを、区別して考察することが必要である。

自殺に至る迄の準備的要素として、心的エネルギイの低下に伴う、自我範囲の狭小が見られる。自己を拡大しようとする力が不足し、そのために劣等感、無力感、孤独感、憂鬱な不安等が生れ、現実を見る眼に新鮮な驚きが欠け、日常の無意味な繰返しにすぎなくなる。このような積極性のない、受身の状態に於ては、関心はただ自己のみに限られ、自己以外の他人を愛することは出来ない。この状態（自体愛）は、ジルブーグに拠れば自殺の前提條件である。心理的社会的孤独感も、ソローキンに拠れば前提條件の一つである。

ポジチヴな要素は、何らかのフラストレーションに対する反應としての、急激な働きである。それは攻撃機制と、逃避機制とに分たれる。

一、攻撃機制。自殺は、攻撃性が他人に向けられた場合の殺人に対する、自己に向けられた場合であり、内向した攻撃性ということが出来る。従って本来は他人に向けられるべき筈のものが、抑圧によって自己に向ったものであり、抑圧された攻撃の対象とは、多く感情的に結びついた対人関係、例えば両親、配偶者、血縁、恋人、などである。拡大されて、家族全員や社会一般に向うこともある。

二、逃避機制。現実から空想への逃避は、自我範囲が狭小になるに従って、特に烈しくなる。

現実に充されぬ欲求は、死後の世界を美化して考えるようになる。犯した罪や失敗を自殺によって清算するのは、処罰や報復からの逃避である。また、自己を実際以上に見せかけようとするヒステリィ性格者では、空想と現実とが混同され、演劇自殺が見られる。ここにも逃避機制が働いている。

以上が、不破雅之が書物で読み得たところの、自殺に関する考察の主要な論点だった。

しかしそれだけだろうか、と不破は考えた。

不破の必要とするものは、今、自殺に関する一般論ではなかった。その特殊な一つの場合、奥村次郎の場合だけが、執拗に彼に解決を強制した。奥村の場合の真の原因はどこにあるのか。奥村を殺したのは不破でもなく、文枝でもなく、ただ奥村自身であるためには、どのような理由が彼に必要だったのか。それこそ、現在まで不破の意識の内部に影を落している暗黒の部分であり、彼を再び及川文枝に結びつけることを妨げている最大の心理的障害だった。それが解明されない限り、彼は文枝を愛することが出来ず、文枝もまた彼を愛することは出来ないだろう。それは樹木の幹の真下に埋まっている巨大な石だった。その石の存在に気を留めないでいれば、とにかく生きることは出来た。あらゆる樹は、そのように、自然の命じるままに生きている。しかし彼等は樹ではなく、意識を持つ人間だった。そこに石があることが分った以上、自由に根を張って、生きるに必要な滋養を大地から摂取するためには、その石を取り除かねばならなかった。石の存在を知らずに、或いは知ろうとせずに生きることは、生きるという名に値しなかった。少くとも生きることが、奥村のような生きかたを意味しない以上は。

奥村次郎を死に至らしめたものは何か。

生物学的要因は考えられなかった。奥村が精神病者だとすれば、答は極めて簡単だった。しかし奥村には精神病的症状はなかった。動機のつかめない自殺だというだけで、生物学的要因によるとは言えない。それにもしそのように片づけてしまえば、この場合を人間的な問題として解く鍵を、自ら見失うことになる。

社会学的要因としても、考えられる要素は極めて尠い。なるほど奥村は両親や兄を喪った。しかし彼には親しい親戚があり、殆ど実子同様に伯父や伯母に育てられて来た。家庭的な葛藤もなく、経済的な不安もない。身体は丈夫で病気を知らず、頭脳は優秀で学業や就職に不安があった筈はない。なによりも彼の言った、「僕は明晰な理性を保っている」という言葉がある。従って心理学的要因による他に、彼の自殺は考えられない。彼に自体愛があったことは明かだが、それは自我範囲の狭小から生じたものではない。無力感、劣等感は薬にしたくもなかった。寧ろ誇大妄想的な自意識の拡張があっただけだ。人格は少しも萎縮せず、自体愛といっても、友人である自分に対して少しも無関心ではなかった。いな、彼はまったく健常な意識を保っていた。自殺を準備する退行状態というものは見られなかった。

直接の動機としての攻撃性、そこに問題がある。奥村がその敵意を抑圧していた対象が、特定の個人にあったとは思われない。彼の攻撃は明かにただ神に向けられていた。しかしそれは彼自身が自己を殺すに至るほどの、強力な動機になり得ただろうか。神に向けるべき攻撃性を自己に向けたという解釈では、あまりに観念的にすぎるのではないか。

逃避。奥村は現実から逃れようとしたのか。神になるという欲求は現実では充されないが、しかし彼は死後を恃(たの)んだわけではないだろう。彼は現実と空想とを混同するようなことはなく、その演劇自殺は必ずしも演劇ではなかった。それは逃避機制というより、寧ろ彼の強力な意志力の実験のように思われた。

何もない。しかし何かが、何かしらの明白な理由が、そこに隠されていた筈だ。

不破雅之は彼に与えられた病院の一室で、机に肘を突き、しきりに煙草をくゆらせていた。時々立ち上ると、狭い部屋の中を歩き廻り、本箱から二三の書物を取り出して頁をめくったり、放心したように天井の電燈を見詰めたりした。部屋の中は清潔で、眩しいばかりの電燈が部屋の隅々までを照し出した。何かしらの明白な理由。どんな明るさの中でも、影というものはある。帽子掛の影、椅子の影、机の影。そして奥村の理性に落ちていた影。

絶望のない自殺は考えられない。——それが不破の追い詰めて来た論点だった。奥村は最後まで、彼が理性的であることを主張した。しかし、真の理性に照し出された明るさの中で、人は自らの死を選び取れる筈はない。そこには必ずや絶望があったに違いない。理性的だと自分に言い聞かせながら、しかもその裡に潜在していた影の部分、——それは狂気かもしれず、妄想かもしれず、絶望かもしれぬ。が、そのうちで一番自然なのは、深い根源的な絶望、人間が人間であることを拒否し、生きることの義務を自らに見失わすような絶望ではないだろうか。自分を神とする誇大妄想の中には、人間であることの絶望が働いていたとしか思われない。奥村は、自分が遂に神でないことを知り、しかも人間であることをも絶望的に拒否して、虚無を求めた。——と、そう解釈することは出来ないか。たとえ彼の理性的な計画では、彼が神であることが必然的に自殺を要求した筈だったとしても。従って彼はどこかで神から人間に変ってしまったのだ。「僕は超人でも何でもなかった」と彼は遺書の追伸に書いている。そのことと、「依然として理性的な自分を信ずる」ということとの間には、どのような精神の断層が横たわっていたのだろうか。彼の哲学の中の無意識に腐蝕された部分（絶望）と、意識的に変更された部分とは、果して矛盾しなかったのか。同時に神であり人間であり、同時に理性と絶望とを備えていたということは、明かな矛盾なのだが。

不破雅之が考えあぐねていた時に、外からドアがノックされた。彼は暫くぼんやりとドアを見詰めていたが、急にぎょっとなって立ち竦んだ。ドアが明き、看護婦が顔を見せて、お客さまです、と言った。

彼は夢遊病者のようにドアの方へよろよろと歩いて行った。

——あなたですか。

ほっとしたように呟いた。客は冴子の父親だった。僕は一体誰だと思っていたのだろう、と不破は蒼ざめた表情で、客が椅子に腰を下すのを見詰めながら、考えた。もうその時には、さっきぎくっとなって想像した人物が誰だったかを忘れていた。

——とんと御無沙汰してしまいまして、と挨拶して、自分も向い合って腰を下した。

井口市造氏はいつもの通りの柔和な顔を起して、御勉強ですね、と言った。疲れたような翳が、額のあたりを暗くしていた。膝の上にソフトを置いたまま、焦点の定まらない瞳で不破の方を見ていた。

——今日は院長のところからのお帰りですか?　と不破は訊いた。

——いやいや、ちょっとあなたに相談したいことがあってね。実は冴子のことだが……。

不破は胸苦しいものを感じて、無意識に煙草を取り出した。井口氏が用があって来た以上、それは冴子のこと以外にはない筈だった。彼は無器用に煙草に火を点けた。井口教授は話しにくそうに暫く黙っていた。

——あなたは御存じないかもしれんが、冴子が一昨日の晩、雨の降った晩のことだが、此所へあなたに会いに来た。

――僕にですか？　そんな……。

――そう、乱暴なことだ。私は留守をしていて、監督不充分ということになるが。で、来てみたらあなたがお留守だったので、及川さんというデザイナアの人のとこへ行ったそうだ。あそこになら僕はいた筈だ、と口にしそうになって、不破は煙草を口へ持って行った。一昨日の晩の雨の音が、彼の頭の中に沁み通った。

――会ったんですか？　と耐え切れなくなって訊いた。

――それが結局会わずに戻ったらしい。及川さんには前にもお世話になったことがあるし、よく気のつく人だから車ででも送って来てくれただろうに。とにかく独りで、電車に乗って戻って来た。雨が大降りになったから、駅から電話を掛けてよこした。いや、私はひどく心配させられました。

――で、どうですか？　大丈夫だったんですか、それだけ動いて？

――今のとこは何でもなかったようです。昨日、医者によく診てもらった。あなたにも一つ暇な時に来ていただいて。

――それは勿論です。

――実は、すぐにもあなたに来ていただくつもりだったのだが、冴子が厭だと言うのでね。困ったものですよ。私が心配しているのは、身体のことも勿論だが、精神的にも鬱々として愉しまないところがある。無断で外出するというのもその現れでね。前にはああいう子ではなかったのだが。

不破は俯いたまま、灰皿の中に煙草を捨てた。教授はまたぽつぽつと話し始めた。

——私が忙しくしているのも、あれには不満なんでしょう。夜なんか、どうも一人きりで置いとけば寂しがることは分っているのだが。小さい頃は勝気でしてね、母親が死んだ時なんかも、いつまでもめそめそするようなことはしなかったし。この頃はどうも元気がありませんよ。病気もだいぶよくなって来ているから、もう少し気持に張りがあってもいいと思うのだが。

教授は自分で自分に頷くように首を振った。銀髪が電燈の加減でぴかっと光った。

——どうでしょう、あなたも忙しいだろうが、も少し冴子の見舞に来て下さらんか。あれは内心ではとても愉しみに待っていると思うのでね。口先では強いことを言っても……。しかしあなたにもお考えがあることだろうし、婚約といっても冴子の今の身体では私も心苦しいが。どんなもんでしょう、あなたのお考えも訊きたいが。

不破はとっさに決心が定まらなかった。曖昧に言葉を濁した。

——どんなって、僕は同じですよ。

——そうですか、それで私も安心した。冴子も可哀そうでね、あなたの気持が変ったと言い張るものだから、私には説き伏せられん。それで様子を見に来ましたが、つまりは冴子の取越苦労というわけですな。一つ近いうちに、明日にでも、暇を見つけて来て下さい。そうすれば冴子も安心するだろう。

教授は膝の上の帽子を右手で取ると、もう立ち上っていた。不破がドアの方へ先に歩いて行くと、教授は呼び止めて、内緒話のようにささやいた。

——実は私が来たことは冴子には黙っていて下さい。これは私の一存でね。

そして送ろうとする不破を手で押し留めて、勉強に精出して下さい、と言ったまま廊下を遠ざかって行った。

その後ろ姿の持っている寂しげな表情が、一人きりになっても不破の気持を押し潰した。僕は馬鹿だ、と彼は呟いた。実に大事なことが、無造作に、この数分間に決定した。「僕は同じです、」いや同じではない。僕は冴子さんを愛してはいない。その明白な事実が、ただ教授の娘想いの気持を傷つけないためにだけ、歪められていいものだろうか。あの言葉が嘘で、真実は僕の愛しているのが別の女だとあらためて告げるためには、どれほどの勇気が必要だろう。果してそれだけの勇気が僕にあるだろうか。

不破の勇気はそれでなくても挫けていた。冴子が外出して自分に会いに来たという事実、そのあとで及川文枝のアパートを訪ねたという事実、その中に井口市造氏が読み取ったものは、恐らくは娘の嫉妬心だろう。そして不破の知らされたものは、ひたむきな冴子の熱情だった。

彼女は僕がそこにいることを知っていたのだ。それを知りながら敢て文枝に（そして僕に）会おうとしなかったのは、彼女が僕を苦しめまいとした善意の現れなのだ。不破は雨に濡れて歩いて行く冴子の姿を想像した。心が奇妙に揺いだ。僕は弱い、と彼は呟いた。僕は駄目だ。

しかし今も、不破はやはり文枝を愛していた。意志が弱くなり、冴子の姿が眼の前に浮び上り、心が二つに引裂かれるのを感じれば感じるほど、文枝への愛は彼の中に生きもののようにうごめいた。ただその愛を自分に納得させるためには、どうしても奥村の自殺理由をまず明かにすることが必要だった。それさえはっきりすれば、彼は失われた勇気を回復し、井口教授にも冴子にも、現在の彼の気持を真直に傳えることが出来るだろう。

不破はまた机に向って、遅くまで本を読み、そして考えた。文枝の面影と、冴子の面影とが、彼の頭脳を混乱させ、明晰な論理を辿らせることを妨げた。人にはそれぞれの思想があるのだ。他人がどんなに類推しても、死んだ人間の思想を解明することは出来る筈がない。不破は疲れた頭でそう考えた。一体なぜ奥村の自殺理由をそれほど真剣に解く必要があるのか。奥村は狂気だった。それでいいのじゃないか。過去のことだ。僕や文枝さんのような生きた人間とは関係のないことだ。しかし安易にそう思うのと同時に、内心の声が鋭く彼に呼び掛けた。そうじゃない。生きるというのは理解することだ。はっきり分って生きるのでなければ、樹や石や獣と同じことだ。愛は同情でも、憐憫でも、神秘でも、況（いわ）んや馴れ合いでもない。はっきりした理性的なもの、過去の影が落ちることのない、明るい真昼の光の下を、手を取って歩いて行くことだ。自分の心の中に影を持って、相手の影に眼をつぶって、愛し合うことは出来ない。どうしてもこの謎を解かなければならない。それが生きるための義務だ。

不破はスイッチを捻って天井の電燈を消した。ベッドの枕許の小机の上のスタンドを点けておいたから、その明りで寝支度を始めた。横になってから暫く本を読もうとしたが、活字の意味がさっぱり頭にはいって来なかった。諦めて本を伏せ、蒲団を肩まで引張り上げ、それからスタンドを消した。部屋の中が真暗になると、ドアの隙間から、廊下の明りが細い縞をなして忍び込み、天井に長い縦の線をつけた。不破は眠られないままに尚も論理の糸をたぐっていた。夜はもう相当に遅かった。

ふと、ドアのかすかに軋む音がした。縞の幅が広くなり、廊下の明りがさっと部屋の中に流れ込むのを、身体を少し起して不破は見詰めた。暗い影が明るみを過り、光の縞はまた徐々に細くなった。ドアが再び軋み、それは前のように閉った。しかし何かが前とは違っていた。そこには何かがいた。

——誰だ?

不破は自分の声が部屋の中に反響するのを聞いた。夢かもしれぬ。しかし彼の異常に鋭敏になった神経は、確かに何か普通でないものを感じていた。手を翻して枕許の小机にスタンドの位置を探った。スイッチを摑むと、顫える指先でそれを捻った。眼の前が明るくなり、彼はドアの方を振り向いた。

ドアを背にして、よれよれのレインコートを着た男が立っていた。その恰好には見覚えがあった。無帽のその男は、前に垂れ下った髪を拂いのけるように、大きく首を振って顔を起した。蒼ざめた表情と、鋭い突き刺すような眼。スタンドの笠が半透明な朧げな光線を、その男の全身に投げ掛けた。

――奥村か。

さっきもそれを感じたのだ、と不破は考えた。さっき井口教授がドアをノックした時にも。

――そうだ、僕だ。

――何しに来た？　とすかさず口を衝いて出た。恐怖は去って、一種為体のしれない感覚が、身体中を締めつけた。

――何しに？　君が待っていたからだ。君はいくら考えても分らぬ。だから僕が教えに来たのだ。何でも訊くがいい。

それを喋っているのは、確かに昔不破の識っていた奥村次郎に他ならなかった。ドアを背に、両手をポケットに突込んだまま、微動もせずに立っていた。不破はベッドの上でかすかに身じろぎをした。ベッドが軋んで音を立てた。

——早く訊けよ、とその男は言った。

——君は死んだ筈だ。僕には幽霊なんか信じられぬ。

男は無気味な声で笑った。

——不破、君は元来が何も信じられぬ男だ。君には現代医学が信じられぬ。君には愛が信じられぬ。神も勿論信じてはいないだろう。僕を信じないのもそれと同じだ。しかしその君も、非常の場合なら、みんな信じるのだ。肺炎になればペニシリンを信じる。心に傷があれば文枝さんを信じる。今は非常の時だ。だから僕を信じるがいい。幽霊を信じたからといって、何も君の不名誉にはならない。

これは奥村独特の詭弁的論理だ、と不破は考えた。従ってこれは奥村だ。こういう言いかたをする奴は他にはいない。そう思うのと同時に、懐しさが胸に込み上げて来た。

——奥村、なぜ死んだのだ、馬鹿？

——なぜ、なぜか？ そいつは百遍繰返しても分りはしないさ、と男は無感動に答えた。

——君にも分らないのか？

——僕には僕の答がある。

——それを聞かせてくれ、それを、と力を籠めて言った。

——君が僕を待っていたのは、それが聞きたいためだ。だから僕は来たのだ。しかし、一体なぜそんなに知りたいのだ？　僕がどんな理由で死のうと、君とどんな関係があるのだ？

——それは、……僕の無力感をつくったのが君だからだ。文枝さんにしたって、君があのいう死にかたをしたから、今でも過去に怯えている。僕等は過去を振り切って生きたいのだ。現在の時間の中で愛し合いたいのだ。

——何のために知る必要がある？　知らない方がいいじゃないか。え？

——そんなことはない。僕は君が死んだあとでどんなに自分を責めたか分らない。君に死ぬだけのちゃんとした理由があれば、君の死は君の責任で、僕のせいじゃない。

——気の弱いことを言うな。人はみなそれぞれの責任に於て自分の死を選ぶのだ。君がそう自分を買いかぶることはない。

——文枝さんにしたって、文枝さんは自分のせいで君が自殺したと考えているのだ。しかしもし君が君だけの理由で死んだのなら、あの人はもっと過去に捉われずに生きて行けるのだ。

——過去に捉われずに君を愛するというわけか？

——そうだ。

——何という観念的、思弁的な愛しかただ。僕が昔、君に教えてやっただろう、愛は行為だ、愛とはもっと簡単なことだ。

——しかし僕は、僕等は、そうは行かないのだ。生きるというのはもっと複雑なことだ。

——君はまるでパラノイアだ。よくそれで医者がつとまるな。

男は沈黙した。不破の心の中に、憎しみと怖れと、そして懐しさとが混り合い、言葉にならない声が咽喉もとに殺到した。

——よし聞かせてやろう。後悔しないというのなら、僕の答を教えてやる。

男は僅かに顔を伏せて、ゆっくりと喋った。

——僕は百日目に自殺するという計画を立てた。自分を神にするためだ。君は僕が潜在的な絶望を持っていたと考えたろう。それは君の間違いだ。実に幸福な気持、理性的な気持で僕は死について夢想した。そこには絶望はない。あるとすれば誇大妄想だけだ。

——絶望はないのか？　孤独感とか、不安とかいうものは？

——ない。自殺傾向というのは、必ずしも否定的要素だけではないよ。僕は明るい気持で神になることを考えた。誇大妄想というのも自体愛の一つの現れだ。僕はそれを信じたのだ。

——そんな筈はない。

——待て。僕はその計画を立て、伊豆から帰って来た。君にその話をした。これは僕が傲慢だったからだ。君に話しても君の頭では分るまいと、そう高をくくったからだ。一体僕が自分を神にすると考えたのは、僕が子供の頃から神童と呼ばれて、頭脳的に人に負けたことがなかったからだ。僕は成績でも、入学試験でも、嘗て人に譲ったということはない。あらゆる学問は僕には明晰に解けた。従って僕は常に傲慢だった。絶望なんかの忍び入る餘地はなかった。ところで僕の計画によれば、百日目に決行するための、直接の状況というものが必要だった。限界状況に自分を投げ込むというのは、絶望に耐え得る精神力を養うことだ。ドストイエフスキイがシベリアに流されて、銃殺一歩前になった時の状況を、人工的につくる必要があった。それは絶望に耐える力であり、同時に絶望そのものなのだ。じりじりと死の迫って来るのを見詰めている人間は、絶望の中にあって、絶望を深めながら、同時にそれと闘い、それから逃げようとする。二つの反撥する力が平均に作用して、それは一層悲惨な限界へと沈んで行く。その状況を、人工的にどうやってつくるか、そこに問題があった。演劇自殺なんてものは結局何のたしにもならぬ。大学病院の上から飛び降りるなどという真似は、要するに僕の傲慢の現れだ。九十九遍そんな真似を繰返したところで、最後の一遍のための状況をつくることは出来ない。大事なのは、最後の一遍のための勇気だ。いや、勇気というよりも動機だ。自殺傾向などというネガチヴな要素は、生きている人間に誰にだってある。問題はポジチヴな要素、直接の動機だ。

——それは僕にも分っている。で、何なのだ?

——分ってなんかいるものか、と男はせせら笑った。君は僕の中にどんな動機が潜んでいたかと臆測する。しかし僕は、ありもしないところにその動機をつくろうとしたのだ。僕の中に自ら動機が湧いたのではなく、自分で動機を求めたのだ。全然別のものだ。

——で、何だ、何を見つけ出したのだ？　とやや性急に不破は訊いた。

——文枝さんだ。それより他にないじゃないか。

不破はややぽかんとしてそれを聞いた。文枝さん？　そうだ、勿論文枝さんの他に動機があるわけがない、僕もそのことは考えた筈だ。

——君はそれを考えたことはない、と男は見抜いたように言った。君はその点に触れることが無意識に怖かったのだ。もし僕が真剣に文枝さんを愛して自殺したのなら、君は一層自分に罪があると考えなければならないわけだからな。

——じゃ君は真剣に愛していたのか？　と不破は息をはずませて訊いた。

——慌ててはいけない。僕は動機を求めただけだ。僕は百日目に事を決する計画を立て、それを君に話し、その直後に初めて文枝さんに会った。僕は女には興味がなかった。しかし文枝さんにだけは心を惹かれた。それは文枝さんが特別素晴らしいとか何とかいうことじゃないよ、間違えては困る。それは僕が、それまでとは違った眼で彼女を見たからだ。文枝さんが変っていたのではなく、僕が変ったのだ。僕は百日経たないうちに死ぬべき人間だ。すべてが今迄とは違ったふうに見えて来たのだ。そこでこういう状況が生れた。一つ、文枝さんは君を愛している。二つ、僕が生きたと言い得るためには、僕が心を惹かれた女を自分のものにする必要がある。つまり何等かの点でこの生に不足があれば、僕は安んじて死ねないわけだ。しかるに文枝さんは君を愛しているし、君は勿論夢中なのだから、僕は君を裏切ることは出来ない。僕の愛は報いられない。つまりこの愛は絶望的だ。これが最初に僕の求めた動機なのだ。

——つまり失恋による自殺というわけか？

——それではあまりに簡単だ。一体、失恋して死ぬ奴というのは、相手に失望したというより、相手の愛を得られなかった自分に失望するのだ。しかるに僕の場合には、自分自身への失望はない。僕には僕の哲学がある。僕は自分を神にしなければならない。僕のプライドは女一人のために死ぬことを僕に許さない。たとえ文枝さんを動機にするとしても、その愛を得るとか得ないとかいうのは問題じゃない。問題は僕が死ねるだけの強力な動機が、彼女のどこにあるかだ。どうすれば僕が死ねるかだ。

——そんなに死にたかったのか？　と不破は憮然として訊いた。

——君には、僕が僕の哲学をどんなに自分で高く買っていたか分らないのだ。自分を神にする哲学、これは至上のものだ。あらゆる学問のうちの真の学問、あらゆる経験された生のうちの最も充足的な生だ。そしてこの哲学の最も素晴らしい点は、自殺によってそれが証明されるところだ。観念的、思弁的な哲学じゃない、血によって贖われる最も行動的な哲学だ。僕が生れて以来、考えたり学んだりしたことは、すべてこの哲学のためだ。そしてこの哲学は絶対に自殺を要求するのだ。死なない限り、それは砂上の楼閣にすぎん。そして死ぬためには、人間として、動機が必要なのだ。

——人間として？　と訊き直した。

——人間としてだ。神は、神という存在は、自殺することはないだろう。彼は宿命的に、永遠に神だ。しかし神とても、自殺の欲望を感じることはあるだろう。或る瞬間に彼の心を虚無が掠め、流れ去る雲の一片に眼を注ぐように、自らを消滅させたいと願うこともあるだろう。しかし如何せん、神には動機がないのだ。自殺すべき動機がない、なぜなら、動機があれば彼は神ではないからだ。僕の場合にも、僕が神だということを自覚しても、僕には動機がないのだ。動機がない以上自殺できない。しかし一方、僕は神であることを自覚しても、自殺しない限り、この哲学は成立しない。そこで人間として、どうしても、死ぬだけの動機を見つけ出す必要がある。しかし人間としての動機、例えば失恋などということは、僕の哲学が許さないのだ。君にこの矛盾が分るか？

——それは随分観念的じゃないか？

——死ぬ気でいる人間が、最後に手を下すための力は、いかなるエネルギイにもまさっている。それは神に於ける創造のエネルギイに匹敵する。生じっかな動機で人間が死ねるものじゃない。九十九遍の実験さえも、最後の実行とは無関係なのだ。最後の一遍のためには、あらゆる観念以上の観念が必要なのだ。

——それで君は動機を見つけ出したのか？　と不破は尋ねた。

——見つけ出した。不意に見つけ出した。君が僕の下宿に来た晩だ。君が帰りしなに靴の紐を結んでいる時に、ふとその考えが浮んだ。僕は君に文枝さんをくれと頼んだ。君は冗談だと思って怒った。君は勿論、文枝さんを愛しているから、うんという筈はない。君は断った。そこで状況が変化したのだ。僕はそれまで自分の意志のみを尊重した。君に対しても文枝さんに対しても、信義のある立派な友人として振舞った。しかし僕はその時、神であるためには他人の意志を蹂躙してもいいと考えた。寧ろそれが必要だと考えた。それは僕の中のニヒリズムだ。僕の中で文枝さんへの愛が次第に、どうにもならないくらい育っていたのだ。この愛、というより欲望を満足させたなら、僕は神としての完全な自覚の下に、死ねそうな気がしたのだ。つまり生きたという充足感が、動機になれると思ったのだ。これが第二の動機だ。これは勿論間違いだった。

——しかし君はそれを実行した？

——そうだ。僕はこれを第二の動機と言ったが、生きることの満足が自殺の動機になれる筈はない。僕は無意識にそれを知っていた筈だ。欲望を満足させることは、これでいいと自分に言い聞かせることではなく、もっともっと欲望を満足させたくなることだ。僕は文枝さんを求め、犯した。僕の理屈は詭弁にすぎん。要するに文枝さんが欲しかっただけのことだ。その結果はどうなったか？　愛は行為だと僕は言ったが、この行為から愛が生れた。単なる動機として、機械的な媒介として、彼女を求めた筈だったのに、僕は文枝さんを愛していることに気がついた。恐らく君が愛するよりももっと愛していたのだ。文枝さんは僕に、自分を愛していると言ってくれと頼んだ。僕は自分以外には誰も愛さないと答えた。が、僕の心の中では、今にも叫び出しそうだった。そうだとも、僕は君を愛しているとね。しかし僕はその誘惑に負けなかった。それをもし口にしたら、僕には自殺できないことが分っていた。しかし口に出そうと出すまいと、実際は同じことだった。僕はこの行為で、自分の中の神を殺した。泣いている文枝さんを前にした僕は、単なる人間にすぎず、もう神ではなかった。なぜなら、神は自分以外の誰をも自分以上に愛することは出来ぬが、僕は実に、僕以上に彼女を愛していたからだ。その時になって、初めて分ったことだ。僕は神でも何でもなかったとね。そしてもし彼女が、君を殺してくれとでも言おうものなら、悦んで君を殺すぐらいのことはしかねなかった。

——しかし君はそのあとすぐに死んだじゃないか？　と不破は夢中になって叫んだ。

——そうだ。勿論、僕は理性を失ったわけではない。僕は直に気がついたのだ。この行為によって僕の中の神は死んだ。僕の哲学は崩れ落ちた。しかし動機は生れたのだ。これが第三の動機だ。自分の哲学を失うということは、世界を失うこと、僕の生存の理由を抹殺することだ。

これほど大きな、確実な動機はない筈だ。僕の一生は、僕の哲学の完成のためにあった。しかしこの哲学には動機がなかった。そして哲学を失った瞬間に、僕の探し求めていた動機がすぐに手にはいったのだ。何という矛盾だろう。哲学か。動機か。哲学には動機がない、動機には哲学がない。実に滑稽だ。

男は声をあげて笑った。空虚な笑い声が部屋の中に反響した。

——それじゃ無意味だ。君の死には何の意味もないじゃないか？　と不破は叫んだ。

——無意味？　しかし生きていることにだって意味はないさ、と相手は尚も笑いの止らぬ声で答えた。

——それじゃニヒリズムだ、と追いかかるように不破は絶叫した。君はやはり生きることに絶望したのだ。それを表面だけ、哲学じみた言葉で飾ったのだ。何もない、実のある思想は何もない。君は文枝さんのことで僕に嫉妬した、それが君の抑圧された攻撃性だ。文枝さんが僕を愛しているから、君は不可能な現実から逃避したのだ。平凡な自殺の一ケースだ。特殊なものなんか何もありはしない。君の自殺は君一人の責任だ。僕にも、文枝さんにも、関係のないことだ。

——そんなことは初めから分っている、と男は冷たく言い放った。ただ忘れるなよ、僕も文枝さんを愛したのだ。君以上に愛したのだ。いいか、自分で自分を殺すほどに愛したのだ。

言い終ると同時に、レインコートがさっと背中を向けると、ドアが軋んだ。その後ろ姿が揺れたと思う間に、ドアが軋みながら閉ったが、もうその姿はなかった。そこには、その足許にスタンドの淡い灯影の投射したドアが、不破の視線を食い止めているばかりだった。

夢だったのか。不破はベッドの上に飛び起き、呪縛から解かれたように下へ降りた。冷たい素足にスリッパを突掛け、転がるようにドアへと飛び掛った。ドアを明けて廊下へ出ると、右ひだり見透しの廊下には白っぽい電燈の光が輝いていたが、人の姿はなかった。不破は廊下を走って入口の受附のところまで来た。そこにも誰一人いず病院の全体がしんと静まり返っていた。響くのは彼のスリッパの跫音だけだった。夢だったのか。不破は考え込みながら、廊下を自分の部屋へと戻った。ドアの把手がぞっとするほど冷たかった。どこか遠くの方で奇妙な声で鶏が鳴いていた。

16

不破雅之は朝までまんじりともせずに過した。彼は幽霊を信じることが出来なかった。恐らくは奥村のことを気に病んでいたから、それで夢を見たのだろうと考えた。しかしドアの前に立っていた奥村の姿はありありと彼の眼に残っていたし、その特徴のある声は一語たりとも聞き洩らさなかった。それは彼の耳に、いつまでも餘韻を響かせていた。しかしあれは幻覚なのだ、と彼は自分に言い聞かせた。奥村の口から出たことは、すべて彼が意識的に、或いは無意識的に、考えあぐねていたことばかりだ。そうは思っても、不破は恐ろしげに蒲団の中で身を竦ませていた。「エマオの旅人」という言葉が、彼の口から洩れた。

奥村は文枝さんを愛していた、それは間違いのないことだ、と彼は考えた。しかしそれは文枝さんが悪いのでもなく、またそのことに気がつかなかったからと言って、僕が悪いのでもない。奥村は、彼の哲学を思いついた瞬間に、既に死を約束されていたのだ。どんなに僕が努力したところで、彼を引き留めることは出来なかったに違いない。キリストが、キリストであるが故にゴルゴタの死を迎えたように、奥村は奥村であるが故に自殺したのだ。彼が「エマオの旅人」となって現れたとしても、それは僕を責めるためでも、文枝さんを責めるためでもない。それは寧ろ、彼が人間であったことの証拠なのだ。死後もまた恃むに足りない人間であることの。

僕等は皆人間だ。神ではない。人間は人間らしく、絶望と虚無との間にあって、一足ずつ歩いて行くほかにはない。死者の国へ向うその目的地が問題なのではなく、歩いて行く一足一足に、人間としての自信を持って地面を踏むことが大事なのだ。この地面は生者のものだ。生きている限り、人はよりよく生きる義務があるのだ。医者は、病人を死者の国へ導く道案内としてあるのではなく、この地面の上を、よりよく歩むための、より健康に、より愉しく、より人間らしく、歩むための案内者なのだ。技術だけでは何にもならぬ。今までの僕のやりかたは間違っていた。大事なのは仲間として、同胞として、病人と共にあること、彼等と共に、生の愉しさを教えるために生きることだ。生は愉しさであり、同時に義務なのだ。

愛とても同じことだ。奥村は文枝さんを愛していた。恐らく僕よりも愛していたかもしれない。しかし「自分を殺すほどに愛する」というのは、何の意味もない。愛もまた愉しさであり義務である筈だ。僕は奥村が愛した以上に文枝さんを愛している。そのことは死によって証明されるのではなく、生の中で、徐々に、証明されなければならぬ。死に至るまでの、無限に長い時間の中で、常に、確実に、証明されなければならぬ。

不破は寝台の上で力強く微笑した。恐怖は今はまったくなかった。僕はこれから自信を以て生きられる、と彼は呟いた。窓のブラインドの隙間から、暁の光が忍びやかに射し込んで来た。

*

その日の午後、不破雅之から今晩訪ねるという電話が掛って来た時に、及川文枝は暫く返事をとまどっていた。彼女はその晩、久しぶりに冴子の見舞に行くつもりでいた。冴子とよく話をし、その話の具合では不破と会うことをやめようと考えていた。しかし不破の電話は、彼女に断る隙を与えないほど強引なものだった。不破さんらしくもない、と文枝が考えたほど、彼は一方的に自分の意志を押しつけた。電話を切ったあとで、文枝は何とはなしに奥村のことを思い出した。

文枝は落ちつかぬ気持でその午後を過した。それは電話のせいばかりでなく、このところずっと、彼女は自分で自分の心を見定めることが出来ないでいた。不破を愛していることに間違いはない筈なのに、時々は、どうでもいいような気持になり、友達もなく、独りで暮すことの気安さを寧ろ望ましく思った。去年の秋、不破が再び彼女の前に現れてからというもの、アパートの中に一人でいる時など、心が虚しく、うつろなように感じられる時が多かった。時々は仕事場でも、ぼんやりと手を休めていることがあった。しかしわたしはもう駄目だ、と彼女は自分に言い聞かせた。不破さんだって、そのうちにわたしのことは忘れるだろう。彼女は不破に会うのが恐ろしかった。いつかは必ず、不破の口から、運命的な宣言を聞かなければならないだろう。僕には冴子さんというものがある、僕のことは忘れて下さい、と。みんな忘れるのだ。忘却、——それが心という心の上に降り注ぐのだ。わたし一人を除いて。わたしだけは、いつまでも過去の重荷を背負い、惨めに陽の当らないところを歩いて行くだろう。いつまで？

夕方店が引けて、アパートへ戻って来ても文枝はひどく怯えていた。不破からの電話が、午後の時間が経つにつれ次第に不吉なものに思われ出し、彼の会いに来る用件というのが、疑いもなく、彼の立場を説明するためのものだとしか考えられなかった。ほんの一昨々日の晩、不破が此所に訪ねて来て、彼女に昔のように愛し合おうと言ったばかりだった。しめっぽい雨の音を聞きながら、そんなことは不可能だと（そして心の奥底で、もし不可能でなかったらどんなにかいいだろうと）彼女は考えていたのだ。今日になって、どうしても話すことがあると彼が言う以上、それはこの前の話と同じな筈がない。不破さんにとっても、不可能なことが証明されたのだ。あれからよく考えて、昔のように愛し合える筈のないことが、よく分ったのだ。それは当り前だ。わたしなんか、不破さんに愛される資格はないのだし、心も身体も傷ついて、それに冴子さんのように若くもない。文枝はそして冴子のことを考えた。あの人は若い。羨ましいほど若い。あの人は病気だとはいっても、いつかその病気が癒りさえすれば、もう恐れることなんか何もないのだ。あの人は絶望というものを知らない、夜の時間というものを知らない。しかしわたしは……。

ドアにノックの音がした。文枝は急いで鏡台の前に坐って顔を直しかけたが、せっかちなノックの音が彼女の気持を掻き乱した。鏡に映ったのは、三十に近い老嬢の顔だった。本当の顔、そして本当の自分というものを、彼女はどこかに落して来てしまった。諦めて、ドアを明けに行った。

——どうしました？　いやにしょげたような顔をして、と不破がはいって来るなり言った。文枝は黙って坐った。もしわたしがもっと若ければ、声を出して泣くだろう、と彼女は考えた。不破は暫くその様子を見ていた。

——もう御飯は済んだんですか？　と尋ねた。

——いいえ。わたしほしくないので。

——それはいけない。早く仕度をなさい。僕少し早く来すぎたのかな？

——いいんです。本当にほしくないの。

文枝の声は語尾が顫えていた。それから、自分で自分の不安を拂いのけるように、間を置かずに不破に尋ねた。

——どういうお話なんですの？　早くそれを聞かせて下さい。

不破の表情がぱっと明るくなった。嬉しいことがあって、それを話すのが待ち切れないでいる子供の表情だった。

——文枝さん、この前のこと、僕分りました。奥村の死んだ原因です。あいつの死んだのは、僕にもあなたにもちっとも関係のないことだったのです。

——どうしてそんなに急にお分りになったの？　と意外そうに眼を起しながら、文枝が訊いた。

——ゆうべ奥村の幽霊が出ましてね。

文枝は反射的に、怯えたように相手を見詰めた。

——怖がることはないんですよ。僕だって幽霊なんか信じてやしない。きっと幻覚でも見たんでしょう。しかし、ひょっとしたら本物かもしれない。とにかく僕だって本気になって話をしたんですからね。

——お話をなすったの？

——ええ、そいつが喋ってくれたんで色々分った。あいつが是が非でも自殺したかった気持がよく分った。奥村は友達思いの奴だから、僕のやってることがまだるっこくて、幽霊になってまで教えに来ずにはいられなかったんでしょうね？

文枝はぼんやりと不破の明るい笑顔を見詰めていた。少しも恐怖を反映していないその男らしい表情が、次第に彼女を元気づけた。

——一体どういうことなんでしょう？　と訊き直した。

不破は煙草に火を点け、それから慌ててそれを灰皿で消した。

——これは真面目な話なんです、とまだくすぶっている灰皿の中をつつきながら、勢い込んで話し出した。僕はあれからずっと奥村の自殺した動機について考えた。そしてゆうべ、奥村の幽霊が現れて、それを説明してくれた。そんなものが現れなくったって、どうせ僕には分った筈ですがね。それで結局、奥村のことは奥村ひとりに責任のあることが、僕にはすっかり納得が行きました。僕が今まで彼のことをくよくよ考えていたのは間違いだった。そしてあなたもまた、過去に捉われて生きて来たのは間違いだった。それが分ったんです。そこで僕はあなたに全部話さなければならない。一体奥村が何を考え、何を計画し、また何故に死を選んだか、それをあなたに分らせて、あなたに決心してもらいたいのです。

——決心って？　と文枝は訊いた。

——分っているじゃありませんか。僕等が結婚することですよ。

あまりに無造作に言われて、文枝は眼を見張ったままでいた。

——この前そう言った筈です。僕等は生きなければならないって。奥村の死んだ原因だけが、僕等の気持を妨害していたんです。今はその邪魔物が取りのぞかれた。二人の間にはもう過去の影のようなものは何もないんです。奥村のことは僕等の思いすごしだった。過去というものが恐ろしいのは、その事実によってではなく、その事実が僕等の意識に与える影によってなのです。健全であるべき意識が、過去の事実のために暗黒にされて残る、その意識が僕等の敵なのです。事実そのものは、一時の傷です。あなたの本当の傷は、それを忘れられないという意識の中にあるわけです。

——そうでしょうか？

——大丈夫。僕がいま奥村のことをすっかり説明します。あなたは、あいつの超人哲学というのをよくは知らないんでしょう？

——存じません、と言って、文枝は急に生き生きした表情で不破に尋ねた。でも、ちょっとお待ちになって。不破さんは本当に次郎さんのことは何でもなかったとお考えになるの？

——そうです。やっと僕にもそれが分った。

——そしてわたしにも？　わたしにとっても何でもなかったと？

——勿論です。それをこれから説明してあげます。

——それじゃ説明していただく必要はありませんわ、と文枝は言った。

不破が訝しげに文枝を見詰めた。文枝はゆっくりと相手の眼の中を覗き込んだまま、その疑問に答えた。

——わたし不破さんを信じます。もしあなたがその方がいいとおっしゃるのなら、きっとそれでいいんです。

——何にも訊かないで、それで信じられるんですか？

——だって信じるってのはそういうことでしょう？

文枝はじっと不破を見詰めた。わたしには訊く必要がない、何も訊く必要はない、と彼女は自分に言い聞かせた。次郎さんにどういう動機があったか、あの人が心の中で何を考えて死んだか、そんなことを今さら知ったって何になろう。死んだ人の気持なんかいくら考えても分らない、それはわたしとは関係がない。わたしに出来ることは、不破さんが分ったと言う時にそれを信じることだけだ。もし不破さんに分ったのなら、それはわたしにも分ったことだ。わたしは昔から不破さんを信じて来た。手を差し延してくれるのをいつまでも待っていた。いまそれが実現するのなら、もう考えることも、ためらうこともないのだ。それは単純な、ごく単純なことだ。

——文枝さん、と不破が掠れた声で呼んだ。

文枝の心の内部にぱっと明るい光が射し込み、さっきまでの不安が跡形もなく掻き消え、相手の腕の中にしっかりと抱きしめられているのを感じながら、彼女はひとりでに眼をつぶった。意識の中で時間が遮断され、相手の脣を自分の上に感じているこの瞬間が、この陶酔と幸福と眩惑とに溢れた瞬間が、いつなのか自分でももう分らなかった。父親の肩車に乗せられて、眼が廻る、眼が廻る、と言いながら身体を搖すぶっていた時の自分。映画館の中でそっと不破の肩に凭れながら、エクランの上の甘美な情景に眼をつぶっていた時の自分。一体いつだろう。わたしはいつの自分なのだろう。蜜柑の葉が風にざわめき、青い遠くの海を見下していた時の自分。そして濡れたわたしの靴下。銀髪の伯母さん。襟を立てたレインコート。聴診器を持った不破。今は？　今は？

文枝は眼を開いた。自分にほほえみかけている不破のその顏。再び陶酔が、眩惑が、彼女の心を占めた。今は今だ。遠い波音のように彼女を搖すぶっている幸福感。もし不破さんがそれでいいと言うのなら、それでいいのだ。厭なことは忘れてしまおう。墓のように埋めてしまおう。石の表面に吹きつけていた海の風。

――不破さん、と眼を開いて呼び掛けた。

――なに？

――あの、怒っては厭よ。

――怒らない。何？

——あなたの御覧になった次郎さんの幽霊、どんな様子だったのか教えて頂戴。

——あいつは昔と同じだった。よれよれのレインコートを着て、帽子はかぶらず、両手はポケットに突込んだなり、一度もそこから出さなかった。

——どんなふうでした？

——そうだなあ、と不破は考え深そうな眼つきをした。昔の通り威張ったような口を利いていたが、どこか寂しそうだった。奴があんなに寂しそうなのは前に見たことがなかった。苦しそうな、といった方がいいかな。

——苦しそうな、ね？

——うん。どうして？

——わたしには大事なことなの、と文枝は自分に頷くようにゆっくりと言った。もし次郎さんが、幽霊になってあなたのところに現れても、昔とすっかり同じなら、わたしゆるせないわ。わたしあの人が憎いのよ。それは憎かったのよ。でも、寂しそうにしていたと聞けば、わたしゆるせるような気がする。あんなひどいことをした人だけど、死んだあとまで苦しんで、幽霊になってまであなたに会いに来るというのなら、ゆるしてあげられるような気がするの。

——それはいい、と不破は力強く言った。だけど、何だか君は幽霊を信じているみたいだね？　とからかうように附け足した。

——女ってきっとそうなのね。憎んだり、怨んだり、めそめそしたり、幽霊を本気にしたり、……こんなことではいけないわね。

——いけない。僕たちはこれからもっと未来を見詰めて歩かなければ駄目だ。過去のことは忘れるんだ。それも意志を以て忘れるのだ。文枝さん、出来る？

——出来るわ。

二人はまた抱き合った。今度先に口を利いたのは不破の方だった。

——もう一つ問題があるんだが、と不破は言った。それは冴子さんのことだ。僕たちは冴子さんに謝らなければならない。あの人のお父さんにも謝らなければならない。僕たちは冴子さんに同情するが、しかし僕たちの愛をそのために犠牲にすることは出来ない。冴子さんがどんな無鉄砲なことをしたからって、僕たちにはどうにも出来ない。

——冴子さん、何かなさったの？　と驚いたように文枝は訊き返した。

——僕が此所へ来た晩、あの人は無断で外出して此所まで来たらしいんだ。

——わたしのとこへ？

——うん。そういう話だ。あの人のお父さんが来て、そう言った。

——なぜでしょう？　なぜわたしに会わないで帰ったんでしょう？

——それは僕にも分らない。

不破はじっと考え込んだ。手に取った文枝の手がかすかに顫えていた。

――そうだ、文枝さん。僕たちこれから行ってみよう。これは僕たちにとって大事なことなんだから、僕たちが決心した以上、一刻も早く冴子さんにしらせなくちゃいけないんだ。

――行きましょう、と文枝は歌うような声で答えた。

文枝が仕度をしている間に、不破は一足先に廊下に出た。階段の上の踊場にある開いた窓のところまで行き、窓枠に肱を突き、煙草の煙をくゆらせながら、緑色の茂みを照している街燈の光が、少しずつ明るみを増して行くのを眺めていた。早春らしい木の芽の匂が次第に此所まで立ち昇って来た。その平和な、穏かな眺めの中に、不意に、不安が彼の心に鋭い棘を刺した。昨晩の幽霊の最後の言葉、――「忘れるなよ、僕も文枝さんを愛したのだ、」と言った言葉が、彼にまざまざと思い出された。奥村次郎は文枝さんを愛して死んだ。しかし文枝さんの方は、本当に奥村を憎んでいたのか。ひょっとしたらあの人は、憎しみという仮面の下で無意識に奥村を愛して来たのではないだろうか。今も？　僕を愛していると言うその心の奥底で、あの人が見ているのは奥村の影ではないだろうか。しかしそれをどうして知ろう。あの人白身にも分らないことがどうして僕に分ろう。愛が始まるのはこれからだ。この瞬間、二人が愛し合っていることを誓ったこの瞬間から、真の、必死の戦いとしての、愛が始まるのだ。愛という宝石は、その初めは、不透明な、深部まで光の届き得ない石ころにすぎない。僕は生きて行く一日一日に於て、この愛を磨き、それを光沢のある美しい宝石につくり変えて行くだけだ。それが成功しようが失敗しようが、過去とは無関係にやってみるつもりだ。奥村、僕は君のことは忘れるよ。もう君のことは思い出さないよ……。窓に凭れたまま、不破雅之は奥村にそう呼び掛けた。そして彼は眼を転じると、遠い空の方角を、星のまたたきが眼の中にじんと痛くなるまで、じっと眺めていた。

17

夜だった。真暗な部屋の中で、井口冴子はひとり仰向に寝ていた。

心の中は空虚で、さっきからそこに小さな赤ん坊の掌のようなものが幾つも踊っていた。次第にその数がふえると、大きな手が一つ上下に動いて小さな掌を打消し、その白っぽい形が視野よりも尚大きくなった。心がしびれたようにその掌に包まれてしまい、もう身動きもならなかった。それは奇妙な、ざらざらした、砂のような皮膚を持っていた。心も身体もその皮膚に捉えられ、海の深みに沈むように、渾沌とした虚無の方へ導かれるままにしていた。この不安な感触を逃れるためにならば、どんなことでもする気になるほど、息が苦しく、胸が押えつけられ、暗闇が彼女を一呑みに呑んでしまいそうだった。大きな掌がゆっくりと上下に動いた。死んでしまえばいい、と彼女は考えた。自殺すればみんな終るのだ。そう思うのと同時に、不安が急に収り、呼吸がいつもの呼吸に返り、胸苦しさも消えて行った。それが一番簡単なことだ。生きているからこういうふうに不安なのだ。死んでしまえば不破さんのことも、及川さんのことも、もう考えないで済むだろう。パパがどんなにか嘆くだろうけれど。彼女は両手をぎゅっと握りしめ、抵抗するように枕の上で首を動かした。死ぬことは出来ないのだ。

「パパがそんなにおっしゃると、あたしだって悲しくなるじゃありませんか、」とさっき、客が帰ったあとで、冴子は父親に言ったのだ。

「私は不破君は見どころのある人間だと、それは嘱望していたのだ。榊原だってほめていたしね。」

「そうよ。だからいいじゃありませんか。これが厭な人だって分って、婚約を解消するのだったら、あたし考えただけでも辛いわ。不破さんはいい人なんだから、しかたのないことよ。」

「そうは言ってもね。私はとても愉しみにしていたのだよ。お前もだいぶ丈夫になって来たし、お前が不破君と家でも持てば、私はもう他に何の心配もないんだからね。」

「いいわよ、パパ。あたしもっと素敵な人を見つけるから。」

「お前が丈夫になってさえくれれば、それが一番だ。」

「パパこそいいお嫁さんを見つければいいのに。パパ疲れているんでしょう?」

「私か、私は大丈夫だよ。」

　冴子は父親の皺の寄った額を、白髪の多くなった頭を、思い出す。死ぬことは出来ない。パパのために、死ぬことは出来ない。しかし自分のためには?　いっそこの前出掛けた晩に、雨に濡れるとか動きすぎたとかいうので、病状が悪化してしまえばよかったのかもしれない。熱が出て、シューブを起して、それで死んでしまったなら？　いいえ、そんなことはない。家へ帰る迄の間じゅう、神さまどうぞ悪くなりませんようにと、切なくお祈りをしていたぐらいなのに。あれだけ無理をして、それで何ともなかったというのは、お医者さまの言うように奇蹟的なのだ。あたしの身体は芯が強いのだ。生きなければならない。どんなことがあったって。

また暗闇の中で、大きな掌が動き始めた。そこだけ白っぽく光っている皮膚が、彼女の意志を重しのように抑えつけた。胸の中がふくれ上り、咽喉がからからに乾き、頭の中の一部分が引き込まれるように痛んだ。掌が口を押えた。

――怖い。

声をあげ、身体を横に向け、ぎゅっと握りしめた手を延してスタンドの位置を暗闇の中で探った。辛うじてスイッチを捻ると、部屋の中がぱっと明るくなり、今までの気味の悪い掌はもうどこにも見えなかった。冴子は枕許の茶碗を取ってお茶を飲んだ。冷たいお茶が咽喉もとを通りすぎて行くのが分った。彼女は茶碗を手に持ったまま、見据えるように壁際の一点を見ていた。

そこに、壁の側の畳の上に、煙草の紙箱が一つ落ちていた。そこはさっき不破が坐っていたところだから、間違いなくそれは不破が忘れて行ったものだ。不破はその箱をポケットから出し、手でいじくっていたがとうとう一服もしなかったのだ。冴子は蒲団から身体を乗り出すと、その箱を手に取ってまた蒲団の中にもぐり込んだ。ぷんと強い匂がして、煙草の粉が白い枕カバーの上に零れ落ちた。急に何ともいえず懐しい気持がした。不破が指の間に煙草を挟む時の手の形や、マッチを摩る時の動作や、煙を吐き出す時の口の恰好などが、ありありと思い出された。不破の力強い、固く思い詰めたような声が、まだ彼女の耳に残っていた。

「本当に申訣のないことだと思います。冴子さんにも先生にもお詫びのしようもありません。しかし僕たちは真剣なのです。どうか分って下さい。」

「君が真面目な人だということは分っている、」とパパは言った。「しかし婚約を解消するというのは大問題だからね。」

「それは僕が悪いんです。お詫びします。しかし何も冴子さんが嫌いになったとか何とかいうことじゃないんですから。僕とこの人との間に誤解がなければ、僕等はもっと早く結婚していた筈なのです。僕等は結婚しても、冴子さんとは仲良く友達としてやって行けると思います。」

「お友達というのは厭、」とあたしは言った。

不破さんは困ったような顔をし、及川さんは俯いた。

「しかし僕たちは決心したんです。とにかく二人で、おそまきながらやって行くつもりなんです。」

「おめでとう。あたし、あなたたちの結婚はとても賛成よ。パパみたいにくよくよいうことはないわ。でもお友達はいやなの。あなたたちはあなたたちだけでおやりなさい。あたしはあたしでやります。」

「冴子さん、そんなにおっしゃられると、」と及川さんが言った。

「あら、あたし厭味を言ってるのじゃないのよ。分って頂戴。あたしちっとも怨みになんか思ってやしない。大体そんなに不破さんが好きじゃないんですもの。お二人がハピイ・エンドになって本当に嬉しいの。でもあたしのことは構わないで頂戴。あたしはあたしでやります。その方が気が楽なの。」

「結婚するとかしないとかとは別に、みんなが仲良く手をつないで行けると僕は思うんです。僕は自分だけが高みにいるような医者というものが疑わしくなりました。医者というものは、自分も傷ついた心を持ち、傷ついた人々の間で一緒になって苦しまなければいけないのです。僕はそういうふうにやってみたい。榊原病院はやめて、もっと貧しい人たちのいるところへ行くつもりです。みんながお互いに信頼して、少しでもよくなるように、少しでも人間らしくやれるように、努力してやって行きたいんです。冴子さんだって、そういう僕等の気持は分るでしょう?」

「分ります。きっとうまく行くと思いますわ。でもね、どうかあなたたちはお二人で、新しいところから始めて頂戴。過去は振り切って生きるとおっしゃったのでしょう? あたしもその過去の中に入れて下さい。あたしは一人で大丈夫、お友達なんか要りません。及川さんだってあたしのような立場なら、きっと一人でおやりになると思うわ。」

及川さんは困ったように微笑した。あの人は自分のことを一心に考え込んでいて、あたしの言うことなんかよく聞えなかったに違いない。不破さんは煙草の箱を玩具にしていたし、パパは額に八の字を寄せて考え込んでいた。その沈黙の間に、あたしの心の中で何かが少しずつ死んで行った。

その死んだものとは何だろう。諦めのようなものか。あたしはどうして、こんなに遅く、不破さんが好きだと気がついたのだろう。もう駄目だと分ったから、それで好きになったみたいに。今迄にチャンスはいくらでもあったのに。しかしもう終った。完全に終った。あたしが自分から、お友達になることさえ拒絶してしまった。かたくなな娘だと、そう不破さんは思うだろうか。あたしらしいと考えてくれるだろうか。あたしは中途半ぱなのは御免だ。不破さんがいないのなら全然いない方がいい。そして本当にいなくなった。あの二人はハピイ・エンドになった。そしてあたしはまだ生きている。

冴子はまた電燈を消した。眼の前がずんと暗くなり、その暗さが、不破がいないという実感になって彼女に迫って来た。もう二度と来ることはない。電話を掛けることも、手紙を出すこともう出来ない。いつだったか空想したように、しかし今はそれが唯一の現実となって、みんな終ってしまった。

冴子は仰向に寝て、ゆっくりと呼吸を整え、みんな終った、と呟いた。残ったのは？　死ぬことか。自分で自分を殺すことか。あたしの方がこの世からいなくなることか。みんな終ったという感じは、この前の晩、及川文枝のアパートのドアの前で、彼女が既に感じていたことではなかったか。彼女は雨に煙った庭を見下す窓、ぼんやりと明るみを投げている街燈、雨まじりの風の吹き込んで来る冷え切った廊下、背中を通りすぎた誰とも分らない人、そういうことを一時に思い出した。あたしはあの時何を考えていたのだろう。壁に凭れているあたしの心の中を、大きな掌のようなものが動いていた。あたしは一人きりで、ぽつんと自分の知らない空間の中に投げ出され、世界は終ったと感じていた。ドアの向う側にいるのは、不破さんでも及川さんでもなく、あたしの見知らぬ人、別のドアの向う側に住む人たちや、あたしの背中を通って階段を降りて行った人と同じ他人だった。あたしは一人で、その一人は誰とも関係がなく、あたし自身とも関係がなかった。それは考えたり、えらそうなことを言ったりするあたしの中にいるもう一人のあたし、それだけが一つの完全な世界であるあたしだった。大きな掌があたしを包んでいた。あたしはむかむかするような不安の中で、あたしの中にいるあたしを見詰めていた。そうすると、誰かがあたしにささやいたのだ。――それだ。それが本当のものだ。それだけが本当に生きているものだ、と。それとは何だろう？　それ、他人との関係を持たず、自分の中の外側の見せかけの部分をみんな剝ぎ取ってしまった残り。露出した、弱虫な、不安におびやかされて、ぴくぴく呼吸しているもの。それ。掌の中に包まれ、気味の悪い皮膚に撫でられ、今にも押し殺されそうなもの。息の詰りそうな、不確かな、脆弱な、それでいてあたし一人だけのもの。孤独。

その声があたしにささやいていた。――それでいいのだ。世界は終ってはいない。それが世界だ、と。あたしは窓から風が吹き込んで来るのを感じていた。手や足が冷たくなり、身体が小刻みに顫え、壁があたしの前に世界の終りのように立っているのを感じていた。しかしそれでもいいのだ。それでもいいとあたしの意志が言う限りは。

今、暗闇の中を小さな掌がまた浮び上り、一つ一つがつながって動いた。不安が急激に咽喉を締めつけた。死んでしまえばすべての不安から救われる、と冴子は考えた。あたし自身が消滅することで、あたしは誰からも無関係になれる。病気とか、愛とか、生きる希望とか、すべての煩わしいことから解き放たれて、自由になれる。掌が幾つも幾つも、彼女の眼や鼻や口を覆い、海の底の重苦しい潮流のようなものが彼女の身体を包み、彼女の意志は、まるで水に投げ込まれた物体のように、虚無の底の方へと沈んで行く。そして意志はためらい、思い返し、また浮び上ろうと努力し始める。しかし生きなければ。あたしの中の最も弱い部分でも、それはあたしであって、あたし以外の誰でもない。どんなに惨めな、傷ついた、脆い孤独であっても、その孤独の所有者があたしである以上は。そこにあたしの孤独がある以上は。

夜は更けていた。そして今は夜の時間だった。もう黄昏の思想とか落日の思想とか呼ぶ曖昧なものではなく、意識が行き止りだと感じるぎりぎりの待ったなしの時間、そこに自分の存在を置いたことを冴子ははっきりと感じた。彼女は自分に呟いた。――あたしはこういうふうに生きるだろう。不安に耐え切れなくなり、今にも自殺してしまいそうな、か弱い、引きずられやすいあたしというものと、しかしやっぱり生きたい、自分の世界をただその存在の故に大事にしたいと考えるあたしというものとが、いつでも烈しく戦い合い、生きようという意志の方が、いつでも少しずつ虚無への欲望に打克って行くようなふうに、――勇ましく、元気に、希望に充ちて生きて行くというのではなく、不安に包まれ、吐く一息ごとに怯え、自分の孤独を悲しみ、しょっちゅう絶望しながら、それでも少しずつ、人間らしく、本当のあたしというものを生かすために、せめてこの孤独を靭(つよ)くするために、――そういうふうに生きるだろう。あたしの病気からの恢復が、一進一退を続けて、少し良くなったりまた悪くなったりして、それでもあたしの生きたいという意志の方向へ、少しずつでも向って行くのと同じように、あたしの精神の傷痕も、絶望を幾つも重ね、不安に押しひしがれながらも、決して災難とか運命とかいうふうに諦めずに、精神の振子(ふりこ)がどんなに烈しく揺すぶられたからといって、決して虚無の側へばかり向いていることはなく、また生きたい方の側へと返って来るように、――そういうふうに生きるだろう。どんなにかあたしが弱いとしても。今にも死にそうなほど弱いとしても。

冴子は暗闇の中に渦巻いている不安の、その正体を見きわめようとするかのように、大きく眼を見開き、挑むように自分の前を真直に見詰めていた。

『夜の三部作』解説

死を前にした黄昏の時

池澤夏樹

ここには「冥府」、「深淵」、「夜の時間」の三つの作品が収められる。

この三つを束ねて作者は「夜の三部作」と呼んでいる。

「何も初めから連作のつもりで書いたわけではない」と言いながら、その一方では「この三つの小説は、私にとって『夜の三部作』という一つの作品である」とも言う。あるテーマを中心に据えて「冥府」を書き、その主題の延長線上に位する「深淵」を書き、更に、「人間の内部にうごめいている運命の悪意のようなものを、今度は正面から多視点で扱うことにし」て、「夜の時間」を書いた。

「冥府」は地獄ではないし、もちろん天国でも極楽でもない。ここは死者たちが再生までの時間を過ごす中継地、今のこの世界に重ねて言えば難民キャンプのようなところだ。テオ・アンゲロプロスの映画「こうのとり、立ちつくして」の中では難民キャンプが「待合室」と呼ばれている。自分が乗れる汽車が来るまでの間を過ごす場所。その汽車がいつ来るか、難民キャンプならば最終的に行き着く場所はどこで、いつになったらそこに行けるのか、それを気にしながらただ待つ。

福永の「冥府」はもっと民主的で、そこにいる死者たちの運命を握るのは官僚ではなく自分たちである。彼らは生前の属性に従って、「善行者」、「余計者」、「愛しすぎた者」、「嫉妬した者」、「知識を追った者」などと呼ばれる。七人の仲間で構成される法廷で生前を思い出して自分を説明する。それに応じて新生を許すか否かが審議される。つまり合議制。判断の条件は「死の準備」であり、「情熱」であり、「個性」であり、「意志」であり、「愛」である。

学者に新生があたえられないのを見てもわかるとおり、知的探求心などの評価は低い。能動的に生きた者は死んだ後も再びの機会を与えられ、すべてを忘却して新しい生に送り込まれる。任意に集まった七人の判断はしばしば感情的だが、それはそのまま作者の価値観を反映したものだ。

この冥府の設定は今から見ても大胆かつSF的でおもしろいが、その分だけ話が単純になり、羅列の印象は免れない。だから、語り手がこの死後の世界のからくりを少しずつ発見し、自分の過去についての記憶を取り戻し、踊り子との関係を思い出すという過程をミステリの手法で書いて奥行きを増す工夫をしている。後に彼が加田伶太郎という名で（これは「誰だろうか」のアナグラムになっている）数篇のミステリの佳品を書いたこと。船田学の名で（これも「福永だ」のアナグラム）『地球を遠く離れて』という未完に終わった宇宙旅行テーマのＳＦもあったことを思い出す。

「深淵」は三作の中で最も緊密な構成で、文体も最初から最後まで緊迫感を維持している。

ぼくはこれは福永の作品の中でもとりわけ優れたものだと思っている。

どうしても犯罪的にしか生きられなかった男と、信仰篤い女が出会う。一方が昇り、一方が墜ちる。Ｅ・Ｍ・フォースターが『小説の諸相』の中で「砂時計型の小説」と呼んだアナトール・フランスの「舞姫タイース」を思い出す。同じ構成と言いたいけれど、あちらはＸの形で二人の運命が交差して分かれるのに対して、こちらでは二人の運命はＹの字のように両方から寄ってきて合一する。しかしこのＹは倒置させるべきかもしれない。彼女は自分がこの粗暴な男と共に墜ちると言うが、しかしそれを一つの愛として受け入れている以上、これは墜ちるのではなく昇るのかもしれない。もしも神にその気があれば二人は聖母マリアのようにアサンプション（被昇天）の栄誉に与るのかもしれない。

またここに『今昔物語』の影響を見てとることもできる。日本の古典の中でも『今昔物語』は福永が特に好きだったもので、後に現代語に訳しているし、いくつもの話を換骨奪胎して、長篇『風のかたみ』を書いている。男が女を掠うという主題の萌芽はここにあったのではないか。芥川龍之介が『今昔物語』に依って「藪の中」や「芋粥」を書いたことはもちろん福永の知識の中にあった。

あの説話集を貫くのは荒々しいものへの渇望である。それは『古事記』にも読み取れる。愛と孤独に終始したかに思える福永の文学にはもう一つ、こういう要素もあったとも考えられる。おのれに忠実という男の姿勢は一つの徳であるし、セクシュアリテに身を任せるという女の姿勢も一つの徳だと言うことができる。

心の奥底から湧いて出る告白の文体が交互に重ねられ、最後は新聞記事の引用というまったく別種の文体で終わるあたり、技法としても見事。作者によれば、これは手許に取っておいた新聞の切り抜きをもとに書いたものだという。この着地点に向かって物語を組み立ててゆく力は賛嘆に価する。

暴力的な愛という「深淵」のテーマは「夜の時間」に継承された。

これは、「冥府」や「深淵」の実験性に比して、ずっと通常の小説に近い作品である。四人の男女が登場し、十七に分けられたパートごとに一人の視点からことの推移が記述される。この手法は後に『忘却の河』で家族の一人ずつを語り手＝主人公にする短篇連作という形の長篇小説として、より徹底した形で完成した。

ただし四人の内、奥村次郎が自ら語ることはない。彼は不破にとっても文枝にとっても他者である。なぜならば彼こそが「運命の悪意」を具体化した人物として文枝の前に、そしてやがては不破の前にも、現れるからであり、謎として設定されている以上その内面に立ち入るわけにはいかないから。

彼はドストエフスキーの『悪霊』のキリーロフを範とする超越者の哲学を信奉し、あるいは夢想し、自分の運命を自分の手に握ろうとする。自分にはすべてが許されると考える点ではむしろキリーロフより『罪と罰』のラスコーリニコフに似ているかもしれない。サンクトペテルブルクの学生は自分にはすべてが許されていると信じて金貸しの老婆を殺す。同じように奥村は自らの運命の支配者になるつもりで文枝を……

しかしそれが錯誤であったことを事後に覚って、本来の意図とは別の理由で自殺する。

この経緯は二つの時間の中で語られる。一つは不破雅之と奥村が及川文枝と知り合ってから奥村が自殺するまで。もう一つはその四年後、そのまま会うこともなかった不破と文枝が井口冴子の仲立ちで再会し、不破がことの真相を知るまで。

こう書くと冴子の役割は小さいように思われるが、しかしこの話の中で「運命の悪意」や「暗黒意識」を最も深く体現しているのは彼女なのだ。結核で病床にある彼女こそが、寝たまままで最も思弁的な時間を過ごしている。「夜の時間の中では、万事がもう終っているのよ。ところが黄昏には、まだ少しばかりの希望がある」と彼女が言うのは、この処女こそが夜にいちばん近いところにいるからに他ならない。

（作家・詩人）

P+D BOOKS ラインアップ

噺のまくら	三遊亭圓生	「まくら（短い話）」の名手圓生が送る65篇
山中鹿之助	松本清張	松本清張、幻の作品が初単行本化！
白と黒の革命	松本清張	ホメイニ革命直後　緊迫のテヘランを描く
詩城の旅びと	松本清張	南仏を舞台に愛と復讐の交錯を描く
風の息（上）	松本清張	日航機「もく星号」墜落の謎を追う問題作
風の息（中）	松本清張	“特ダネ”カメラマンが語る墜落事故の惨状

（お断り）

本書は1987年に新潮社より発刊された福永武彦全集第三巻を底本としております。
あきらかに間違いと思われるものについては訂正いたしましたが、
基本的には底本にしたがっております。
また、底本にある人種・身分・職業・身体等に関する表現で、現在からみれば、
不当、不適切と思われる箇所がありますが、著者に差別的意図のないこと、
時代背景と作品価値とを鑑み、著者が故人でもあるため、原文のままにしております。

福永武彦（ふくなが たけひこ）
1918年（大正７年）３月19日―1979年（昭和54年）８月13日、享年61。福岡県出身。1972年『死の島』で第４回日本文学大賞受賞。代表作に『草の花』『忘却の河』など。作家・池澤夏樹は長男。

P+D BOOKS

ピー プラス ディー ブックス

P+Dとはペーパーバックとデジタルの略称です。
後世に受け継がれるべき名作でありながら、現在入手困難となっている作品を、
B6判ペーパーバック書籍と電子書籍で、同時かつ同価格にて発売・配信する、
小学館のまったく新しいスタイルのブックレーベルです。

夜の三部作

2016年8月13日　　初版第1刷発行
2024年7月10日　　第7刷発行

著者　　福永武彦
発行人　五十嵐佳世
発行所　株式会社　小学館
〒101-8001
東京都千代田区一ツ橋2-3-1
電話　編集　03-3230-9355
　　　販売　03-5281-3555
印刷所　大日本印刷株式会社
製本所　大日本印刷株式会社
装丁　　おおうちおさむ（ナノナノグラフィックス）

ISBN978-4-09-352276-2

P+D BOOKS